José Saramago

DAS STEINERNE FLOSS

Roman

Aus dem Portugiesischen
von Andreas Klotsch

Rowohlt

Die Originalausgabe erschien 1986 unter dem Titel
«A Jangada de Pedra» bei Editorial Caminho, Lissabon

1. – 6. Tausend August 1990
7. – 12. Tausend Oktober 1998

Schutzumschlag- und Einbandgestaltung
Büro Hamburg/Dirk Linke/
Walter von Lotringen/Tineke Posthumus
Foto des Autors: Jürgen F. Wille
Gesetzt aus der Walbaum auf Linotron 202
von Utesch Satztechnik GmbH, Hamburg
Druck und Bindung von Clausen & Bosse, Leck
Printed in Germany
ISBN 3 498 06223 9

Alles Zukünftige ist Erdichtung
Alejo Carpentier

Als Joana Carda die Erde mit dem Rüsterstock ritzte, begannen in Cerbère alle Hunde zu bellen und versetzten die Einwohner in Schrecken und Panik, denn seit Urzeiten glaubte man, daß, sobald hier Hunde bellten, die stets stumm gewesen waren, der Weltuntergang bevorstünde. Wie dieser zähe Aberglaube aufgekommen war, oder diese feste Überzeugung, was in vielen Fällen auf dasselbe hinausläuft, das weiß heute niemand mehr zu sagen, obwohl durch Werk und Wirken jenes vertrauten Spiels, daß einer das Vernommene um ein Quentchen verändert weitererzählt, die französischen Großmütter ihre kleinen Enkel mit einer Geschichte unterhielten, der zufolge am hiesigen Ort, in der Gemeinde Cerbère, Département Pyrénées-Orientales, während der griechischen und mythischen Zeiten ein dreiköpfiger Hund gebellt hatte, der auf den Namen Kerberos hörte, wenn Fährmann Charon, sein Halter, ihn rief. Ebensowenig weiß man, welche Mutationen dieser berühmte und laute Kanide durchgemacht haben mochte, bis herab zur neuzeitlichen und bewiesenen Stummheit seiner einköpfigen degenerierten Nachfahren. Damals, und diese Auffassung ist den meisten geläufig, besonders wenn sie der älteren Generation angehören, bewachte Hund Zerberus, so nämlich schreibt er sich in unserer Sprache und muß er ausgesprochen werden, angsteinflößend schrecklich die Pforte zur Unterwelt, damit keine Seele dieser zu entwischen wagte, später aber, mag sein durch der hinsterbenden Götter letztendliches Erbarmen, verstummten die Hunde für den Rest der Ewigkeit, auf daß mit dem Schweigen vielleicht auch die Erinnerung an die Unterwelt verlösche. Doch da das Immer nicht immer währen kann, wie es uns das moderne Zeitalter eigens bewiesen hat, genügte es in unseren Tagen, daß Hunderte Kilometer fort von Cerbère, in einem portugiesischen Ort, dessen Name erst später Nennung erfährt, eine Frau namens Joana Carda mit einem Rüsterstock die Erde ritzte, und schon rannten alle Hunde kläffend auf die Straße, sie, die, wie gesagt, nie gebellt hatten. Wäre jemandem eingefallen, Joana Carda zu fragen, welcher Gedanke sie dazu bewegt habe, mit einem Stock Kratzer in den Boden zu machen, da dies eher eine verspielte Halbwüchsige tue, nicht eine reife Frau, und ob sie die Folgen einer vermeintlich allen Sinns baren Handlung nicht bedacht habe, da solche, erinnert euch, doch die gefährlichsten sind, so würde sie vielleicht geantwortet haben, ich weiß nicht, was mich trieb, der Stock lag auf der Erde, ich griff ihn und zog den Kratzer. Kam Ihnen nicht der Gedanke, es könnte ein Zauberstab sein. Für einen Zauberstab schien er mir zu groß, und Zauberstäbe, so hörte ich immer sagen, sind aus Gold und aus Kristall, von Licht umflutet, und an der Spitze mit einem Stern. Wußten Sie, daß der Stock aus Rüsterholz war. In Baumgewächsen kenne ich mich nicht aus, später erfuhr ich, Rüster sei dasselbe wie Ulme und keines der beiden von übernatürlichen Kräften, auch wenn man die Namen austauscht, was aber diesen Fall betrifft, meine ich, hätte ein Streichholz gleiche Wirkung getan. Warum sagen Sie das. Was geschehen muß geschieht, mit aller Kraft, unabwendbar, tausendmal hörte ich die älteren Leute dies sagen. Glauben Sie an die Zwangsläufigkeit der Dinge. Ich glaube an das, was geschehen muß.

In Paris lachten sie sehr über die flehentlichen Anrufe des Bürgermeisters, man hätte meinen können, er telefoniere aus einem Hundezwinger zur Fütterungsstunde, und lediglich auf die dringlichen Bitten eines Abgeordneten der Mehrheitspartei hin, der in jenem Ort geboren und aufgewachsen war, also mit den dortigen Legenden und mündlichen Überlieferungen vertraut, entsandte man zwei berufene Veterinäre des Deuxième Bureau nach dem Süden, mit dem Auftrag, das ungewöhnliche Phänomen zu studieren und einen Bericht vorzulegen, samt Vorschlägen für Maßnahmen. Die Einwohner, verzweifelt, da fast schon taub, hatten unterdessen auf den Straßen und Plätzen des friedvollen Badeortes, der jetzt eine Station der Hölle war, Brocken vergifteten Fleisches ausgelegt, ein höchst einfaches Vorgehen, dessen große Wirkung aber die Erfahrungen aller Zeiten und Breitengrade bestätigen. Insgesamt starb ein einziger Hund, doch die überlebenden begriffen die Lektion, die bellenden und heulenden Tiere flohen jählings in die umliegenden Gefilde, wo sie, ohne erkennbaren Grund, nach wenigen Minuten verstummten. Als die Veterinäre endlich eintrafen, wurde ihnen der bedauernswerte Médor vorgeführt, kalt, aufgedunsen, so ganz anders, als es jenes glückliche Tier einst gewesen war, das Frauchen zu den Einkäufen begleitete und das, da schon betagt, gern in der Sonne schlief, vertrauensselig. Weil es auf dieser Welt allerdings noch einen Funken Gerechtigkeit gibt, hatte der Herrgott, auf poetische Weise, entschieden, daß

Médor just an dem Fleischkloß stürbe, den das geliebte Frauchen, geklagt sei's, einer ihr verhaßten Hündin aus der Nachbarschaft zugedacht hatte. Der ältere Veterinär sagte beim Anblick der sterblichen Überreste, wir werden eine Autopsie vornehmen, was im Grunde nicht nötig war, konnte doch jeder Bürger von Cerbère, wenn er nur wollte, die Causa mortis bezeugen, doch die Fakultät, so der geheimdienstliche Jargon, wünschte still unterderhand, die Stimmbänder dieses Tieres zu überprüfen, das zwischen der nun schon des Todes wegen endgültigen Stummheit und dem einst anscheinend auf lebenslang vorbestimmten Schweigen immerhin etliche Stunden Stimme gehabt hatte, üblichen Hunden gleich. Vergebliche Mühe. Médor besaß keine Stimmbänder. Die Chirurgen waren baß erstaunt, doch der Bürgermeister wartete mit seiner amtlichen klugen Meinung auf, kein Wunder, die Hunde in Cerbère haben so viele Jahrhunderte nicht gebellt, daß sich ihnen das Organ zurückgebildet hat. Wie aber dann plötzlich. Ja, das weiß ich nicht, ich bin kein Tierarzt, aber unsere Sorgen haben ein Ende, die *chiens* sind verschwunden, wo sie jetzt stecken, hört man sie nicht. Médor, zerstückelt und dann schlecht zusammengenäht, wurde seiner wehklagenden Besitzerin ausgehändigt, ihr gleichsam ein lebendiger Gewissensbiß, denn das sind und bleiben die Gewissensbisse, auch nach dem Tode. Unterwegs zum Flugplatz, von wo aus sie nach Paris zu fliegen gedachten, entschieden die Veterinäre, in ihrem Bericht die beunruhigende Sache mit den abhanden gekommenen Stimmbändern zu unterschlagen. Den endgültig abhanden gekommenen, scheint es, denn in selbiger Nacht streunte durch Cerbère ein riesiger dreiköpfiger Hund, so groß wie ein Baum, jedoch stumm.

In diesen Tagen, vielleicht etwas bevor oder kurz nachdem Joana Carda den Boden mit einem Rüsterstock geritzt hatte, spazierte ein Mann am Meeresstrand, dies gegen Abend, zu einer Zeit, da das Wellenrauschen kaum vernehmbar ist, nur mehr kurz und verhalten wie ein grundloser Seufzer, und dieser Mann, der später sagen wird, er heiße Joaquim Sassa, wandelte längs der Flutmarke, auf der Scheidelinie vom nassen zum trocknen Sand, und manchmal bückte er sich, hob eine Muschel auf, eine Krebsschere, einen grünen Algenfaden, es ist nicht ungewöhnlich, daß einer sich so die Zeit vertreibt, und das tat der einsame Spaziergänger. Da ohne Beutel oder Tasche, um das Gefundene zu verwahren, warf er die toten Gegenstände, wenn er die Hände voll hatte, ins Wasser zurück, dem Meere, was des Meeres, Irdisches zu Irdischem. Doch die Regel hat ihre Ausnahmen, weiter vorn lag ein Stein, von den Fluten nicht mehr erreichbar, Joaquim Sassa hob ihn auf, ein schwerer Stein, abgeflacht, wie eine Scheibe, ungleichmäßig, wäre er wie die anderen gewesen, die handlich kleinen, glattrandigen, bequem zwischen Daumen und Zeigefinger passend, Joaquim Sassa hätte ihn flach über die glatte Wasserfläche geworfen, um ihn hüpfen zu sehen, kindhaft verzückt ob seiner Geschicklichkeit, bis er schließlich abgetaucht wäre, nachdem er den Schwung eingebüßt hätte, ein Stein, dem das Schicksal augenscheinlich seinen festen Weg gewiesen hatte, von der Sonne gebrannt, nur vom Regen benäßt, nun in finstere Tiefe zu tauchen, um dort eine Million Jahre zu harren, bis dieses Meer verdampft ist oder, zurückweichend, den Stein binnen einer weiteren Million Jahre dem Festland wiedererstattet, Zeit genug, daß ein anderer Joaquim Sassa den Strand herunterwandelt und, ohne es zu wissen, die gleiche Gebärde und Bewegung vollführt, möge kein Mensch sagen, ich werde es nicht tun, kein Stein ist sicher und fest.

An den Sandstränden des Südens, zu dieser lauen Stunde, mag mancher das abschließende Bad nehmen, mag schwimmen, mit einem Ball spielen, in die Wellen tauchen, sich gemütlich auf einer Luftmatratze treiben lassen oder, auf der Haut den ersten Hauch des hereinbrechenden Abends spürend, sich so zurechtlegen, daß der Körper die letzte Liebkosung der Sonne empfängt, die sich für eine Sekunde auf das Meer legen wird, die längste aller Sekunden, weil wir sie anschauen und sie sich anschauen läßt. Doch hier, an diesem Strand im Norden, wo Joaquim Sassa einen Stein packt, einen so schweren, daß die Hände sofort ermüden, bläst kalt der Wind, und die Sonne ist schon zur Hälfte versunken, auch fliegen keine Möwen über den Wassern. Joaquim Sassa warf den Stein, er schätzte, daß er wenige Schritte vor ihm hinfiele, ihm fast noch vor die Füße, muß doch ein jeder von uns über seine Kräfte im Bilde sein, außerdem gab es hier keine Zeugen, die über den mißlungenen Scheibenwurf hätten lachen können, er war im Begriff, über sich selber zu lachen, aber unverhofft schwang sich der Stein, dunkel und schwer, in die Luft, ging nieder, platschte auf die Wasseroberfläche, prallte ab und schoß in die Höhe, in hohem Bogen oder Sprung, fiel abermals, stieg erneut, und endlich tauchte er in die Flut, sofern das Weiß, das wir gerade erblickten, in der Ferne, nicht lediglich Gischtfetzen der gebrochenen Welle waren. Wie denn das, überlegte Joaquim Sassa, ganz baff, wie habe ich, mit so spärlichen Körperkräften, einen so schweren Stein so weit werfen können, hinein in das sich schon verdunkelnde Meer, und niemand hier, der zu mir sagte, gut gemacht, Joaquim Sassa, ich bin dein Zeuge für das Guinness-Buch der Rekorde, eine solche Tat darf nicht unbekannt bleiben, Pech hab ich, denn wenn ich erzählte, was hier geschehen ist, würden sie mich einen Lügner nennen. Eine sehr große Welle wogte aus der Ferne heran, schäumend und sich brechend, schließlich war der Stein ins Meer gefallen, diese Wirkung kennt ein jeder von den Flüssen seiner Kindheit her, sofern er in der Kindheit Flüsse hatte, daß geworfene Steine kreisförmige Wellen erzeugen. Joaquim Sassa eilte den Strand hinauf, und die Welle verlief im Sand, spülte Muscheln mit sich, Krebsscheren, grüne Algen, auch andere Algen, den Blasentang, blutrote Algen, den Riementang. Und einen kleinen Stein, einen handlichen, gut passend zwischen Daumen und Zeigefinger, wie viele Jahre mochte er das Licht der Sonne nicht gesehen haben.

Ein äußerst schwieriger Akt ist das Schreiben, eine von den höchsten Verantwortungen, man bedenke nur, welch erschöpfende Mühe, die Ereignisse in zeitlicher Abfolge ordnen zu wollen, zunächst dieses, dann jenes oder, sofern dies den Erfordernissen der Wirkung gemäßer ist, das heute Geschehene der Episode von gestern vorangestellt und andere nicht weniger gewagte Akrobatenstückchen, das Vergangene wie ein soeben Geschehenes, die Gegenwart als ein Fortlaufendes ohne Gegenwart oder Ende, doch wie sehr sich die Autoren auch mühen, eines wird ihnen nicht gelingen, nämlich schriftlich gleichzeitig zwei Vorkommnisse niederzulegen, die zur selben Zeit stattgefunden haben. Mag da einer meinen, die Schwierigkeit sei gelöst, wenn man die Seite zweispaltig hält, Kolumne neben Kolumne setzt, der Kniff ist naiv, da man ja doch zuerst die eine Hälfte schrieb und dann die andere, im übrigen der Leser erst die eine liest und dann die andere oder umgekehrt, gut dran sind da die Opernsänger, unter den Singenden ein jeder mit eigenem Part, ihrer drei, vier, fünf, sechs, als da sind Tenöre, Bässe, Soprane und Baritone, alle singen verschiedene Worte, zum Beispiel der Zyniker spottet, die Naive fleht, der verspätete Galan eilt herbei, den Zuschauer interessiert die Musik, beim Leser dagegen ist das anders, er will alles erklärt haben, Silbe für Silbe, eine nach der anderen, so wie sie sich hier darbieten. Darum, erst nachdem von Joaquim Sassa die Rede war, wird hier nun von Pedro Orce gesprochen, als Joaquim einen Stein ins Meer warf und Pedro sich vom Stuhl erhob, geschah all das im selben Augenblick, mochte auch zwischen den Uhren eine Stunde Unterschied sein, weil die eine sich in Spanien befindet und die andere in Portugal.

Bekanntlich hat jede Wirkung ihre Ursache, und dies ist eine universelle Wahrheit, es lassen sich jedoch beim Urteilen Irrtümer manchmal nicht vermeiden, oder Fehler schlicht beim Erkennen, geschieht es doch, daß wir diese Wirkung jener Ursache zuschreiben, während es doch eine andere Ursache war, weit jenseits des Verständnisses, das wir haben, und des Wissens, das wir zu haben vermeinten. Beispielsweise schien bewiesen, daß die Hunde von Cerbère bellten, weil Joana Carda die Erde mit einem Rüsterstock geritzt hatte, dennoch aber wäre nur ein sehr leichtgläubiges Kind, sofern eines aus den goldenen Zeiten der Leichtgläubigkeit übriggeblieben ist, oder ein Unschuldswesen, falls der heilige Name der Unschuld so einfach in den Mund genommen werden darf, ein Menschenwesen, das, die Hand schließend, glauben könnte, es verwahre darin das Licht der Sonne, einzig ein solches Kind wäre fähig zu glauben, daß Hunde, die aus geschichtlichen so sehr wie physiologischen Gründen zuvor nie gebellt haben, nun mit einemmal bellen könnten. In diesen zig Zehntausenden von Weilern, Dörfern, Marktflecken und Städten fehlt es nicht an Leuten, die da schwören würden, daß sie Grund und Gründe gäben sowohl für das Bellen der Hunde als auch für das übrige, was kommen wird, weil sie gegen eine Tür stießen, einen Nagel beschnitten, eine Frucht abrissen, eine Gardine zur Seite schoben oder eine Zigarette anzündeten oder starben oder, nicht dieselben, geboren wurden. Annahmen dies, von den Toten und soeben Geborenen, Vermutungen, die weitaus schwerer zu billigen wären, da doch wir selber sie vorbringen müßten, wer aber dem Schoß der Mutter gerade entschlüpft ist, spricht noch nicht, und der Gestorbene und in den Schoß der Erde Getauchte ebensowenig. Auch nützt es nichts hinzuzufügen, daß für jeden noch genügend andere Gründe bleiben, sich selber für die Ursache aller Wirkungen zu halten, dieser Wirkungen, von denen wir gerade sprechen, und mehr noch jener, die unseren ausschließlichen Beitrag zum Funktionieren der Welt darstellen, mich würde interessieren, wie die Welt aussieht, wenn es keine Menschen geben wird und nicht die von ihnen hervorgebrachten Wirkungen, am besten gar nicht erst daran denken, an eine so schwindelerregende Unermeßlichkeit, nun, es langt, wenn irgendwelche Tierchen überleben, irgendwelche Insekten, und es wird andere Welten geben, die der Ameise, die der Zikade, sie werden nicht Vorhänge beiseite schieben, werden sich nicht im Spiegel betrachten, was bringt das schon ein, jedenfalls die einzige große Wahrheit ist, daß die Welt nicht tot sein kann.

Pedro Orce würde, wenn er es wagte, sagen, das Erdbeben habe ich verursacht, weil ich beim Aufstehen vom Stuhl mit den Füßen hart gegen den Boden trat, eine arge Mutmaßung von ihm, wenn nicht von uns, die wir leichtfertig zweifeln, falls ein jeder Mensch auf Erden zumindest ein Zeichen hinterläßt, könnte dieses Pedro Orces Zeichen sein, weshalb er erklärt, ich setzte die Füße auf den Boden, und die Erde erbebte. Eine außergewöhnliche Erschütterung war es, denn niemand ließ sich anmerken, daß er davon etwas gespürt hatte, und noch jetzt, nachdem zwei Minuten vergangen sind, als am Strand die Woge bereits zurückflutet und Joaquim Sassa zu sich selber sagt, wenn ich das erzähle, nennen sie mich einen Lügner, bebt die Erde, vergleichbar einer Saite, die, obwohl nicht mehr zu hören, weiter schwingt, Pedro Orce spürt das Beben mit den Fußsohlen, spürt es noch immer, als er aus der Apotheke auf die Straße tritt, und draußen tut keiner dergleichen, wie wenn man zu einem Stern aufschaut und sagt, welch hübsches Lichtlein, welch schöner Stern, und nicht wissen kann, daß jener mitten im Satz erloschen ist, es werden Kinder und Enkel die Worte wiederholen, die Ärmsten, sie reden von etwas Totem und wähnen es am Leben, nicht nur in der astronomischen Wissenschaft passieren solche Irrtümer. Hier ist es umgekehrt, alle Leute würden schwören, daß die Erde reglos ist, lediglich Pedro Orce könnte behaupten, daß sie bebt, obschon er ganz still blieb und nicht entsetzt umherrannte, überdies wanken die Mauern nicht, die Lampen hängen lotrecht unbewegt, und die Vögel im Bauer, die ja als erste Alarm schlügen, schlummern friedvoll auf der

Sitzstange, das Köpfchen unters Gefieder gesteckt, die Nadel des Seismographen zog und zieht unverwandt einen geraden Strich über das Millimeterpapier.

Am Morgen des folgenden Tages durchquerte ein Mann eine brache Ebene aus Buschland und Sumpfwiesen, er schritt über Pfade und Wege dahin, zwischen Bäumen, so hehr wie die ihnen verliehenen Namen, Pappeln und Eschen, und zwischen Gruppen von Tamarisken mit ihrem Geruch nach Afrika, es hätte dieser Mann sich keine größere Einsamkeit und keinen höheren Himmel wählen können, und über ihm flog mit gewaltigem Lärm ein Schwarm Stare dahin, begleitete ihn, ihrer so viele, daß sie eine riesige dunkle Wolke waren, gleichsam eine Gewitterwolke. Blieb er stehen, dann schwirrten die Stare im Kreis oder stießen herab in einen Baum, verschwanden im Gezweig, und das ganze Laubwerk zitterte, die Krone hallte wider von rauhem Gekreisch, so als fände da drin eine blutig-wilde Schlacht statt. Und weiter schritt José Anaiço, so sein Name, und die Stare flogen plötzlich auf, alle zur gleichen Zeit, fruhhh. Kennten wir diesen Mann nicht und verlegten uns aufs Raten, wir würden ihn vielleicht für einen Vogelfänger halten oder denken, daß er, wie die Schlange, zaubermächtig und imstande wäre, andere Lebewesen auf sich zu bannen, dagegen ist gewiß, daß José Anaiço so sehr wie wir über die Ursachen dieser geflügelten Kirmes rätselte. Was mögen sie von mir wollen, diese Kreaturen, wundern wir uns nicht über das ausgefallene Wort, es gibt Tage, da sind die üblichen fehl am Platze.

Es schritt der Wanderer von Sonnenaufgang nach Sonnenuntergang, so hatte er Weg und Marsch gewählt, doch da er einem großen Gewässer ausweichen mußte, wandte er sich, an dessen Rand entlang, im Bogen südwärts. Gegen Ende des Vormittags wird es warm werden, jetzt fächelt eine erfrischende, reine Brise, schade nur, daß sie sich nicht in der Tasche verwahren läßt, für die heißen Stunden. In diesen Gedanken, so vagen und unbeabsichtigten, als gehörten sie ihm nicht, wanderte José Anaiço hin, da fiel ihm auf, daß die Stare zurückgeblieben waren, dort hinten flogen sie, wo der Pfad die Krümmung beschrieb, längs des aufgestauten Wassers, ein zweifellos merkwürdiges Gebaren, aber bitte, wie man so sagt, wer geht, geht, wer bleibt, bleibt, ade ihr Vögelein. José Anaiço hatte das Gewässer gerade umgangen, fast eine halbe Stunde beschwerlichen Wegs, zwischen Schwertlilien und Brombeergestrüpp, er schlug die ursprüngliche Richtung ein, von Ost nach West, wie die Sonne, als plötzlich, fruhhh, die Stare wiederauftauchten, wo mochten sie nur gesteckt haben. Nun, für diesen Fall gibt es keine Erklärung. Wenn ein Schwarm Stare einen Menschen auf seinem morgendlichen Spaziergang begleitet, wie ein treuer Hund seinen Herrn, wenn er wartet, bis dieser den Weg um das Wasser genommen hat, und ihm dann wie zuvor folgt, so verlangt da niemand Gründe oder Nachforschung, Vögel sind nicht von Vernunft geleitet, sondern von Instinkten, bisweilen so vagen und unbeabsichtigten, als gehörten diese nicht ihnen, wir sprachen von den Instinkten, jedoch auch von der Vernunft und den Gründen. Unterlassen wir es jetzt auch, José Anaiço zu fragen, wer er ist und was er im Leben macht, woher er kommt und wohin er geht, was man über ihn noch erfahren wird, das ausschließlich von ihm selber, und diese Zurückhaltung und Kargheit in der Mitteilung soll auch für Joana Carda und ihren Rüsterstock gelten, für Joaquim Sassa und den von ihm ins Meer geworfenen Stein, für Pedro Orce und den Stuhl, von dem er sich erhob, das Leben beginnt nicht bei der Geburt der jeweiligen Person, sonst wäre jeder Tag ein gewonnener Tag, die Leben fangen erst später an, manches Mal zu spät, nicht zu reden von jenen, die, kaum begonnen, schon endeten, darum also der andere ausrief, ah, wer wird die Geschichte all dessen niederschreiben, was hätte sein können.

Und diese Frau jetzt, María Guavaira geheißen, ein seltsamer Name, aber nicht Gerundium, die auf den Dachboden des Hauses stieg und da einen Sparstrumpf fand, einen von den altertümlichen, echten, die das Geld so wohl verwahrten wie ein Tresor, die symbolischen Rücklagen, die wohltuenden Ersparnisse, sie fand ihn leer und begann ihn aufzuräufeln, wie jemand, der seinen Händen Beschäftigung geben will. Darüber verbrachte sie eine Stunde, noch eine und noch eine, und der lange Faden aus blauer Wolle wollte kein Ende nehmen, sowenig wie der Sparstrumpf an Größe abnahm, es langten noch nicht die vier bereits erwähnten rätselvollen Geschehnisse, dieses hier beweist uns, daß der Inhalt, einmal wenigstens, größer sein konnte als das Gefäß. Bis zu diesem stillen Haus hallte das Rauschen des Meeres nicht, sofern Vögel vorbeifliegen, verfinstert ihr Schatten kein Fenster, Hunde mag es geben, doch sie bellen nicht, und die Erde, falls sie bebte, ist reglos. Zu Füßen der Aufräufelnden häuft der Faden sich zu einem Berg. María Guavaira heißt nicht Ariadne, mit diesem Faden werden wir nicht aus dem Labyrinth herausfinden, vielleicht werden wir uns, dank seiner, noch verirren. Das Ende, wo ist es.

Der erste Riß zeigte sich in einer großen Felsplatte, einer so glatten, wie es der Tisch der Winde ist, irgendwo in diesem zum äußersten Osten des Kettengebirges gehörenden und Monts Albères genannten Gebirgszug, der zum Meer hin gemächlich abfällt und wo nun die unglücklichen Hunde von Cerbère umherstreunen, eine Erwähnung dies nicht außerhalb von Zeit und Raum, denn alle diese Dinge sind, selbst wenn es nicht den Anschein hat, untereinander verbunden. Verstoßen, wie gesagt, vom heimischen Futternapf, und also der Not halber gezwungen, aus der unbewußten Erinnerung Fähigkeiten seiner in der freien Wildbahn jagenden Ahnen abzurufen, zum Fang irgendeines verirrten jungen Kaninchens, mag einer dieser Hunde, Ardent sein Name, dank dem äußerst feinen Gehör, das dieser Rasse eignet, das Platzen des Steines wahrgenommen haben, er mag, nur eben nicht knurrend, da hierzu außerstande, herbeigeeilt sein, die Nasenflügel blähend, mit gesträubtem Fell, so neugierig wie ängstlich. Der Riß, ganz fein, würde einen menschlichen Beobachter wie ein mit spitzem Bleistift gezogener Strich anmuten, sehr viel anders als jener mit einem Stock in die harte Erde gekratzte, oder ein durch losen weichen Staub oder durch Schlamm gezogener, sofern wir uns mit solchen träumerischen Nichtigkeiten die Zeit vertrieben. Jedoch als der Hund herankam, verbreiterte sich der Riß, wurde tiefer Spalt und setzte sich fort, bis zu den Rändern der Felsplatte, und dann nach hierhin und nach dorthin, es paßte die ganze Hand hinein, der Arm in Dicke und ganzer Länge, sofern hier ein wagemutiger Mensch zugegen gewesen wäre, sich mit diesem Phänomen zu messen. Hund Ardent hastete umher, unruhig, vermochte aber nicht zu entfliehen, ihn bannte diese Schlange, von der man weder Kopf noch Schwanzende mehr sah, und plötzlich verloren, in Zweifel, auf welcher Seite er bleiben sollte, ob in Frankreich, wo er sich gerade befand, oder in Spanien, das sich bereits drei Handbreit weit entfernt hatte. Dieser Hund indes gehört, Gott sei Dank, nicht zu denen, die sich mit den Situationen abfinden, der Beweis ist, daß er mit einem Sprung hinwegsetzte über den Abgrund, mit Verlaub diese augenscheinliche Übertreibung im Wort, und er befand sich diesseits, er zog die Höllengefilde vor, nie werden wir erfahren, welche Sehnsüchte die Hundeseele bewegen, welche Träume, welche Versuchungen.

Der zweite Riß, für die Welt jedoch der erste, erfolgte viele Kilometer entfernt von hier, nach dem Golf von Biskaya hin, nicht weit fort von jenem durch die Geschichte um Karl den Großen und seine zwölf Paladine auf schmerzliche Weise berühmt gewordenen Ort Roncesvalles, wo der in sein Olifant stoßende Roland den Tod fand, ohne daß Angelika oder Durandal ihm zu Hilfe geeilt wären. Dort, die Flanke der Sierra de Abodi entlang und hinab, auf der Nordwestseite, fließt ein Fluß, der Irati, in Frankreich entsprungen, er mündet in den Erro, der spanisch ist und ein Nebenfluß des Aragón, der dem Ebro Tribut zollt, welcher letztendlich alles Wasser fortführt und es in das Mittelmeer gießt. Auf der Sohle des

Tales, am Ufer des Irati, liegt eine Stadt, Orbaiceta, und flußaufwärts befindet sich ein Staudamm, dortzulande *embalse* genannt.

Es ist an der Zeit zu erklären, daß alles, was hier steht oder noch zu sagen sein wird, die reine Wahrheit ist, nachprüfbar auf jedweder Landkarte, sofern sie nur detailliert genug ist, vermeintlich so unbedeutende Informationen zu enthalten, denn die Eigenheit der Landkarten ist eben die, sie unterstellen Verfügbarkeit des verkleinerungsfähigen Raumes und daß sich in ihm alles ereignen kann. Und es ereignet sich. Schon sprachen wir von dem Schicksalsstab, schon überzeugten wir uns, daß ein Stein, obwohl der Wasserkante fern, abermals ins Meer fallen oder von dort zurückkehren kann, nun ist die Reihe an Orbaiceta, wo, nach dem durch den Bau eines Staudammes ausgelösten heilsamen Trubel, vor vielen Jahren, wieder Ruhe eingekehrt war, in diese Provinzstadt in Navarra, die da zwischen den Bergen döste, nun aber neuerlich in Erregung gerät. Einige Tage lang war Orbaiceta Europas, wenn nicht der ganzen Welt, neuralgischer Punkt, dort scharten sich Regierungsvertreter, Politiker, zivile und militärische Führungskräfte, Geologen und Geographen, Journalisten und Mineralogen, Fotografen, Kameraleute von Film und Fernsehen, Fachleute aller Disziplinen, Inspektoren und Schaulustige. Jedoch Orbaicetas Berühmtheit wird nicht lange vorhalten, wenige Tage nur, kaum länger als die Rosen von Malherbe, und wie auch sollten letztere überdauern, sind sie ja, wie ihr Name sagt, von schlechtem Kraut, doch reden wir von Orbaiceta, das nur so lange in aller Munde war, bis anderweitig eine höhere Berühmtheit herausgestrichen wurde, so ist das immer mit den Berühmtheiten.

In der Geschichte der Flüsse hatte es das noch nie gegeben, daß da ein Wasser seinen ewigen Lauf zieht und mit einemmal nicht mehr, als würde plötzlich der Hahn zugedreht, beispielsweise einer wäscht sich die Hände in einem Becken, er zieht den Stöpsel, den Hahn hatte er bereits geschlossen, das Wasser fließt ab, wird weniger, verschwindet, was im Emaillebecken verblieb, wird bald verdunstet sein. Mit treffenderen Worten erklärt, das Wasser des Irati schwand wie eine Welle, die vom Strand zurückfließt und verrinnt, das Flußbett bot sich den Blikken dar, Steine, Schlamm, Schlick, springende Fische, die nach Luft schnappten und starben, das jähe Schweigen.

Die Ingenieure waren nicht vor Ort, als das Unglaubliche geschah, doch sie merkten gleich, daß etwas Außergewöhnliches im Gange war, die Anzeigen am Überwachungspult meldeten, daß der Fluß das große Becken nicht mehr speiste. In einem Jeep begaben sich drei Techniker hin, um den beunruhigenden Vorfall näher zu untersuchen, unterwegs, am Stausee entlang, erörterten sie die unterschiedlichen Vermutungen, dazu war Zeit auf der fast fünf Kilometer langen Strecke, und eine der Hypothesen ging dahin, daß ein Erdrutsch oder eine Verwerfung im Gebirge den Lauf des Flusses verändert habe, eine andere, daß dies ein Werk der Franzosen sei, der gallischen Heimtücke, entgegen der bilateralen Vereinbarung über die Flußgewässer und deren hydroelektrische Nutzung, eine andere, die radikalste, folgerte, daß die Quelle, der Born, die Ader einfach versiegt war, was man für ewig gehalten, hatte nun doch getrogen. In diesem Punkt gingen die Meinungen auseinander. Einer der Ingenieure, ein gefaßt ruhiger Mensch, von der kontemplativen Spezies und dem Leben in Orbaiceta zugetan, fürchtete, man werde ihn weit fortschicken, die anderen rieben sich vor Vergnügen die Hände, vielleicht würden sie zu einem der Stauseen des Tajo versetzt, möglichst nahe Madrid und der Gran Vía. Über diesen persönlich bewegenden Erörterungen gelangten sie in den fernsten Winkel des Stausees, wo der Fluß einmündete, und der Fluß war nicht da, nur ein dünnes Rinnsal, noch getrübt von weicher Erde, ein glucksender Morast, ein Rinnsal, das noch nicht einmal eine Spielzeugmühle hätte antreiben können. Wohin, Blitz und Donner, ist der Fluß verschwunden, rief der Fahrer des Jeeps, und er hätte es nicht kräftiger und kerniger sagen können. Staunend, baff, verwirrt, auch beunruhigt, erörterten die Ingenieure ein weiteres Mal die schon dargelegten Hypothesen, dann, nachdem sie die praktische Nutzlosigkeit des Debattierens erkannt hatten, kehrten sie zu den Büros des Unternehmens zurück, fuhren nach Orbaiceta, wo die Geschäftsleitung, über das wundersame Verschwinden des Flusses schon informiert, ihrer harrte. Es gab heftige Diskussionen, viele Zweifel, Telefonate nach Pamplona und Madrid, und das Ergebnis des ermüdenden Tuns und Verhandelns war am Ende ein sehr einfacher Befehl, bestehend aus drei folgerichtigen, sich ergänzenden Teilen: flußaufwärts marschieren, feststellen, was passiert ist, und nichts den Franzosen sagen.

Die Expedition brach am folgenden Tag in aller Frühe zur Grenze auf, immer neben dem Fluß her oder das ausgetrocknete Bett in Sichtnähe, und als die müden Inspektoren dort ankamen, begriffen sie, daß es den Irati nie mehr geben werde. Durch einen Spalt von allenfalls drei Meter Breite stürzten die Wasser, tosend wie ein kleiner

Niagara, ins Erdinnere. Auf der anderen Seite schon eine Ansammlung von Franzosen, naiv zu glauben, daß die Nachbarn, verschlagen und Cartesianer, von der Sache nichts merken würden, aber wenigstens zeigten sie sich überrascht und verwirrt wie die Spanier diesseits, und allesamt brüderlich vereint im Nichtwissen. Es kamen die beiden Seiten miteinander ins Gespräch, zu einem eher kurzen und wenig dienlichen, denn schwerlich gedieh es hinaus über Ausrufe berechtigten Entsetzens und zages Aufwerfen neuer Hypothesen seitens der Spanier, jedenfalls herrschte allgemeine Verwirrung, die nicht wußte, gegen wen sie sich richten sollte, die Franzosen lächelten schon bald wieder, sie immerhin blieben auch fernerhin bis zur Grenze Besitzer des Flusses, sie brauchten die Landkarte nicht zu korrigieren.

An diesem Nachmittag schwebten Hubschrauber beider Länder über der Stelle, sie fotografierten, Beobachter wurden mit Winden herabgelassen, hingen über dem Wasserfall, schauten und sahen nichts, nur den schwarzen Schlund und den gekrümmten Buckel des schillernden Wasserschwalls. Um irgendwie nützliche Vorkehr zu treffen, versammelten sich die städtischen Behörden Orbaicetas, seitens der Spanier, und Larraus, seitens der Franzosen, da am Fluß, unter einem hierfür aufgestellten und mit den drei Fahnen – der spanischen Bikolore und der französischen Trikolore, zuzüglich der Flagge von Navarra – geschmückten Zeltdach, in der Absicht, die touristischen Möglichkeiten eines in der Welt gewiß einmaligen Naturphänomens zu erörtern wie auch die Möglichkeiten seiner Ausbeutung in beiderseitigem Interesse. Da die vorliegenden Fakten zur Analyse nicht ausreichten und zweifelsfrei nur provisorischen Charakters waren, kam in puncto Verpflichtungen und Rechte der jeweiligen Seite kein aussagekräftiges Dokument zustande, doch wurde eine gemischte Kommission einberufen, die in kürzester Frist den Termin für die nächste und dann formelle Zusammenkunft ausarbeiten sollte. Allerdings brachte, in letzter Stunde, ein verwirrender Faktor das erlangte relative Einvernehmen durcheinander, nämlich fast gleichzeitig intervenierten, in Madrid und Paris, die Vertreter beider Staaten bei der Ständigen Kommission für Grenzangelegenheiten. Die Herren tischten eine schwerwiegende Frage auf, sage uns einer, wohin sich dieses Loch auftut, nach der spanischen oder nach der französischen Seite. Das schien ein Detail von minderer Bedeutung, aber nachdem die Begründung dargelegt war, wurde einem die Brisanz der Angelegenheit vollends klar. Unbestreitbar gehörte der Irati fortan ausschließlich Frankreich, dem Département Basses-Pyrénées, doch falls der Spalt sich in Gänze zur spanischen Seite, zur Provinz Navarra hin, aufgetan hatte, würde es noch vieler Unterhandlungen bedürfen, da nun einmal jedes der beiden Länder, gewisserweise, in gleichem Maße daran beteiligt wäre. War, im Gegenteil, auch der Spalt französisch, dann würde die Angelegenheit gänzlich deren Sache sein, so wie die Dinge an sich, der Fluß und der Schlund. In Anbetracht der neuen Lage und gedankliche Vorbehalte verhehlend, kamen die Behörden beider Seiten überein, miteinander in Kontakt zu bleiben, solange die wichtige Frage nicht geklärt war. Die Ministerien für Auswärtige Angelegenheiten beider Länder ihrerseits verkündeten in einer sorgsamst ausgearbeiteten gemeinsamen Erklärung die Absicht, dringlichst Gespräche fortzuführen auf der Ebene der erwähnten Ständigen Kommission für Grenzangelegenheiten, die, selbstverständlich, fachlich beraten würde von den entsprechenden geodätischen Expertenteams.

Auf diesem Höhepunkt der Ereignisse, bei reichem, mannigfaltigem internationalem Hin und Her, erschienen die Geologen. Zwischen Orbaiceta und Larrau gab es schon von allem ein bißchen, wenn nicht viel, wie vorher aufgezählt, nun kamen in Menge die Wissenschaftler von nah und fern, die Erforscher der Bodenbewegungen und Geländerverschiebungen, der geologischen Schichten und der Findlinge, sie kamen mit dem Hämmerchen in der Hand und beklopften alles, was Stein war oder wie Stein aussah. Ein französischer Journalist, mit Namen Michel und Zyniker, sprach zu seinem spanischen Kollegen, ernst dieser und mit Namen Miguel, der schon nach Madrid gemeldet hatte, daß die Spalte ab-so-lut spanisch sei, oder geographisch und nationalistisch präzis ausgedrückt, navarresisch, die könnt ihr ruhig behalten, sprach der dreiste Franzose, falls ihr so danach giert und sie so dringlich braucht, wir haben allein schon im Cirque de Gavarnie einen Wasserfall von vierhundertzwanzig Meter Höhe, wir benötigen keine verkehrt sprudelnden artesischen Löcher. Miguel kam nicht der Gedanke, ihm zu antworten, daß es auch auf der spanischen Seite der Pyrenäen Wasserfälle gibt, sehr schöne und hohe, doch die Frage hier war eine andere, eine Kaskade unter freiem Himmel, das birgt kein Geheimnis, ist stets das gleiche, vor aller Leute Augen, wohingegen man bei der Spalte des Irati zwar den Anfang sieht, aber das Ende nicht kennt, wie im Leben. Indes, es war ein anderer Journalist, übrigens Galicier und auf der Durchreise, wie es Galiciern so oft widerfährt, der die noch ausstehende Frage stellte, wohin fließt dieses Wasser. Es war zu der Zeit, da die Geologen beider Seiten wissenschaftlich bar und trocken diskutierten, und die Frage, wie von einem scheuen Kind, vernahm nur eben jener, der sie hier niederschreibt. Da die Stimme galicisch war, und also zurückhaltend und wohlerwogen, ging sie unter in der gallischen Ereiferung und dem kastilischen Gepolter, doch dann wiederholten andere das Gesagte und maßten sich darin die Urheberschaft an, den kleinen Völkern schenkt halt niemand Gehör, eine Feststellung dies, die nicht dem Verfolgungswahn entspringt, sondern eine Augenscheinlichkeit der Geschichte ist. Die Erörterung der Gelehrten war für die Laien fast unverständlich geworden, dennoch blieb erkennbar, daß da zwei Hauptthesen zur Diskussion standen, die der Monoglazialisten und die der Polyglazialisten, beide verhärtet und einander bald feind, wie zwei antithetische Religionen, die monotheistische hie, die polytheistische da. Einige Erklärungen muteten interessant an, wie jene von den Deformierungen, gewissen Deformierungen, die herrühren konnten von einer tektonischen Hebung oder aber einer durch Erosion bewirkten isostatischen Kompensierung. Dies um so mehr, so wurde hinzugefügt, als eine Überprüfung der gegenwärtigen Formen des Kettengebirges die Behauptung zuläßt, daß es nicht alt ist, geologisch gesprochen, versteht sich. Dies alles, möglicherweise, könnte mit dem Bruch in Verbindung stehen. Schließlich, wenn ein Gebirge solchen Kräftespielen, einem so gewaltigen Arm ausgesetzt ist, verwundert es kaum, daß es eines Tages nachgeben muß, zerspringt, bricht oder, wie im vorliegenden Fall, auseinanderreißt. So nicht bei der großen Felsplatte, die reglos auf den Monts Albères lag, sie aber bekamen die

Geologen nie zu Gesicht, sie lag abseits fern, in trostloser Einöde, niemand näherte sich ihr, auch Hund Ardent, dem Kaninchen hinterdrein, kehrte nicht zurück.

Zwei Tage später waren die Mitglieder der Grenzkommission auf freiem Feld bei der Arbeit, sie vermaßen mit Theodoliten, überprüften anhand der Aufstellungen, rechneten mit Taschenrechnern, und dies alles verglichen sie mit den vorgenommenen Luftaufnahmen, die Franzosen dabei wenig zufrieden, denn schon bestand kaum mehr ein Zweifel, daß die Spalte spanisch war, so wie Journalist Miguel es mit Pioniergeist verteidigt hatte, da plötzlich wurde ein neuer Bruch gemeldet. Vom friedvollen Orbaiceta war fortan nicht mehr die Rede, auch nicht vom auseinandergerissenen Fluß Irati, sic transit gloria mundi und auch die Glorie von Navarra. Im Schwarm eilten die Medienmenschen, einige unter ihnen Frauen, zur Inspizierung der Ostpyrenäen, der nun kritischen Region, sie glücklicherweise besser zugänglich durch so viele und so vorzügliche Verkehrsmittel, daß da binnen Stunden die Macht der Welt zusammenfand, Leute gar aus Toulouse und aus Barcelona kamen. Die Straßen waren bald verstopft, zu spät entschieden die Polizisten der einen wie der anderen Seite, die Verkehrsströme umzuleiten, kilometerlange Autoschlangen, das mechanische Chaos, hierauf mußte drastisch eingegriffen, mußten all diese Leute zur Umkehr auf die Gegenfahrbahn gezwungen werden, da galt es, die Leitplanken abzureißen, die Gräben zu füllen, rein die Hölle, recht getan hatten die Griechen, daß sie diese hierher auslagerten. In der Not taten die Hubschrauber gute Dienste, diese Flugmaschinen oder Riesenvögel, die an fast beliebigem Fleck aufsetzen können und, wenn das gänzlich unmöglich ist, sich in der Schwebe halten nach Art des Kolibris, sie schwirren hautnah an die Blume heran, die Insassen benötigen noch nicht einmal eine Treppe, ein Hüpferchen langt, sie tauchen in die Blumenkrone zwischen Staubfäden und Stempel, atmen die Düfte, oft von Napalm und verbranntem Fleisch. Sie hasten los, mit eingezogenen Köpfen, und eilen hin, um zu sehen, was geschehen ist, einige von ihnen kommen stracks vom Irati, schon mit tektonischer Erfahrung, aber nicht der hiesigen.

Die Spalte zerschneidet die Straße, nunmehr eine einzige große Standfläche, und zieht sich hin, wird schmaler noch den beiden Seiten, verliert sich hangabwärts, schlängelt sich hangaufwärts und verschwindet im Buschwerk. Wir sind hier punktgenau an der Grenze, der wirklichen, der Scheidelinie, auf diesem vaterlandslosen Streifen zwischen den Zollhäusern der zwei Polizeien, zwischen der *aduana* und der *douane*, zwischen der *bandera* und dem *drapeau*. Aus vorsichtiger Entfernung, denn die Möglichkeit, daß die Ränder der irdischen Wunde wegbrechen, ist nicht ausgeschlossen, wechseln Behörden und Techniker Sätze, bar an Sinn und an Wirksamkeit, dieses laute Durcheinander von Stimmen kann man nicht Dialog nennen, und sie benutzen Lautsprecher, um sich besser verständlich zu machen, indessen andere Personen, von höherem Rang, in den Gebäuden telefonieren, miteinander oder mit Madrid und Paris. Die Journalisten, kaum ausgestiegen, forschen nach, wie dies passiert ist, und nehmen alle dieselbe eine Geschichte auf, mit einigen Abweichungen, die ihre eigene Phantasie noch um etliches ausschmücken wird, aber, auf den einfachen Fall zurückgebracht, das Ereignis wurde von einem Autofahrer gemeldet, der am schon dunklen Abend hier vorbeikam und dabei spürte, daß sein Wagen plötzlich einen Hüpfer tat, als führen die Räder durch eine tiefe Querrinne, er stieg aus und sah nach, was dies bedeuten konnte, vielleicht Reparaturarbeiten an der Fahrbahndecke, unvorsichtigerweise nicht kenntlich gemacht. Der Spalt zu diesem Zeitpunkt eine halbe Spanne breit und etwa vier Meter lang, wenn überhaupt. Der Mann, ein Portugiese, namens Sousa, und mit der Ehefrau und Schwiegereltern auf Reisen, kehrte zum Wagen zurück und sagte, man könnte meinen, wir sind schon in Portugal, denkt euch, ein riesiger Graben, das hätte mir die Felge verbeulen oder die Achse brechen können. Nicht Graben und nicht riesig, doch die Worte, so von uns gesagt, haben ihr Gutes, sie helfen, denn allein schon weil übertrieben, besänftigen sie sogleich unseren Schrecken und unsere Erregung, und warum, weil sie dramatisieren. Die Frau, nicht sonderlich empfänglich für die Mitteilung, erwiderte, da schau, und er fand, er solle den Ratschlag befolgen, obwohl es vielleicht anders gemeint war, denn die Bemerkung der Senhora, mehr Ausruf denn kurzgefaßte Empfehlung, gehörte zu jenen Sätzen, die stellvertretend als Erwiderung dienen, der Mann stieg wieder aus, prüfte die Felgen, erkennbare Schäden fand er nicht, ein Glück. Wenige Tage später, da schon in seiner portugiesischen Heimat, wird er ein Held sein, werden Fernsehen, Radio und Presse ihn befragen. Sie Senhor Sousa, haben es als erster gesehen, erzählen Sie uns, was Sie in jenem entsetzlichen Augenblick empfanden. Er wird es ungezählte Male wiederholen, und die herausgeputzte Geschichte gipfelt jedesmal in einer bangen rhetorischen Frage, die erschauern läßt und ihm selber köstlichen, einer Ekstase vergleichbaren Schauder bereitet, wenn der Spalt größer gewesen wäre, das hat er schon überlegt, so wie man jetzt erzählt, wären wir da hineingefallen, weiß Gott wie tief, und mehr oder weniger dies war auch des Galiciers Überlegung gewesen, als er fragte, sofern man sich noch daran erinnert, wohin fließt dieses Wasser.

Bis wohin, das ist die Kernfrage. Erste objektive Vorkehr müßte es sein, diese Wunde zu sondieren, ihre Tiefe zu ergründen, sodann die geeigneten Maßnahmen zu erörtern, festzulegen und in die Tat umzusetzen, zwecks Schließung der Bresche, kein Ausdruck je rigoroser als dieser und also französischen Ursprungs, man könnte meinen, jemand hätte ihn sich eines Tages ausgedacht oder ihn eigens erfunden, damit er trefflichst angewendet würde, wenn die Erde einmal aufrisse. Die sogleich angestellte Sondierung ergab etwas mehr als zwanzig Meter Tiefe, verglichen mit den technischen Möglichkeiten des modernen Wegebaues, ein Nichts. Aus Spanien und aus Frankreich, von nah und fern rückten Betonmischmaschinen an, jene interessanten Geräte, die mit ihren gleichförmigen Bewegungen an den Planeten Erde im Weltraum erinnern, Rotation, Fortbewegung, und wenn der Augenblick da war, spuckten sie den Beton aus, in gewaltigem Schwall, dieser zu besserer Wirkung dann noch versehen mit Mengen großen Gesteins und schnell bindendem Zement. Man war mitten im Füllen, als ein einfallsreicher Spezialist vorschlug, man sollte, wie früher bei den Wunden von Menschen üblich, einige Klammern anlegen, große Krampen, aus Stahl, die beide Ränder festhielten und so gewissermaßen die Vernarbung der Wunde begünstigten und beschleunigten. Der Vorschlag wurde von der bilateralen Krisenkommission gebilligt, die spanischen und französischen Gießereien nahmen sogleich die erforderlichen Studien in Angriff, Legierung, Dicke und Profil des Materials, Maße der Bauklammer im Verhältnis zum gefaßten Erdreich, jedenfalls lediglich den Spezialisten verständliche Einzelheiten, darum hier nur sehr oberflächlich aufgeführt. Die Spalte schluckte den Schwall an Stein und grauem Schlamm, als wäre es der Fluß Irati, der da ins Erdinnere fiel, man hörte in den Tiefen die Echos hallen und mutmaßte einen riesigen Hohlraum da unten, eine Kaverne, eine Art unersättlichen Schlund, falls das zutrifft, erübrigt sich weiteres Betonieren, da wird über den Riß eine Brücke geschlagen, vielleicht wirklich die einfachste und ökonomischste Lösung, man rufe die Italiener, die haben viel Erfahrung im Bau von Viadukten. Doch nach wer weiß wieviel Tonnen und Kubikmetern zeigte die Sonde siebzehn Meter Tiefe an, dann fünfzehn, dann zwölf, der Betonpegel stieg und stieg, die Schlacht war gewonnen. Die Techniker, die Ingenieure, die Arbeiter, die Polizisten, sie fielen einander jubelnd in die Arme, Fahnen wurden geschwenkt, die Fernsehberichterstatter, aufgeregt, verlasen die neueste Nachricht und warteten mit eigener Beurteilung auf, sie priesen den titanischen Kampf, das Epos der Gemeinschaft, die tatkräftige internationale Solidarität, sogar Portugal, dieses kleine Land, entsandte einen Konvoi von zehn Betonfahrzeugen, da ziehen sie die Straße hin, haben vor sich eine lange Reise, mehr als eintausendfünfhundert Kilometer, eine gewaltige Anstrengung, der Beton, den sie bringen, ist nicht mehr vonnöten, doch die Geschichte wird diese symbolische Geste festhalten.

Als die Auffüllung Straßenniveau erreichte, barst die Freude in ein kollektives Delirium, es war wie Jahresausklang, Feuerwerk und Silvestertrubel. Die Lüfte hallten vom Gehupe jener Autofahrer, die sich auch nach Räumung der Straßen nicht hatten abweisen lassen, heiser blökten die *avertisseurs* und die *bocinas* der Laster, und die Hubschrauber flatterten triumphal über den Häuptern, wie Seraphe von vielleicht keineswegs himmlischen Kräften. Immerfort klickten die Fotoapparate, die Kameraleute vom Fernsehen drängten heran, sie bezähmten die Nerven, und da, an den Rändern des Spalts, der nun keiner mehr war, hielten sie in Großaufnahme die unregelmäßige Betonoberfläche fest, diesen Beweis menschlichen Sieges über eine Laune der Natur. Und also konnten die Zuschauer, fern von da, in ihrem gemütlichen und sicheren Zuhause, live die Bilder von der französisch-spanischen Grenze, am Col de Perthus, empfangen, konnten sie, als sie schon lachten, vor Freude in die Hände klatschten und das Ereignis wie eine eigene Großtat feierten, konnten sie jäh erleben, ihren eigenen Augen nicht trauend, sahen sie, wie da die Oberfläche des noch weichen Betons in Bewegung geriet und zu sinken begann, als würde die gewaltige Masse von unten her angesogen, langsam, unwiderstehlich, bis die Bresche wieder weit klaffte. Die Spalte hatte sich nicht verbreitert, und dies konnte nur eines bedeuten, daß die Wände nun nicht mehr in zwanzig Meter Tiefe zusammenliefen, sondern weitaus tiefer, um weiß Gott wieviel Meter. Die Kameraleute wichen zurück, erschrocken, doch die Berufspflicht, ihnen zum Instinkt geworden, sicherte das Weiterlaufen der Kameras, ein zittriges allerdings, und die Welt konnte die entsetzten Gesichter sehen, die uneindämmbare Panik, man hörte die Rufe, die Schreie, alles flüchtete, in weniger als einer Minute war die Standfläche leer, zurückgeblieben die verlassenen Betonmischer, hier und dort noch einer in Betrieb, mit rotierender Trommel, gefüllt mit einer Masse, die drei Minuten davor nicht mehr erforderlich schien, nun aber unnütz geworden war.

Zum erstenmal strich ein Angstschauer über die Halbinsel und das anliegende Europa. In Cerbère, da nahebei, liefen die Leute ahnungsvoll auf die Straße wie ihre Hunde zuvor, sie riefen einander zu, es stand geschrieben, wenn sie bellen, geht die Welt unter, und das stimmte nicht ganz, nie hatte es geschrieben gestanden, doch in den großen Augenblicken bedürfen wir allemal großer Worte, und dieser Satz, es stand geschrieben, hat, weiß einer, warum, einen so hehren Rang, nimmt in den Handbüchern des fatalen Stils den vordersten Platz ein. Die Bürger von Cerbère, mit mehr Grund als sonst wer das Kommende fürchtend, begannen den Ort zu verlassen, wanderten, ein geschlossener Zug, in sicherere Landstriche aus, vielleicht daß der Welt Ende sie dort nicht ereilte. In Banyuls-sur-Mer, Port-Vendres und Collioure, um nur diese am Küstensaum gelegenen Orte zu nennen, blieb keine lebende Seele. Die toten Seelen, weil eben gestorben, blieben, mit jenem unerschütterlichen Gleichmut, der sie vom Rest der Menschheit scheidet, sollte einer je das Gegenteil behauptet haben, daß nämlich Fernando den Ricardo aufsuchte, tot der eine und lebend der andere, so war das unsinnige Spinnerei, mehr nicht. Doch einer dieser Toten, in Collioure, regte sich ein bißchen, als zögerte er noch, geh ich, geh ich nicht, nein, ins Innere Frankreichs jedenfalls nie und nimmer, nur er würde wissen, wohin, vielleicht erfahren wir es auch noch.

Zwischen den tausend Meldungen, Meinungen, Kommentaren und Rundtischgesprächen, die man tags darauf in den Zeitungen, im Fernsehen und im Radio verfolgen konnte, ging die knappe Bemerkung eines orthodoxen Seismologen fast ungehört unter, ich wüßte gern, wie dies alles geschieht, ohne daß dabei die Erde bebt, hierauf ein anderer Seismologe, einer der modernen Schule, ein pragmatischer und flexibler, erwiderte, zu gegebener Zeit werden wir es erklären. Nun, in einem Ort in Südspanien hörte ein Mann dieses gegensätzliche Gespräch, er begab sich von zu Hause nach Granada, um den Herren vom Fernsehen zu sagen, daß er seit mehr als einer Woche die Erde beben fühle, er habe bisher geschwiegen, weil er gemeint habe, niemand werde ihm glauben, hier sei er jetzt, in Person, damit man sich überzeuge, daß ein einfacher Mensch viel sensibler sein könne als alle Seismographen dieser Welt zusammengenommen. Das Schicksal fügte es, daß ein Redakteur ihm sein Ohr lieh, sei es aus Sympathie und gutem Willen oder angetan von der Ungewöhnlichkeit des Falles, in vier Zeilen wurde die Neuigkeit festgehalten und, wenn auch ohne Bildeinblendung, in den Abendnachrichten gesendet, mit augenzwinkerndem Vorbehalt. Tags darauf nutzte und weitete das portugiesische Fernsehen, in Ermangelung eigenen lokalen Materials, den Fall, mittels Studiointerview mit einem Spezialisten für paranormale Phänomene, der aber, seiner wichtigsten Verlautbarung zu entnehmen, zur Aufhellung der Sache weiter nichts beitragen konnte, wie bei den sonstigen Fällen hängt alles ab von der Sensibilität.

Von Wirkungen und Ursachen ist hier viel die Rede gewesen, stets äußerst wohl überlegt, unter Beachtung der Logik, nach gesundem Menschenverstand, die Vernunft wahrend, denn jedem leuchtet ein, daß aus einer Sackgasse niemand einen Rossio-Platz machen kann. Also mag man, natürlich und berechtigt, in Zweifel ziehen, daß jener von Joana Carda mit dem Rüsterstock über den Boden gezogene Strich das Auseinanderbrechen der Pyrenäen unmittelbar verursachte, was von Beginn an sacht unterstellt wurde. Nicht zurückweisen aber möge man die andere Tatsache und volle Wahrheit, daß Joaquim Sassa sich auf die Suche nach Pedro Orce begab, weil er über ihn in den Abendnachrichten gehört hatte, und auch, was er gesagt hatte.

Europa, die liebende Mutter, war bekümmert ob des Schicksals ihrer Randländer im Westen. Überall in der Pyrenäenkette barsten die Granite, vervielfachten sich die Spalte, Straßen waren mit einemmal durchschnitten, Flüsse, Bäche und Kaskaden tauchten in den Untergrund, ins Unsichtbare. Über die schneebedeckten Gipfel hin, aus der Luft gesehen, tat sich, schwarz und schnell, gleichsam eine Spur von Zündpulver, ein Spalt auf, wohinein der Schnee rutschte und mit dem matten Rauschen einer kleinen Lawine verschwand. Die Hubschrauber schwirrten hin und her, beobachteten die Gipfel und die Täler, waren vollgestopft mit Fachleuten, mit Spezialisten für alles, was nur irgend dienlich sein konnte, mit Geologen, sehr zu Recht, zumal ihnen jetzt das Arbeiten auf freier Flur verwehrt war, mit Seismologen, baß erstaunten, weil die Erde beharrlich ruhig blieb, nicht bebte, noch nicht einmal vibrierte, und mit Vulkanologen, insgeheim erwartungsvollen, obschon der Himmel rein war, frei von Rauch und Feuer, ein vollkommenes und blankes Augustblau, die Zündpulverspur nur mehr ein Vergleich, es ist gefährlich, die Vergleiche wörtlich zu nehmen, diesen und andere mehr, wenn wir es nicht lernen, uns zuvor zu wappnen. Nichts vermochte Menschenkraft gegenüber einem Kettengebirge auszurichten, das sich wie ein Granatapfel auftat, augenscheinlich ohne Schmerzen, nur eben, wer sind wir, daß wir es so genau wissen, weil es reif geworden und die Zeit gekommen war. Bare achtundvierzig Stunden nachdem Pedro Orce dem Fernsehen gemeldet hatte, was wir bereits wissen, konnte man die Grenze, vom Atlantik bis ans Mittelmeer, schon nicht mehr zu Fuß oder mit einem Landgefährt passieren. Und in den Senken an der Küste begannen die Meere, ein jedes auf seiner Seite, in die neuen Kanäle vorzudringen, in diese unbekannten, geheimnisvollen, immer größer werdenden Schlünde, mit ihren wie nach dem Lot gezogenen, senkrecht abfallenden Wänden, in glattem Schnitt, wobei die urzeitlichen wie die neueren Erdschichten zutage traten, die Synklinalen, die Toneinlagerungen, die Konglomerate, die ausgedehnten Kalk- und Sandsteinlinsen, die Schieferlagen, die schwarzen Kieselgesteine, die Granite und vieles mehr, was sich aus Mangel an Zeit und des Erzählers Ungenügen wegen nicht aufführen läßt. Nun wissen wir schon, welche Erwiderung dem Galicier gebührt hätte, der da fragte, wohin fließt dieses Wasser. Ins Meer, würden wir ihm antworten, es fällt hinab, zersprüht, als Niesel, kaskadenartig, je nach der Höhe, von der es sich hinunterstürzt, und der Menge, wir sprechen nicht vom Irati, der ist weit fort, doch man kann wetten, daß sich alles in der vertrauten Weise vollziehen wird, Wasserspiele, Regenbogen auch, sofern die Sonne in die finsteren Schlünde vorzudringen vermag.

In einer Breite von ungefähr hundert Kilometern beiderseits der Grenzen haben die Menschen ihr Zuhause verlassen, wählten die relative Geborgenheit des Landesinnern, heikel war es lediglich für Andorra, das wir, unverzeihlicherweise, fast vergessen hätten, es ist dies das

Schicksal aller kleinen Länder, die sich doch lieber etwas größer hätten machen sollen. Anfangs waren da noch Zweifel, was das Endergebnis der Aufbrüche sein werde, es waren da Spalte auf der einen wie auf der anderen Seite, an beiden Grenzen, auch würden dessen Bewohner, nämlich Spanier, Franzosen und gebürtige Andorraner, ein jeglicher seinem natürlichen Hang folgen, unberufen oder aus augenblicklichen Erwägungen und Interessen heraus entscheiden, bei Gefahr, daß dadurch die Familien und sonstige Gemeinschaftsbande zerrissen. Endlich vollzog sich der durchgängige Bruch an der Grenze zu Frankreich, die etlichen tausend Franzosen wurden auf dem Luftwege evakuiert, in einer brillanten Rettungsaktion unter dem Decknamen Mitre d'Évêque, eine Bezeichnung dies, die den Bischof von Urgel, deren ungewollten Inspirator, sehr verdroß, ihm andererseits aber die freudige Genugtuung gab, daß er künftig das alleinige Oberhaupt des Principado sein würde, sofern dieses, nur eben an Spaniens Flanke geklammert, nicht ins Meer fiele. In den durchweg entstandenen, nun wüsten Landstrichen patrouillierten, immer auf das Schlimmste gefaßt, nur hier und da Militärtrupps, über denen immerfort Hubschrauber kreisten, um sie beim geringsten Anzeichen einer geologischen Instabilität sogleich aufzunehmen, auch streunten dort, zumeist vereinzelt, jene unausbleiblichen Plünderer umher, die bei allen Katastrophen aus ihren Schlupfwinkeln und Schlangennestern kriechen und, wie die sie erbarmungslos abknallenden Militärs, gleichfalls das Credo auf den Lippen trugen, dem Glaubenssatz gemäß, daß jedem lebenden Wesen Recht auf Liebe und Schutz seitens seines Gottes zusteht, außerdem könnte man, den Plünderern zu ihrem

Guten oder ihrer Entschuldigung, anführen, daß, wer sein eigen Haus preisgibt, dieses und dessen Nutznießung nicht verdient, während im übrigen sehr zu Recht der Spruch gilt, alles Gevögel frißt Korn, aber nur der Sperling zahlt, da möge ein jeder von euch zusehen, ob er Übereinstimmung zwischen der allgemeinen Weisheit und dem besonderen Fall findet.

Hier wäre es angebracht, zutiefst zu bedauern, daß diese wahre Geschichte kein Opernlibretto ist, dann nämlich würden wir an die Bühnenrampe einen Chor treten lassen, wie man ihn noch nie erlebte, zwanzig Sänger, lyrische und dramatische Stimmen jeglicher Koloratur, die Partien schmetternd, eine jede für sich oder vereint, nacheinander oder zugleich, will heißen die Zusammenkunft der spanischen und der portugiesischen Regierung, das Zerreißen der Stromleitungen, die Erklärung seitens der Europäischen Wirtschaftsgemeinschaft, die Stellungnahme des Nordatlantikpaktes, die heillose Panik der Touristen, der Sturm auf die Flugzeuge, die verstopften Autobahnen, die Begegnung Joaquim Sassas mit José Anaiço, beider Begegnung mit Pedro Orce, die Beunruhigung der Stiere in Spanien, die Erregung der Stuten in Portugal, der Alarm an den Küsten des Mittelmeeres, das Durcheinander der Gezeiten, die Flucht des riesigen und einflußreichen Kapitals, da hätten wir bald nicht mehr genügend Sänger zur Hand. Neugierige, um nicht zu sagen zweiflerische Geister, fragen nach der Ursache so vieler, so mannigfaltiger und so schlimmer Auswirkungen, als reichte es noch nicht, daß eine Gebirgskette mir nichts, dir nichts auseinanderbricht, noch dazu aus den Flüssen Wasserfälle werden und die Meere kilometerweit landeinwärts vordringen, nachdem sie sich so viele Jahrmillionen zurückgezogen haben. Und an diesem fatalen Punkt zögert die Hand, denn wie könnte sie einleuchtend, verständig die nächstfolgenden Worte niederschreiben, die unabänderlich alles festlegen, schon da es schwerlich gelingen dürfte, sofern überhaupt je möglich im Leben, Wahrheit und Dichtung voneinander zu trennen. Nun also, beenden wir endlich, was in der Schwebe harrte, verändern wir kraftgewaltig mit Hilfe des Wortes, was vielleicht nur durch das Wort veränderbar ist, gekommen, o ja, gekommen ist der Augenblick zu sagen, daß sich die Iberische Halbinsel plötzlich entfernte, in Gänze und überall gleichmäßig, zehn Meter jäh, wer wird es mir glauben, es rissen die Pyrenäen von oben bis untenhin auseinander, als wäre eine unsichtbare Axt aus den Höhen herabgesaust, hinein in den tiefen Riß, und hätte Stein und Erde bis auf die Sohle des Meeres gespalten, nun, in der Tat, können wir den Irati fallen sehen, tausend Meter, wie das Endlos, im freien Fall, er öffnet sich dem Wind und der Sonne, gleichsam Kristallfächer oder Schweif eines Paradiesvogels, er ist der erste über dem Abgrund hängende Regenbogen, ist der erste Schwindel des Sperbers, der dahinschwebt mit feuchten Schwingen, siebenfarbig bemalten. Auch würden wir den Visaurín sehen, den Monte Perdido, den Pico Perdiguere und den Pico de Estats, Felswände von zweitausend, dreitausend Meter Höhe, unfaßbar dem Auge, unergründbar, in der Tiefe neblig, vor Wasser und Ferne, und später, wenn sich dieser Raum verbreitert, werden die neuen Wolken kommen, so gewiß, wie es das Schicksal wirklich gibt.

Es verrinnen die Zeiten, es vermengen sich die Erinnerungen, es verschwimmen am Ende die Wahrheiten, die zuvor so eindeutigen und festumgrenzten, und dann, auf Erhellung dessen bedacht, was wir so ehrgeizig die strenge Genauigkeit der Fakten nennen, begeben wir uns an die Befragung der Zeitzeugnisse, der unterschiedlichen Dokumente, als da sind Zeitungen, Filme, Videoaufnahmen, Chroniken, persönliche Tagebücher, Pergamente, vor allem die Palimpseste, wir befragen die Überlebenden, und mit dem guten Willen der einen wie der anderen Seite vermögen wir gar dem berichtenden Greis zu glauben, was er in seiner Kindheit hörte, und aus allem werden wir irgend etwas folgern, mangels einhelliger Gewißheiten hält man sich an Mutmaßungen, doch wirklich erwiesen ist wohl, daß zu dem Zeitpunkt, als dann die elektrischen Leitungen rissen, auf der Halbinsel nicht ernstlich Angst herrschte, obwohl bereits das Gegenteil gesagt wurde, ein bißchen Panik schon, aber nicht Angst, die doch ein Gefühl anderen Kalibers ist. Freilich, noch lebhaft in Erinnerung ist vielen Menschen die dramatische Szene am Col de Perthus, als der Beton vor den Augen jener verschwand, die da schrien, Sieg, Sieg, doch die Episode war beeindruckend nur für die Zeugen vor Ort, die anderen nahmen von fern daran teil, zu Hause, im Pantoffelkino Fernsehen, sahen es in dem kleinen gläsernen Geviert, diesem Hof der Wunder, wo ein Bild das andere löscht, spurenlos, alles in verkleinertem Maßstab, auch die Gefühle. Und jene zartbesaiteten Zuschauer, denn die gibt es ja noch, die schon ein Nichts zu Tränen rührt und die den Kloß im Hals verhehlen, diese taten das übliche, wie in dem Falle, wenn man den Hunger in Afrika und sonstige Kalamitäten nicht mehr erträgt, sie wandten den Blick ab. Ebenso wollen wir nicht vergessen, daß es in weiten Teilen der Halbinsel, im tiefen und tiefsten Inneren, wohin die Zeitungen nicht kommen und man vom Fernsehen wenig versteht, Millionen gab, jawohl, Millionen Menschen, die nicht begriffen, was da vorging, oder nur eine vage Vorstellung hatten, aufgrund von Worten, deren Sinn sie halb begriffen, oder nicht einmal, so vage nur, daß zwischen dem, was einer zu wissen vermeinte, und dem, was ein anderer überhaupt nicht wußte, gewiß kein großer Unterschied war.

Doch als auf der Halbinsel jäh alle Lichter erloschen, hernach in Spanien *apagón* genannt und *negrum* in irgendeinem portugiesischen Dorf, wo noch Wörter erfunden wurden, als auf dem Erdball fünfhunderteinundachtzigtausend Quadratkilometer Land unsichtbar wurden, da gab es keinen Zweifel mehr, das Ende von allem war gekommen. Es reichte die totale Finsternis, die nur fünfzehn Minuten währte, bis durch Notschaltungen die eigenen Energiereserven angezapft wurden, die nur sehr spärlichen zu dieser Jahreszeit, im Hochsommer, mitten im August, alles trocken, die Talsperren nur leidlich gefüllt, Mangel an Heizkraftwerken, die Kernkraftwerke verflucht, doch schon war die Halbinsel ein wahres Pandämonium, die Teufel losgelassen, nackte Angst, Hexensabbat, ein Erdbeben hätte moralisch keine schlimmere Wirkung hervorrufen können. Es war Nacht, vielmehr Abend, die meisten Menschen schon heimgekehrt, es sitzen die einen vor dem Fernseher, in den Küchen bereiten die Frauen das Abendbrot zu, ein geduldigerer Vater unterweist, unsicher, in den Problemen der Rechenkunst, es scheint, das Glück ist nicht eben groß, alsbald erkannte man, was es dennoch wert gewesen war, dieses Erschrecken, diese pechschwarze Finsternis, dieser auf Iberien gefallene Tintenklecks. Nimm uns das

Licht nicht, o Herr, laß es wiederkehren, dann will ich dich bis zu meinem Lebensende um nichts mehr bitten, dies sprachen reuig die Sünder, die stets übertreiben. Wer in einer Senke hauste, durfte sich in einem verdeckten Brunnenloch wähnen, wer auf Bergeshöh wohnte, erklomm den Gipfel, und er gewahrte viele Wegstunden im Umkreis kein einziges Licht, als hätte die Erde ihre Bahn gewechselt und kreiste jetzt in einem sonnenlosen Raum. Mit zittrigen Händen wurden in den Häusern die Kerzen angezündet, die Taschenlampen, die für mögliche Stromausfälle, nicht diesen hier, aufbewahrten Petroleumlampen, die Armleuchter aus Feinsilber, die nur zur Zierde bestimmten bronzenen, die Handleuchter aus Messing, die vergessenen Ölfunzeln, schwache Lichter zusammen, die den Schatten mit Schatten bevölkerten und entsetzte Gesichter verschwommen erhellten, verzerrte, wie vom Wasser gespiegelte. Viele Weiber kreischten, viele Männer erbebten, von den Kindern wird man sagen, daß sie allesamt weinten. Nach diesen fünfzehn Minuten, die, so die Rede, einem wie fünfzehn Jahrhunderte vorkamen, obwohl niemand je so lange lebte, daß er solchen Vergleich hätte wagen können, kehrte der Strom wieder, langsam, flackernd, die Lampen alle blinzelten wie verschlafene Augen, sie warfen trübe Blicke ringsum, nahe daran, wieder in Traumdämmer zu sinken, ertrugen das Licht dann endlich, hielten es aufrecht.

Eine halbe Stunde später begannen das Fernsehen und das Radio wieder zu senden, sie brachten Nachricht über das Vorgefallene, und so erfuhren wir, daß zwischen Frankreich und Spanien alle Starkstromleitungen gerissen waren, einige Masten waren umgestürzt, durch unverzeihliche Säumigkeit hatte kein Ingenieur daran gedacht, die Leitungen totzulegen, da es schon nicht möglich war, sie herunterzuholen. Glücklicherweise hatte das künstliche Feuerwerk aus lauter Kurzschlüssen keine Opfer gekostet, dies eine reichlich ichbezogene Redensart, denn zwar waren Menschen nicht zu Tode gekommen, zumindest ein Wolf aber entging dem elektrischen Schlag nicht, er endete als ein rauchendes Häufchen Kohle. Doch die zerstörten Leitungen erklärten nur zur Hälfte den Stromausfall, die andere Hälfte, obwohl in ihrem Sinn absichtlich dunkel gehalten, wurde bald verstehbar offenkundig, wobei ein Nachbar dem anderen half, sie wollen nicht zugeben, daß es schon nicht mehr nur diese Erdrisse sind, in dem Falle wären die Leitungen nicht gerissen. Ja, was meinst denn du, Nachbar, was geschehen sein könnte. Weiß ist's, vom Huhn gelegt, aber diesmal kein Ei, die Leitungen sind gerissen, weil zu straff geworden, sind zu straff geworden, weil die beiden Länder sich voneinander getrennt haben, dagegen wette ich meinen guten Namen. Was du nicht sagst. Ja, sag ich, sag ich, wirst ja sehen, am Ende müssen sie es zugeben. So geschah es, aber erst am folgenden Tag, als schon so viele Gerüchte im Umlauf waren, daß eine Meldung mehr, und wäre es die Wahrheit, die Verwirrung nicht weiter hätte steigern können, doch sagten sie nicht alles, und auch nicht eindeutig, wortwörtlich hieß es nur eben, eine Veränderung in der geologischen Struktur der Pyrenäen habe zu diesem durchgehenden Bruch geführt, eine Unterbrechung in der physischen Kontinuität, im Augenblick sind die Landverbindungen zwischen Frankreich und der Halbinsel unterbrochen, die Behörden verfolgen den Fortgang der Dinge aufmerksam, die Flugverbindungen werden aufrechterhalten, alle Flughäfen sind geöffnet und voll in Betrieb, es wird damit gerechnet, daß ab morgen eine Verdoppelung der Flüge möglich ist.

Und dies war sehr nötig. Als sich unverhüllbar herausstellte, daß sich die Iberische Halbinsel in Gänze von Europa getrennt hatte, jetzt hieß es bereits, sie hat sich getrennt, da verließen Hunderttausende von Touristen in aller Eile das Land, wissen wir doch, daß es Hochsaison war, unbezahlt blieben die Rechnungen für Hotel, Herberge, Einkehrstätte, Gasthaus, Gasthof, Residenzen, Ferienhaus und Fremdenzimmer, Campingplatz, Zelt, Wohnwagen, prompt gab es riesige Staus auf den Straßen, das wurde noch schlimmer, als überall Leute ihre Wagen stehenließen, letzteres geschah nicht gleich, doch dann war's wie eine Pulverzündung, gemeinhin dauert es ein Weilchen, bis die Menschen den Ernst einer Situation begreifen und sie hinnehmen, zum Beispiel diese, daß ein Auto zu nichts mehr taugte, da die Straßen nach Frankreich unterbrochen waren. Rings um die Flughäfen wimmelte es, gleichsam eine Überschwemmung, von Autos aller Größen, Modelle, Marken und Farben, sie verstopften die Straßen und die Zufahrten und brachten das Leben in den Orten gänzlich durcheinander. Spanier und Portugiesen, den Schrecken des *apagón* und des *negrum* hinter sich, erlebten diese Panik und fanden sie unsinnig, jedenfalls ist bisher noch nicht ein einziger ums Leben gekommen, diese Ausländer, wenn man sie aus der Routinebahn wirft, verlieren gleich den Kopf, nämlich weil sie in der Wissenschaft und Technik so weit fortgeschritten sind, und nach diesem abfälligen Urteil gingen sie daran, sich unter den stehengelassenen Autos jenes auszuwählen, das ihrem Geschmack am nächsten kam und ihrem Wunschtraum Krönung gab.

Auf den Flughäfen stürmte die erregte Menge die Schalter der Gesellschaften, es war ein wild schreiendes und gestikulierendes Babel, sie versuchten und übten nie gekannte Bestechung, nur um ein Ticket zu ergattern, alles wurde verkauft, alles wurde gekauft, Schmuck, Apparate, Wäsche, Drogenreserven, nun offen gehandelt, das Auto blieb draußen, hier haben Sie die Schlüssel und die Papiere, wenn ich keinen Platz nach Brüssel erwische, fliege ich notfalls nach Istanbul, wenn's sein muß in die Hölle, dieser Tourist gehörte zu den Unaufmerksamen, er sah den Wald vor lauter Bäumen nicht. Die Computer, überfüttert, geistig gesättigt und erschöpft, gerieten durcheinander, die Fehler vervielfachten sich, bis die totale Blockierung eintrat. Schon wurden keine Tickets mehr verkauft, sondern die Flugzeuge gestürmt, ein Wahnsinn, die Männer zuerst, da kräftiger, dann die schwachen Frauen und die unschuldigen Kinder, nicht wenige von den einen und den anderen zwischen Terminalausgang und Gangway niedergetrampelt, erste Opfer, bald gab es die nächsten Opfer, als einer die verhängnisvolle Idee hatte, sich den Weg mit gezückter Pistole zu bahnen, und die Polizei ihn abknallte. Es kam zur Schießerei, da waren noch weitere Waffen in der Menge und wurden benutzt, es ist nicht nötig zu sagen, auf welchem Flughafen sich das Unglück ereignete, derlei Abscheuliches trug sich noch auf zwei, drei anderen Flugplätzen zu, wenn auch mit weniger schlimmem Ausgang, hier jedenfalls starben achtzehn Menschen.

Plötzlich, nachdem es jemandem eingefallen war, daß auch die Seehäfen Fluchtwege boten, hob ein neuerliches Gerenne an. Das war ein Rückfluten zum irgendwo stehengelassenen Wagen, manch einer fand ihn, andere fanden ihn nicht, doch das blieb sich gleich, fehlten die Schlüssel oder waren sie untauglich, dann wurde flugs kurzgeschlossen, wer nicht wußte, wie, lernte es bald, Portugal und Spanien wurden das Paradies der Autodiebe. Wer einen Hafen erreichte, hielt eilig Ausschau nach einer Barkasse oder einem Boot, das ihn fortbringen könnte, besser noch nach einem Fischerboot, einem Schlepper, einer Schaluppe, einem Segler, und so ließen sie auch ihre letzte Habe in diesem verfluchten Land zurück, zogen ab mit dem, was sie auf dem Leib hatten, oder mit wenig mehr, einem schon reichlich schmutzigen Taschentuch, einem Gasfeuerzeug ohne Wert noch Füllung, einer Krawatte, die niemandem gefallen hatte, es ist nicht schön, daß wir auf so grausame Weise aus fremder Leute Unglück Nutzen zogen, wir gebärdeten uns wie Strandräuber, die Schiffbrüchige ausrauben. Die Ärmsten landeten da, wo sie gerade konnten, wohin man sie entführte, manche abgesetzt auf Ibiza, Mallorca, Menorca, Formentera oder auf den Inseln Cabrera und Conejera, wahllos, es steckten die Unglücklichen, wie man so sagt, ganz schön in der Klemme, sicher ist, daß sich die Inseln bis dahin nicht vom Fleck bewegt hatten, aber wer kann schon wissen, was morgen sein wird, für alle Ewigkeiten fest schienen die Pyrenäen, und nun. Tausende und aber Tausende flüchteten nach Marokko, von der Algarve oder der spanischen Küste kommend, von letzterer, soweit unterhalb des Cabo de Palos, wer sich weiter oben aufgehalten hatte, zog es vor, direkt nach Europa gebracht zu werden, falls möglich, sie fragten, was kostet mich meine Verbringung nach Europa, und der Obermaat legte die Stirn in Falten, kniff den Mund zusammen, musterte den Flüchtling und überschlug dessen Besitz. Wissen Sie, Europa ist weit fort, liegt am Ende der Welt, und nichts hätte es gefruchtet, ihm zu antworten, welch eine Übertreibung, es sind nur zehn Meter Wasser, einmal wagte ein Holländer diese Scheinwahrheit vorzubringen, ein Schwede pflichtete ihm bei, worauf man ihnen grausam entgegnete, ah, nur zehn Meter, na, dann schwimmen Sie doch hinüber, sie mußten um Entschuldigung bitten und zahlten den doppelten Fahrpreis. Das Geschäft blühte bis zu dem Tage, an dem die Länder, einvernehmlich, Luftbrücken einrichteten für den massiven Rücktransport ihrer Landsleute, doch selbst noch nach dieser humanitären Vorkehrung konnte sich, auf Frachtern und Fischereifahrzeugen, manch einer die Taschen mit Geld füllen, immerhin stehen ja nicht alle Leute mit dem Gesetz auf gutem Fuße, solche waren schnell zu jedwedem Preis bereit, eine andere Möglichkeit blieb ihnen nicht, da Portugals und Spaniens Seestreitkräfte eifrig die Küsten abfuhren, bei höchster Alarmstufe, unter dem diskret wachenden Auge der Flottenverbände der Großmächte.

Da waren auch Touristen, die sich zum Bleiben entschieden, als unabwendbare Fügung nahmen sie das geologische Abbrechen hin, als ein bestimmendes Zeichen des Schicksals, und sie schrieben ihren Angehörigen, zumindest hierhin aufmerksam, schrieben, man solle sie aus der Erinnerung streichen, ihre Welt sei nun eine andere, und auch ihr Leben, nicht durch eigene Schuld, es waren dies in der Regel Menschen mit schwachem Willen, solche, die Entscheidungen hinausschieben, immer nur morgen, morgen sagen, was nicht heißt, daß sie ohne Träume und Sehnsüchte wären, schlimm ist allerdings, wenn man stirbt, ohne von alledem ein Stückchen gelebt und genossen zu haben. Andere handelten stillschweigend, das waren die Verzweifelten, sie verschwanden nur mehr von der Bildfläche, sie vergaßen sich und machten sich vergessen, nun, jeder dieser menschlichen Fälle gäbe schon für sich allein einen Roman ab, letztlich die Geschichte dessen, was einer aus sich selbst gemacht hatte, und wenn nicht, so ein anderes Nichts, weil man deren zwei gleiche nicht findet.

Manche aber tragen auf ihren Schultern schwerer lastende Verantwortungen, denen sich einer nicht entziehen darf, in einem Maße, daß wir, wenn die Geschäfte des Vaterlandes schlechtgehen, mit der Frage aufwarten, ja wie denn, was tun sie, worauf warten sie denn noch, solche Ungeduld birgt ein Erkleckliches an großer Ungerechtigkeit, denn schließlich, die Ärmsten, auch sie sind dem Schicksal unentrinnbar unterworfen, allenfalls bitten sie den Präsidenten um ihre Entbindung vom Amt, jedoch nicht in einem Fall wie diesem, das wäre äußerst schändlich. Streng tadeln würde die Geschichte jene Männer im öffentlichen Amt, die einen solchen Entschluß wagten, zumal in diesen Tagen, da treffend gesagt, alles den Bach hinuntergeht. Eine jegliche auf ihrer Seite, in Portugal und in Spanien, warteten die Regierungen mit beschwichtigenden Verlautbarungen auf, in aller Form versicherten sie, die Situation erlaube keine übermäßige Besorgnis, seltsame Sprache, und auch, daß alle Vorkehrungen getroffen seien zur Rettung von Mensch und Gut, jedenfalls waren die Regierungschefs im Fernsehen aufgetreten, und danach, zur Besänftigung der bangen Gemüter, traten auch der dortige König und der hiesige Präsident in Erscheinung. *Friends, Romans, countrymen, lend me your ears*, sprachen sie, und die Portugiesen und die Spanier, versammelt in ihren Foren, antworteten einstimmig, aber ja, aber ja, *words, words*, nichts als *words*. Die Unzufriedenheit der öffentlichen Meinung veranlaßte die Ministerpräsidenten beider Länder zu geheimer Zusammenkunft, zunächst unter vier Augen, dann in Begleitung von Ministern der jeweiligen Regierungen, man tagte vereint und auch getrennt, es waren zwei Tage erschöpfender Beratungen, an deren Ende entschieden wurde, eine gemeinsame paritätische Krisenkommission zu bilden, deren Hauptaufgabe es sein sollte, die Aktionen der Zivilverteidigung beider Länder zu koordinieren zwecks besserer Ausnutzung und gegenseitiger Verstärkung der technischen wie auch menschlichen Potenzen wider jene geologische Herausforderung, in deren Folge sich die Pyrenäenhalbinsel nun schon zehn Meter von Europa abgesetzt hatte. Wenn dies hierbei bleibt, raunte man sich auf den Korridoren zu, wird der Fall so schlimm nicht, ich meine gar, wir hätten den Griechen damit sogar einen deftigen Streich gespielt, besäßen einen noch imposanteren Kanal, als es ihr so gerühmter Kanal von Korinth ist. Dennoch ist nicht zu übersehen, daß die Probleme unserer Verbindung zu Europa, historisch ja schon heikel kompliziert, nachgerade brisant werden dürften. Nun, da werden halt einige Brücken gebaut. Mich dagegen beschäftigt die Sorge, der Kanal könne sich in einem Maß verbreitern, daß er für Schiffe passierbar wird, vor allem für Tanker, das träfe die iberischen Häfen aber hart, und die Folgen wären so gewaltig wie, mutatis mutandis, versteht sich, seinerzeit nach Eröffnung des Suezkanals, will heißen, das nördliche und das südliche Europa verfügten dann über eine direkte Verbindung, es erübrigte sich sozusagen die Umschiffung des Kaps. Da könnten wir ihnen hinterdreinschauen, bemerkte ein Portugiese, und andere glaubten, er meinte die nun durch den neuen Kanal ziehenden Schiffe, jedoch nur wir, die Portugiesen, wissen, daß diese besagten von ganz anderer Art sind, sie fahren Schatten, Wünsche, Täuschungen und Enttäuschungen, randvoll beladen. Mann über Bord, riefen sie, und niemand kam ihm zu Hilfe.

Die tagende Europäische Wirtschaftsgemeinschaft veröffentlichte, so wie zuvor vereinbart, eine feierliche Erklärung, deren Wortlaut zufolge das Abdriften der iberischen Länder gen West die geltenden Übereinkünfte nicht in Frage stellte, schon da es sich ja nur um eine minimale Distanz handelte, einige wenige Meter, gar verglichen mit Britanniens Entfernung vom Kontinent, nicht erst zu reden von Island oder Grönland, den so wenig europäischen. Diese Erklärung, sachlich klar, war das Ergebnis einer in der Kommission hitzig geführten Debatte, dort hatten etliche der Mitgliedsländer eine gewisse Gelöstheit an den Tag gelegt, das treffende Wort, indem sie der Iberischen Halbinsel andeutungsweise einräumten, sie könne sich, falls ihr danach stehe, durchaus entfernen, es sei ein Fehler gewesen, sie überhaupt erst aufzunehmen. Das alles war freilich aus Spaß gesagt, ein *joke*, bei solchen schwierigen internationalen Zusammenkünften wollen die Teilnehmer ja auch Zerstreuung haben, man kann nicht immer nur arbeiten und arbeiten, doch Portugals und auch Spaniens Delegierter protestierten entschieden gegen diese wenig feinfühlige und dem Gemeinschaftsgeist unzweifelhaft abträgliche Brüskierung, wobei ein jeder in seiner Sprache das bekannte iberische Sprichwort zitierte, Freunde sind zum Bedarf da. Desgleichen war von der Nato eine atlantische Solidaritätserklärung erbeten worden, doch die Antwort, auch wenn nicht abschlägig, erschöpfte sich in einem unpublizierbaren Satz, *wait and see*, was übrigens nicht die volle Wahrheit ausdrückte, denn, für den Fall der Fälle, standen in Alarmbereitschaft die Luftbasen Beja, Rota, Gibraltar, El Ferrol, Torrejón de Ardoz, Cartagena, San Jorge de Valenzuela, von den kleineren Stützpunkten nicht zu reden.

Hierauf bewegte sich die Iberische Halbinsel ein bißchen weiter fort, einen Meter, zwei Meter, gleichsam um sich ihrer Kräfte zu vergewissern. Die zwecks Prüfung von Rand zu Rand gespannten Taue, in der Art, wie die Feuerwehrleute es mit geborstenen und einsturzgefährdeten Mauern tun, zerrissen wie Saiten, festere Taue rissen die umwundenen Bäume oder Pfosten glatt aus der Erde. Danach eine Pause, man verspürte in den Lüften einen gewaltigen Hauch, wie der erste tiefe Atemzug eines Erwachenden, und die Masse von Stein und Erdreich, bedeckt mit Städten, Dörfern, Flüssen, Wäldern, Fabriken, Brachland, Feldern, und den Menschen und Tieren darauf, sie begann sich in Bewegung zu setzen, ein Schiff, das den Hafen verläßt und hinaushält in das abermals unbekannte Meer.

Dieser Ölbaum heißt *oliveira cordovil*, oder *cordovesa*, oder *cordovia*, ist aber einerlei, diese drei Namen gelten in Portugal unterschiedslos, den tragenden Ölbaum aber würde man seiner Größe und Schönheit wegen hierzulande *aceituna de la reina* nennen, aber nicht *cordobesa*, obwohl wir uns hier näher an Córdoba als an der Grenze zu jenem anderen Land befinden. Dies dünken einen entbehrliche, überflüssige Einzelheiten, melismatische Vokalisationen, ornamentales Gekünstel eines einförmigen Gesangs, der gern rauschende, sich aufschwingende Musik sein möchte, dagegen wäre es weitaus wichtiger, von diesen drei Männern zu reden, die da unter dem Ölbaum sitzen, der eine ist Pedro Orce, der andere Joaquim Sassa, der dritte José Anaiço, wundersame Zufälle oder aber überlegte Eingriffe mögen sie hierhergeführt haben. Doch diesen Ölbaum eine *oliveira cordovil* nennen, das mag zumindest begreiflich machen, wie äußerst nachlässig beispielsweise die Evangelisten handelten, als sie nur mehr schrieben, daß Jesus den Feigenbaum verfluchte, man könnte meinen, diese Mitteilung sei uns Genüge, aber nein, das ist sie nicht, schließlich, nachdem zwanzig Jahrhunderte verstrichen sind, wissen wir immer noch nicht, ob der unselige Baum weiße oder schwarze Feigen trug, frühe oder späte Caparota oder Honigfeigen, nicht etwa, daß dieser Mangel der christlichen Wissenschaft Abbruch täte, sicherlich aber leidet darunter die historische Wahrheit. Also eine *oliveira cordovil* ist's, und unter ihr sitzen drei Männer. Hinter diesen Hängen, von hier aus jedoch nicht zu sehen, befindet sich ein Dorf, in dem Pedro Orce gelebt hat, und durch einen Zufall, der erste, falls es an dem ist, trägt dieses denselben Namen, was die Geschichte nicht wahrscheinlicher und auch nicht weniger wahrscheinlich macht, es kann ein Mensch Kuhkopf oder Schlechtwetter heißen, ohne daß er auch Metzger oder Meteorologe sein müßte. Wie gesagt, das sind Zufälle und überlegte Eingriffe, allerdings in gutem Ansinnen.

Sie sitzen auf dem Erdboden, da mitten unter ihnen tönt schnarrend ein Radio, dessen Batterien erschöpft sein mögen, und der Sprecher vermeldet, neuesten Messungen zufolge hat sich die Abdriftgeschwindigkeit der Halbinsel auf etwa siebenhundertfünfzig Meter pro Stunde eingepegelt, mehr oder weniger achtzehn Kilometer pro Tag, das scheint nicht viel, aber wenn wir krämerhaft rechnen, bedeutet es, daß wir uns in jeder Minute zwölfeinhalb Meter von Europa entfernen, und dies ist, obschon wir uns vor zerstörerischer Panik bewahren sollten, wirklich besorgniserregend. Und wäre es desto mehr, wenn du sagtest, daß es in jeder Sekunde zwei Zentimeter und noch etwas mehr sind, warf José Anaiço nach raschem Überschlag ein, vermochte es aber nicht auch noch auf Zehntel und Hundertstel zu bringen, Joaquim Sassa bat ihn zu schweigen, er wolle dem Sprecher lauschen, und das lohnte sich, Meldungen zufolge, die unsere Redaktion soeben erreichen, hat sich eine große Spalte zwischen La Línea und Gibraltar aufgetan, weshalb, sofern man die bisher nicht behebbaren Auswirkungen der Brüche ins Auge faßt, schon jetzt vorauszusehen ist, daß der Felsen, El Peñón, losgelöst mitten im Meer verbleiben wird, sollte dies geschehen, so wollen wir nicht den Briten die Schuld geben, vielmehr liegt sie bei uns, bei Spanien, das nicht vermochte, sich rechtzeitig wieder in den Besitz dieses heiligen Fleckchens unseres Vaterlandes zu bringen, nun ist es zu spät, der Peñón selber verläßt uns. Dieser Mann ist ein Meister des Wortes, bemerkte Pedro Orce, doch schon sprach der Redner in einem anderen Ton, hatte seine Gemütsregung bezähmt, das Büro des britischen Premierministers veröffentlichte eine Note, in der die Regierung Ihrer Britischen Majestät einmal mehr ihre, wie sie es nennt, Ansprüche auf Gibraltar bekräftigt, die, wir zitieren, Bestätigung finden durch die unbestreitbare Tatsache, daß sich *The Rock* von Spanien löst, womit einseitig und endgültig alle Verhandlungen hinsichtlich einer eventuellen, wiewohl problematischen Übertragung der Hoheitsrechte unterbunden werden. Auch dieses Mal ist es mit dem britischen Imperium noch nicht vorbei, bemerkte José Anaiço. In einer Erklärung vor dem Parlament forderte die Opposition Ihrer Majestät, daß die Nordseite der neuen Insel umgehend zur Festung ausgebaut werde, damit der Felsen rundum zur uneinnehmbaren Bastion würde, stolz und einsam mitten im nun größer gewordenen Atlantik, ein Symbol für Albions unverwesliche Macht. Die sind übergeschnappt, murmelte Pedro Orce, zu den Höhen den Sierra de Sagra aufblickend, da vor ihm. Die Regierung ihrerseits, darum bemüht, die politische Brisanz der Rückforderung zu mindern, erwiderte, Gibraltar werde unter diesen neuen geostrategischen Umständen ein Diadem in der Krone Ihrer Britischen Majestät sein und bleiben, eine Formel, die, wie die Magna Charta, die Eigenschaft hat, alle und jeden zufriedenzustellen, diese ironische Schlußbemerkung kam vom Sprecher, der sich verabschiedete, sofern nicht Unvorhergesehenes eintritt, melden wir uns in einer Stunde wieder mit Nachrichten. Ein Schwarm Stare strich wie ein Orkan über den sonnenverbrannten Hügel, fruhhh. Sind es deine, fragte Joaquim Sassa, und José Anaiço, ohne erst hinzuschauen, antwortete, sie sind's, er muß es ja wissen, seit jenem ersten Tag auf den grünen Fluren des Ribatejo haben sie sich fast nie getrennt, nur zum Essen und zum Schlafen, es nährt sich der Mensch nicht von Gewürm oder verlorenen Körnern, und ein Vogel nächtigt in den Bäumen, ohne Laken. Der Schwarm flog eine große Runde, flirrend, mit schwirrenden Flügeln, Schnäbel, die da Luft trinken und Sonne und das Blau, die wenigen Wolken, weiß und aufgetürmt, treiben wie Galeonen durch den Äther, die Männer, diese und alle übrigen, betrachten die mannigfaltigen Dinge und, wie üblich, verstehen sie nicht recht.

Nicht um gemeinsam einem batteriegespeisten Radio zu lauschen, kamen aus so unterschiedlichen Orten und trafen sich hier Pedro Orce, Joaquim Sassa und José Anaiço. Seit drei Minuten wissen wir, daß Pedro Orce in dem von diesen Hügeln verdeckten Ort wohnt, seit Anbeginn wußten wir, daß Joaquim Sassa von einem Strand im Norden Portugals gekommen war, und José Anaiço, jetzt erfahren wir es mit aller Gewißheit, schritt durch die Fluren des Ribatejo, als er auf die Stare traf, und dieses hätten wir gleich damals erfahren, wenn wir den Einzelheiten der Landschaft genügend Aufmerksamkeit geschenkt hätten. Nun gilt es, Kenntnis zu gewinnen, wie die drei einander getroffen haben und warum sie insgeheim hier sitzen, unter einem Ölbaum, dem einzigen an diesem Fleck, zwischen spärlichen und wirren zwerghaften Bäumen, die sich in die weiße Erde krallen, die Sonne wird von allen Flächen gespiegelt, die Luft flimmert, es ist die andalusische Hitze, obwohl Gebirge uns umschließen, jäh werden uns diese Dinglichkeiten bewußt, wir treten in die wirkliche Welt ein, oder aber sie fiel uns mit der Tür ins Haus.

Recht bedacht, haben die Dinge und die Menschen keinen Anfang, alles, was eines Tages begann, hat ehedem begonnen, die Geschichte dieses Blattes Papier, nehmen wir das der Hand nächstliegende als Beispiel, sie müßte, um wahr und vollständig zu sein, bis zu den Anfängen der Welt zurückreichen, absichtlich wählten wir statt des Singulars den Plural, und selbst so mögen wir bezweifeln, daß diese Anfänge Anfänge waren, sondern Durchgangsstellen, Rutschen, unser armes Haupt, solchen Torturen ausgesetzt zu sein, und trotzdem wundervolles Haupt, denn aller möglichen Gründe wegen kann es überschnappen, nur dieses einen wegen nicht.

Es gibt also keinen Anfang, doch es gab einen Augenblick, da Joaquim Sassa von dort aufbrach, einem Strand im Norden Portugals, vielleicht von Afife, jenem mit den rätselvollen Steinen, vielleicht von A-Ver-o-Mar, von Seeblick, weil dies der denkbar trefflichste Name für einen Strand ist, Dichter und Romanschreiber wüßten keinen besseren zu erfinden. Von dort kam Joaquim Sassa, weil er vernommen hatte, ein gewisser Pedro Orce in Spanien fühle unter seinen Füßen die Erde beben, wenn die Erde gar nicht bebte, das ist eine sehr verständliche Neugierde bei jemandem, der einen schweren Stein ins

Meer warf, mit Kräften, die er nicht besaß, und desto mehr, als sich die Halbinsel von Europa losriß, ohne Erschütterung noch Schmerz, einem Haar gleich, das lautlos ausfällt, schlicht Gottes Willen gemäß, wie man so sagt. Er machte sich auf den Weg, in seinem alten Deux Chevaux, er verabschiedete sich nicht kummervoll von der Familie, da er keine Familie hat, auch meldete er es nicht dem Chef des Büros, in dem er arbeitet. Es ist Ferienzeit, er kann nach seinem Belieben umherreisen, muß nicht um Erlaubnis fragen, nun verlangen sie noch nicht einmal den Paß an der Grenze, man zeigt lediglich den Personalausweis vor, und unser ist die Halbinsel. Auf dem Sitz neben ihm liegt ein batteriegespeistes Radio, zur Zerstreuung hört er Musik oder das sanft einlullende Geplapper der Sprecher, als wär's eine akustische Wiege, doch das war in den normalen Zeiten, jetzt ist es jähe Aufregung, der Äther nun durchfurcht von fieberhaften Worten, die Meldungen aus den Pyrenäen, der Exodus, der Zug durch das Rote Meer, der Rückzug Napoleons. Hier, auf den Straßen im Landesinneren, herrscht geringer Verkehr, kein Vergleich zur Algarve, dem Getümmel und Gewimmel dort, dem in Lissabon, auf den Autobahnen nach dem Süden und dem Norden, der Flughafen von Portela scheint eher eine belagerte Festung, ein Überfall von Ameisen, gleichsam ein von Magneten angezogener Haufen Feilspäne. Joaquim Sassa fährt geruhsam dahin, über die schattigen Straßen der Beira, sein Ziel ist eine Ortschaft namens Orce, in der Provinz Granada, im Lande Spanien, wo ein gewisser Mann wohnt, von dem das Fernsehen berichtete. Ich fahre hin, um herauszufinden, ob da eine Verbindung besteht zwischen dem, was mir widerfahren ist, und der Tatsache, daß einer unter seinen Füßen die Erde beben fühlt, die Leute, wenn sie der Vorstellung freien Lauf lassen, vermengen alle die Dinge miteinander, meist irrten sie, manchmal treffen sie auch ins Schwarze, ein ins Meer geworfener Stein, die bebende Erde, eine geborstene Gebirgskette, Joaquim Sassa bewegt sich ebenfalls zwischen Bergen, doch können diese sich nicht mit jenen Giganten vergleichen, plötzlich aber erfaßt ihn Unruhe. Und wenn hier nun das gleiche passierte, die Serra da Estrela auseinanderbräche, der Mondego in die Tiefen verschwände, die herbstlichen Pappeln dann ohne Spiegel, um sich darin betrachten zu können, seine Gedanken wurden poetisch, und schon hatte sich die Gefahr verflüchtigt.

In diesem Augenblick verstummte die Musik, der Sprecher begann mit den Nachrichten, nichts sonderlich Neues, die einzige Neuigkeit, mehr oder weniger neu, kam aus London, der Premierminister habe vor dem Unterhaus kategorisch versichert, die britische Oberhoheit über Gibraltar stehe außerhalb jeglicher Diskussion, ganz gleich, wie weit sich die Iberische Halbinsel von Europa entfernen werde, dem fügte der Führer der Opposition eine formelle Garantie bei, will heißen, das aufrichtigste Mitwirken unserer Fraktion und unserer Partei in diesem großen historischen Augenblick, den wir gerade durchleben, doch er verlieh seiner feierlichen Rede eine ironische Note, die alle Abgeordneten schmunzeln ließ, der Herr Premierminister war in seiner Formulierung sehr ungenau, er nannte eine Halbinsel, was heute, bar jeden Zweifels, eine Insel ist, wenn auch nicht eine so feste wie die unsere, *of course*. Die Abgeordneten der Mehrheitsfraktion bedachten diese Folgerung mit Beifall und wechselten mit den Gegnern einvernehmliche Lächelblicke, nichts vermag die Politiker besser zu einen als das Wohl des Vaterlandes, eine unleugbare Wahrheit. Auch Joaquim Sassa lächelte, welch ein Theater, plötzlich hielt er den Atem an, der Sprecher hatte seinen Namen genannt, Senhor Joaquim Sassa, irgendwo im Lande unterwegs, wird gebeten, ich wiederhole, Senhor Joaquim Sassa wird gebeten, sie baten ihn umgehend, beim Zivilgouverneur des nächstgelegenen Ortes vorzusprechen, um den Behörden bei der Aufklärung der Gründe für den in den Pyrenäen erfolgten geologischen Bruch behilflich zu sein, denn die mit der Sache befaßten Gremien sind überzeugt, daß der genannte Senhor Joaquim Sassa über Informationen von nationalem Interesse verfügt, wir wiederholen den Aufruf, Senhor Joaquim Sassa wird gebeten, doch der Senhor Joaquim Sassa hörte schon nicht mehr, er hatte den Wagen anhalten müssen, um sich erst einmal zu fassen, wieder ruhig Blut zu gewinnen, mit diesen zittrigen Händen konnte er das Steuer nicht mehr halten, in seinen Ohren rauschte es wie in einer Meermuschel. Bei meiner Treu, wie mögen sie das mit dem Stein erfahren haben, am Strand war niemand, wenigstens habe ich niemanden gesehen, und über die Sache habe ich nicht gesprochen, sie hätten mich einen Lügner genannt, es muß mich dennoch jemand beobachtet haben, wer üblicherweise achtet auf einen, der Steine ins Wasser wirft, jawohl, aber mich haben sie im Auge gehabt, mein Pech, und dann wissen wir ja, wie das geht, einer sagt es dem anderen und spinnt was hinzu, als diese Geschichte den Behörden zu Ohren kam, mochte der Stein schon meine Größe haben, mindestens, und was tue ich nun. Er würde dem Aufruf nicht Folge leisten, würde sich keiner zivilen oder militärischen Führungsperson präsentieren, stelle sich einer das absurde Gespräch vor, hinter geschlossener Bürotür, das Aufnahmegerät hält fest, Senhor Joaquim Sassa, haben Sie einen Stein ins Meer geworfen. Hab ich. Was schätzen Sie, wieviel wog er. Weiß ich nicht, vielleicht zwei Kilo, oder drei. Oder mehr. Ja, vielleicht auch mehr. Sie haben hier etliche Steine, prüfen Sie diese, und sagen Sie mir, welcher ihm gewichtsmäßig am nächsten kommt. Dieser. Wiegen wir ihn, so, na also, überzeugen Sie sich bitte selbst. Ich hätte nicht gedacht, daß es so viel sein könnte, fünf Kilo und sechshundert Gramm. Nun sagen Sie mir, ist Ihnen Ähnliches schon einmal widerfahren. Noch nie. Sind Sie sicher. Absolut. Leiden Sie nicht an geistigen oder nervösen Störungen, Epilepsie, Somnambulismus, sonstigen Anwandlungen. Nein. Und in Ihrer Familie, gibt oder gab es ähnliche Fälle. Nein. Später machen wir ein Elektroenzephalogramm, jetzt versuchen Sie, diesen Apparat in Bewegung zu setzen, hier. Was ist das. Ein Kraftmesser, bieten Sie all Ihre Kraft auf. Mehr schaffe ich nicht. Nur dies. Ich war nie ein Mann mit kräftigen Muskeln. Senhor Joaquim Sassa, Sie wären nie imstande gewesen, jenen Stein zu werfen. Das meine ich auch, trotzdem habe ich ihn geworfen. Wir wissen, daß Sie ihn geworfen haben, es gibt Zeugen, absolut verläßliche, darum sagen Sie uns, wie sie es angestellt haben. Ich erklärte es ja schon, ich spazierte am Strand, sah einen Stein, ergriff ihn und warf. Das kann nicht sein. Die Zeugen bestätigen es. Das ist wahr, aber die Zeugen konnten nicht wissen, woher Sie diese Kraft bezogen, Sie aber müssen es wissen. Ich sagte Ihnen schon, ich weiß es nicht. Die Situation, Senhor Sassa, ist sehr ernst, ich möchte gar meinen, äußerst ernst, das Auseinanderbrechen der Pyrenäen läßt sich nicht auf natürliche Weise erklären, oder wir müßten in eine Katastrophe planetarischen Ausmaßes verwickelt sein, von dieser Augenscheinlichkeit ausgehend, begannen wir, ungewöhnliche Fälle, die in den letzten Tagen vorkamen, zu durchleuchten, und Ihrer ist ein solcher. Ich bezweifle, daß, wenn man einen Stein ins Meer wirft, dies das Auseinanderbrechen eines Kontinents verursachen kann. Ich will mich nicht vergeblichem Philosophieren hingeben, aber sagen Sie, sehen Sie einen Zusammenhang zwischen der Tatsache, daß vor zwanzig Millionen Jahren ein Affe von einem Baum herabstieg, und der Herstellung einer Atombombe. Die Verbindung, das sind just diese zwanzig Millionen Jahre. Gut geantwortet, doch nun stellen wir uns vor, auf Stunden verkürzen ließe sich die Zeitspanne zwischen der Ursache, in diesem Falle dem Werfen des Steines, und der Wirkung, also der Loslösung von Europa, mit anderen Worten, stellen wir uns vor, unter normalen Umständen würde dieser ins Meer geworfene Stein erst in zwanzig Millionen Jahren Wirkung erzielen, doch unter anderen Umständen, eben den anomalen, die wir erforschen, geschähe es binnen Stunden oder Tagen. Das ist reine Spekulation, die Ursache kann auch eine andere sein. Oder ein Gemenge gleichzeitiger Ursachen. Dann werden Sie noch andere ungewöhnliche Fälle studieren müssen. Eben das tun wir, und die Spanier gleichfalls, so im Falle jenes Mannes, der die Erde beben spürte. Auf diesem Wege, nachdem Sie die ungewöhnlichen Fälle geprüft haben, müssen Sie die gewöhnlichen prüfen. Was sind das für welche. Na eben gewöhnliche. Was besagt das Wort. Gewöhnlich ist es das Gegenteil von ungewöhnlich, ist dessen Antonym. Wir werden von den ungewöhnlichen zu den gewöhnlichen übergehen, die Ursache muß gefunden werden. Da müssen Sie aber viel prüfen. Wir beginnen gerade, verraten Sie mir, woher Sie Ihre Kraft haben. Joaquim Sassa antwortete nicht, er hieß seine Phantasie verstummen, schon da der Dialog sich im Kreis zu bewegen drohte, nun hätte er zu wiederholen, ich weiß nicht, und das folgende würde wie gehabt sein, mit einigen Abweichungen, aber geringfügigen, hauptsächlich formalen, doch genau da hätte er sich vorzusehen, denn, wie man weiß, über die Form gelangt man zur Substanz, über das Beinhaltende zum Inhalt, über den Klang des Wortes zu dessen Sinn.

Er setzte den Deux Chevaux in Bewegung, fuhr im Schritt, sofern man solches von einem Auto sagen kann, mag es auch Deux Chevaux, zwei Pferde, heißen, er wollte überlegen, mußte gründlich überlegen. Nun war er kein gewöhnlicher Reisender mehr, der sich unterwegs zur Grenze befand, kein gemeiner Mensch ohne Qualitäten und Bedeutung, nun nicht mehr, sicherlich wurden im Augenblick schon Plakate mit seinem Konterfei gedruckt, mit Angaben zu seiner Person, *Wanted* in fetten roten Lettern, die Jagd auf den Mann. Er schaute in den Rückspiegel und sah einen Streifenwagen der Verkehrspolizei heranrasen, so schnell, als gedächte er, durch die Heckscheibe hereinzufahren. Sie haben mich, sagte er, beschleunigte, verlangsamte sogleich wieder, ohne zu bremsen, und all das war für die Katz, der Polizeiwagen brauste wie ein Wirbelwind vorbei, offenbar mit festem Ziel, ihn würdigten sie keines Blickes, ob die eiligen Polizisten ahnten, wer hier fuhr, zwei Pferde gibt es ja viele, dies scheint ein mathematischer Widerspruch, ist es aber nicht. Wieder schaute Joaquim Sassa in den Spiegel, nun um sich selber zu mustern und in seinen Augen die Erleichterung zu lesen, für kaum mehr taugte das Ding, nur eben um ein Fetzchen Gesicht zu spiegeln, so ist schwer zu erkennen, wem es gehört, ihm, Joaquim Sassa freilich, das wissen wir schon, doch wer ist Joaquim Sassa, ein noch junger Mann, in den Dreißigern, aber den Vierzig näher als den Dreißig, es kommt der Tag, an dem man es nicht abwenden kann, die Brauen sind schwarz, die Augen kastanienbraun, typisch portugiesisch, der Nasenrücken scharf, die Gesichtszüge sind wahrhaftig sehr gewöhnlich, wir werden mehr über ihn erfahren, wenn er sich uns zuwendet. Unterdessen überlegte er, dies ist ja lediglich ein Aufruf über den Rundfunk, schlimm wird es gewiß an der Grenze, noch dazu dieser mein Nachname, Sassa, besser, ich wäre heute irgendein Sousa, so üblich wie der Col de Perthus, eines Tages schaute er ins Wörterbuch, ob Sassa, nicht Sousa, darin vorkam und was es bedeutete, er erfuhr, daß es ein ausladener Baum in Nubien sei, Nubia, hübscher Name, ein Frauenname, nach dem Sudan hin gelegen, in Ostafrika, Seite 93 im Atlas. Und wo werde ich in dieser Nacht schlafen, im Hotel nicht im Traum, die haben das Radio immerfort laufen, zu dieser Stunde mustert schon das gesamte portugiesische Hotelgewerbe die für eine Nacht Unterkunft begehrenden Kandidaten mit wachem Auge, das Refugium der Verfolgten, denke einer sich die Szene aus, aber ja, Senhor, wir haben ein Zimmer frei, ein vorzügliches, im zweiten Stock, Zimmer zweihunderteins, Pimenta, begleiten Sie Senhor Sassa hinauf, und wenn er sich ausgestreckt hätte, zum Ruhen, noch angezogen, würde der Hotelchef, aufgeregt, ganz außer sich, zum Telefon greifen, der Typ ist hier, kommen Sie schnell.

Er parkte den Deux Chevaux auf dem Randstreifen, stieg aus, um sich die Beine ein bißchen zu vertreten und die Gedanken aufzufrischen, die ihm indes kein guter Ratgeber waren, denn sie schlugen ihm etwas Ausgefallenes vor, du bleibst in irgendeiner belebteren Stadt, die Annehmlichkeiten aufweist, besuchst da ein Bordell, verbringst die Nacht mit einer Hure, wofür sie dir den Ausweis nicht abverlangen, sofern du nur zahlst, und wenn dich nicht nach fleischlicher Sättigung gelüstet in Anbetracht deiner Sorgen, so wirst du zumindest schlafen, und vielleicht kommt es dich gar noch billiger als das Hotel. Unsinn, wehrte Joaquim Sassa den Vorschlag ab, die Lösung ist eine andere, ich werde im Wagen schlafen, auf einem abgelegenen Weg. Und wenn da irgendwelche Strolche auftauchen, Vagabunden, Zigeuner, wenn sie dich überfallen und ausrauben, wenn sie dich töten. Dies hier sind friedvolle Landstriche. Und wenn da ein notorischer Brandstifter oder ein Übergeschnappter die Pinienhaine anzündet, es ist die Zeit der Waldbrände, dann schließen dich die Flammen ein, du verbrennst, das muß der schlimmste aller Tode sein, wie ich habe sagen hören, denk nur an die Opfer der Inquisition. Unsinn, entgegnete Joaquim Sassa einmal mehr, es ist entschieden, ich schlafe im Wagen, und seine Gedanken kuschten, sie kuschen immer, wenn der Wille eisern ist. Noch war Zeit, er konnte auf diesen gewundenen Straßen noch vierzig oder fünfzig Kilometer hinter sich bringen, er würde nahe Tomar oder Santarém kampieren, auf einem dieser in die Felder führenden unbefestigten Wege, mit ihren tiefen Radspuren, einst von den Ochsenkarren und heute von den Traktoren, nachts kommt da niemand, der Deux Chevaux kann sich sich wo auch immer verstecken, sogar unter freiem Himmel kann ich schlafen, bei der Hitze jetzt, auf diesen Einfall erwiderten die Gedanken nichts, mißbilligten ihn aber.

Er hielt nicht in Tomar, gelangte nicht nach Santarém, er speiste zu Abend unerkannt in einem Marktflecken am Tejo, die Landleute sind von Natur aus neugierig, doch nicht in einem Maße, daß sie den Reisenden glatt draufzu fragen, hören Sie, wie ist Ihr Name, bliebe er für länger hier, dann, binnen kurzem, würden sie sein vergangenes Leben ausspüren, und was ihn für die Zukunft erwartet. Während Joaquim Sassa zu Abend aß, lief der Fernseher, zu sehen war der Schluß eines Films über das Leben im Meer, mit vielen Schwärmen kleiner Fische, sich wellenden Rochen und sich windenden Muränen und einem alten Anker, dann die Werbespots, einhämmernde, schnell und auch bedachtvoll langsam, wie eine von Erfahrung getragene Wollust, die Stimmen gehörten viel umherschreienden Kindern, im Ton unsicheren Jugendlichen oder etwas heiseren Frauen, alle Männer dagegen Baritone und mannhaft, hinter dem Haus grunzt das Schwein, das mit dem Abwaschwasser und Speiseresten gefütterte. Endlich folgten die Nachrichten, und Joaquim Sassa erbebte, gespannt war er, ob sie sein Bild zeigten. Der Aufruf wurde verlesen, doch ohne Bildeinblendung, schließlich suchten sie nicht einen Verbrecher, man bat ihn ja lediglich, sehr eindringlich und in freundlichem Ton, ein Lebenszeichen zu geben und dem höchsten nationalen Interesse zu dienen, kein dieses Namens würdiger Patriot könnte sich der Erfüllung einer so schlichten Pflicht entziehen, er müßte sich den Behörden für Erklärungen zur Verfügung stellen. Da aßen noch weitere drei Personen, ein älteres Ehepaar, und an einem Nebentisch der vertraute einzelne Mann, bei dem man immer geneigt ist zu sagen, bestimmt ein Handlungsreisender.

Die Gespräche verstummten bei den ersten Meldungen über die Pyrenäen, das Schwein grunzte weiter, aber niemand hörte es, und alles dies im selben Augenblick, der Wirt stieg auf einen Stuhl, um den Ton lauter zu stellen, das die Tische bedienende Mädchen hielt inne, mit großen Augen, die Gäste legten die Bestecke sorgsam auf den Tellerrand, die Sache war von Belang, auf dem Bildschirm sah man einen Hubschrauber, von einem anderen Hubschrauber aus gefilmt, beide flogen in den Schreck einflößenden Kanal hinein und zeigten die riesig hohen Wände, so tief herunter gingen sie, daß man den Himmel dort oben kaum mehr sah, ein blaues Fädchen nur. Grausig, da wird einem ja ganz schwindlig im Kopf, sagte das Mädchen, darauf der Wirt, halt den Mund, nun leuchteten gewaltige, starke Scheinwerfer den gähnenden Schlund aus, so mochte bei den Griechen der Eingang zur Unterwelt ausgesehen haben, doch wo Zerberus hätte bellen müssen, grunzte ein Schwein, die Mythologien sind auch nicht mehr, was sie einst waren. Diese dramatischen Bilder, tönte der Sprecher, unter höchster Lebensgefahr aufgenommen, die Stimme wurde teigig, feierlich, die zwei Hubschrauber wandelten sich in vier, Gespenster von Gespenstern, verdammte Antenne, brummte der Besitzer des Lokals.

Als Bild und Ton sich wieder stabilisierten, wieder klar und verständlich wurden, waren die Hubschrauber verschwunden, der Sprecher las den bekannten Aufruf vor, nun noch auf die Allgemeinheit ausgeweitet, angesprochen sind auch all die Personen, die von seltsamen Fällen Kenntnis haben, von unerklärlichen Phänomenen, rätselvollen Zeichen, sie möchten umgehend die nächsten Behörden informieren. Hierauf erinnerte das Mädchen, da nun unmittelbar angesprochen, an den hier so eingehend besprochenen Fall von dem mit fünf Beinen geborenen Zicklein, vier weiße Beine und ein schwarzes, doch der Wirt entgegnete, das ist Monate her, du Trine, Zicklein mit fünf Beinen und Kücken mit zwei Köpfen, das gibt es immer wieder, richtig aufregend wahrlich ist die Sache mit den Staren des Lehrers. Was für Stare, was für ein Lehrer, fragte Joaquim Sassa. Der hiesige Lehrer, sein Name ist José Anaiço, seit Tagen begleitet ihn, wohin auch immer er geht, ein Schwarm Stare, nicht weniger als zweihundert. Oder mehr, verbesserte ihn der Handlungsreisende, heute morgen erst, bei meiner Ankunft, habe ich sie gesehen, sie kreisten über der Schule, machten einen ungewöhnlichen Lärm mit ihrem Flügelschlagen und Gekreische. Hier nun ergriff der ältere Herr das Wort und sprach, meiner Meinung nach müßten wir den Bürgermeister von dieser Sache mit den Staren unterrichten. Er weiß es schon, sagte der Wirt. Er weiß es, aber er bringt eines nicht in Verbindung mit dem anderen, Hintern und Hose sozusagen, mit Verlaub. Lassen Sie uns morgen früh mit ihm reden, auch wäre es unserem Ort sehr dienlich, wann darüber im Fernsehen gesprochen würde, zugunsten von Handel und Gewerbe. Doch das Geheimnis bleibt unter uns, das soll niemand erfahren. Und dieser Lehrer, wo wohnt er, fragte Joaquim Sassa in einer Weise, als interessierte ihn die Antwort wenig, weshalb der etwas unaufmerksame Wirt nicht mehr verhindern konnte, daß die Kellnerin eilfertig beschied, er wohnt in einem Haus gleich neben der Schule, im Lehrerhaus, sein Fenster ist immer bis tief in die Nacht erleuchtet, und in ihrer Stimme schien eine gewisse Melancholie mitzuschwingen. Der verärgerte Wirt schalt das arme Dienstmädchen, halt deinen Mund, dumme Trine, geh lieber und schau nach, ob das Schwein Hunger hat, ein gänzlich abwegiger Befehl, denn dies ist nicht die Futterzeit der Schweine, jetzt schliefen sie zumeist, wenn dieser so dawider ist, dann bestimmt aus Beunruhigung und Sorge, auch in diesen Ställen und auf den Koppeln wiehern die Pferde und schütteln die Häupter, nervös, in Unruhe und vor Ungeduld stampfen sie mit den beschlagenen Hufen auf das Steinpflaster, zerfetzen das Stroh. Das bewirkt sicherlich der Mond, vermutet der Oberknecht.

Joaquim Sassa bezahlte das Essen, er wünschte einen guten Abend, hinterließ dem Mädchen zum Lohn für die Auskunft ein gutes Trinkgeld, vielleicht steckt der Wirt es in seine Tasche, aus Trotz, nicht daß es etwa seine Gewohnheit wäre, die Güte der Menschen ist so gut wie sie selber, sie erleidet ebenso Ausfälle und hat ihre Widersprüche, beständig ist sie selten, wie etwa bei dem arg gescholtenen Mädchen, das, da es das satte Schwein nicht zum Fressen bewegen kann, diesem den Schädel krault, zwischen den Augen, den *testuz*, sagen wir hier auf spanisch, weil uns ein entsprechendes portugiesisches Wort fehlt. Es ist ein lauschiger Abend, der Deux Chevaux ruht unter den Platanen, erfrischt sich die Räder in dem Rinnsal, das verloren vom Brunnen her fließt, und Joaquim Sassa läßt ihn da zurück, begibt sich auf die Suche nach der Schule und dem erleuchteten Fenster, es vermögen die Menschen ihre Geheimnisse nicht zu verbergen, auch wenn sie diese mit Worten verhehlen möchten, ein jähes Gellen der Stimme verrät sie, das plötzliche Verhüllen eines Vokals enthüllt sie, jeder in Stimmen und in Dingen des Lebens erfahrene Beobachter würde sogleich spüren, daß die Kellnerin dieses Speiselokals verliebt ist. Der Ort ist nur mehr ein großes Dorf, in weniger als einer halben Stunde hat man ihn von Ende zu Ende durchmessen, doch so lange muß Joaquim Sassa nicht gehen, er fragte einen ihm begegnenden Jungen nach der Schule und hätte keinen kundigeren Wegweiser finden können, Sie gehen diese Straße vor, bis zu einem Platz, wo eine Kirche steht, dort biegen Sie links ab, dann immer geradeaus, Sie können es nicht verfehlen, da gleich sehen Sie die Schule. Und der Lehrer, wohnt er da. Ja, da wohnt er, das Fenster ist erleuchtet, doch in keinem dieser Worte spürte man Sehnsucht, sicherlich ist der Junge ein schlechter Schüler und die Schule ihm das erste Purgatorium für seine Sünden, dennoch klang seine Stimme plötzlich heiter, Kinder hegen keinen Groll, das rettet sie, und da sind die Stare, nie sind sie stumm, wenn er die Schule nicht zu zeitig verläßt, kann er lernen, wie man Sätze baut, ohne dabei so unmittelbar die Verbalformen zu wiederholen.

Noch ist die Hälfte des Himmels schwach erhellt, und die andere Hälfte noch nicht ganz finster, blau ist die Luft, als begänne es zu tagen. Doch in den Häusern brennen schon die Lichter, man vernimmt träge Stimmen von müden Menschen, ein zartes Weinen in der Wiege, in Wahrheit leben die Menschen unbewußt, da werden wir auf einem Floß ins Meer hinausgestoßen, sie aber leben fort wie auf ewig festgegründeter Erde, plappern wie Mose, als er, mit den Schmetterlingen spielend, im Rutenkörbchen den Nil hinabtrieb, von den Krokodilen glücklicherweise nicht erspäht. Am Ende der geraden, zwischen Mauern hinführenden Straße, befindet sich die

Schule, wäre Joaquim Sassa nicht informiert, er hielte sie für ein beliebiges Haus, des Abends sahen sie alle grau aus, einige auch am Tage, inzwischen ist es dunkel geworden, doch erst ein Weilchen später wird die Straßenbeleuchtung eingeschaltet.

Recht haben das verliebte Mädchen und der Junge mit den verhaltenen Gefühlen, das Fenster ist erhellt, und an dieses klopfte Joaquim Sassa, schließlich machen die Stare nicht gar zuviel Lärm, sie richten sich für die Nacht ein, wie üblich sich ergreifend, mit den Nachbarn streitend, doch bald tritt im langen Blattwerk des Feigenbaumes, wo sie sich niedergelassen haben, Ruhe ein, unsichtbar sind sie, schwarz mitten in der Schwärze, erst später geht der Mond auf, dann werden manche, von dessen langen weißen Fingern berührt, aufwachen und wieder einschlafen, sie ahnen nicht, daß ihnen eine weite Reise bevorsteht. Von drinnen, im Haus, fragte eine Stimme, wer da, und Joaquim Sassa antwortete, bitte, auf ein Wort, magische Wendungen, die ein förmliches Vorstellen ersetzen, die Sprache ist voll von solchen und anderen, noch schwierigeren Rätseln. Das Fenster tat sich auf, es ist nicht leicht erkennbar, so im Gegenlicht, wer in diesem Hause wohnt, Joaquim Sassas Gesicht aber ist voll sichtbar, einige Merkmale erwähnten wir schon, der Rest ist entsprechend, Haare dunkelbraun, strähnig und glatt, die Gesichtszüge hager, die Nase in der Tat gewöhnlich, die Lippen dünken einen voll, nur wenn er spricht. Entschuldigen Sie, daß ich Sie zu dieser Unzeit störe. Es ist nicht spät, antwortete der Lehrer, doch er mußte lauter reden, weil die Stare, aufgeschreckt, im Chor protestierten oder Alarm schlugen, eben ihretwegen möchte ich mit Ihnen reden. Wessentwegen. Der

Stare wegen. Ah. Und eines Steines wegen, den ich ins Meer warf, eines weitaus schwereren als meinen Kräften zuträglich. Wie heißen Sie. Joaquim Sassa. Sie sind der, von dem im Radio und im Fernsehen die Rede ist. Der bin ich. Treten Sie ein.

Von Steinen und Staren sprachen sie, nun reden sie von getroffenen Entscheidungen. Sie sitzen im Garten hinter dem Haus, José Anaiço auf der Steinbank an der Tür, Joaquim Sassa auf einem Stuhl, da er der Gast ist, und weil José Anaiço mit dem Rücken zur Küche hin hockt, woher das Licht kommt, wissen wir auch ferner nicht, wie er von Gesicht aussieht, es ist, als würde dieser Mann sich verbergen, doch das stimmt nicht, wie oft haben wir uns als das dargeboten, was wir in Wahrheit sind, indes vergebens, weil niemand da war, es zu sehen. José Anaiço goß von dem Weißwein etwas in die Gläser nach, dieser hat Zimmertemperatur, wie er nach Meinung der Kenner getrunken werden muß, ohne die modernen Tricks künstlicher Kühlung, was in diesem Falle aber lediglich unterblieb, weil im Hause des Lehrers der Kühlschrank fehlt. Danke, genug, sagte Joaquim Sassa, beim Abendessen habe ich schon dem Roten über Gebühr zugesprochen. Dies ist, um auf die Reise anzustoßen, antwortete José Anaiço, und er lächelte, wobei er die strahlend weißen Zähne zeigte, was es festzuhalten gilt. Daß ich mich auf die Suche nach Pedro Orce begebe, das versteht sich wohl, noch habe ich Urlaub, bin frei von Berufsverpflichtung. Ich auch, und für noch längere Zeit, bis zum Unterrichtsbeginn, Anfang Oktober. Ich bin allein. Allein auch ich. Ich bin nicht eigens gekommen, um Sie aufzufordern, mich zu begleiten, ich wußte nichts von Ihrer Existenz. Ich bin es, der sich zur Begleitung anheischig macht, sofern Sie mir Platz in Ihrem Wagen anbieten, doch das hatte er bereits getan, nun muß er auch Wort halten. Denken Sie nur, welche Aufregung, wenn man Ihr Verschwinden feststellt, die Leute sind imstande und rufen gleich die Polizei, man wird meinen, Sie seien tot und begraben, an einem Baummast aufgehängt oder in den Fluß geworfen, durch mich, na klar, mich werden sie verdächtigen, den Fremden mit der geheimnisvollen Kraft, der von Unbekannt kam, Fragen stellte und wieder verschwand, es steht alles in den Büchern geschrieben. Ich hinterlasse an der Pforte des Gemeindeamtes einen Zettel, ich sage, ich habe überraschend nach Lissabon fahren müssen, hoffentlich fällt es niemandem ein, sich auf dem Bahnhof zu erkundigen, ob man mich da eine Fahrkarte lösen sah.

Einige Augenblicke saßen Sie schweigend da, dann erhob sich José Anaiço, tat einige Schritte auf den Feigenbaum zu, während er das Weinglas leer trank, die Stare piepsten und bewegten sich fortwährend, einige von den Stimmen der beiden Männer geweckt, andere vielleicht träumten laut, jenen schrecklichen Alptraum ihrer Spezies, daß sie verloren dem Schwarm hinterdreinflögen, in zäher Luft, die den Flügelschlag behinderte wie Wasser, Gleiches widerfährt den Menschen, wenn sie im Traum rennen möchten und nicht können. Wir fahren eine Stunde vor Sonnenaufgang los, sagte José Anaiço, jetzt ist es Zeit schlafen zu gehen, und Joaquim Sassa erhob sich vom Stuhl, ich nächtige im Wagen, gegen Morgen hole ich Sie ab. Warum schlafen Sie nicht hier, ich habe zwar nur ein einziges Bett, aber es ist breit, bietet genügend

Platz für zwei. Hoch war der Himmel, übersät von Sternen, die nahe schienen, wie an unsichtbaren Fäden hängend, Glasstaub, Schleier von Milchschnee, und die großen Sternbilder blinkten dramatisch, der Bärenhüter, der Große und der Kleine Bär, das Siebengestirn, auf die in den Äther schauenden Gesichter der beiden Männer fiel ein Sprühregen aus winzigen Lichtkristallen, die sich in die Haut krallten, sich in den Haaren verfingen, dieses Phänomen war nicht neu, dann plötzlich verstummten alle Geräusche der Nacht, über den Bäumen zeigte sich der erste Schimmer des Mondes, nun wohl müssen die Sterne verlöschen. Da sprach Joaquim Sassa, in einer Nacht wie dieser macht es mir nichts aus, unter dem Feigenbaum zu schlafen, falls Sie mir eine Decke leihen. Ich leiste Ihnen Gesellschaft. Sie häuften eine genügende Menge Strohs, breiteten es zu einem Lager, wie man es für das Vieh herrichtet, spannten die Decken aus, legten sich auf deren eine Hälfte und zogen die andere über sich. Die Stare im Geäst beäugten die zwei Gestalten. Wer mag jener da sein, unter dem Baum und in den Zweigen sind alle wach, gegen einen so hellen Mond wird der Schlaf schwer ankommen. Der Mond steigt, steigt rasch empor. Die niedrige, runde Krone des Feigenbaums wandelt sich in ein Labyrinth aus Schwarz und Weiß, und José Anaiço spricht, diese Schatten sind schon nicht mehr, wie sie waren. Die Halbinsel hat sich um ein geringes fortbewegt, etliche Meter nur, die Wirkung kann nicht erheblich sein, bemerkte Joaquim Sassa, glücklich darüber, daß er die Bemerkung des anderen verstanden hatte. Aber sie hat sich bewegt, in einem Maße jedenfalls, daß alle Schatten veränderte Gestalt annahmen, hier sind Zweige, die das Mondlicht zu dieser Stunde erstmalig berührt. Nach wenigen Minuten beruhigten sich die Stare, und José Anaiço murmelte mit einer endlich vom Schlaf übermannten Stimme, jedes Wort das nachfolgende erwartend oder suchend, eines schon fernen Tages verlieh Dom João II., unser König, mit Beinamen der Vollkommene, und fürwahr als Humorist vollkommen, verlieh er einem Edelmann eine erdachte Insel, nun sagen Sie mir, ob Sie ein anderes Land kennen, in dem sich solches zugetragen haben könnte. Und der Edelmann, was tat er, stach er in See, begab er sich auf die Suche nach der Insel, ich wünschte, es sagte mir einer, wie man eine erdachte Insel finden kann. So weit reicht mein Wissen nicht, doch diese andere Insel, die iberische, die eine Halbinsel war und es nicht mehr ist, mich dünkt, als hätte sie, von gleichem Humor, entschieden, sich auf See zu begeben, auf die Suche nach den erdachten Menschen. Hübscher Einfall, von den poetischen einer. Nun, wissen mögen Sie, ich habe zeitlebens nie auch nur einen Vers gemacht. Lassen Sie, wenn alle Menschen Dichter wären, würden keine Verse mehr geschrieben. Auch dieser Satz hat seine Würze. Wir haben zuviel getrunken. Meine ich auch. Schweigen, friedvolle Ruhe, unendliche Sanftheit, und Joaquim Sassa murmelte gleichsam schon im Traum, was werden die Stare morgen tun, bleiben sie, kommen sie mit. Wenn wir losfahren, werden wir es wissen, so ist das immer, sagte José Anaiço, der Mond hängt verloren im Geäst des Feigenbaums, die ganze Nacht wird er den Weg suchen.

Noch war es dunkel, als Joaquim Sassa sich von seinem Weizenstrohlager erhob und den Deux Chevaux holen ging, den er unter den Platanen des Marktplatzes abgestellt hatte, neben dem sprudelnden Brunnen. Damit sie nicht zusammen gesehen würden, von irgendeinem Frühaufsteher, an denen es auf dem Lande nicht fehlt, hatten sie vereinbart, sich außerhalb des Dorfes zu treffen, fern von den letzten Häusern. José Anaiço würde sich, in die Schatten verwoben, auf Umwegen, auf Seitenpfaden und durch Schluchten, hinbegeben, Joaquim Sassa dagegen, wiewohl auch er unauffällig, würde aller Leute Straße wählen, er ist einer jener Reisenden, die nichts schulden und nichts zu fürchten haben, er war zeitig aufgebrochen, um die Morgenfrische zu genießen und den Tag zu nutzen, so eben sind die morgendlichen Touristen, im Grunde problematisch und unruhig, sie peinigt die unbehebbare Kürze des Lebens, spät hingelegt, früh aus den Federn, gesünder macht das nicht, verlängert aber das Leben. Der Deux Chevaux hat einen rücksichtsvollen Motor, der Anlasser arbeitet sanft, es hörten ihn nur die wenigen Schlaflosen, und diese meinten, daß sie endlich schliefen und träumten, nun hört man, am stillen Morgen, lediglich das regelmäßige Geräusch einer Wasserpumpe. Joaquim Sassa fuhr aus dem Dorf, nahm die erste Kurve, die zweite, dann hielt er an und wartete.

In der silbrigen Tiefe des Olivenhains begannen sich die Stämme einzeln abzuheben, schon hing in der Luft ein vager, feuchter Hauch, als entstiege der Morgen einem nebligen Wasserloch, und nun sang ein Vogel, oder es war eine akustische Täuschung, selbst die Lerchen singen nicht so früh. Die Zeit verstrich, und Joaquim Sassa murmelte vor sich hin, vielleicht hat er sich besonnen und kommt nicht, doch so sah er nicht aus, vielleicht muß er einen größeren Umweg machen als gedacht, das wird es sein, auch ist da der Koffer, der Koffer ist schwer, hätte ich ihn doch zum Wagen mitgenommen. In diesem Augenblick tauchte José zwischen den Ölbäumen auf, umschwirrt von den Staren, ein Gewirr von Flügeln, in beständigem Flattern, gellende Schreie, wer da von zweihundert Staren sprach, ist ein schlechter Rechner, das mutet mich eher wie ein Schwarm schwarzer Bienen an, dicker Brummer, Joaqium Sassa aber fielen, o ja, Hitchcocks Vögel ein, jener klassische Film, doch das waren üble Mörder. José Anaiço trat an den Wagen heran, bekrönt von gefiederten Kreaturen, mit einem Lachen kommt er daher, vielleicht darum wirkt er jünger als Joaquim Sassa, bekanntlich macht ernste Miene einen älter, er hat, wie wir seit gestern abend wissen, strahlendweiße Zähne, und in seinem Gesicht hebt sich kein Zug sonderlich hervor, doch ist da eine gewisse Harmonie in dem hageren Antlitz, es muß einer ja nicht unbedingt schön aussehen. Er verstaute den Koffer im Wagen, setzte sich neben Joaquim Sassa, und bevor er die Tür zuschlug, spähte er hinaus, nach den Staren, fahren wir, Sie fragten, was die Tiere wohl tun würden, da sind sie. Hätten wir eine Flinte hier, könnten wir draufballern, zwei Schrotpatronen, das gäbe ein Gemetzel. Sind Sie Jäger. Nein, ich sage es nur, weil ich dergleichen sagen hörte. Uns fehlt die Flinte. Vielleicht läßt es sich anders lösen, ich bringe den Deux Chevaux auf Touren, dann bleiben sie zurück, dies ist langsames und kurzatmiges Getier. Versuchen Sie es. Der Deux Chevaux beschleunigte das Tempo, gewann, die ebene Strecke nutzend, Vorsprung auf einer langen Geraden, und er ließ die Stare bald weit hinter sich zurück. Der morgendliche Dämmer hellte sich auf zu einem bleichen Rosa und einem kräftigen Rosa, es waren vom Himmel gefallene Farben, die Luft wurde blau, die Luft, wohlverstanden, nicht der Himmel, wie wir schon am Abend zuvor feststellen konnten, diese beiden Stunden, eine am Beginn und die andere am Ende, sind einander sehr ähnlich. Joaquim Sassa schaltete die Beleuchtung aus, verringerte die Geschwindigkeit, er weiß, daß der Deux Chevaux nicht zu Gewaltritten auf diese Welt kam, ihm fehlt Rasse, überdies liegt seine Jugend weit zurück, und die Sanftheit des Motors ist philosophisches Sichdreinfügen, mehr nicht. Na bitte, Schluß mit den Staren, sagte José Anaiço, doch in seiner Stimme schwang ein bißchen Bedauern mit.

Zwei Stunden später, im Gebiet des Alentejo, hielten sie an, zu einer kleinen Stärkung, Milchkaffee und zimtbestreute Pfannkuchen, dann kehrten sie zum Wagen zurück, die schon bekannten Befürchtungen erörternd, das Schlimmste ist nicht, daß sie mich vielleicht nicht nach Spanien einreisen lassen, sondern daß sie mich vielleicht verhaften. Du bist keines Verbrechens angeklagt. Die finden schon einen Vorwand, sie halten mich Nachforschungen halber fest. Laß nur, bis zur Grenze wird uns schon noch einfallen, wie du hinübergelangst, dies war ihr Dialog, der zum Verständnis der Geschichte weiter nichts beiträgt, hier sicherlich nur deshalb festgehalten ist, damit wir merken, daß Joaquim Sassa und José Anaiço einander bereits duzen, das mögen sie unterwegs entschieden haben, wollen wir uns nicht duzen, fragte der eine, und der andere pflichtete bei, das eben war auch mein Gedanke. Just als Joaquim Sassa den Wagenschlag aufstieß, erschienen die Stare, jene große Wolke, mehr denn je wildgewordener Bienenschwarm, und mit ohrenbetäubendem Lärm, sie waren offensichtlich in Aufregung, die Menschen hier unten starrten in die Höhe, wiesen himmelwärts, einer versicherte, mein Lebtag hab ich nicht so viele Vögel auf einem Haufen gesehen, und so alt er wirkte, mochte es ihm nicht an dieser und an anderen Erfahrungen fehlen, das sind über tausend, fügte er hinzu, und recht hat er, mindestens eintausendzweihundertfünfzig hatten sich für diese Gelegenheit zusammengeschart. Nun haben sie uns doch eingeholt, sagte Joaquim Sassa, wollen wir ihnen nochmals eins verpassen und sie ein für allemal abhängen. José Anaiço betrachtete die in großem Kreis triumphierend fliegenden Stare, betrachtete sie aufmerksam, konzentriert, fahren wir langsam, ab jetzt werden wir gemächlich fahren. Warum. Ich weiß nicht, es ist eine Ahnung, aus irgendeinem bestimmten Grund lassen diese Vögel nicht ab von uns. Von dir lassen sie nicht ab. Mag sein, darum auch darf ich dich um langsame Fahrt bitten, wer weiß, was noch passiert.

Den Alentejo in dieser Lohe zu durchqueren, unter einem mehr weißen denn blauen Himmel, durch eine gleißende Stoppellandschaft, hier und da eine Steineiche über der nackten Erde und Strohbündel zum Auflesen, bei fortwährendem Gezirpe der Zikaden, das schon wäre eine Geschichte für sich, eine vielleicht kernigere, zu anderen Zeiten erzählt. Es stimmt, Kilometer um Kilometer fährt man über Straßen, ohne einen Menschen zu sehen, doch die Ernte ist eingebracht, das Korn gedroschen, und so viele Arbeiten verlangten nach Männern und Frauen, dieses Mal werden wir weder von den einen noch von den anderen etwas erfahren, sehr treffend ist der neue Spruch, der da lautet, ein Erzähler, der nichts mehr erzählt, zählt selber nichts mehr. Groß ist die Hitze, erstikkend, doch der Deux Chevaux hat es nicht eilig, genüßlich hält er an schattigen Plätzen, dann steigen José Anaiço und Joaquim Sassa aus, sie suchen den Horizont ab, warten gebührlich lange, endlich kommen sie, da, die einzige Wolke am Himmel, wüßten sie geradeaus zu fliegen, wäre dieses Anhalten nicht nötig, doch da ihrer so viele, und so verschieden ihr Wollen, sind, obschon zum Schwarm geeint, Verstreuung und Zerstreuung nicht vermeidbar, die einen möchten ausruhen, die anderen trinken oder Früchte kosten, solange nicht ein einziges Wollen regiert, ist die Gemeinschaft verwirrbar und irrt sie vom Wegziel ab. Unterwegs wurden, außer einsam jagenden Weihen und anderen wenig geselligen Vögeln, auch Exemplare dieser Spezies gesichtet, doch diese schlossen sich der Gemeinschaft nicht an, vielleicht weil sie nicht schwarz waren, sondern gesprenkelt, oder weil ihr Lebensschicksal ein anderes. José Anaiço und Joaquim Sassa stiegen in den Wagen. Der Deux Chevaux nahm die Straße, und so also, fahrend und anhaltend, anhaltend und fahrend, gelangten sie zur Grenze. Hier sagte Joaquim Sassa, und wenn sie mich nun nicht hinüberlassen. Fahr zu, vielleicht helfen die Stare.

So wie in den Geschichten von Feen, Hexereien und ritterlichen Heldentaten oder wie in den nicht weniger wundersamen homerischen Abenteuern, wo, dem Überfluß des Märchenbaums zu Dank oder der Laune der Götter und dergleichen Kräfte, alles sich zutragen konnte, wider die übliche Gepflogenheit, auf nicht natürliche Weise, so ergab es sich hier, daß Joaquim Sassa und José Anaiço vor dem Schlagbaum der Polizei anhielten, in der Fachsprache Grenzposten genannt, und Gott allein weiß, unter welchen inneren Ängsten sie ihre Ausweispapiere vorwiesen, als da plötzlich wie ein heftiger Schauerregen oder unwiderstehlicher Orkan die Stare sich aus den Höhen herabstürzten, ein schwarzer Meteor, Leiber,

Blitzen gleich, pfeifend, kreischend, und in Höhe der niedrigen Dächer stoben sie in alle Richtungen auseinander, ein irre gewordener Wirbelwind hätte sich nicht anders benommen, die erschrockenen Grenzer fuchtelten mit den Armen, rannten und flüchteten, worauf Joaquim Sassa aus dem Wagen stieg, die von den Beamten fallengelassenen Dokumente aufhob, niemand nahm die nicht zollgemäße Handlung wahr, und es ist geschafft, über so viele Wege man heimlich auch gefahren, solches war noch nie passiert, Hitchcock im Parkett applaudiert, es ist der Beifall dessen, der in dieser Materie als Meister gilt. Die Vorzüglichkeit der Methode bestätigte sich sogleich, es bewies sich, daß die spanische Polizei, so sehr wie die portugiesische, diese Angriffe der allgemeinen Vogelwelt und insbesondere des Schwarzstars würdigt. Die Reisenden passierten ohne jede Schwierigkeit, doch auf dem Schauplatz blieben einige Dutzend Vögel zurück, weil im Zollamt der Nachbarn eine Jagdflinte geladen bereitstand, da würde sogar ein Blinder rein nach Gehör treffen können, es langte, mitten in den Haufen zu schießen, und dies war ein unnützes Gemetzel, schon weil, wie wir wissen, in Spanien niemand Joaquim Sassa sucht. Es ist unrecht von den andalusischen Wächtern, daß sie so verfuhren, denn die Stare waren portugiesischer Nationalität, geboren und aufgezogen in den Gefilden des Ribatejo und zu Tode gekommen fern der Heimat, mögen diese mitleidlosen Grenzwächter genügend Achtung aufbringen und ihre Alentejaner Kollegen zum Bratengericht einladen, in einer Atmosphäre trauter Gemütlichkeit und guter Waffenkameradschaft.

Schon fahren die Reisenden durch die Landstriche der anderen Seite, über sich den Baldachin der sie begleitenden Vögel, unterwegs nach Granada und Umgebung, und sie müssen an den Wegkreuzungen um Hilfe bitten, denn die sie führende Landkarte vermerkt den Ort Orce nicht, da zeigten die Kartenzeichner wenig Sinn für Gefühl, ich bin gewiß, ihren eigenen Ort haben sie noch nie vergessen, möge man künftig an den Verdruß dessen denken, der sich die Landkarte vornimmt, um zu sehen, ob der Ort, an dem er das Licht der Welt erblickte, darauf verzeichnet ist, und da einen weißen Fleck findet, Leere, so schuf man äußerst schwerwiegende Probleme der persönlichen als auch der nationalen Identität. Auf der Straße begegnen einem Fahrzeuge der Marken Seat und Pegaso, erkennbar sogleich an der Beschriftung und dem Nummernschild, und die Ortschaften, durch die der Deux Chevaux fährt, machen, typisch für diese Landstriche des Südens, einen verschlafenen Eindruck, indolent nennen die Völkerschaften des Nordens sie, das ist leichtfertige Verachtung und Kastenüberheblichkeit dessen, der noch nie mit einer Sonne wie dieser auf dem Buckel arbeiten mußte. Doch es stimmt, zwischen Welt und Welt gibt es Unterschiede, weiß doch jedermann, daß auf dem Mars die Menschen grün sind, wohingegen es sie auf der Erde in allen Farben gibt, nur nicht in Grün.

Von einem Bewohner des Nordens würden wir nicht hören, was wir hören werden, falls wir anhielten und jenen da spreizbeinig auf einem Esel reitenden Mann fragten, was er denn von dem außergewöhnlichen Fall halte, daß sich die Iberische Halbinsel von Europa gelöst habe. Er wird den Esel am Zügel ziehen, brr, und wird frei von der Leber weg sagen, alles Narrenposse. Roque Lozano urteilt nach dem Augenschein, hiernach bildet er sich ein Urteil, das eben seins ist und gut verständlich, man beachte nur die bukolische Heiterkeit dieser Felder, den friedvollen Himmel, die Ausgewogenheit der Steine, die Sierra Morena und die Sierra Aracena sind sich gleichgeblieben seit ihrer Geburt, oder wenn nicht ganz, so seit unserer Geburt. Aber das Fernsehen hat doch aller Welt gezeigt, daß die Pyrenäen wie eine Melone aufgebrochen sind, halten wir dagegen mit einem Vergleich, den der bäuerliche Verstand begreift. Dem Fernsehen traue ich nicht, solange ich es nicht mit diesen meinen Augen gesehen habe, die das Grab verschlingen wird, erwidert Roque Lozano, ohne abzusteigen. Also was gedenken Sie zu tun. Die täglichen Geschäfte habe ich meiner Familie übertragen, ich begebe mich hin, sehen will ich, ob es stimmt. Mit Ihren Augen, die das Grab verschlingen wird. Mit diesen meinen Augen, die das Grab noch nicht verschlungen hat. Und wollen Sie auf dem Esel hinreiten. Wenn er mich nicht mehr tragen kann, laufen wir beide. Wie heißt Ihr Esel. Ein Esel heißt nicht, man nennt ihn. Nun, wie nennen Sie Ihren Esel. Platero. Und Sie sind auf der Reise. Platero und ich. Können Sie uns sagen, wo Orce sich befindet. Nein, weiß ich nicht. Offenbar ein Stück hinter Granada. Ah, dann haben Sie noch weit zu fahren, und jetzt ade, meine Herren Portugiesen, meine Reise ist noch viel länger, und ich bin auf einem Esel unterwegs. Wahrscheinlich ist Europa, bis Sie dort ankommen, schon nicht mehr zu sehen. Falls ich es nicht sehe, dann, weil es nie existiert hat, und sehr recht hat Roque Lozano, damit die Dinge existieren, wird zweierlei vorausgesetzt, daß der Mensch sie sieht und er ihnen einen Namen gibt.

Joaquim Sassa und José Anaiço schliefen in Aracena und wiederholten somit, was Dom Afonso III, unser König, getan hatte, als er diesen Platz den Mauren abrang, doch das war Sonne von wenig Dauer, es regierte dazumal die Nacht der Zeiten. Die Stare hatten sich auf etliche Bäume verteilt, weil sie ihrer so viele und nicht im Schwarm beisammenbleiben konnten, wie sie es gern tun. Im Hotel, bereits hingestreckt ein jeder in seinem Bett, unterhalten sich José Anaiço und Joaquim Sassa über die bedrohlichen Bilder und Worte, die sie im Fernsehen gesehen und gehört hatten, Venedig in Gefahr, und so bewies es sich denn auch gleich, der Markusplatz überschwemmt, obwohl nicht Flutzeit herrschte, ein flüssiges, glattes Tuch, in dem sich, bis in die kleinsten Einzelheiten, der Campanile und die Fassade der Basilika spiegelten. Je mehr sich die Pyrenäenhalbinsel entfernt, erklärte der Sprecher gemessen und ernst, desto ungestümer die zerstörerische Kraft der Gezeiten, vorauszusehen sind gewaltige Schäden im gesamten Becken des Mittelmeers, dieser Wiege der Zivilisationen, es gilt, Venedig zu retten, die gesamte Menschheit ist aufgerufen, möge eine Wasserstoffbombe weniger, möge ein Atom-U-Boot weniger gebaut werden, sofern uns noch Zeit bleibt. Joaquim Sassa erging es wie Roque Lozano, die Perle an der Adria hatte er nie gesehen, José Anaiço aber konnte ihr Vorhandensein garantieren, zwar hatte er ihr weder den Namen noch den Beinamen verliehen, doch gesehen hatte er sie mit seinen lebendigen Augen und berührt mit seinen lebendigen Händen, welch großes Unglück, falls Venedig verlorengeht, sprach er, und diese bangen Worte beeindruckten Joaquim Sassa mehr als die Fluten in den Kanälen, die wallenden Strömungen, das Eindringen der Wasser in die Untergeschosse der Paläste, die überschwemmten Kais mehr als der Eindruck, daß da eine ganze Stadt unrettbar absoff, unvergleichliches Atlantis, versunkene Kathedrale, die *mori*, blinde Augen des Wassers, sie schlagen mit den Bronzehämmern die Glocke, solange die Algen und Seeschnecken das Räderwerk nicht lahmlegen, flüssige Echos, der Christus Pantokrator der Basilika letztendlich in theologischem Gespräch mit den untergeordneten Meeresgöttern des Jupiter, dem römischen Neptun, dem griechischen Poseidon und, eigens zurückgekehrt in die Wasser, aus denen sie geboren, mit Venus und Amphitrite, nur für den Christengott gibt es kein Weib. Wer weiß, ob es nicht meine Schuld ist, murmelte Joaquim Sassa. Bilde dir nur ja nicht ein, daß an allem du schuld bist. Ich meine Venedig, falls Venedig verlorengeht. Falls Venedig verlorengeht, ist es die Schuld aller, und von alters her, schon der Nachlässigkeit und der Gewinnsucht wegen war die Stadt auf der Verliererstraße. Von diesen Ursachen rede ich nicht, daran geht die Welt insgesamt zugrunde, ich rede von dem, was ich getan habe, ich warf einen Stein ins Meer, und da meinen nun welche, daß dies die Loslösung der Halbinsel von Europa bewirkt hat. Solltest du jemals ein Kind haben, wird es sterben, weil du geboren wurdest, von diesem Verbrechen spricht dich niemand frei, dieselben Hände, die fügen und weben, zerstören und zerreißen, die Gewißheit gebiert den Irrtum, der Irrtum erzeugt die Gewißheit. Schwache Tröstung für einen Bekümmerten. Es gibt keine Tröstung, trauriger Freund, der Mensch ist ein untröstbares Tier.

Vielleicht hatte José Anaiço, der diese Weisheit von sich gab, recht, vielleicht ist der Mensch eben jenes Tier, das getröstet nicht werden kann, oder es nicht zu werden vermag, oder es nicht will, doch gewisse seiner Handlungen, die keinen anderen Sinn zu haben scheinen als den, offenbar keinen zu haben, erhalten die Hoffnung aufrecht, daß der Mensch eines Tages an der Schulter des Mitmenschen weinen wird, dann vielleicht zu spät, wenn für anderes schon keine Zeit mehr ist. Von einem dieser Fälle berichtete das Fernsehen just in seiner Nachrichtensendung, und morgen werden die Zeitungen Einzelheiten bringen, mit Äußerungen von Historikern, Kritikern und Dichtern, der Fall ist der, daß in Frankreich, an einem Strand nahe Collioure, insgeheim ein ziviles, literarisches Kommando von Spaniern landete, bei Einbruch der Nacht, ohne Angst vor dem Eulenschrei und dem Ektoplasma, sie fielen über den Friedhof her, auf dem seit vielen Jahren Antonio Machado bestattet lag. Es eilten die Gendarmen herbei, von irgendeinem Nachtschwärmer verständigt, und sie verfolgten die Grabräuber, ohne sie indes zu fassen. Der Sack mit den Überresten wurde in die Barkasse geworfen, die mit leise laufendem Motor am Ufer gewartet hatte, und binnen fünf Minuten gewann das Piratenboot die hohe See, die Gendarmen am Sandstrand feuerten Schüsse in die Luft ab, nur um ihren Unmut abzuladen, nicht weil ihnen die Gebeine des Poeten nun so sehr fehlten. Der Bürgermeister von Collioure versuchte, in einem Interview gegenüber France-Presse die Heldentat zu diskreditieren, deutete gar an, niemand könne garantieren, daß es wirklich Antonio Machados sterbliche Überreste seien, nach der so langen Zeit lohnt es nicht einmal nachzuforschen, wieviel Jahre seither vergangen sind, falls sich dort wirklich noch etwas befunden haben sollte, so, weil die Verwaltung es vergessen hat, was aber nicht wahrscheinlich ist, so äußerst wohlwollend behandelt man selbst Dichtergebeine nicht.

Der Journalist, ein Mann mit viel Lebenserfahrung und so wenig skeptisch, daß er keineswegs ein Franzose schien, urteilte seinerseits, der Reliquienkult begnüge sich mit einem entsprechenden Objekt, die Echtheit zählt noch am wenigsten, für die Wahrscheinlichkeit ist nur eben bare Ähnlichkeit gefordert, siehe die Kathedrale von Valencia, dort wurde in verflossenen Zeiten der Glaube mit diesen weitverbreiteten Reliquienwesen angefacht, will heißen mit dem Kelch, dessen sich der Heiland bei seinem letzten Mahl bedient hatte, mit dem Hemd, das er als Knabe trug, einigen Tropfen Milch von Unserer Lieben Frau, mit einigen Haaren von ihr, blonden, und ihrem Kamm, und auch mit Splittern vom wahren Kreuz, mit einem undefinierbaren Stück von einem der keuschen Heiligen, mit zweien von den dreißig Silberlingen, Silber immerhin, für die Judas sich kaufen ließ, ohne selber schuldig zu sein, und, zur Abrundung der Liste, mit einem Zahn des heiligen Christophorus, dieser vier Finger hoch und drei Finger breit, unzweifelhaft übergebührliche Maße, jedoch nur für den überraschend, der um die gigantischen Körpermaße dieses Heiligen nicht weiß. Wo werden die Spanier den Dichter Machado jetzt begraben, fragte Joaquim Sassa, der von ihm nie eine Zeile gelesen hatte, und José Anaiço erwiderte, falls wider allen Irrsinn der Welt und der Geschicke Abträglichkeit ein jedes Ding seinen Platz hat und jeder Platz das ihm zustehende Ding beansprucht, wird das, was Antonio Machado heute ist, an irgendeinem Fleck der Gefilde von Soria begraben, unter einer Steineiche, die im Spanischen *encipa* heißt, ohne Kreuz noch Grabstein, nur eben ein Häufchen Erde, es muß schon nicht mehr der hingestreckte Körper nachgebildet werden, mit der Zeit sinkt die Erde zu Erde, und dann ist alles sich gleich. Und wir Portugiesen, welchen Dichter haben wir aus Frankreich heimzuholen, falls von den unseren einer dort blieb. Soweit mir bekannt, nur Mário de Sá-Carneiro, doch bei dem lohnt der Versuch gar nicht erst, erstens, weil der gewiß nicht zurückkommen möchte, zweitens, weil die Pariser Friedhöfe gutgehütete Stätten sind, drittens sind seit dessen Ableben viele Jahre vergangen, da wird die Verwaltung einer Hauptstadt wohl nicht in den Fehler einer Provinzgemeinde verfallen, einer noch dazu am Mittelmeer gelegenen. Im übrigen, was würde es fruchten, ihn vom Friedhof zu holen und anderswo begraben zu wollen, ist es doch in Portugal verboten, die Toten außerhalb, in freier Natur zu bestatten. Auch würden seine Gebeine nicht Frieden haben, wenn wir sie im Schatten eines Ölbaums im Parque Eduardo VII begrüben. Wird es noch Ölbäume im Parque Eduardo VII geben. Gute Frage, doch darauf weiß ich keine Antwort, und nun laß uns schlafen, morgen müssen wir Pedro Orce finden, den Mann, der die Erde beben spürt. Sie löschten das Licht, lagen da mit offenen Augen in Erwartung des Schlafs, doch bevor dieser kam, fragte Joaquim Sassa noch, und Venedig, was wird aus ihm. Sei versichert, Venedig zu retten ist unter den schwierigen Dingen dieser Welt noch das leichteste, man braucht nur die Lagune abzusperren, die Inseln in der Weise zu verbinden, daß die See ihre Wasser nicht mehr hereindrücken kann, sollten die Italiener das nicht allein meistern, mögen sie nur die Holländer rufen, die setzen dir Venedig trocken, ehe der Teufel sich ein Auge wischt. Wir müßten helfen, wir haben Verpflichtungen. Wir sind schon nicht mehr Europäer, das heißt, ganz wahr ist dies nicht. Solange sie noch in

Territorialgewässern sind, sprach die unbekannte Stimme.

Am Morgen, als sie die Rechnung bezahlten, stöhnte der Geschäftsführer Besorgnisse hervor, das Hotel fast leer in der Hochsaison, ein Jammer, Joaquim Sassa und José Anaiço hatten über ihren eigenen Sorgen das Fehlen der Gäste gar nicht bemerkt. Und die Grotten, niemand besucht die Grotten, rief der Wirt betroffen, denn daß niemand die Grotten besuchte, war die schlimmste der Katastrophen. Auf der Straße herrschte großer Tumult, die jungen Leute in Aracena hatten noch nie so viele Stare auf einem Haufen gesehen, nicht einmal während der lehrreichen Wanderungen durch die Feldfluren, doch der Genuß am Neuen währte nur kurz, kaum hatte sich der portugiesische Deux Chevaux in Bewegung gesetzt, Richtung Sevilla, schwangen sich die Stare auf, wie ein einziger Vogel, drehten zwei Runden, zur Verabschiedung oder zur Erkundung von Horizonten, und verschwanden hinter der Templerfestung. Der Morgen ist strahlend hell, zum Anfassen, und dieser Tag verspricht weniger heiß zu werden als der gestrige, doch vor ihnen liegt eine lange Wegstrecke, bis Granada sind es über dreihundert Kilometer, und dann müssen wir noch Orce finden, hoffentlich ist es nicht vergebens, und wir finden den Mann, dieses sagte José Anaiço, die Möglichkeit, daß sie den Mann nicht fänden, fiel ihm erst jetzt ein. Und wenn wir ihn finden, was werden wir zu ihm sagen, bemerkte Joaquim Sassa seinerseits zweifelnd. Plötzlich, erleuchtet von dem neuen Tag oder aber weil die Nacht eine schlechte Ratgeberin gewesen war, muteten ihn alle diese Episoden absurd an, es konnte doch nicht sein, daß ein Kontinent auseinandergebrochen war, nur weil jemand einen Stein ins Meer geworfen hatte, der an Gewicht die Kräfte des Werfers überstieg, unbestreitbar blieb indes, daß der Stein geworfen worden und der Kontinent auseinandergebrochen war, und ein Spanier behauptet, er spüre die Erde beben, und ein Schwarm irrer Vögel läßt nicht ab von einem portugiesischen Lehrer, weiß einer, was denn noch passiert ist oder alles noch passieren wird auf dieser Halbinsel. Wir werden ihm von deinem Stein und von meinen Staren erzählen, und er wird von der Erde erzählen, die gebebt hat oder noch bebt. Und dann. Dann, falls es nichts mehr zu sehen, zu fühlen und zu erfahren gibt, kehren wir heim, du zu deiner Arbeit und ich in meine Schule, denk, es sei alles ein Traum gewesen, übrigens, du hast mir noch nicht deinen Beruf genannt. Ich arbeite in einem Büro. In einem Büro arbeite auch ich, sagte der Lehrer. Beide lachten, und der Deux Chevaux, vorausschauend, meldete auf seiner Tankanzeige, daß der Sprit zu Ende ging. Sie hielten an der ersten Tankstelle, mußten aber über eine halbe Stunde warten, die Autoschlange zog sich die Straße hin, und jeder wollte den Tank voll haben. Wieder nahmen sie die Straße, Joaquim Sassa nun beunruhigt, sie hamstern Benzin, bald werden die Tankstellen dichtmachen, und dann. Damit war zu rechnen, Kraftstoff ist ein sensibles, flüssiges Produkt, Krisen signalisiert er als erster, vor Jahren gab es mal einen Lieferstopp, ich weiß nicht, ob du dich erinnerst, oder du hörtest davon, es war das Chaos. Ich sehe voraus, daß wir noch nicht einmal nach Orce gelangen. Sei kein Pessimist. Ich bin's von Geburt.

Sie passierten Sevilla ohne Halt, die Stare verweilten einige Minuten, um die Giralda zu feiern, die sie noch nie gesehen hatten. Wären sie ein halbes Dutzend gewesen, sie hätten der Statue des Glaubens eine Korona aus schwarzen Engeln aufsetzen können, doch da sie Tausende waren und wie eine Lawine auf sie herabschossen, verwandelten sie diese in eine undefinierbare Gestalt, die sowohl das sein konnte, was sie war, als auch deren Gegenteil, das Zeichen des Unglaubens. Nur kurz währte die Verwandlung, durch diese engen Straßen fährt José Anaiço, folgen wir ihm, gefiederte Nation. Auf der Strecke trank der Deux Chevaux, wo es ihm gerade möglich war, einige Tankstellen vermeldeten auf einem Schild Ausverkauft, doch die Tankwarte sagten, morgen, sie gehören zur Spezies der Optimisten, oder sie hatten schlicht die Regeln des guten Einvernehmens gelernt. Den Staren fehlte es nicht an Wasser, Gott sei Dank, denn der Herrgott sorgt sich um die Vögel mehr als um die Menschen, da sind die Nebenflüsse des Guadalquivir, die Bergseen, die Staue, da ist mehr Naß, als die so kleinen Schnäbel in der ganzen Geschichte der Welt zu trinken imstande sein könnten. Schon ist es später Nachmittag, als sie Granada erreichen, es schnauft und bebt der Deux Chevaux vor Anstrengung, indessen Joaquim Sassa und José Anaiço suchend daherkommen, als führten sie versiegelte Order mit, und es wäre nun an der Zeit, diese zu öffnen, gleich werden wir erfahren, wo unser Ziel ist.

Im Fremdenverkehrsbüro fragte eine Angestellte sie, ob sie portugiesische Archäologen oder Anthropologen seien, nun, daß sie Portugiesen waren, merkte man sofort, aber wieso Anthropologen und Archäologen. Weil nach Orce in der Regel nur solche kommen, vor Jahren wurde hier nahebei, in Venta Micena, der älteste jemals aufgefundene Europäer entdeckt. Ein kompletter Europäer, fragte José Anaiço. Nur der Schädel, aber alt, zwischen einer Million dreihunderttausend und einer Million vierhunderttausend Jahre alt. Und ist sicher, daß es eine Mannsperson war, fragte Joaquim Sassa hintergründig, worauf María Dolores augenzwinkernd erwiderte, wenn Spuren vorzeitlicher Menschen gefunden werden, so immer von einem Mann, der Mann von Cro-Magnon, der Mann von Neandertal, der Mann von Steinheim, der Mann von Swanscombe, der Mann von Peking, der Mann von Heidelberg, der Mann von Java, damals gab es keine Frauen, Eva war noch nicht erschaffen, das geschah erst später. Sie sind eine Spötterin. Nein, ich bin Anthropologin von Beruf und Feministin aus Ingrimm. Nun, wir sind Reporter, wir möchten einen gewissen Pedro Orce interviewen, jenen, der die Erde beben fühlte. Wie gelangt eine solche Nachricht nach Portugal. Nach Portugal gelangt alles, und wir gelangen überallhin, diesen Teil des Zwiegesprächs bestritt José Anaiço allein, er, der Schlagfertigere, sicherlich weil genötigt, mit Schülern umzugehen. Joaquim Sassa hatte sich etwas zurückgezogen, um sich die Plakate mit Aufnahmen vom Löwenhof, von den Gärten des Generalife und den liegenden Statuen der Katholischen Könige zu betrachten, er überlegte, ob es sich lohne, die Dinge in natura zu sehen, nachdem man sie auf Abbildern genossen. Weil er derart über die Wahrnehmung des Realen philosophierte, entging ihm die Fortsetzung des Gesprächs, was mochte José Anaiço gesagt haben, daß María Dolores so herzhaft lachte, hießen die Dolores nicht kurzerhand Lola, ihr schallendes Lachen würde jedesmal skandalös wirken. Diese hier zeigte schon keinen Schimmer mehr von feministischem Ingrimm, vielleicht weil dieser Mann von Ribatejo ein bißchen mehr war als nur Kinnlade, Backenzahn und Schädeldecke und weil hinlänglich bewiesen ist, daß es in dieser unserer Zeit Frauen gibt. María Dolores, die im Fremdenverkehrsbüro angestellt ist, weil es für sie keine Anstellung als Anthropologin gibt, zeichnet auf José Anaiços Landkarte die dort fehlende Straße ein, bezeichnet mit einem schwarzen Punkt die Ortschaft Orce, daneben Venta Micena, nun können die Herren Reisenden weiterfahren, die Sibylle der Wegkreuzung hat Ihnen die Strecke gewiesen, dort sieht es wie in einer Mondlandschaft aus, doch aus ihren Augen liest man das Bedauern, daß sie nicht mitfahren, ihre Wissenschaft nicht ausüben kann in Begleitung der portugiesischen Journalisten, hauptsächlich jenes zurückhaltenderen, der sich in die Betrachtung der Plakate vertiefte, gar oft im Leben hat die Erfahrung uns gelehrt, daß wir nicht nach dem äußeren Schein urteilen sollten, wie Joaquim Sassa es jetzt selber tut, das ist sein Irrtum, seine Bescheidenheit. Wenn wir hierblieben, würdest du die Anthropologin aufreißen, verzeihen wir ihm diesen banalen Ausdruck, Männer untereinander ergehen sich halt in so gemeinen Redensarten, und José Anaiço, eingebildet, sich aber ebenfalls täuschend, antwortete, weiß man's.

Diese Welt, noch und noch sei es gesagt, ist eine Komödie der Täuschungen. Ein weiterer Beweis hierfür ist, daß den Namen Mann von Orce ein da gefundener Knochen erhielt, gefunden nicht genau in Orce, sondern in Venta Micena, das sich zu paläontologischer Titulierung hübsch eignen würde, hieße es nicht *venta*, Schenke, ein Ausdruck kärglich platten Handels und Wandels. Wörter haben seltsame Schicksale. Falls Micena, weil schon nicht Männername, also auch kein Frauenname war, anders als im Falle jener berühmten Galicierin, die dem in

Portugal gelegenen Marktflecken Golegã ihren Namen gab, waren da vielleicht in diese so äußerst entlegenen Gefilde irgendwelche Griechen aus Mykene eingewandert, geflohen vor der Verrücktheit der Atriden, an irgendeinem Ort mochten sie ja den Namen ihrer Heimatstadt neu einpflanzen, vielleicht war es hier, viel weiter fort als Cerbère, im Herzen der Unterwelt, aber nicht so weit fort wie jetzt, da wir davonschiffen. Obwohl ihr euch das gewiß nur sehr schwer vorstellen könnt.

In diesen Gefilden hatte der Teufel seine erste Behausung, seine Hufe verbrannten die Erde, und dann glühten die Aschen aus, zwischen Bergen, die damals vor Angst erschauderten und bis heute so geblieben sind, für immer eine Wüste, in der sogar Christus der Versuchung erlegen wäre, hätte er, wie sich dem Bibeltext entnehmen läßt, die Tricks des Teufels nicht längst gekannt. Joaquim Sassa und José Anaiço betrachten, ja was denn, die Landschaft, jedoch dieses süße Wort ist anderen Welten eigen, anderen Sprachen, nicht Landschaft kann man nennen, was die Augen hier sehen, wir nannten diese Behausung Hölle, und eben das bezweifeln wir, denn in den Winkeln der Verdammnis begegnen wir allemal noch Männern und Frauen, mit den Tieren, die ihnen Gesellschaft leisten, bis die Stunde da ist, sie zu töten und von ihnen zu leben, zwischen Fels und Plagen, in dieser Verbannung mag jener Schriftsteller geschrieben haben, der nie nach Granada fuhr. Dies ist der Landstrich um Orce, viel Blut von Morisken und Christen mag er getrunken haben, ebenfalls in der Nacht der Zeiten, doch was fruchtet es, von jenen zu reden, die vor so langer Zeit starben, hier ist die Erde selber tot und in sich begraben.

In Orce fanden die Reisenden Pedro Orce, er von Beruf Apotheker und älter, als sie ihn sich vorgestellt hatten, sofern sie dies getan, jedoch nicht so alt wie ihr Millionär von Urahn, mit Verlaub, sofern es gestattet wird, für Zeitangaben geldliche Begriffe zu verwenden, zumal sich mit Geld nicht Zeit kaufen läßt, diese aber den Wert des anderen verändert. Pedro Orce war vom Fernsehen nicht vorgestellt worden, weshalb wir auch nicht wußten, daß er über sechzig Jahre ist, hager von Antlitz und Wuchs, sein Haar fast ganz weiß, doch könnte er, schon da im chemischen Experimentieren hinlänglich bewandert, und wenn sein nüchterner Geschmack ihn nicht davon abhielte, nach Belieben braun- und blondgefärbte Tinkturen in der Verschwiegenheit des Laboratoriums mixen. Als Joaquim Sassa und José Anaiço bei ihm zur Tür hereintreten, füllt er gerade Kapseln mit Chininpulver, einem uralten Mittel, das die hohen Konzentrationen der modernen Pharmaka schmäht, sich jedoch, aus weisem Instinkt, den psychologischen Effekt beschwerlichen Hinunterschluckens wahrte, weshalb es wundersam wirksam scheint. In Orce, der unvermeidbaren Durchfahrt nach Venta Micena, sind Reisende, seit der Trubel um die Grabungen und Entdeckungen vorüber ist, selten zu sehen, wohin der Schädel des ältesten Vorfahrens gelangte, wissen wir nicht, in irgendein Museum, eines Etiketts und einer Vitrine gewärtig, üblicherweise kauft der durchfahrende Kunde Aspirin, Mittel gegen den Durchfall oder Verdauungspastillen, die Einheimischen sterben vielleicht an ihrer ersten Erkrankung, und so wird ein Apotheker nie reich. Pedro Orce hat die Kapseln verschlossen, es sieht wie Zauberei aus, nach dem Anfeuchten des als Deckel dienenden Teils werden die zwei Schalen aus Messingblech gegeneinandergedrückt, und verkaufsfertig ist die Medizin, eine Chininkapsel und weitere elf, und nachdem dies vollbracht war, fragte er die

Herren nach ihrem Begehr. Wir sind Portugiesen, eine überflüssige Erklärung, man braucht sie nur reden zu hören und weiß sofort, was sie sind, doch es ist nun mal Menschensitte, daß wir erklären, was wir sind, ehe wir sagen, was wir begehren, besonders in Fällen von solcher Wichtigkeit, Hunderte von Kilometern gereist sein, nur um zu fragen, wenn auch nicht mit diesen dramatischen Worten, Pedro Orce, schwörst du bei deiner Ehre und dem gefundenen Knochen, daß du die Erde beben fühltest, als alle Seismographen von Sevilla und Granada mit fester Nadel die geradeste Linie zogen, die man je gesehen hat, und Pedro Orce hob die Hand und sprach mit der Schlichtheit der Gerechten und Wahrhaftigen, das schwöre ich. Wir möchten in einer bestimmten Angelegenheit mit Ihnen reden, fügte Joaquim Sassa nach Offenlegung seiner Nationalität hinzu, und weil keine weiteren Personen in der Apotheke zugegen waren, berichteten sie da auf der Stelle über die eigenen und auch die gemeinschaftlichen Erlebnisse, erzählten sie von dem Stein, den Staren, dem Passieren der Grenze, vom Stein konnten sie keine Proben vorlegen, doch was die Vögel betrifft, braucht einer nur zur Tür hinauszuspähen, da sieht man sie, auf diesem Platz oder auf dem nahebei, die unausbleibliche Ansammlung, alle Einwohner starren in die Höhe, baff erstaunt über das seltene Schauspiel, nun verschwand das Geflügel, ging nieder auf der Festung der Sieben Türme, der arabischen. Besser, wir reden anderswo, sagte Pedro Orce, steigen Sie in den Wagen und fahren Sie aus dem Ort. In welche Richtung. Geradeaus weiter. Richtung María, nach den letzten Häusern noch drei Kilometer, da gelangen Sie zu einer kleinen Brücke, in der Nähe ist ein Ölbaum, warten Sie dort auf mich, ich werde bald bei Ihnen sein. Joaquim Sassa vermeinte, sein Leben noch einmal zu leben, den Augenblick, als er auf José Anaiço wartete, jenseits der letzten Häuser, vor zwei Tagen, im Morgengrauen.

Sie sitzen auf der Erde, unter einer *oliveira cordovil*, die, so sagt der volkstümliche Vierzeiler, das Öl gelb macht, als wäre es das nicht sowieso, und nur manchmal etwas grünlich, und José Anaiços erste Worte, der sich nicht zu beherrschen weiß, sind, an diesen Orten kann man es ja mit der Angst kriegen, und Pedro Orce erwiderte, in Venta Micena ist es noch schlimmer, dort bin ich geboren, eine formelle Zweideutigkeit, die sowohl das besagt, was sie scheint, als auch das genaue Gegenteil, eher abhängig vom Leser denn vom Lesen, wiewohl letzteres in allem von jenem Betreffenden abhängt, eben darum kommen wir so schwer dahinter, wer das Gelesene liest und was der Lesende daraus gemacht hat, möge Pedro Orce in diesem Falle nicht denken, das Übel dieses Landstriches rühre daher, daß er in ihm geboren wurde. Dann, nachdem sie voll in die Materie eingetreten waren, brachten sie ausgiebig ihre Erfahrungen als Steinewerfer, als Vogler und Seismologe ein und entschieden letzthin, daß alle diese Zuträgnisse miteinander in Verbindung gestanden hatten und weiterhin stehen, um so mehr, als Pedro Orce behauptet, die Erde habe nicht aufgehört zu beben, jetzt eben spüre ich sie, und er streckte die Hand mit einer bezeichnenden Geste aus. José Anaiço und Joaquim Sassa berührten die in dieser Stellung verharrende Hand, und sie spürten, oh, ganz ohne Zweifel, sie spürten das Beben, das Vibrieren, das Summen, es ist wenig erheblich, daß ein Skeptiker es vielleicht als altersbedingtes natürliches Zittern deutet, denn weder ist Pedro Orce so alt, noch sind das Beben und das Zittern gegeneinander austauschbar, auch wenn sich dies in den Wörterbüchern so darstellt.

Würde jemand die Szene aus der Ferne beobachten, er könnte meinen, die drei Männer legten irgendeinen gemeinsamen Schwur ab, in der Tat einten sich für einen Augenblick ihre Hände, mehr nicht. Die Steine ringsum vervielfachen die Hitze, die weiße Erde blendet, der Himmel ist das Mundloch eines Glut hauchenden Backofens, man spürt es sogar unter dieser *oliveira cordovil*, in deren Schatten. Die Oliven sind erst im Werden, darum vorderhand gerettet vor der Gefräßigkeit der Stare, wenn erst Dezember ist, wird man einen Raubzug erleben, da dieser Ölbaum indes vereinzelt steht, bleiben die Stare dem Ort vielleicht fern. Joaquim Sassa hatte sein Radio eingeschaltet, weil plötzlich keiner wußte, was er noch hätte sagen sollen, das verwundert nicht, sie kennen sich erst seit kurzem, zu hören ist der Sprecher mit, Berufsmüdigkeit und erschöpfter Batterien wegen, näselnder Stimme, neuesten Messungen zufolge beträgt die Abdriftgeschwindigkeit der Halbinsel jetzt etwa siebenhundertfünfzig Meter pro Stunde, die drei Männer lauschten den Nachrichten, soeben in unserer Redaktion eintreffenden Meldungen zufolge hat sich eine große Spalte zwischen La Línea und Gibraltar aufgetan, der Mann redete und redete, die nächsten Nachrichten, sofern nichts Unvorhergesehenes eintrifft, folgen in einer Stunde, in eben diesem Augenblick stoben die Stare vorbei, fruhhh, Joaquim Sassa fragte, sind es deine, und José Anaiço, ohne erst zu schauen, antwortete, sie sind's, für ihn ist es einfach, er kennt sie, Sherlock Holmes würde ein Gleiches sagen, natürlich, lieber Watson, einen solchen Schwarm gibt es in dieser Gegend sonst nicht, und recht hat er, rar sind die Vögel der Hölle, ausgenommen die Nachtvögel, der Tradition wegen.

Pedro Orce schaut dem Schwarm hinterdrein, zunächst mit nicht mehr Interesse als eben schicklicher Aufmerksamkeit, dann leuchten seine Augen aus Blauhimmel und weißem Gewölk auf, und mit jäh ihm entschlüpfenden Worten schlägt er vor, was haltet ihr davon, wenn wir an die Küste fahren und uns den vorbeiziehenden Felsen anschauen. Das scheint absurd, ein Widersinn, ist es aber nicht, wenn wir im Zug fahren, will uns doch auch scheinen, daß die Bäume vorbeiziehen, obwohl diese mit den Wurzeln an die Erde gefesselt sind, diesmal ist es kein Zug, wir treiben gemächlich hin, auf einem steinernen Floß, durch das Meer, ungebunden, der Unterschied ist nur eben der zwischen fest und flüssig. So oft benötigen wir, um dem Leben Änderung zu geben, hierzu das ganze Leben, wir denken viel, erwägen und zögern, kehren dann zum Beginn zurück, denken wieder und überlegen, wir fahren auf den Schienen der Zeit im Kreis, den Windhosen gleich, die über Land ziehen, Staub aufwirbeln, vertrocknetes Laub, Nichtigkeiten, denn zu mehr reichen ihre Kräfte nicht, besser, wir lebten im Lande der Taifune. Andere Male ist da ein einziger Satz genug, wollen wir uns den vorbeiziehenden Felsen anschauen, und schon erhoben sie sich, sofort bereit zu dem Abenteuer, sie spüren die Gluthitze nicht, wie unbändig freie Kinder rennen sie den Hang hinunter, lachend. Der Deux Chevaux ist ein Backofen, eine Minute später triefen die drei Männer vor Schweiß, doch das schert sie nicht, ebenfalls von hier, den Landstrichen des Südens, zogen die Männer aus, eine neue Welt zu entdecken, und auch sie, hart und wild, schwitzten wie Gäule, zogen hin, eisengepanzert, auf dem Haupte den eisernen Helm, das eiserne Schwert in der Hand, marschierten gegen die nackten, buntbemalten, nur mit Vogelfedern bekleideten Indios, ein idyllisches Bild.

Zurück fuhren sie nicht erst durch den Ort, großen Verdacht hätte es erregt, wenn Pedro Orce mit zwei Fremden im Auto vorbeigefahren wäre, entweder er wird entführt, oder die drei hecken etwas aus, am besten gleich die Polizei verständigen, doch ein Greis unter Orces Greisen würde sagen, wir mögen die Guardia Civil hier nicht haben. Sie fuhren andere Straßen, über Wege, die auf der üblichen Landkarte nicht verzeichnet sind, was uns hier jetzt fehlt, das ist die Sphinx vom Reisebüro, damit sie die Route dieser neuen Entdeckungen vorzeichne, eine Sphinx war sie letztlich, keine Sibylle, deren man noch nie eine an Straßenkreuzungen sah, obwohl die einen wie die anderen auf der Halbinsel heimisch sind. Pedro Orce sagte, zunächst will ich Ihnen Venta Micena zeigen, meine engere Heimat, so sprach er, und es klang, als spöttelte er über sich, bohrte in einer alten Wunde. Sie durchquerten ein in Ruinen daniederliegendes Dorf, das Fuenta Nueva hieß, Neue Quelle, falls hier je eine Quelle existiert hatte, war sie alt geworden und ausgetrocknet, und weiter vorn, in einer langen geschwungenen Wegbiegung, da ist es.

Die Augen äugen, und weil sie so wenig sehen, suchen sie das, was fehlen mag, und finden es nicht. Hier, fragte José Anaiço, zu Recht zweifelnd, die wenigen Häuser liegen verstreut, der Farbe des Erdbodens angeglichen, ein eingestürzter Kirchturm, unübersehbar der Friedhof, hier längs der Straße, Kreuz und Mauer weiß. Unter der vulkanischen Sonne wellt sich die Erde, gleichsam ein versteinertes Meer, staubbedeckt, falls dies schon vor einer Million vierhunderttausend Jahren so war, könnte einer, auch ohne Paläontologe zu sein, schwören, daß der Mann von Orce vor Verdurstung starb, doch es waren die Jugendzeiten der Welt, das leere Flußbett dort fern war damals gewiß ein nährender breiter Strom, wuchtige Bäume mochten hier gestanden haben und Gräser höher gesprossen sein, als ein Mensch groß ist, dies alles, ehe die Hölle hierher verlagert wurde. Zur entsprechenden Jahreszeit, wenn es regnet, wird spärliches Grün diese aschefarbenen Felder überziehen, jetzt kümmert Vegetation an den tiefen Rändern, es vertrocknen und sterben die Pflanzen, dann sprießen sie neuerlich auf und leben, der Mensch selber hat es noch nicht gelernt, Zyklen zu wiederholen, bei ihm ist es einmal und nie wieder. Pedro Orce macht eine Gebärde, die das jämmerliche Dorf umfängt, das Haus, in dem ich geboren wurde, gibt es nicht mehr, und dann, nach links zeigend, auf etliche Hügel mit abgetragener Spitze, das ist die Höhle der Rosenstöcke, dort wurden die Knochen des Mannes von Orce gefunden, Joaquim Sassa und José Anaiço sahen die fahle Landschaft, vor einer Million vierhunderttausend Jahren lebten an dieser Stelle Männer und Frauen, sie zeugten Männer und Frauen, die Männer und Frauen zeugten, Schicksalsbestimmung, Fatalität, bis heute, in einer Million vierhunderttausend Jahren wird irgend jemand auf diesem ärmlichen Friedhof Ausgrabungen vornehmen, und da es einen Mann von Orce schon gibt, wird man den gefundenen Schädel dann vielleicht Mann von Venta Micena nennen. Niemandem begegnen sie, kein Hund bellt, die Stare sind verschwunden, ein anhaltender Schauer läuft Joaquim Sassa über den Rücken, er kann das Gefühl von Übelkeit nicht unterdrücken, und José Anaiço fragt, wie heißt jenes Gebirge da im Hintergrund. Das ist die Sierra de Sagra. Und das dort zu unserer Rechten. Das ist die Sierra de María. Als der Mann von Orce starb, mag er sie als letztes Bild vor Augen gehabt haben. Wie mag er sie genannt haben, wenn er sich mit den anderen Männern von Orce unterhielt, jenen, die keinen Schädel hinterlassen haben, fragte Joaquim Sassa. Damals war noch alles unbenannt, sagte José Anaiço. Wie kann man denn einen Gegenstand betrachten, ohne daß man ihm auch einen Namen verleiht. Es gilt zu warten, bis der Name von selbst aufsprießt. Die drei schauten, wortlos, endlich aber sagte Pedro Orce, fahren wir. Es war an der Zeit, die Vergangenheit ihrem ruhlosen Frieden zu überlassen.

Zur Unterhaltung wiederholte Pedro Orce den Reisegefährten, was er so erlebt hatte, erzählte allerlei Einzelheiten, die Wissenschaftler hatten ihn in Gegenwart von Behördenvertretern sogar an einen Seismographen angeschlossen, ein verblüffender, aber nützlicher Gedanke, denn da konnten sie sich überzeugen, daß seine Behauptung zutraf, die Nadel des Gerätes registrierte prompt das Beben der Erde, zeichnete aber, als man den Patienten losband, sofort wieder eine gerade Linie. Das Unerklärliche ist hiermit erklärt, sprach der mit anwesende Bürgermeister von Granada, aber einer der Gelehrten verbesserte ihn, was keine Erklärung hat, muß noch ein klein bißchen warten, er sagte es ohne wissenschaftliche Strenge, doch alle verstanden ihn und gaben ihm recht. Sie schickten Pedro Orce nach Hause, er solle sich der Wissenschaft und den Behörden zur Verfügung halten, solle von seinen einzigartigen sensorischen Fähigkeiten indes nichts verlauten lassen, was nicht sonderlich abwich von der Entscheidung der französischen Veterinäre im Hinblick auf das mysteriöse Fehlen der Stimmbänder bei den Hunden in Cerbère.

Der Deux Chevaux schlug am Ende die Richtung nach Süden ein, nun schon auf vielbefahrenen Straßen, dem Anschein nach fehlt es in dieser Gegend nicht an Kraftstoff, an Gasolina und Gasóleo, bald aber mußte er die zügige Geschwindigkeit verlangsamen, vor ihm bewegt sich schleppend eine endlose Karawane, Pkws, Laster und Busse, Motorräder, Fahrräder, Mopeds, Motorroller, von Maultieren gezogene Karren, berittene Esel, doch auf keinem reist Roque Lozano, und Leute zu Fuß, viele, die einen möchten mitgenommen werden, andere weisen die Gelegenheit entschieden zurück, als täten sie Buße oder erfüllten ein Gelübde, eher wohl ist es ein Gelübde, und man braucht sie nicht erst zu fragen, wohin sie streben, es muß einer nicht Pedro Orce heißen, um den gleichen Gedanken und Wunsch zu haben, sie möchten Gibraltar vorbeiziehen sehen, fern und losgelöst, es langt, daß man Spanier ist, und hier sind deren viele. Sie kommen aus Córdoba, aus Linares, aus Jaén, aus Guadix, aus den wichtigeren Städten, doch auch aus Higuera de Arjona, El Tocón, Bular Bajo, Alamedilla, Jesús del Monte, Almácegas, von überall scheinen sie Abordnungen geschickt zu haben, diese Leute sind sehr geduldig gewesen, seit 1704, man rechne nur nach, wenn Gibraltar nicht uns gehören soll, die wir in See stechen, dann auch gefälligst nicht den Engländern. Der Menschenstrom ist so breit, daß die Verkehrspolizei, da, wo es möglich war, hinwärts eine dritte Fahrbahn auftun mußte, nur wenige streben nach Norden, nur mit sehr triftigem Grund, Todesfall oder Krankheit, aber selbst so mustert man sie mißtrauisch, verdächtigt sie der Anglophilie, vielleicht wollen sie ihren Schmerz über jenen geologischen und strategischen Losriß fernab verbergen.

Doch dieser Tag ist für die Allgemeinheit ein hohes Fest, die Woche so heilig wie die Karwoche, und da sind Lieferwagen, die Christusse, Trianas und Macarenas mitführen, Musikkapellen, deren Instrumente in der Sonne blitzen, und auf dem Rücken der Esel sieht man Bündel von Raketen und Böllern, sollte einer ihnen mit brennender Zigarette zu nahe kommen, werden sie in die Höhe zischen, wie Clavileño, in die zweite und dritte Region der Lüfte und in die des Feuers, wo Sancho sich den Bart verschmoren würde, wenn er, der Vertrauensselige, sich ein zweites Mal hintergehen ließe. Die Mädchen tragen an Festgewand und Zierat ihr Bestes, wandeln in Mantilla oder Mantón, und die Greise, wenn zu gebrechlich, werden von der jungen Generation getragen, Sohn bist du, Vater sein wirst du, wie du tust, so wird dir getan, bis ein Gefährt anhält, irgendeines, und die Reise weitergeht und der ermüdete Körper sich entspannt, alle sind unterwegs zur Küste, zu den Stränden, besser noch zu den hochgelegenen, das Meer hoch überragenden Punkten, damit der verfluchte Fels in Gänze ansichtig werde, schade nur, daß auf diese Entfernung die Schreie der Affen nicht zu hören sind, verwirrt mögen sie sein, daß ihnen der Ausblick auf das Festland genommen wurde. Je näher das Meer, desto beschwerlicher das Fortkommen, schon lassen manche ihr Auto stehen und eilen zu Fuß weiter oder bitten jene um Platz, die mit dem Karren fahren oder mit dem Esel hinziehen, denn diese können die

Tiere nicht sich selber überlassen, müssen sie versorgen, sie tränken, ihnen den Korb mit dem Stroh und den Bohnen vorsetzen, die Polizisten sind mit dieser Situation vertraut, sie alle stammen vom Lande, folglich gilt der Befehl, daß die Lastwagen und Personenautos am Straßenrand abzustellen sind, Tiere aber dürfen den Weg fortsetzen, erlaubt ist es auch den Motorrädern, Fahrrädern, Motorrollern und Mopeds, sie, weil weniger breit, können sich ja leicht durchschlängeln. Die Musikkapellen, abgesessen, stimmen die ersten Paso dobles an, ein aufgeregter oder übereifrig patriotischer Feuerwerker hatte vorzeitig einen gewaltigen Böller gezündet, was die Kollegen aber tadelten, sie mochten ihr Feuer nicht ohne den eigentlichen Grund vor Augen abbrennen. Auch der Deux Chevaux hielt an, er in dem Treck das einzige portugiesische Automobil, will heißen mit portugiesischem Nummernschild, Gibraltar verloren im Meer zu sehen, das macht ihn nicht heiß und nicht kalt, sein historischer Kummer heißt Olivenza, und diese Straße führt nicht hin. Schon sieht man Versprengte, Frauen rufen nach ihren Ehemännern, Kinder rufen plärrend nach den Eltern, aber alle werden sich glücklich wiederfinden, mag dieser Tag auch nicht eitel Lachen sein, zum Weinen möge er ebensowenig sein, sofern es Gottvater beliebt und seinem jungen Sohn. Auch laufen da schnüffelnd Hunde, nur wenige bellen, außer wenn sie aneinandergeraten, aus Cerbère ist keiner zugegen. Und an zwei Eseln, die da allein kamen, weil ihren Besitzern entwichen, vergriffen sich unklugerweise Pedro Orce, Joaquim Sassa und José Anaiço, abwechselnd ritten zwei, während der dritte zu Fuß ging, aber lange genossen sie die Bequemlichkeit nicht, die Esel gehörten einem Zigeunertrupp, der nach

Norden strebte, denen war Gibraltar ziemlich gleichgültig, und wäre Pedro Orce nicht Spanier gewesen, überdies alt und sehr verständig, man hätte da Portugiesenblut fließen sehen.

Entlang der Küste zieht sich der Lagerort endlos hin, ein Tummelplatz, Tausende und aber Tausende von Menschen gaffen auf das Meer hinaus, manche steigen auf Dächer oder auf hohe Bäume, nicht zu reden von vielen anderen Tausenden, die nicht so weit laufen wollten, mit Fernglas oder Fernrohr bewehrt auf den Höhen der Sierra Contraviesa oder an den Hängen der Sierra Nevada zurückblieben, uns hier interessieren nur die schlichteren Menschen, die auf alles ihre Hand legen müssen, um es zu erkennen, so nahe heran werden diese nicht kommen, haben aber das Mögliche getan. José Anaiço, Joaquim Sassa und Pedro Orce sind mit ihnen gekommen, aus Lust und Laune Pedro Orce zuliebe und herzlich zugetan den anderen, nun sitzen sie auf Steinen, schauen hinaus auf das Meer, dann wird es Abend, und Joaquim Sassa, der sich schon als Pessimist zu erkennen gab, sagte, falls Gibraltar nachts vorüberzieht, sind wir ganz vergeblich gekommen. Dann sehen wir zumindest die Lichter, wandte Pedro Orce ein, und das wird gar noch hübscher, den Fels so entschwinden zu sehen, wie ein erleuchtetes Schiff, dann, o ja, wird das Feuerwerk seine volle Berechtigung haben, mit seinen Feuerrädern, dem Regen, den Kaskaden, oder wie das alles heißt, unterdessen der Fels bleich in der Ferne entschwindet, in die finstere Nacht taucht, ade, ade, auf Nimmerwiedersehen. Doch José Anaiço entfaltete die Karte auf seinen Knien, mit Bleistift und Papier stellte er Berechnungen an, wiederholte alle Rechengänge noch einmal, zur vollsten Sicherheit, vergewisserte sich abermals anhand des Maßstabs, machte die Neunerprobe und die Hauptprobe, endlich verkündete er, Gibraltar, meine Freunde, kommt erst in etwa zehn Tagen hier vorbei, die Freunde merkten überrascht und ungläubig auf, worauf er ihnen seine Berechnungen vorführte, ohne erst auf seine Kompetenz als Diplomlehrer zu pochen, diese Wissenschaften begreift zum Glück schon ein minderer Verstand, wenn die Halbinsel oder Insel, was es auch sei, sich mit siebenhundertfünfzig Metern pro Stunde vom Fleck bewegt, heißt dies, daß sie pro Tag achtzehn Kilometer zurücklegt, aber von der Algeciras-Bucht bis hierher, wo wir uns befinden, in gerader Linie, sind es fast zweihundert Kilometer, nun rechnet einmal selber, es ist kinderleicht. Der Beweis war unabstreitbar, Pedro Orce ließ den Kopf hängen, gab sich geschlagen, und da sind nun wir und sind alle diese Leute hergeeilt, weil der Tag des Triumphs gekommen war, heute könnten wir über den Bösen Fels spotten, aber nun sollen wir noch zehn Tage warten müssen, so lange hält kein Feuer vor. Und wenn wir ihm entgegenziehen, auf den Küstenstraßen, bemerkte Joaquim Sassa. Nein, das lohnt nicht, antwortete Pedro Orce, Dinge wie diese wollen im rechten Augenblick genossen sein, wenn das Feuer der Begeisterung lodert, jetzt eben müßte er an uns vorüberziehen, jetzt, da wir leidenschaftsvoll erregt sind, es waren, denn schon sind wir es nicht mehr. Ja was sollen wir tun, fragte José Anaiço. Verschwinden wir. Wollen Sie nicht bleiben. Ein Traum, der vorbei ist, ist vorbei. Unter den Umständen reisen wir morgen früh ab. So zeitig. Auf mich wartet die Schule. Und auf mich das Büro. Und auf mich die Apotheke, allemal.

Sie gingen den Deux Chevaux suchen, doch solange sie

das tun und ihn lange nicht finden, ist es nun an der Zeit zu sagen, daß viele Tausende Menschen, die in dieser Geschichte nicht Stimme und Gepräge erhielten, auf dieser Bühne noch nicht einmal zu Hintergrundfiguren wurden, in den folgenden zehn Tagen und zehn Nächten keinen Schritt zurückwichen, Tausende aßen aus ihren Bündeln, und als das Eingesackte am zweiten Tag zu Ende ging, kauften sie, was es zu kaufen gab, in den umliegenden Orten, sie kochten unter freiem Himmel über großen Feuern, die Signalfeuern anderer Zeitläufte glichen, und wem das Geld ausging, der hungerte dennoch nicht, wo einer aß, aßen alle, wir sind in einer Zeit wiederkehrender Brüderlichkeit, sofern dies menschlich möglich war und wiederholbar ist. Diese wunderbare Brüderlichkeit werden Pedro Orce, José Anaiço und Joaquim Sassa nicht erleben, sie wandten sich ab vom Meer, nun sind sie es, die mißtrauisch beäugt werden von jenen, den vielen, die ihnen noch entgegenkommen.

Unterdessen kam die Nacht, die ersten Lichter wurden angezündet. Fahren wir, sagte José Anaiço. Pedro Orce wird im Fond reisen, stumm, traurig, die Augen geschlossen, jetzt oder nie, beste Gelegenheit, mit der portugiesischen Spruchweisheit aufzuwarten, Wo gehst du hin, Zum Fest, Wo kommst du her, Vom Feste, selbst ohne Ausrufezeichen hie und Pünktchen Pünktchen da erkennt man sogleich den Unterschied zwischen der freudigen Erwartung, die in der ersten Antwort liegt, und der von Enttäuschung und Erschöpfung begleiteten zweiten, nur auf ein Blatt niedergeschrieben, dünken sie einen gleich. Während der gesamten Wegstrecke wurde ein einziger Satz gesprochen, essen Sie bei mir zu Abend, er kam aus Pedro Orces Mund, das entspricht seiner Gastgeberpflicht. José Anaiço und Joaquim Sassa fanden, daß eine Antwort nicht nötig sei, manch einer könnte meinen, solches Schweigen zeuge von schlechter Erziehung, doch er wüßte wenig von menschlicher Natur, der Besserinformierte würde schwören, daß diese drei Männer Freunde geworden sind.

Es ist späte Nacht, als sie Orce erreichen. Die Straßen zu dieser Stunde sind eine Ödnis aus Schatten und Schweigen. Der Deux Chevaux kann vor der Apotheke parken, und gut ist es, ihn ruhen zu lassen, morgen wird er wieder die Straße nehmen und drei Männer mit sich führen, so wie sie es drin im Haus rund um den Tisch entschieden, mit irgendeiner schlichten Speise auf den Tellern, denn auch Pedro Orce lebt allein, und die Zeit reichte nicht zu besserer Beköstigung. Sie stellten den Fernseher an, nun gibt es stündlich Nachrichten, und sie sahen Gibraltar nicht lediglich getrennt von Spanien, sondern von diesem schon eine stattliche Anzahl Kilometer weit fort, wie eine Insel schutzlos mitten in den Wassern, nun, die Ärmste, eine Bergspitze geworden, ein Zuckerhut oder ein Felsriff, ihre tausend Kanonen nun ohne Nutzen und Ziel. Falls man darauf beharrt, ihr Schießscharten auch nach Norden hin aufzutun, was ihrem imperialen Stolz vielleicht schmeichelt, es wäre zum Fenster hinausgeschmissenes Geld, im eigentlichen wir im übertragenen Sinne. Beeindruckende Bilder waren es, zweifellos, doch in nichts vergleichbar jenem Schock, den eine von einem Satelliten geschossene Fotoserie auslöste, die Bilder zeigten die fortschreitende Verbreiterung des Kanals zwischen der Halbinsel und Frankreich, da spürte man einen Schauder, standen einem die Haare zu Berge angesichts dieses äußerst fatalen Schicksals, das der

Menschen Kraft überstieg, denn dies war schon nicht mehr Kanal, sondern offenes Meer, wo die Schiffe nach Belieben durch Wogen fuhren, jawohl, durch zuvor noch nie gefurchte Wogen. Freilich, das Abdriften selbst war nicht wahrzunehmen, aus dieser Höhe ist eine Geschwindigkeit von siebenhundertfünfzig Metern in der Stunde mit dem Auge nicht erkennbar, doch für den Betrachter war es, als bewegte sich diese große Steinmasse in seinem Kopf fort, sensible Menschen glaubten sich einer Ohnmacht nahe, andere klagten über Schwindelgefühle. Und es gab da Bilder, die von Bord der nimmermüd eifrigen Hubschrauber aufgenommen worden waren, man sah da die gigantische Pyrenäenfelswand, in lotrechtem Schnitt, und das winzige Gewimmel der nach Süden hin strömenden Menschen, gleichsam eine plötzliche Auswanderung, nur um Gibraltar im Wasser davontreiben zu sehen, eine optische Täuschung, denn wir, wir treiben davon, und da ist auch, ein malerisches Detail, notierenswert für die Reportage, ein Schwarm Stare, Tausende von Staren, als hätte sich eine Wolke vor das Objektiv geschoben und den Himmel verdüstert. Sogar die Vögel teilen die Aufregung der Menschen, bemerkte der Sprecher, sie begleiten sie, obschon man in der Naturgeschichte lernt, daß die Vögel ihrem eigenen Drang folgen, dorthin fliegen, wohin es ihnen beliebt oder der Zwang sie treibt, sie begleiten nicht mich und nicht dich, höchstens José, der da undankbar sagt, ich hatte sie bereits vergessen.

Auch von Portugal wurden Bilder gezeigt, von der Küste am Atlantik, mit Wogen, die an die Klippen schlugen oder die Sande umwühlten, und dort schauten viele Menschen zum Horizont, mit dem tragischen Gebaren dessen, der sich seit Jahrhunderten auf das Unbekannte vorbereitet hat und nun fürchtet, daß es nicht eintrifft oder aber so üblich und banal sein wird wie die Vergänglichkeit der Stunden. Da stehen sie, nach Unamunos Worten gleichsam *la cara morena entre las palmas, clavas tus ojos donde el sol se acuesta solo en la mar inmensa*, alle Völker mit Meer nach Westen tun ein Gleiches, dieses Volk ist von gebräuntem Antlitz, einen Unterschied gibt es nicht, und es fuhr zur See. Lyrisch und ungestüm tönt der spanische Sprecher, sehen Sie die Portugiesen, entlang ihren goldenen Stränden, sie einst der Bug Europas, doch nun nicht mehr, denn von Europas Mole haben wir uns gelöst, furchen abermals die Wogen des Atlantiks, welcher Kapitän führt uns, welcher Hafen erwartet uns, das letzte Bild zeigte einen kleinen Jungen, der einen kleinen Stein über die Wasserfläche warf, jene Kunst des Werfens übte, die nicht gelernt werden muß, und Joaquim Sassa sagte, er hat die Kraft seines Alters, der Stein konnte nicht weiter fort hüpfen, die Halbinsel hingegen, oder was es sein mag, erweckte den Eindruck, daß sie noch kraftvoller davonzog, durch hohe See, die jetzt so anders war als in der Sommersaison eigentlich üblich. Die letzte Meldung brachte der Sprecher nur so beiläufig vor, als messe er ihr nicht sonderliche Bedeutung bei, man glaubt, eine gewisse Ruhelosigkeit unter den Menschen feststellen zu können, viele streben fort von zu Hause, nicht nur in Andalusien, dort kennt man den Grund, und da die meisten sich dem Meer zuwenden, hält man es für ein Zeichen begreiflicher Neugierde, jedenfalls aber versichern wir unseren Zuschauern, daß es an der Küste nichts zu sehen gibt, wie wir uns soeben selber überzeugen konnten, denn all die Portugiesen, die da Ausschau hielten, schauten und sahen nichts, wir wollen es ihnen nicht nachmachen. Hierauf sagte Pedro Orce, falls Sie einen Platz für mich frei haben, fahre ich mit.

Stumm blieben Joaquim Sassa und José Anaiço, sie begriffen nicht, warum ein so verständiger Spanier Portugals Landstriche und Strände aufzusuchen wünschte. Eine gute, zutreffende Frage, und weil Joaquim Sassa der Besitzer des Deux Chevaux war, oblag es ihm, sie zu stellen, worauf Pedro Orce erwiderte, ich mag nicht hier bleiben, wo der Boden mir unter den Füßen immerzu bebt und die Leute behaupten, das seien Hirngespinste von mir. Wahrscheinlich spüren Sie in Portugal das gleiche, und Gleiches werden Ihnen die Leute dort nachsagen, wandte José Anaiço ein, und wir haben unsere Obliegenheiten. Ich werde Ihnen nicht zur Last fallen, Sie brauchen mich nur mitzunehmen und in Lissabon abzusetzen, ich war noch nie dort, und wenige Tage später kehre ich zurück. Aber Ihre Familie und die Apotheke. Daß ich ohne Anhang bin, müßten Sie ja schon gemerkt haben, ich bin der letzte Sproß, und die Apotheke bietet kein Problem, ich habe einen Gehilfen, der besorgt das. Da gab es nichts mehr zu diskutieren und keinen Grund mehr zur Zurückweisung. Freut uns sehr, daß Sie uns Gesellschaft leisten wollen, sagte Joaquim Sassa. Schlimm wäre, sie schnappten dich an der Grenze, bemerkte zu ihm José Anaiço. Dann sage ich, daß ich auf Spazierfahrt in Spanien war, ich darum nicht wußte, daß ich gesucht wurde, und ich mich umgehend der zivilen Behörde stellen will, höchstwahrscheinlich aber brauche ich keine Erklärungen, sicherlich gilt ihr Augenmerk mehr den Ausreisenden als den Einreisenden. Wir nehmen einen anderen Übergang, wegen der Stare, erinnerte

José Anaiço, er breitete die Landkarte auf dem Tisch aus, die gesamte Iberische Halbinsel, diese gezeichnet und koloriert zu Zeiten, als alles Festland war und das Knochenbein von Pyrenäen seine Wandergelüste noch bezähmte, schweigend betrachteten die drei Männer die ebene Darstellung dieses Teiles der Welt wie etwas ihnen Unbekanntes, Strabo sagte, die Halbinsel habe die Form einer ausgespannten Rinderhaut, preßte Pedro Orce murmelnd hervor, und obwohl die Nacht heiß war, fröstelte es Joaquim Sassa und José Anaiço, als hätte sich vor ihrem Angesicht die zyklopenhafte Bestie erhoben, die geopfert und abgehäutet werden sollte, um dem Kontinent Europa einen Tierbalg zu liefern, der für die Zeiten aller Zeiten bluten würde.

Die ausgebreitete Karte zeigte die zwei Vaterländer, Portugal inkrustiert und hängend, Spanien im Süden ohne Unterkiefer, und im ferneren die Regionen, die Provinzen, die Distrikte, geröllartig die großen Städte, feinkörnig die Marktflecken und Dörfer, jedoch nicht alle zu sehen, da viele für das bloße Auge gleichsam Staub, Venta Micena dafür nur mehr ein Beispiel. Die Hände glätten und streicheln das Papier, fahren über den Alentejo und weiter fort, nach Norden, als strichen sie liebevoll über ein Antlitz, fahren von der linken Seite zur rechten, im Uhrzeigersinn, im Sinne der Zeit, Beira Baixa und Beira Alta, davor der Ribatejo, dann Trás-os-Montes und Minho, Galicien, Asturien, Baskenland und Navarra, Kastilien und León, Aragón, Katalonien, Valencia, Estremadura, das unsere und das ihre, Andalusien, wo wir uns noch befinden, die Algarve, nun wies José Anaiço mit dem Finger auf die Mündung des Guadiana und sagte, diesen Übergang nehmen wir.

Die Schießerei von Rosal de la Frontera, jenes blutige Gemetzel, noch gut in Erinnerung, flogen die Stare diesmal klugerweise in weitem Bogen einen Umweg, nordwärts, überquerten die Grenze dort, wo die Lüfte frei waren, freier Verkehr herrschte, etwa drei Kilometer weit fort von der Brücke, die man in diesen Tagen, von denen die Rede ist, schon gebaut hatte, es war ja auch höchste Zeit. Den Beamten der portugiesischen Seite fiel nicht auf, daß einer der drei Reisenden Joaquim Sassa hieß, man spürte, daß ernstere Sorgen den Geist der Behörden beschäftigten, was im einzelnen, das erfuhr man aus den gewechselten Reden, wohin fahren Sie, fragte der Polizist. Nach Lissabon, antwortete José Anaiço, der am Steuer saß und gegenfragte, warum, Senhor Wachtmeister. Sie werden hier auf Straßensperren stoßen, folgen Sie streng den Anweisungen, die Sie erhalten sollten, keine Durchfahrt erzwingen oder mit gleicher Münze heimzahlen wollen, es käme Sie teuer zu stehen. Hat es irgendein Unglück gegeben. Je nachdem. Sagen Sie bloß, die Algarve löst sich ebenfalls ab, das mußte ja früher oder später so kommen, die waren schon immer der Meinung, sie seien ein Königreich für sich. Der Fall liegt ganz anders, es ist weitaus schlimmer, die Leute wollen die leerstehenden Hotels besetzen, da keine Touristen da sind, beanspruchen sie diese als Unterkunft. Das ist uns neu, seit wann ist diese Invasion im Gange. Seit gestern abend. *E esta, hem*, ein starkes Stück, rief José Anaiço aus, wäre er Franzose gewesen, er hätte *ça alors* gerufen, jeder drückt auf eigene Weise sein Entsetzen aus, das der Nachbar gleichermaßen verspürte, denn Pedro Orce sagte markig, caramba, während Joaquim Sassa sich nur als schwaches Echo vernehmen ließ *e esta, hem*.

Die Polizei gebot Weiterfahrt, warnte noch einmal, Vorsicht bei Straßensperren, und der Deux Chevaux durfte Vila Real de Santo António durchqueren, unterdessen die Insassen den außergewöhnlichen Vorfall erörterten, schließlich, wer hätte gedacht, daß die Portugiesen zweierlei Spezies sind, die einen begeben sich zu den Stränden und Anlegestellen und betrachten melancholisch den Horizont, die anderen marschieren unerschrokken gegen die von der Polizei, der Republikanischen Garde und, so heißt es, gar auch von der Armee verteidigten Hotelfestungen, schon gibt es Verletzte, dies erfuhren sie unterderhand in einem Café, wo sie eingekehrt waren, um sich in Kenntnis der Dinge zu setzen. Sie erfuhren, daß in drei Hotels, einem in Albufeira, einem in Praia de Rocha und einem in Lagos, die Situation kritisch ist, in einem Maße, daß die Ordnungskräfte besagte Gebäude umzingelt halten, denn die Besetzer drin geben sich rebellisch, sie haben Eingänge und Fenster verbarrikadiert, haben die Zugänge gesperrt, benehmen sich wie belagerte Mauren, wie verstockte Ungläubige, die das Credo schmähen, Aufrufe fruchten sowenig wie Drohungen, sie wissen, daß auf die weiße Fahne das Tränengas folgt, darum verhandeln sie nicht, und das Wort ergeben kennen sie nicht. Pedro Orce ist beeindruckt, leise wiederholt er, caramba, und auf seinem Gesicht liest man den Verdruß des Patrioten, den Ärger darüber, daß nicht die Spanier Urheber dieser Initiative sind.

Schon an der ersten Sperre wollte man sie nach Castro Marim umleiten, doch José Anaiço protestierte, er habe in Silves eine wichtige, unaufschiebbare Angelegenheit zu regeln, er sagte Silves, um nicht Verdacht zu erregen, im übrigen muß ich eigens Straßen im Landesinneren fahren. Na, aber so weit wie möglich drin, falls Sie sich Komplikationen ersparen wollen, empfahl ihm der kommandierende Offizier, beruhigt vom friedfertigen Aussehen der drei Insassen des ehrwürdig müde wirkenden Deux Chevaux. Aber, Senhor Leutnant, in einer Situation wie dieser, da das Land abdriftet, und der Ausdruck hätte nicht treffender gewählt sein können, sorgen wir uns einiger besetzter Hotels halber, das ist keine Revolution, die eine Generalmobilmachung rechtfertigt, die Massen sind manchmal ungeduldig, mehr nicht, dies äußerte Joaquim Sassa, wenig diplomatisch, ein Glück nur, daß der Leutnant zu jenen gehörte, die ihr Wort nicht zurücknehmen, dies alten Traditionen gemäß, sonst hätten sie doch noch über Castro Marim fahren müssen. Dennoch bekam der Dreistling die Ereiferung des Militärs zu spüren, die Armee ist hier, um ihre Pflicht zu tun, oder fänden Sie es richtig, wenn wir wegen mangelnder Bequemlichkeiten in der Kaserne das Sheraton oder das Ritz besetzten, groß mag die Verwirrung dieses Offiziers sein, daß er sich einem Zivilisten gegenüber zu Begründungen herabläßt. Sie haben vollkommen recht, Senhor Leutnant, nehmen Sie es meinem Freund nicht krumm, er spricht unüberlegt, das halte ich ihm immer wieder vor. Jawohl, überlegen sollte er, alt genug ist er, schloß der Offizier markig. Mit trockenem Wink befahl er die

Weiterfahrt, ein Glück nur, daß er nicht hörte, was Joaquim Sassa sagte, sonst hätte dieser sich im Gefängnis wiedergefunden.

Sie wurden vor weiteren Sperren angehalten, die von der Republikanischen Garde zeigten sich weniger wohlgesonnen, manchmal mußten sie Umleitungen fahren, schlechte Wege, ehe sie auf die Hauptstraße zurückdurften. Joaquim Sassa war verärgert, zu Recht, weil zweimal getadelt worden, daß der Leutnant seine gestrenge Nummer abzog, das sei ihm geschenkt, aber daß du dann noch behauptest, ich rede unüberlegt. Entschuldige, ich wollte nur verhindern, daß die Diskussion sich verhärtete, du hast den Mann auf den Arm genommen, das ist töricht, Amtspersonen gegenüber soll man nie ironisch sein, entweder sie merken es nicht, dann war es vergebens, oder sie merken es, und das wird dann desto schlimmer. Pedro Orce bat, sie sollten ihm ganz langsam erklären, worum es bei dem Streit gegangen war, und die Wiederholung der Worte, noch dazu in einem nun anderen Ton, bewies, daß die Sache ohne Belang war, und als Pedro Orce dies alles begriff, war alles begriffen.

Nach der Gabelung von Boliqueime, auf einsamer Strecke, machte sich José Anaiço den flachen Straßengraben zunutze, ohne Vorankündigung lenkte er den Deux Chevaux mitten ins Feld hinein, fuhr quer durch das Gelände, wohin willst du, ereiferte sich Joaquim Sassa. Wenn wir wie gehorsame Kinder immer brav auf der Straße fahren, gelangen wir nie zu einem dieser Hotels, und wir möchten doch sehen, was da los ist, oder, entgegnete José Anaiço, durchgerüttelt und mit dem hin und her ruckenden Lenkrad befaßt, der Wagen hüpfte wie irre über die Furchen. Pedro Orce wurde im Fond mitleidlos von einer Seite auf die andere geworfen, und Joaquim Sassa, in ein Gelächter ausgebrochen, erwiderte abgehackt, guter Witz, guter Witz. Zum Glück gelangten sie dreihundert Meter weiter fort auf einen zwischen Feigenbäumen verborgen dahinführenden Weg, hinter einer eingefallenen Mauer, aus Stapelsteinen oder aus Steinen, die sich allmählich aus dem Mörtel gelöst hatten. Sie befanden sich sozusagen mitten im Operationsfeld. Sehr umsichtig näherten sie sich Albufeira, wählten, sooft es möglich war, Talsenken, das Schlimmste sind die Staubwolken, die der Deux Chevaux aufwirbelt, er eignet sich wenig als Kundschafter und Vorhut, doch die Polizei ist schon fern, sie wacht an den Kreuzungen, an den Knotenpunkten der Autostraßen, so heißt das in der modernen Sprache des Verkehrs, im übrigen langt das Aufgebot an Ordnungskräften nicht zur strategischen Besetzung einer Provinz, die an Hotels so reich ist wie an Johannisbrot, falls dieser Vergleich gestattet ist. In der Tat, wer als nächsten Zielort Lissabon anstrebt, der brauchte sich nicht in diese abenteuerlichen Gegenden vorzuwagen, wo die Subversion haust, doch es lohnt, daß wir uns selbst vergewissern, inwieweit die Gerüchte zutreffen, tausendfach erlebte man, wie eine erlauschte Geschichte eine aufgebauschte Geschichte ward, vielleicht hatte es einen einzelnen Fall gegeben, oder zwei, und die Sperren waren letztlich nur Praktizierung der gebotenen Vorsorgepflicht, bevor das Kind in den Brunnen fiele. Doch schon erlebte man Infiltrierung. Bang die rote Erde tretend, schritten Männer und Frauen durch die spärliche Baumpflanzung hin, buckelten sie Säcke, Koffer und Bündel, trugen auf dem Arm Kleinkinder, sie wollen sich, nach ihrem Verständnis, einen Platz im Hotel sichern, als Garantie hierfür dieses bißchen Habe und die engsten Angehörigen, die Frau, die Kinder, später, falls alles gutgeht, werden sie den Rest der Sippe nachkommen lassen und das Bett, die Truhe, den Tisch, mangels reicherer Vielfalt, keiner kam auf den Gedanken, daß es in den Hotels an Betten und Tischen noch den geringsten Mangel hat, und wenn aber an Truhen, dann sind da an deren Statt die weitaus praktischeren Garderobenschränke.

Vor den Toren Albufeiras bereitete sich die Feldschlacht vor. Die Reisenden hatten den Deux Chevaux zurückgelassen, weit vor der Kampfzone, an einem stillen Schattenfleck, im hiesigen Falle ist er nicht dienlich, da ein mechanisches Ding, bar an Gefühlen, wohin man ihn lenkt, dorthin fährt er, wo er ist, da bleibt er, ihm ist es einerlei, ob die Halbinsel hintreibt oder nicht, daß sie sich bewegt, verkürzt einem die Distanzen dennoch nicht. Die Schlacht erfuhr oratorische Einleitung, wie einst, in Urzeiten der Kriege, mit Schmähungen, Anstachelung der Heerhaufen, Gebeten an die Jungfrau oder an den heiligen Jakob, die Worte am Beginn klingen stets schön, und schlimm sind stets ihre Folgen, in Albufeira nützte es nichts, daß der Häuptling der angreifenden Volksstreitkräfte eine Ansprache hielt, eine aufrüttelnde Rede, Guardas, Soldaten, Freunde, öffnet eure Ohren weit, richtet euer Augenmerk auf mich, ihr seid, vergeßt es nicht, Söhne des Volkes, wie wir, Söhne dieses so geschundenen Volkes, das die Häuser baut und sie nicht besitzt, das Hotels errichtet und zuwenig verdient, um drin wohnen zu können, seht, mit unseren Kindern und unseren Frauen sind wir gekommen, jedoch nicht, um den Himmel zu erbitten, wir wünschen lediglich ein würdigeres Obdach, ein festeres Dach über dem Kopf, Zimmer, in denen wir menschengemäß ehrbar und respektiert schlafen können, wir sind nicht Tiere und auch nicht Maschinen, denn wir haben Gefühle, nun aber, diese Hotels da stehen leer, Hunderte, Tausende Zimmer leer, die Hotels wurden für die Touristen gebaut, und diese sind fort, sie kommen nicht wieder, solange sie hier waren, schickten wir uns drein in unser schlimmes Leben, nun aber, bitte, gebt uns Einlaß, wir zahlen so viel, wie die Miete für unsere bisherigen Unterkünfte betrug, ungerecht wäre es, uns mehr abzuverlangen, und wir schwören bei dem, was uns heilig ist, und bei dem, was nicht heilig ist, daß alles stets sauber und gut aufgeräumt sein wird, darin konnte unseren Frauen noch keine andere das Wasser reichen, recht habt ihr zwar, o ja, da sind die Kinder, unsaubere Kinder schaffen viel Unsauberkeit, doch diese werden fortan sauber sein und blitzblank, das läßt sich leicht machen, jedes Zimmer hat, soweit wir informiert sind, sein Bad, hat Badewanne oder Dusche zur freien Wahl und warmes und kaltes Wasser, da hat einer wenig Mühe, sich sauberzuhalten, und mögen manche unserer schon älteren Kinder dem Laster der Unsauberkeit verfallen sein, sich nicht mehr an Hygiene gewöhnen können, deren Kinder einst, das verspreche ich euch, werden die saubersten Kreaturen der Welt sein, gebt ihnen nur genügend Zeit, im übrigen benötigen die Menschen nur dies, Zeit, und nur dies ist es, worüber sie verfügen, der Rest ist Illusion, dies nun hatte niemand erwartet, daß der Rebellenanführer sich uns als Philosoph entpuppen würde.

An den Gesichtszügen erkennt man, und die Personalausweise würden es bestätigen, daß die Soldaten tatsächlich Söhne aus dem Volke sind, doch bei deren Major, entweder er ist es gleichfalls und hat auf den Bänken der

Militärschule seine bescheidene Herkunft abgelegt, oder er gehört seit Geburt zu den oberen Klassen, für die Algarves Hotels gebaut wurden, an der Antwort, die er gibt, ist das nicht zu erkennen, zurück, oder es setzt was auf die Schnauze, diese vulgäre Ausdrucksweise ist nicht ausschließlich das Merkmal der niederen Schichten. Die Soldaten sahen da im versammelten Haufen das geehrte Antlitz von Vater und Mutter, doch die Pflicht, wenn sie uns ruft, ist stärker, du mein Augenstern, sagt die Mutter zu dem Sohn, der ihr eins mit der flachen Klinge überziehen wird. Doch der Anführer der Zivilisten rief zornig, vor Verzweiflung Gebärde und Anrufung ändernd, ihr Spürhunde und Speichellecker, erkennt ihr die Brust denn nicht mehr, die euch nährte, es war dichterische Freiheit, war ein recht unsinniger und den Gegenstand verfehlender Anwurf, denn keinem Sohn und keiner Tochter mehr ist die Brust gegenwärtig, wenngleich es von Koryphäen wimmelt, die da behaupten, daß wir diese und andere beunruhigende Erinnerungen tief in unserem Unterbewußtsein bewahren und daß unser Leben, in Gänze, aus solchen und anderen Ängsten besteht.

Dem Major gefiel es nun aber gar nicht, Spürhund und Speichellecker genannt zu werden, gleich schrie er, Angriff, marsch, und schon rief auch der General der Invasoren ungestüm, drauf, drauf, Patrioten, und alle gerieten aneinander, Mann gegen Mann, ein schrecklicher Aufprall. In diesem Augenblick trafen Joaquim Sassa, Pedro Orce und José Anaiço am Ort ein, neugierig, jedoch unschuldig, da gerieten sie aber arg dazwischen, denn die Soldaten, die den Kopf verloren hatten, unterschieden nicht zwischen Akteuren und Zuschauern, man kann sagen, daß die drei Freunde, die kein Haus benötigten, dennoch dafür kämpfen mußten. Trotz seines Alters focht Pedro Orce, als wäre dies sein Land, auch die anderen vollbrachten ihr Bestes, vielleicht ein bißchen weniger, weil der Rasse der Friedfertigen zugehörig. Es gab Verletzte, die sich fortschleppten oder fortgeführt wurden an den Wegrand, Weiber heulten und fluchten, die kleinen Kinder saßen zur Sicherheit in den derben zweirädrigen Karren, so waren einst die Schlachten des Mittelalters und diese darum mit den Worten jener Zeit zu belegen. Ein Stein fernher, von einem Halbwüchsigen namens David geschleudert, warf den Major Goliath um, dieser lag am Boden, blutete aus einer tiefen Wunde am Kinn, der Stahlhelm hatte ihm nichts genutzt, weil die Visiere und Nasenschützer außer Gebrauch gekommen sind, und das Schlimmste war, daß in dem Trubel die Aufständischen an den Truppen vorbeifluteten, rechts und links vorbei, mit instinktivem, aber taktisch genialem Schlag, sie verstreuten sich auf den abschüssigen Straßen und Quergäßchen, vereitelten somit, daß die Militärs, die das besetzte Hotel umzingelt hielten, zu Hilfe eilen, dem geschlagenen Bataillon Verstärkung bringen konnten, so große Schmach hatte es wohl seit den fernen Tagen der Jacquerie nicht mehr gegeben. Ein Hotelbesitzer, vielleicht übergeschnappt oder unversehens den Volksinteressen gewogen, stieß die Türen seines Etablissements weit auf und rief, herein, herein, lieber ihr als die Wüste.

Nach so leicht errungenem Sieg fanden sich Pedro Orce, José Anaiço und Joaquim Sassa im Besitz eines Zimmers wieder, für das sie wahrlich nicht gekämpft hatten und das sie zwei Tage später einer der bedürftigsten Familien überließen, mit einer gelähmten Großmutter und pflegebedürftigen Verwundeten. Bei jenem noch nie erlebten Durcheinander gingen Ehemänner ihren Frauen verloren, Kinder ihren Eltern, doch das Resultat so dramatischer, in ihrer Art unerfindbarer Ereignisse, was an sich schon die unabstreitbare Wahrheit des Erzählten beweist, das Resultat, sagten wir, war, daß ein und dieselbe Familie, auseinandergerissen, ihre Teile jedoch vom selben Drange bewegt, in unterschiedlichen Hotels Räume belegte und es große Mühe bereitete, unter einem einzigen Dach jene zu vereinen, die sich so sehr nach einem einzigen Dach gesehnt hatten, meist gelang es ihnen, sich in dem Hotel einzurichten, das die meisten Sterne auf seinem Aushängeschild trug. Die Polizeikommissare als auch die Obersten der Armee und der Republikanischen Garde forderten Verstärkung an, Panzerwagen und Instruktionen aus Lissabon, die Regierung aber, unschlüssig, gab Befehle und Gegenbefehle, sie drohte, und sie bat inständig, verkündete gar, drei Minister seien bereits zurückgetreten. Unterdessen konnte man vom Strand und von den Straßen Albufeiras her die siegreichen Familien in den Fenstern der Hotels sehen, auf jenen schönen breiten Veranden mit Tisch für die Zwischenmahlzeit und gepolsterten Liegen, der Familienvater hämmerte die ersten Nägel in die Wand und spannte die Leine für die wöchentliche große Wäsche, die eine trällernde Familienmutter drin im Badezimmer schon in Angriff genommen hatte. Und in den Schwimmbecken war's ein Gewimmel, wurde getaucht und geschwommen, niemand besann sich darauf, den Kindern zu erklären, daß man zuerst duschen muß, ehe man ins blaue Wasser taucht, es wird kein leichtes werden, diese Leute die in der Blechbarackensiedlung gepflegten Sitten vergessen zu lassen.

Seit jeher viel fruchtbarer und gedeihlicher als gute Lehren sind die schlechten Beispiele, ein Rätsel ist es, auf welch schnellen Wegen sie sich mitteilen, denn binnen Stunden schwappte diese Volksbewegung der Hausbesetzung über die Grenze hinweg, suchte ganz Spanien heim, stelle einer sich vor, wie das in Marbella und Torremolinos zugegangen sein mag, wo Hotels so groß wie Städte sind und ihrer drei eine Megalopolis ausmachen. Europa, als es diese alarmierenden Nachrichten erfuhr, schrie laut, Anarchie, soziales Chaos, Anschlag auf das Privateigentum, und eine französische Zeitung, eine von den meinungsbildenden, wartete, über die ganze Titelseite hin, mit der sibyllinischen Schlagzeile auf: Kein Entrinnen vor der Natur. Diese Sentenz, wenngleich wenig originell, traf ins Schwarze, die Leute in Europa, wenn sie von der einstigen Iberischen Halbinsel sprachen, zuckten die Achseln, und einer sagte zum anderen, da ist nichts zu machen, so sind sie halt, seiner Natur kann man nicht entrinnen, ein machiavellistisches Neapolitaner Blättchen stimmte als einziges nicht in diesen verurteilenden Chor ein, es verkündete vielmehr, Das Wohnungsproblem in Portugal und Spanien gelöst.

Während der Tage, die unsere drei Freunde noch in Albufeira verbrachten, versuchte die Eingreiftruppe der Polizei, unterstützt vom Kommando für besondere Operationen, eines der Hotels gewaltsam zu räumen, doch das geeinte, einvernehmliche Vorgehen der neuen Gäste und der Besitzer, erstere entschlossen, bis zum letzten Zimmer Widerstand zu leisten, und letztere in Angst, daß die Retter wie üblich ein Trümmerfeld hinterlassen würden, bewirkte die Einstellung des Unternehmens, die Verschiebung bis zu einer anderen Gelegenheit, bis die

Zeit und die Versprechungen die Wachsamkeit eingeschläfert hätten. Als Pedro Orce, Joaquim Sassa und José Anaiço ihre Fahrt in Richtung Lissabon fortsetzten, gab es in den besetzten Gebäuden bereits demokratisch gewählte Mieterkommissionen, Gremien eigens für Hygiene und Hauspflege, für Küche, für Waschangelegenheiten, für Feste und Vergnügungen, für kulturelle Belebung, für Bildung und staatsbürgerliche Erziehung, für Körperkultur und Sport, halt für alles, was zur Harmonie und zum guten Funktionieren jedweder Gemeinschaft unerläßlich ist. An den bereits vorhandenen wie an eigens aufgepflanzten Masten flatterten Fähnchen und Wimpel in allen Farben, alles war gut dienlich, die Flaggen fremder Länder, die Fahnen der Sportklubs, der unterschiedlichen Vereinigungen, und über ihnen allen, an höchster Stelle, gehißt das Symbol des Vaterlandes, sogar Paradedecken hingen aus den Fenstern, in gesundem dekorativem Wettstreit.

Jedoch so Gegensätzliches in eins gebracht, das trägt stets schon den Keim von Opposition in sich, von Einschränkung oder Widerstreit, was, angewendet auf unseren Fall, bewußtmacht, daß eben das, was die einen gut finden, andere schlecht finden. Die Hotels auf so wild ungestüme Weise in Beschlag genommen, das bedeutete den sprichwörtlichen Tropfen, der das Faß der Beunruhigung, in welcher seit der ersten Stunde die Reichen und Mächtigen lebten, zum Überlaufen brachte. Viele von ihnen waren, aus Angst, daß die Halbinsel samt Leben und Gut absöffe, schon mit den Hals über Kopf flüchtenden Touristen auf und davon, was nicht heißt, daß sie Ausländer in ihrem eigenen Land gewesen wären, obschon es ja verschiedene Grade von Zugehörigkeit zum natürlichen als auch verwaltungsmäßig eigenen Vaterland geben kann, wie die Geschichte es hinlänglich oft bewies.

Nun, infolge der allgemeinen Verurteilung dieser sozialen Unverschämtheiten, die, mehr denn allgemein, weltweit war, sofern wir das abweichende Neapolitaner Blättchen ausnehmen, setzte eine zweite Flut der Emigration ein, eine so massive, daß man argwöhnen darf, sie sei peinlich genau vorbereitet worden, seit vor aller Augen offenbar wurde, daß die Wunden des bis dahin noch für vollständig gehaltenen Europas nie mehr vernarben würden, nachdem die physische Struktur der Halbinsel an ihrer, wer hätte das für möglich gehalten, stärksten Stelle Bruch erlitten hatte. Die dicken Bankkonten schmolzen unversehens zu einem Nichts dahin, auf einen symbolischen Restbetrag, in Portugal auf läppische fünfhundert Escudos, in Spanien auf läppische fünfhundert Pesetas, oder wenig mehr, fortgeputzt die unmittelbar verfügbaren Einlagen, mit etwas Einbuße die fristgebundenen Einlagen, und alles, alles fegte der gewaltige Hauch fort, Gold, Silber, Edelsteine, Geschmeide, Kunstgegenstände, die Titel, alles, fegte es fort über das Meer, in die zweiunddreißig Richtungen der Windrose, fort alle bewegliche Habe der Flüchtenden, möge Hoffnung sein, daß sie eines Tages zurückgewonnen wird, unter viel Zeitaufwand und Geduld. Freilich vollzogen sich diese gewaltigen Veränderungen nicht binnen vierundzwanzig Stunden, doch eine Woche reichte hin, damit sich von oben bis unten, von Seite zu Seite radikal die soziale Physiognomie der beiden iberischen Länder veränderte. Ein der Tatsachen und Gründe unkundiger Beobachter, der sich von Äußerlichkeiten täuschen ließe, würde meinen, die Portugiesen und Spanier seien über

Nacht verarmt, von einer Stunde zur anderen, doch in Wirklichkeit, um es treffend und harsch zu sagen, hatten sich nur mehr die Reichen davongemacht, wenn sie fehlen, erleidet die Statistik sogleich Einbuße.

Jene Beobachter, die einen mit Göttern und Göttinnen vollbesetzten Olymp zu sehen vermögen, wo nur eben Wolken vorbeischweben, oder jene, die Jupiter, den Donnerer, vor Augen haben und ihn atmosphärischen Dampf nennen, ermahnen wir noch und noch, daß es nicht langt, von Umständen zu reden, mit ihrer bipolaren Trennung in Voraufgegangenes und Nachfolgendes, wie man es zwecks Abkürzung des geistigen Kraftaufwandes zu tun pflegt, vielmehr daß sie in Betracht ziehen sollen, was sich zwangsläufig zwischen den einen und den anderen befindet, nennen wir es ausführlich und in seiner Reihenfolge, es sind dies die Zeit, der Ort, der Grund, die Mittel, die Person, die Tatsache, die Art und Weise, wird dies nicht alles erwogen und gründlich bedacht, dann gerät uns gleich das erste Urteil zum fatalen Irrtum. Der Mensch ist ganz ohne Zweifel ein intelligentes Wesen, jedoch nicht im gewünschten Maße, und mit dieser geständnishaften demütigen Feststellung müssen wir allemal zuerst bei uns selber ansetzen, wie man es von der wohlverstandenen Mildtätigkeit erwartet, ehe man uns bezichtigend Versagen vorwirft.

Sie erreichten Lissabon bei hereinbrechendem Abend, zu der Stunde, da die Sanftheit des Himmels den Seelen ein Gefühl schmerzlicher Süße eingibt, nun erkennt man, wie sehr jener bewundernswerte Kenner der Gefühle und Eindrücke recht hatte, als er behauptete, die Landschaft sei ein Zustand der Seele, nicht sagen konnte er indes, wie die Anblicke einst gewesen sein mochten, als auf der Erde nur mehr der Pithekanthropus wandelte, mit wenig Seele, überdies einer wirren. Da nun aber so viele Jahrtausende verstrichen sind, und dank den Vervollkommnungen, vermag Pedro Orce jetzt in der vermeintlichen Melancholie der Stadt das wahre Abbild seiner eigenen inneren Traurigkeit zu erkennen. Er hatte sich an die Gesellschaft dieser Portugiesen gewöhnt, die ihn in seinem ungastlichen Landstrich aufsuchten, wo er geboren worden war und wo er gelebt hatte, bald kommt die Trennung, sie werden auseinanderstreben, ein jeder nach seiner Seite hin, selbst die Familie widersteht dem Zahn der Notwendigkeit nicht, wieviel weniger da schlichte Bekanntschaft, jüngste Freundschaft von zarten Wurzeln.

Der Deux Chevaux fährt bedächtig über die Brücke, mit zulässiger Mindestgeschwindigkeit, damit der Spanier in Muße die Schönheiten des ländlichen und meerischen Panoramas bewundern kann, nicht minder dieses großartige Werk der Ingenieurskunst, das die beiden Ufer des Flusses verbindet, diese Konstruktion, wir meinen den Satz, ist umschreibend, wir gebrauchen sie lediglich, um das Wort Brücke nicht zu wiederholen, was Solözismus wäre, pleonastischer oder schwafeliger. In den verschiedenen Künsten, besonders in der des Schreibens, war, wird sein und ist der beste Weg zwischen zwei Punkten, selbst nahegelegenen, nicht die sogenannte Gerade, nie, weil diese stets die energische und emphatische Art ist, auf Zweifel zu antworten, sie zum Verstummen zu bringen. So sehr versunken in den Anblick der Schönheiten dieser Stadt und gefangen von dem wunderbaren Bauwerk, bemerkten die Reisenden das jähe Erschrecken der Stare nicht im mindesten. Trunken von der Höhe, die aus dem Wasser zur Stützung des Firmaments himmelwärts strebenden riesigen Pfeiler gefährlich streifend, hie die Stadt mit ihren lodernden Glasfenstern, dort das Meer und die Sonne, und tief unten der große Fluß dahinfließend wie ein zäher, unter der Asche glühender Lavastrom, trunken von der Höhe, bogen die Vögel plötzlich ab, mit hastigem fortgesetztem Flügelschlag, und da war es, als kreiste die Erde um die Brücke, und der Norden würde Ost und dann Süd, der Süden dann West und dann Nord, an welchem Fleck der Erde mögen wir uns wiederfinden, wenn wir eines Tages ebenso kreisen oder noch mehr. Es wurde schon gesagt, daß die Menschen, selbst wenn sie diese Dinge sehen, sie nicht verstehen, und auch dieses Mal verstanden sie nicht.

Sie befanden sich mitten auf der Brücke, und Pedro Orce murmelte, eine schöne Stadt, nur eben Worte, liebenswürdige, auch verlangen sie keine Erwiderung, es sei denn eine bescheidene, fürwahr. Noch war es wohl zu zeitig, Pedro Orce in einem Hotel abzusetzen und gleich weiterzufahren, mindestens bis zu jener Stadt des Ribatejo, in der José Anaiço wohnt und wo Joaquim Sassa ein weiteres Mal nächtigen könnte, nach Belieben gar unter dem Feigenbaum, auch wäre es ungehörig gewesen, den Besucher im Stich zu lassen, einvernehmlich entschieden die Portugiesen, ein oder zwei Tage hierzubleiben, bis der Spanier die Stadt soweit kannte, daß er sich, dann nach Orce zurückkehrend, die Worte unserer unschuldhaften uralten Eitelkeit zu eigen gemacht hätte, *quem não viu Lisboa não viu coisa boa*, gelobt sei Gott, der uns die Reime schenkte und uns seinen Schutz nie entzog.

Joaquim Sassa und José Anaiço sind nicht arm am Beutel, sie haben an Geld alles Greifbare mitgenommen, für das Abenteuer jenseits der Grenze und die Rückkehr, auch konnten sie einiges an Ausgaben sparen, weil sie, wie wir wissen, einmal im Freien übernachteten, ein andermal im Hause eines andalusischen Apothekers, und in der Algarve hatten sie von den anarchischen Zuständen dort profitiert, ihnen war keine Hotelrechnung vorgelegt worden. In Lissabon, wo wir schon Einzug hielten, sind nur am Stadtrand gelegene Hotels überfallen und besetzt worden, die restlichen, besonders im Zentrum, blieben dank dem Zusammentreffen zweier abwehrender Faktoren verschont, zum einen ist die Hauptstadt, wie in den Ländern eben üblich, der Ort mit der höchsten Konzentration an behördlichen Streitmächten, will heißen an repressiven Organen, zum zweiten ist da jene dem Städter so eigene Zagheit, der oft leidet und sich duckt, sobald er sich von seinem Nachbarn beobachtet und also beurteilt fühlt, und umgekehrt sicherlich trübt der Wassertropfen das Brillenglas und den Blick des dahinter beobachtenden Auges. Mangels Zuspruch hatten fast alle Hotels geschlossen, angeblich wegen Renovierung, einige indes waren in Betrieb, hatten die Preise gesenkt, und so sehr gesenkt, daß manches Oberhaupt einer großen Familie schon erwog, aus dem sündhaft teuren Mietshaus ins Méridien und in ähnliche Koordinaten überzuwechseln. So hoch hinaus strebten die drei Reisenden keineswegs, sie wählten ein am unteren Ende der Rua do Alecrim, linker Hand, gelegenes bescheidenes Hotel, dessen Name für das Verständnis der Erzählung nicht von Bedeutung ist, es einmal getan zu haben, das langt, vielleicht erübrigte es sich gar.

Stare sind Stare, und oberflächliche, leichtsinnige Menschen mag man auch so nennen, will heißen, die einen wie die anderen bedenken ihr Tun wenig, sie vermögen nicht, über das Jetzt hinaus Dinge zu veranschlagen oder sie sich vorzustellen, was aber ihre Generosität in manchen Belangen nicht ausschließt, sie sind sogar zu Selbstopfern fähig, wie schon erlebt in jener Episode an der Grenze, als so viele zarte kleine Leiber tot zur Erde fielen, ihr kostbares Blut für eine fremde Sache vergossen, wir erinnern daran, daß wir von Vögeln reden, nicht von Menschen. Aber Oberflächlichkeit und Leichtsinn sind das mindeste, was man Tausenden von Vögeln vorwerfen kann, die sich unbedacht auf dem Dach eines Hotels niederlassen, somit die Aufmerksamkeit der Leute und der Polizei als auch der Ornithologen und der Genießer von gebratenen Vögelchen wecken, wodurch sich die Anwesenheit von drei Männern verrät, die, obwohl unschuldig, Gewissensbisse haben, daß sie lästigerweise die Aufmerksamkeit der Behörden erregen. Es wissen diese

Reisenden nämlich nicht, daß die portugiesischen Zeitungen jetzt fortgesetzt eine feste Seite den außergewöhnlichen Fällen widmen und über den stürmischen Angriff der Stare auf die überraschten Grenzposten berichteten, wobei sie, wie zu erwarten, obschon bar jedweder Originalität, an den von uns bereits erwähnten Hitchcock-Film erinnerten.

Presse, Radio und Fernsehen, sogleich in Kenntnis gesetzt über das sich da am Cais do Sodré vollziehende Wunder, schickten Reporter, Fotografen und Videokameraleute an den Ort des Geschehens, was, außer daß es Lissabon eine weitere pittoreske Note verlieh, folgenlos geblieben wäre, hätte der methodische und, nennen wir es ruhig so, der wissenschaftliche Geist eines Journalisten diesen nicht zu der Frage veranlaßt, ob es nicht vielleicht einen ursächlichen Zusammenhang gäbe zwischen den Staren draußen auf dem Dach und den Hotelgästen drin, den Dauergästen oder Durchreisenden. Die, im wortwörtlichen Sinne, über ihren Häuptern schwebende Gefahr nicht ahnend, packten Joaquim Sassa, José Anaiço und Pedro Orce, ein jeder in seinem Zimmer, ihre paar Reiseutensilien aus, binnen Minuten wollten sie auf der Straße sein, zu einem Bummel durch die Stadt, noch vor dem Abendessen. In diesem Augenblick schaut der gewitzte Journalist in die Gästeliste, liest die darin vermerkten Namen, und da stößt er auf zwei, die das Räderwerk seiner Erinnerung unmerklich in Bewegung setzen, Joaquim Sassa, Pedro Orce, er wäre kein echter Profi im Mediengewerbe, wenn er sie überlesen hätte, Gleiches wäre ihm vielleicht mit einem anderen Namen widerfahren, Ricardo Reis, doch jenes Buch, das diesen eines Tages aufnahm, vor vielen Jahren, liegt im Archiv auf dem

Dachboden, vom Staub bedeckt, und die Buchseite, die den Namen birgt, wird wahrscheinlich nie mehr das Licht des Tages erblicken, und falls doch, dann ist der Name vielleicht nicht lesbar, weil die Zeile leer ist, oder leer die ganze Seite, das bewirkt die Zeit, sie löscht aus. Bis zu diesem Tage galt es als Gipfel der Jagdkunst, zwei Hasen mit einem Schuß zu erledigen, ab jetzt ist die Anzahl der von des Menschen Geschicklichkeit gleichzeitig erlegbaren Löffelmänner auf drei erhöht, weshalb die Sprichwortsammlungen der Korrektur bedürfen, wo zwei stand, lies drei, und vielleicht ist das noch nicht einmal der Endpunkt.

Zur Rezeption heruntergerufen und dann im Empfangsraum vor den großen Spiegel der Wahrheit gestellt, mußten Joaquim Sassa und Pedro Orce auf die bohrenden Fragen der Journalisten hin bestätigen, daß sie, respektive, daß der eine der Mann mit dem ins Meer geworfenen Stein war und der andere der lebendige Seismograph. Aber da sind die Stare, es kann doch nicht Zufall sein, daß sich ausgerechnet hier so viele Stare versammelt haben, bemerkte der kluge Reporter, worauf nun hier José Anaiço, solidarisch mit seinen Freunden und wahrheitsgetreu, erklärte, die Stare sind meinetwegen hier. Die meisten der an Joaquim Sassa gerichteten Fragen stimmten, den Part betreffend, mit dem fiktivem Dialog zwischen ihm und einem Zivilgouverneur überein, weshalb er nicht wiederholt wird, ebensowenig die Erwiderungen, Pedro Orce indes, der in seinem Lande kein rechter Prophet hatte sein können, berichtete hier ausführlich über die jüngsten Zuträgnisse in seinem Leben, jawohl, er fühle die Erde weiterhin beben, heftig und bis ins Mark, gleichsam eine ihm durch die Gebeine emporsteigende Vibration, und daß sie ihn in Granada, Sevilla und Madrid vielerlei Tests unterworfen hätten, das Fühlen und die Intelligenz betreffend, ebenso das Sensorische und das Motorische, und daß er bereit sei, sich auch hier identischen oder anderen Prüfungen zu unterwerfen, falls die portugiesischen Wissenschaftler dies für geboten hielten. Unterdessen war es dunkel geworden, die Stare, Urheber des Verhörs, hatten sich in lockerer Ordnung auf die Bäume der nahegelegenen Parks begeben, und nachdem sich die Fragen und die Neugierde erschöpft, traten auch die Journalisten, Kameras und Projektoren den Rückzug an, doch selbst so kehrte nicht Ruhe ein im Hotel, Diener und Angestellte kamen unter Vorwänden zur Rezeption, spähten in den Empfangsraum, mal sehen, was diese merkwürdigen Typen für Gesichter haben.

Die drei Freunde, erschöpft vom Stress der Gefühle, entschieden, nicht erst auszugehen, sie würden gleich hier zu Abend essen. Pedro Orce war besorgt über die möglichen Folgen seiner Geschwätzigkeit, zu der er sich hatte verleiten lassen, wurde ich doch dringlich ermahnt, den Schnabel zu halten, zu meinem Fall nichts zu sagen, nun werden sie in Spanien sauer sein, wenn sie dies erfahren, bleibe ich jedoch noch etliche Tage hier, dann vergessen sie mich vielleicht. José Anaiço bezweifelte dies, morgen steht unsere Geschichte in allen Zeitungen, vielleicht bringt das Fernsehen schon heute eine Meldung, und die vom Radio werden nicht schweigen, die sind unermüdlich, und Joaquim Sassa, dennoch bist du von uns dreien noch am besten dran, kannst immerhin sagen, daß es nicht dein Verschulden ist, wenn die Stare dir folgen, weder pfeifst du ihnen, noch gibst du ihnen zu fressen, wir zwei aber sitzen in der Klemme, Pedro Orce starren sie an wie ein seltsames Tier, diesen Happen wird sich die lusitanische Wissenschaft nicht entgehen lassen, und mich werden sie der Geschichte mit dem Stein wegen im Griff behalten. Ihr habt den Wagen, erinnerte Pedro Orce, morgen früh fahrt ihr ab, oder schon diese Nacht, ich bleibe, und wenn sie mich fragen, wohin ihr seid, antworte ich, daß ich es nicht weiß. Nun ist es schon zu spät, sobald mein Gesicht im Fernsehen auftaucht, werden Leute aus meinem Ort anrufen, nur um zu sagen, daß sie mich kennen, daß ich der Lehrer bin und daß sie schon in Zweifel um meinen Verbleib waren, sie sind ruhmessüchtig, dies sagte José Anaiço, und er fügte hinzu, besser, wir bleiben zusammen, wir sagen wenig, desto eher sind sie es leid.

Wie vermutet, brachte das Fernsehen in seinen letzten Nachrichten einen sehr ausführlichen Bericht, man sah die Stare im Schwarm fliegen, sah die Fassade des Hotels, hörte den Geschäftsführer Erklärungen abgeben, von denen wir wissen, daß sie unwahr sind, wie sich sogleich zeigen wird. Es ist das erste große Ereignis in der Geschichte dieses Domizils, und man sah die drei Wunder, Pedro, José und Joaquim, Fragen beantworten.

Da man allemal eine überzeugende Autorität für zusätzlich erforderlich hält, war im Studio der Fachmann zugegen, in diesem Falle ein Spezialist der modernen Disziplin Dynamische Psychologie, der zwischen zwei Meinungsäußerungen zum Wesen der Sache die Möglichkeit nicht ausschloß, daß es sich hier um bare Scharlatanerie handeln könne, es ist bekannt, erklärte er, daß in Augenblicken wie diesen, in Krisensituationen, stets auch Betrüger auf den Plan treten, Subjekte, die Lügengeschichten erzählen und sich die Leichtgläubigkeit der breiten Massen zunutze machen, oft mit der Absicht, unmittelbar politische Destabilisierung zu bewirken, oder dem fernen Ziel, die Macht zu erobern. Wenn diese Auffassung ankommt, sehen wir alt aus, bemerkte Joaquim Sassa. Und die Stare, was ist Ihre Meinung zu den Staren, fragte der Moderator. Dies, o ja, ist ein faszinierendes Geheimnis, entweder die Person, der sie folgen, ist ein unwiderstehlicher Lockvogel, oder es handelt sich um einen Fall kollektiver Hypnose. Vögel zu hypnotisieren dürfte nicht einfach sein. Im Gegenteil, bei einem Huhn schafft man es schon mit einem Stückchen Kreide, selbst einem Kind gelingt dies. Aber zwei- oder dreitausend Stare, wie könnten die hypnotisiert im Schwarm fliegen. Beachten Sie, daß der Schwarm für jeden daran beteiligten Vogel schon an sich ein hypnotisches Mittel ist, Mittel und Resultat zugleich. Entschuldigen Sie, wenn ich darauf verweise, daß einige unserer Zuschauer Verständnisschwierigkeiten haben werden mit einer allzu technischen Ausdrucksweise. Nun, dann will ich versuchen, noch klarer zu sein, ich würde sagen, jedwede Gruppe tendiert dahin, sich in einer homogenisierten Hypnose zu konstituieren. Ich bin mir nicht sicher, ob dies besser verstanden wurde, jedenfalls danke ich Ihnen für Ihren Besuch in unserem Studio, dieser Fall wird gewiß noch Folgen haben, dann dürfte Gelegenheit zu einer gründlicheren Debatte sein. Ich stehe zu Ihrer Verfügung, entgegnete der Fachmann lächelnd. Joaquim Sassa aber brummte verärgert, so ein Schafskopf. Ja, so sieht er aus, doch es gibt Situationen, da muß man selbst Schafsköpfen aufmerksam Gehör schenken, bemerkte José Anaiço, und Pedro Orce, ich habe kein Wort verstanden, zum erstenmal war ihm das gesprochene Portugiesisch so gänzlich am Ohr vorbeigerauscht, nähmen wir wortwörtlich, was die Wörter sagten, dann würde das Gespräch zwischen Viriato und Nuno Álvares Pereira, Helden des nämlichen Vaterlandes, wie es heißt, erheiternd gewesen sein. Während im Empfangsraum des Hotels diese schwerwiegenden Fragen Behandlung erfuhren, empfing der Geschäftsführer im verschwiegenen Büro eine Abordnung von Restaurantbesitzern aus der Nachbarschaft, diese waren gekommen, ihm ein Geschäft vorzuschlagen, was würde es uns kosten, wenn Sie uns erlaubten, einige Netze auf dem Dach auszuspannen, früher oder später kehren die Stare hierher zurück, wir möchten sie nicht auf den Bäumen ausspannen, allen Leuten zum Greifen nahe, das wäre, als machten wir fremden Weibern Kinder, diese Männer gehören zu jenen, die da meinen, daß der tiefere Sinn der Worte nur darin bestehe, keinen tieferen Sinn zu haben, der Hotelier zögert, er fürchtet, daß sie ihm die Dachziegel zerbrechen, endlich aber erklärt er sich einverstanden, er schlägt eine Summe vor, das ist teuer, sagen die anderen, und dann reden sie lang und breit über den Preis.

Folgenden Tags, gleich am Morgen, erschien eine weitere Delegation, diesmal Herren mit feierlichen Gesichtern, gut gekleidet, mit gewählten Umgangsformen, sie baten Joaquim Sassa und Pedro Orce im Namen der Regierung um die Güte, ihnen folgen zu wollen, in der bittenden Abordnung auch ein Rat der spanischen Botschaft, der Pedro Orce begrüßte, aber so kalt und trocken, daß dies nur vom verletzten vaterländischen Stolz herrühren konnte. Sie wünschten eine rasche Befragung vorzunehmen, erklärten sie, eine schlichte, nicht länger, als eine Routinebefragung eben dauert, zur Ergänzung des schon umfangreichen Dossiers über das Abbrechen der Halbinsel, das, wenn wir deren fortwährende und sozusagen fatale Verlagerung in Betracht ziehen, offenkundig nicht mehr behebbare. Um José Anaiço scherten sie sich nicht, wahrscheinlich zweifelten sie an seiner Fähigkeit, die Tiere anzulocken und an sich zu binden, wie sie nur der Rattenfänger von Hameln gehabt hatte, übrigens sind die Stare jetzt nicht zu sehen, sie fliegen erkundend in den Lüften über der Hauptstadt umher, dicht bei dicht, in den auf dem Dach tückisch ausgespannten Netzen haben sich lediglich vier vagabundierende Sperlinge verfangen, denen ein anderes Ende vorbestimmt war, doch das Schicksal hat ihrem Leben nun diese Krönung beschert, was denn für ein Schicksal, fragt die ironische Stimme, und dank diesem unverhofften Eingriff erfahren wir, daß es nicht lediglich ein einziges Schicksal gibt, entgegen dem, was uns der Fado und der Schlager lehren. Niemand entrinnt seinem Schicksal, und jederzeit kann es passieren, daß uns unverhofft das Schicksal einer anderen Person zufällt, und dieses widerfuhr den Sperlingen, ihnen wurde das Schicksal von Staren zuteil.

José Anaiço blieb im friedvoll-stillen Hotel, wartete da auf die Rückkehr der Freunde, er erbat sich Zeitungen, die Interviews fanden sich alle auf der Titelseite, mit knalligen Fotos und dramatisch klingenden Schlagzeilen, Rätsel fordern die Wissenschaft heraus, Ungeahnte Geisteskräfte, Drei gefährliche Typen, Das Geheimnis des Hotels Bragança, so groß war unser Bemühen, den Namen des Hotels nicht zu nennen, und nun diese unzuverlässige Presse, Wird der Spanier ausgeliefert, als Fragesatz, da sitzen wir aber schön in der Patsche. Letzteres

José Anaiços Überlegung, nicht Titel. Die Stunden verrannen, es kam die Mittagszeit, von Joaquim Sassa und Pedro Orce keine Nachrichten und keine Botschaften, sie sind verhaftet, im Gefängnis, da verliert man vor Beunruhigung glatt den Appetit, ich weiß noch nicht einmal, wohin man sie geschafft hat, zu dumm, ich hätte fragen sollen, nicht doch, mitgehen hätte ich müssen, ich hätte sie nicht allein lassen dürfen, ruhig Blut, wahrscheinlich wäre es mir, selbst wenn ich gewollt hätte, verwehrt worden, sicher ist es aber nicht, ich war sehr zufrieden, daß sie mich aus dem Spiel ließen, die Feigheit ist schlimmer als ein Krake, der Krake zieht die Arme ein oder streckt sie, die Feigheit weiß sie lediglich einzuziehen, diese Selbstbezichtigung macht deutlich, wie sehr José Anaiço sich selber tadelt, fragt sich nur, wie es bei so widerstrebenden Regungen und Gedanken um die Aufrichtigkeit bestellt ist, am besten, wie in allen Fällen des Lebens, man wartet auf die Taten. Zunächst erkundigte er sich beim Hotelier, ob der irgendeine erhellende Äußerung aufgeschnappt hatte, einen Ort, einen Namen, doch der Wirt antwortete, nein, er kenne auch keinen von den Herren, habe sie zum erstenmal gesehen, sowohl die Portugiesen als auch den Spanier, in diesem Augenblick hatte José Anaiço die Erleuchtung, jawohl, zur Botschaft gehen, die Botschaft weiß bestimmt Bescheid, und dann überraschte ihn eine andere Eingebung, eine Erleuchtung kommt nie allein, die Presse, na klar, er brauchte sich nur an eine von diesen Zeitungen zu wenden, binnen Stunden würden die Argusse, Lupins und Holmes der Redaktion die Verschollenen aufgespürt haben, wahrhaftig, die Not ist die Mutter der Erfindung, in diesem Falle heißt Sorge der Vater, doch ist dies nicht immer derselbe.

Leichtfüßig stieg José Anaiço in sein Zimmer hinauf, er wollte die Schuhe wechseln, sich die Zähne putzen, diese gemeinen Verrichtungen sind nicht unvereinbar mit dem resoluten Geist, da wäre das Beispiel Othello, der, verschnupft und ohne auf die Sache achtzuhaben, sich lächerlich schneuzte, bevor er Desdemona tötete, die sich trotz düsterer Ahnungen nicht eingeschlossen hatte, denn eine Gemahlin verwehrt sich dem Gemahl nie, auch wenn sie weiß, daß er sie umbringen wird, übrigens wußte Desdemona wohl, daß ihr Zimmer nur drei Wände hatte, im hiesigen Drama jetzt ist José Anaiço gerade dabei, mit der Bürste die Zähne zu putzen und auszuspucken, als es an die Tür klopft, wer da, fragte er, wobei es nicht der Ton seiner Stimme scheint, da von jäher freudiger Erwartung, gleich wird Joaquim Sassa ihm antworten, wir sind zurück, doch die Täuschung währte nur einen Augenblick, darf ich eintreten, es ist das Dienstmädchen. Moment, er beendete die hygienische Verrichtung, spülte die Hände und den Mund, trocknete sich ab, ging schließlich öffnen. Das Dienstmädchen ist eine gewöhnliche Angestellte des Hotels, mit so eigenen Merkmalen und so eigener Bestimmung, daß es ganz flüchtig, nur für die Zeit, da es eine schlichte Nachricht zu überbringen gilt, José Anaiços Existenz berührt und die seiner Gefährten, der gegenwärtigen und der künftigen, solches passiert oft auf der Theaterbühne und im Leben, wir bedürfen einer Person, die an unsere Tür klopft, nur um zu vermelden, im Empfangsraum ist eine Dame, die Sie zu sprechen wünscht. José Anaiço erschrickt und gibt seinem Erschrecken Ausdruck, mich sprechen, und das Dienstmädchen fügt hinzu, was es meinte, nicht hinzufügen zu müssen, sie fragte nach den drei Herren, doch da die anderen nicht da sind. Wird wohl eine Reporterin sein, überlegte José Anaiço und beschied, ich komme gleich hinunter. Das Dienstmädchen zog sich zurück wie jemand, der aus dem Leben weicht, wir werden seiner nicht mehr bedürfen, kein Grund, weiter daran zu erinnern, noch nicht einmal gleichmütig. Es kam, klopfte an die Tür, überbrachte eine Nachricht, die, weiß einer warum, nicht telefonisch durchgegeben wurde, vielleicht gibt sich das Leben hin und wieder gern ein bißchen dramatisch, wenn das Telefon klingelt, denken wir, was ist los, wenn an unsere Tür geklopft wird, denken wir, wer mag es sein, und dem Gedanken verleihen wir Ausdruck mit der Frage, hallo. Schon wissen wir, daß es das Dienstmädchen war, doch die Frage erfuhr nur halbe Erwiderung, oder noch nicht einmal, darum überlegt José Anaiço, als er die Treppe hinabsteigt, wer mag es sein, die Mutmaßung, es könnte sich um eine Reporterin handeln, war ihm schon aus dem Sinn, so sind manche unserer Gedanken, sie dienen lediglich dazu, vorweg den Platz eines anderen einzunehmen, den es gründlicher zu bedenken gilt.

Im Hotel ist es sehr still, wie in einem aufgelassenen Haus, aus dem sich das pulsierende Leben zurückgezogen hat, aber noch ist es zu früh, als daß es aus Verlassenheit zu altern anfinge, geblieben ist der Nachhall von Schritten und Stimmen, ein Weinen, ein Abschiedsgemurmel, das auf dem letzten Treppenabsatz noch fortschwingt. Der Geschäftsführer steht da, hinter dem Rezeptionstisch hängt der Schlüsselkasten mit seinen Fächern auch für Mitteilungen, Korrespondenz und Rechnungen, er schreibt in ein Buch oder notiert daraus Zahlen auf ein Papier, er ist immer am Tun, auch wenn nichts zu tun ist. Als José Anaiço vorbeistrebt, weist jener mit einer Kopfbewegung zum Empfangsraum hin, was José Anaiço mit einem anderen, bejahenden Zeichen erwidert, ich weiß, will dieses besagen, ersteres bedeutete, umschweifiger, drin wartet eine Dame auf Sie. José Anaiço blieb in der Tür stehen, sah im Saal eine junge Frau, ein Mädchen, nur diese kann es sein, weiter ist niemand zugegen, sie wirkt, obwohl sie da vor den Fenstergardinen im Gegenlicht sitzt, sympathisch, oder gar hübsch, sie trägt Hose und Jacke, in Blau, von einem Ton, der Indigo sein muß, sie könnte Reporterin sein oder auch nicht, doch neben dem Stuhl, auf dem sie sitzt, steht ein Reiseköfferchen, und auf den Knien hält sie einen Stock, nicht groß und nicht klein, zwischen einem Meter und anderthalb, ein verwirrender Anblick, eine so gekleidete Frau spaziert nicht mit dem Stock in der Hand durch die Stadt. Reporterin ist sie wohl nicht, überlegte José Anaiço, jedenfalls sehe ich nichts von entsprechenden Berufsutensilien, Schreibblock, Kugelschreiber, Aufnahmegerät.

Die Frau erhob sich, und diese unerwartete Geste, gilt doch laut Etikette und guten Benehmens, daß eine Dame auf ihrem Platz harren muß, bis der Mann herangetreten ist, um sie zu begrüßen, da erst wird sie die Hand darbieten oder das Gesicht, je nach Vertrautheit, Grad der Intimität und Naturell, sie wird das weibliche Lächeln aufsetzen, das wohlerzogene oder andeutende oder komplizenhafte oder enthüllende, wie geboten. Diese Geste also, vielleicht nicht die Geste, sondern daß da, vier Schritte entfernt, eine Frau stehend seiner harrt, oder aber der jähe Gedanke, daß die Zeit stillsteht, solange jene noch nicht den ersten Schritt getan hat, es trifft allerdings zu, daß der Spiegel Zeuge ist, doch eines just vergangenen Augenblicks, José Anaiço und die Frau sind im Spiegel einander fremd, diesseits aber nicht mehr, denn sie machen sich miteinander bekannt, sie kennen einander bereits, und diese Geste, von der man zuvor nicht alles sagen konnte, sie versetzt die Dielen in Bewegung, läßt sie schwanken wie ein Schiffsdeck, es ist gleichsam das Stampfen eines Schiffes auf den Wogen, langsam und ausholend, nicht zu verwechseln dieser Eindruck mit dem bekannten Vibrieren, von dem Pedro Orce spricht, José Anaiço beben nicht die Knochen, sondern sein ganzer Körper spürte, physisch und dinglich, daß die Halbinsel, noch immer so genannt aus Gewohnheit und Bequemlichkeit, wirklich und wahrhaftig dahintreibt, er wußte es lediglich durch äußere Anschauung, nun haben seine Empfindungen es ihm gesagt. So also, dieser Frau wegen, sofern nicht erst seit dem Augenblick, da sie hier auftauchte, denn mehr als alles zählen die Stunden, in denen sich etwas ereignet, so also hörte José Anaiço auf, nur mehr der unfreiwillige Lockvogel närrischer Stare zu sein. Er tritt auf sie zu, und diese Bewegung in die nämliche Richtung wird sich mit jener Kraft einen, die ohne Widerstand und Sträuben die Gestalt des Floßes voranstößt, bei dem das Hotel Bragança in diesem Augenblick Galion und Bugkastell ist, mit Verlaub die offenkundig unzutreffenden Worte. Es bleibt sich gleich.

Meine Freunde sind nicht hier, sagte José Anaiço, sie wurden heute früh zu irgendwelchen Aufklärungen abgeholt, von Wissenschaftlern, allmählich beunruhigt mich ihr langes Fortbleiben, soeben wollte ich ausgehen, sie suchen. José Anaiço ist bewußt, daß es nicht so vieler Worte bedarf, um das für die Situation Erforderliche zu sagen, doch er kann sich nicht bezähmen. Sie erwidert, und die Stimme klingt angenehm, verhalten, aber klar, was ich zu sagen habe, gilt so gut für einen wir für alle drei, vielleicht kann ich mich auf diese Weise sogar besser verständlich machen. Ihre Augen haben die Farbe von frischem Himmel, was ist ein frischer Himmel, welche Farbe hat er, wo habe ich denn diese Idee her, sinnt José Anaiço, und laut sagt er, nehmen Sie bitte Platz, stehen wir nicht. Sie setzte sich, und er setzte sich. Wie ist Ihr Name. José Anaiço. Ich heiße Joana Carda. Angenehm. Kein Händedruck, im Sitzen jetzt würde das lächerlich wirken, oder sie müßten sich kurz von ihren Stühlen erheben, das wäre noch lächerlicher, oder er allein stünde auf, da wäre es eine halbe Lächerlichkeit, und doch nicht kleiner als eine ganze. Sie ist wirklich hübsch, die Haare, beinahe schwarz, harmonieren wohl nicht recht mit den Augen in der Farbe des frischen Taghimmels, des frischen Nachthimmels, es bleibt sich gleich. Kann ich Ihnen irgendwie behilflich sein, mit dieser Höflichkeitsformel gab sich das insgeheime Denken Ausdruck. Ich weiß nicht, ob wir hier reden können, murmelte Joana Carda. Wir sind ganz unter uns, niemand hört uns. Aber die Neugierde ist groß, sehen Sie. Der Geschäftsführer stelzte an der Tür des Empfangsraumes vorbei, einmal und noch einmal, tat zerstreut wie einer, der nur mehr davon absieht, sich neue Arbeit zu erfinden, da schon die vorherige fruchtlos war. José Anaiço musterte ihn streng, ohne Wirkung zu erzielen, er senkte die Stimme, was ihr Gespräch noch verdächtiger machte, ich kann Sie nicht hinauf ins Zimmer einladen, weil es sich nicht schickt, es den Gästen außerdem gewiß verboten ist, auf dem Zimmer Besuch zu empfangen. Mir wäre das einerlei, ich brauchte mich ja wohl nicht gegen jemanden zu verteidigen, der mich gewiß nicht überfallen will. Liegt mir wahrlich fern, schon da ich Sie bewaffnet sehe. Beide lächelten, doch in dem Lächeln war etwas Erzwungenes, Verkrampftes, eine plötzliche Bekümmertheit, im Grunde war das Gespräch für zwei, die einander erst seit drei Minuten kennen, und nur vom Namen her, schon zu intim. Notfalls würde dieser Stock helfen, sagte Joana Carda, doch nicht darum führe ich ihn mit mir, ehrlich gesagt, er führt mich mit sich. Diese Feststellung, da so ungewöhnlich, reinigte die Luft, pegelte den Druck ein, den atmosphärischen und den des Blutes. Joana Carda hielt den Stock über den Knien, wartete auf Erwiderung, endlich sprach José Anaiço, am besten, wir begeben uns ins Freie, reden auf der Straße, in einem Café oder einem Garten, falls Sie mögen. Sie griff das Köfferchen, er nahm es ihr aus der Hand, wir können es auf meinem Zimmer lassen, samt Stock. Den Stock gebe ich nicht aus der Hand, auch das Köfferchen nehme ich mit, vielleicht ist es besser, nicht hierher zurückzukommen. Wie Sie wünschen, schade, daß ihr Koffer so klein ist, sonst könnte man den Stock hineintun. Nicht alle Dinge sind füreinander eingerichtet, antwortete Joana Carda, was ja einleuchtet, aber dennoch ein nicht Geringes an Philosophie birgt.

Beim Hinausgehen wies José Anaiço den Geschäftsführer an, falls meine Freunde kommen, sagen Sie Ihnen, ich bin bald wieder da. Ja, Senhor, wird ausgerichtet, antwortete der Mann, ohne den Blick von Joana Carda abzuwenden, in seinen Augen war nicht Begehrlichkeit, nur vages Mißtrauen, wie eben jedem Hotelier eigen. Sie stiegen die Treppe hinab, das Geländer endete in einer gußeisernen Statuette, die einen Edelmann oder Opernpagen darstellte, in einer Zierfigur, die sich mit ihrer erhellten Lampenkugel gut ausnähme vor jedwedem großen portugiesischen oder galicischen Kap, ob São Vicente, Espichel, Roca oder Finisterre, oder auch an weniger gewichtigen, die darum aber nicht minder tüchtige Seenbrecher sein müssen, das Schicksal dieses Edelmannes oder Pagen dagegen blieb im ungewissen, vielleicht daß in der Vergangenheit einst irgendwer ihm Aufmerksamkeit schenkte, nicht so jetzt Joana Carda und José Anaiço, vielleicht weil mit ernsteren Dingen befaßt, obschon sie, wenn man sie danach fragte, wahrscheinlich nicht zu sagen wüßten, mit welchen. In der Kühle des Hotels, da in jenem jahrhundertealten Halbschatten, ahnt einer gar nicht, wie heiß es draußen auf der Straße ist. Wir haben jetzt, falls wir uns dessen noch erinnern, August, das Abdriften der Halbinsel hat keine Klimaveränderung bewirkt, handelt es sich doch nur um eine unbedeutende Verschiebung von einhundertfünfzig Kilometern, sofern, wie von Radio Nacional de España gemeldet, die Geschwindigkeit konstant geblieben ist, dennoch dünkt es einen, obwohl erst fünf Tage vergangen sind, daß dies schon ein ganzes Jahr währt. José Anaiço sagte erwartetermaßen, bei solcher Hitze mit Reisekoffer und Stock in der Hitze spazierengehen ist wenig ratsam, da sind wir schon nach zehn Minuten schlapp, besser, wir setzen uns in ein Café und nehmen eine Erfrischung. Noch besser eine vereinzelte Parkbank, im Schatten. Hier in der Nähe ist eine Grünanlage, die Praça de Dom Luís, Ihnen bekannt. Ich bin von außerhalb, kenne sie aber. Ah, von außerhalb, wiederholte José Anaiço überflüssigerweise. Sie schritten die Rua do Alecrim hinunter, er trug das Köfferchen und den Stock, die Passanten würden von ihm gewiß wenig schmeichelhaft denken, wenn nicht er das Köfferchen trüge, und wenig schickliche Dinge von ihr, wenn sie den Stock trüge, sind wir doch allesamt wahrhaftig gnadenlose Beobachter, maliziös mitunter, über Gebühr. Auf José Anaiços Bemerkung antwortete Joana Carda lediglich, sie sei erst an diesem Tag nach Lissabon gekommen, mit dem Zug, und habe sich gleich zum Hotel begeben, den Rest erfahren wir hier anschließend.

Sie sitzen da, glücklicherweise im Schatten von Bäumen, er fragte, was also hat Sie nach Lissabon geführt, warum haben Sie uns aufgesucht, und sie sagte, weil ich gewiß bin, daß Sie und Ihre Freunde Anteil haben an dem, was jetzt passiert. Passiert, wem. Sie wissen sehr gut, was ich meine, die Halbinsel, das Auseinanderbrechen der Pyrenäen, diese nie erlebte einzigartige Reise. Manchmal will auch mir scheinen, daß es unsere Schuld ist, andere Male halte ich uns alle für übergeschnappt. Nun, ein Planet, der um ein Gestirn kreist und kreist, bald Tag, bald Nacht, bald Kälte, bald Hitze, und ein fast leeres All, mit gewaltigen Dingen drin, namenlosen, sofern nicht wir ihnen Namen verleihen, und eine Zeit, von der niemand recht weiß, was sie ist, dies alles kann doch auch nur Sache von Verrückten sein. Sind Sie Astronomin, fragte José Anaiço, mit dem Gedanken an María Dolores, die Granadiner Anthropologin. Astronomin bin ich nicht und auch keine Närrin. Verzeihen Sie mir die Aufdringlichkeit, wir sind alle entnervt, die Wörter sagen nicht das, was sie sollten, sie übertreiben oder untertreiben, ich bitte um Vergebung. Schon geschehen. Vielleicht halten Sie mich für einen Zweifler, denn mir ist nichts widerfahren außer das mit den Staren, obschon. Obschon was. Zuvor im Hotel, als ich Sie im Empfangsraum sah, da war mir, als befände ich mich an Bord eines Schiffes auf See, es passierte mir zum erstenmal. Und ich hatte das Gefühl, Sie kämen mir aus weiter Ferne entgegen. Dabei waren es nur drei oder vier Schritte.

Aus allen Richtungen fielen die Stare plötzlich in die Bäume der Parkanlage ein. Aus den anliegenden Straßen kamen Leute gelaufen, sie schauten in die Höhe, zeigten mit der Hand. Hier sind sie wieder, sagte José Anaiço unmutig, und das Schlimmste ist, wir können nicht reden in Gegenwart all dieser Leute. Da, mit einemmal schwangen sich alle Stare empor, ein schwarzer Fleck, gewaltig und vibrierend, überdeckte den Park, die Menschen schrien auf, manche drohend, andere erregt, andere in Angst, Joana Carda und José Anaiço schauten, begriffen nicht, was vorging, da verjüngte sich der Riesenschwarm zur einen Seite hin, wurde Keil, Schwinge, Pfeil, und nach drei raschen Flügen im Kreis schwenkten die Stare gen Süden ab, über den Fluß davon, und verschwanden in der Ferne am Horizont. Die Gaffer oder Maulaffen, die da zusammenstanden, stießen Schreie der Überraschung aus, der Enttäuschung auch, Minuten später war der Park verwaist, wieder spürte man die Hitze, auf einer Bank saßen lediglich ein Mann und eine Frau, bei sich hatten sie einen Rüsterstock und ein Reiseköfferchen. José Anaiço sagte, ich denke, sie sind fort, für immer, und Joana Carda sagte, nun will ich Ihnen erzählen, was mir widerfahren ist.

Nachdem sich die erzählten Dinge als sehr ernst erwiesen hatten, entschied man vorsichtshalber, Joana solle sich nicht in dem nun berühmten Hotel einquartieren, auf dessen Dach die Netze noch der Stare harrten, vergebens. Eine kluge Entscheidung, so würde zumindest vermieden, daß sich ein zweites Mal die Abwandlung des Sprichworts von dem Schuß und den Kaninchen bestätigt, wenn hier nämlich außer den drei Verdächtigten oder gar schon des Verbrechens Bezichtigten auch noch ein der metaphysischen Fechterei kundiges Weib in die Falle ginge. Dies heißt, in weniger barocken Worten und in durchsichtigerer Konstruktion ausgedrückt, Joana Carda mietete sich weiter oben im Hotel Borges ein, im Herzen des Chiado, mit ihrem Köfferchen und ihrem Rüsterstock, der leider kein zusammenschiebbares Teleskop ist, weshalb die Passanten aufmerken, und an der Rezeption im Hotel wird ein im übrigen respektvoller Hausbediensteter spaßend, um seine echte Neugierde zu verhehlen, eine diskrete Anspielung machen auf Ruten, die nicht Spazierstöcke sind, dem Joana Carda mit Schweigen Erwiderung tat, schließlich, soweit bekannt, verbietet kein Gesetz dem Gast, einen Knotenstock aus Steineiche mit auf das Zimmer zu nehmen, wieviel weniger da einen schmächtigen Stab, gut unter zwei Meter Länge, leicht zu befördern im Fahrstuhl, den man, wenn er in einer Ecke lehnt, noch nicht einmal gewahr wird.

José Anaiço und Joana Carda unterhielten sich ausgiebig, bis nach Sonnenuntergang, denk einer, sie erörterten die Angelegenheit von allen nur möglichen Seiten, und jedesmal gelangten sie zu dem Schluß, daß an ihr nichts natürlich war, die Dinge sich aber so vollzogen, als regierte eine neue Normalität anstelle der bisher üblichen, dies ohne Konvulsionen, Erschütterungen oder Farbwechsel, was im übrigen auch nichts weiter erklärt hätte. Der Irrtum liegt ausschließlich bei uns, schuld ist unser Hang zum Dramatisieren und zur Tragödie, dieses Bedürfnis nach Kothurn und ausladender Geste, wie wunderbar mutet uns doch zum Beispiel der Geburtsvorgang an, jenes Durcheinander von Seufzern und Gestöhn und Schreien, der Leib öffnet sich wie eine reife Feige und stößt einen anderen Leib aus, das ist ein Wunder, o ja, doch ein nicht geringeres Wunder war das, was wir nicht sehen konnten, die feurige Ejakulation hinein in das Weib, der todbringende Marathon und dann die so langsame Selbstfertigung einer Kreatur, mit Fremdunterstützung freilich, die Herausbildung dessen, der, bleiben wir beim allernächsten, dies hier niederschreibt, aber unabänderlich in Unkenntnis darüber ist, was ihm damals widerfuhr, und, gestehen wir es, auch nicht sonderlich im Bilde ist, wie ihm jetzt geschieht. Joana Carda weiß nur eben dies und kann mehr nicht erzählen, da lag der Stock auf der Erde, ich machte damit einen Kratzer, ob diese Dinge passieren, weil ich jenes getan habe, vermag ich wirklich nicht zu schwören, es gilt, hinzufahren und sich selbst zu überzeugen. Sie redeten, erörterten noch und noch, es war schon schummrig, als man sich trennte, sie begab sich hinauf ins Borges, er hinunter ins Bragança, und da geht José Anaiço in Gewissensbissen, daß er sich nicht lieber um Schicksal und Verbleib der Freunde gekümmert hat, der Treulose, kaum taucht ein Weib auf und erzählt Ammengeschichten, schon hängt er ihr fast bis in die Nacht an den Lippen. Es gilt hinzufahren, zur Selbstvergewisserung, wiederholte sie, dabei die vormalige Aufforderung leicht verändernd, zwecks besserer Überredung vielleicht, so oft hilft nur dies, es auf andere Weise sagen. Vor dem Hoteleingang schaut José Anaiço in die Höhe, von Staren kein Federchen, was da an geflügeltem Schatten vorbeiflog, huschend und zart wie eine heimliche Liebkosung, war eine Fledermaus auf der Jagd nach Mücken und Nachtfaltern. Der kleine Edelmann vom Geländer trägt die Lampe jetzt angezündet, da steht er, entbietet den Willkommensgruß, aber José Anaiço gönnt ihm noch nicht einmal einen grämeligen Blick, eine schlimme Nacht steht ihm bevor, falls Pedro Orce und Joaquim Sassa nicht zurück sind.

Sie sind zurück. Sie warten in der Halle, haben dieselben Stühle inne, auf denen Joana Carda und José Anaiço saßen, und da gibt es Leute, die nicht an Zufälle glauben, wo sich an Zufällen auf der Welt doch das meiste findet und anspinnt, wenn nicht gar die Zufälligkeiten die eigentliche Logik der Welt ausmachen. José Anaiço bleibt in der Tür zur Halle stehen, es scheint, daß alles sich wiederholen will, doch diesmal geschieht es noch nicht, es schwankten die Dielen nicht, die vier Schritte Abstand sind nur eben vier Schritte, keine zwischengestirnliche Leere, kein Sprung in den Tod oder ins Leben, die Beine bewegten sich von selbst, dann reden die Münder, um das Erwartete zu sagen, hast uns wohl gesucht, fragte Joaquim Sassa, doch eine so einfache Frage vermag José Anaiço nicht mit schlichtem Ja oder Nein zu beantworten, wahr wären beide Worte, und beides gelogen, er brauchte viel Zeit zum Erklären, darum kam er mit seiner eigenen Frage, sie so berechtigt und natürlich wie die andere, wo zum Teufel habt ihr die ganze Zeit gesteckt. Pedro Orce sieht man die Erschöpfung an, kein Wunder bei seinem Alter, mögen die Verbohrten sagen, was ihnen beliebt, es ermüdet, selbst ein kräftiger junger Mann wäre den Händen der Ärzte nur gerädert entkommen, Test auf Test, Analysen, Röntgenaufnahmen, Befragungen, Schläge mit dem Hämmerchen gegen die Sehnen, Untersuchung der Gehörgänge, Prüfung der Netzhäute, Elektroenzephalogramme, kein Wunder, daß einem die Lider da wie Blei hängen, ich bin reif für das Bett, sagt er, diese portugiesischen Wissenschaftler haben mich um ein Haar umgebracht. Hier wurde entschieden, daß Pedro Orce sich auf sein Zimmer begeben sollte, bis zur Abendbrotzeit, er käme dann zu einer Reissuppe mit Hühnerbrust herunter, so gering sein Hunger auch sein mochte, ihm jedenfalls war, als hätte er den Magen noch voll Kontrastbrei, dir haben sie den Magen doch gar nicht geröntgt, bemerkte Joaquim Sassa. Nein, das nicht, aber mir ist so, Pedro Orces Lächeln wirkte hinfällig wie eine welke Rose. Ruh dich nur aus, sagte José Anaiço, Joaquim und ich, wir essen außerhalb, in irgendeinem Restaurant, da reden wir über das Vorgefallene, und wenn wir zurück sind, klopfen wir bei dir und erkundigen uns nach deinem Befinden. Klopft nicht, sicherlich schlafe ich, am besten zwölf Stunden hintereinander, bis morgen, und er schlurfte davon. Der Ärmste, in was wir ihn da nur hineinziehen, sagte José Anaiço. Auch mich haben sie traktiert, mit Untersuchungen und Fragen, aber bei weitem nicht so wie ihn, weißt du, dies alles erinnert mich an eine Erzählung, die ich vor Jahren las, Unschuldig unter Ärzten. Von Rodrigues Miguéis.

Auf der Straße entschieden sie, eine Runde mit dem Deux Chevaux zu fahren, zum Abendessen war es noch zu zeitig, und sie könnten nach Belieben reden. Die Verwirrung ist total, begann Joaquim Sassa, und wenn sie sich so sehr an uns klammern, dann weil sie weiter nichts in der Hand haben, will heißen, nun werden sie übergebührlich viel auf den Tisch bekommen, sicherlich ausgelöst von den Nachrichten im Fernsehen, gestern abend, und den Zeitungsmeldungen von heute, hast ja die Schlagzeilen der Spätausgaben gesehen, die sind übergeschnappt, wie ein Hagelgewitter geht das jetzt auf sie nieder, lauter Leute, die da schwören, daß sie das feine Beben der Erde ebenfalls verspürt haben und daß sie Steinchen in den Fluß warfen und eine Nymphe hervortauchte und daß die Sittiche daheim merkwürdige Geräusche von sich geben. So ist das immer, Nachricht gebiert Nachricht, unsere Vögelchen werden wir wohl nicht wiedersehen. Warum, was ist vorgefallen. Ich glaube, sie sind fort. Einfach fort, mir nichts, dir nichts, nachdem sie eine ganze Woche nicht von dir abgelassen haben. So scheint's. Hast du sie gesehen. Hab ich, sie flogen über den Fluß davon, südwärts, und sind nicht zurückgekehrt. Wie merktest du, daß sie endgültig abzogen, standest du am Fenster deines Zimmers. Nein, es war in einer Parkanlage, hier in der Nähe. Statt dessen hättest du doch lieber versuchen sollen herauszufinden, wo wir steckten. Das war meine Absicht, aber dann ging ich in den Park, und dort blieb ich. Um die Frische zu genießen. Um mit einer Frau zu reden. Da schau, bist mir der rechte Freund, wir erleiden ein Kalvarium, und du auf der Pirsch, weil du die Archäologin in Granada nicht aufreißen konntest, treibst du es nun so. Sie war nicht Archäologin, sondern Anthropologin. Bleibt sich gleich. Diese ist Astronomin. Mach dich nicht lustig über mich. Im Grunde weiß ich nicht, was sie ist, Astronomin sagte ich, weil ich etwas ganz Bestimmtes zu ihr bemerkte. Nun, das ist deine Geschichte, ich habe mich nicht in anderer Leute Leben einzumischen. Doch, du hast, denn was sie mir erzählte, betrifft uns alle. Verstehe, sie ist eine von den Steinchenwerferinnen. Nein. Dann fühlt sie es beben. Wieder fehlgeraten. Ihr Kanarienvogel hat die Farbe gewechselt. Wie sehr du auch spöttelst, du errätst es nicht. Entschuldige, es fuchst mich, ich kann es nicht verwinden, daß du nicht nach uns gesucht hast. Ich sagte doch, das war meine Absicht, aber da tauchte die Frau auf, gerade als ich mich zum Gehen anschickte, ich wollte bei der spanischen Botschaft beginnen, sie erschien, und sie hatte eine Geschichte zu erzählen, in der Hand hielt sie einen Stecken, und sie trug ein Reiseköfferchen, ihre Kleidung: Hose und Jacke in Blau, ihre Haare sind schwarz, die Haut sehr hell, Augen, weiß ich nicht recht, ist schwer zu sagen. Interessante Einzelheiten für die Geschichte der Halbinsel, brauchst nur noch zu erwähnen, daß die Dame hübsch ist. Ist sie. Und jung. Auch das, jung ist sie ebenfalls, wenn auch nicht gerade ein junges Mädchen. So, wie du redest, hast du dich verliebt. Das ist ein großes Wort, aber ich fühlte die Hoteldielen unter mir wanken. Diese Wirkung ist mir gänzlich neu. Gib Frieden. Oder du hattest getrunken und erinnerst dich nicht mehr daran. Frieden jetzt. Von mir aus Frieden, und was wünschte das Fräulein Augen-weiß-ich-nicht-recht, und was war das für ein Stecken. Ein Stock aus Rüsterholz. Von Botanik habe ich wenig Ahnung, was ist Rüster. Rüster ist Ulme, und an diesem Punkt des Gesprächs darf ich eine Nebenbemerkung anbringen, deine Befragungstechnik ist vorzüglich. Joaquim Sassa lachte auf, dann hab ich heute wohl einiges gelernt von den guten Meistern, die mir arg zusetzten, entschuldige, erzähl weiter die Geschichte von der Dame, hat sie sonst einen Namen außer Augen-weiß-ich-nicht-recht. Sie heißt Joana Carda. Womit sie vorgestellt ist, und nun zum Kern der Sache. Denk dir, du fändest auf dem Weg einen Stock und daß du, zerstreut oder ohne es sonstwie zu bedenken, einen Kratzer über den Boden ziehst. Hab ich als Kind oft getan. Und was geschah. Nichts, nie ist etwas geschehen, leider. Nun stell dir vor, dieser Kratzer bewirkte, durch Zauber oder sonstwie, einen Riß in den Pyrenäen, daß die besagten Pyrenäen von oben bis unten aufbrachen und die Iberische Halbinsel abzudriften begann, hinaus auf die offene See. Deine Joana ist übergeschnappt. Schon möglich, doch sie ist nicht nach Lissabon gekommen, um uns zu sagen, daß, nur weil sie einen Kratzer über den Boden gezogen hatte, die Halbinsel sich von Europa trennte. Danke, mein Gott, noch regiert Vernunft diese Welt. Was sie sagt, ist nämlich, daß ihr Kratzer nicht verschwindet, daß weder der Wind ihn auslöscht noch darüber gegossenes Wasser, noch daß er sich wegscharren läßt, noch verwischen mit einem Besen. Alles Quatsch. So sehr, wie du der stärkste Gewichtewerfer aller Zeiten bist, ohne Mogelei sechs Kilo fünfhundert Meter weit wirfst, diesen Rekord von dir könnte noch nicht einmal Herkules persönlich überbieten, obwohl er ein

Halbgott war. Soll ich etwa glauben, ein Kratzer über den Boden, ob Erde oder nicht, hält dem Wind, dem Wasser und dem Besen stand. Selbst wenn du mit der Platthacke drüberziehst, bildet er sich neu. Unmöglich. Da sagst du nichts Neues, dieses Wort habe schon ich gebraucht, und die kleine Joana Augen-weiß-ich-nicht-recht erwiderte lediglich, hinfahren-selber-sehen oder hinfahren-zur-Selbstvergewisserung, ich weiß nicht mehr genau. Joaquim Sassa schwieg, gerade fuhren sie in Höhe von Cruz Quebrada, was für ein Sakrileg mag sich hinter diesen heute harmlos klingenden Namen verbergen, und José Anaiço sagte, dies alles wäre absurd, wenn es nicht ernstlich passierte, und Joaquim Sassa fragte, tut es das wirklich.

Noch herrschte letzte Helligkeit, gerade so viel, daß der Blick über das Meer bis zum Horizont schweifen konnte, und von diesem Hügel aus, der nach Caxias hinabführt, gewinnt man einen Eindruck von der Größe dieses riesigen Wassers, vielleicht darum murmelte José Anaiço, es sind andere, und Joaquim Sassa, der nicht wissen konnte, was gemeint war, fragte, wer. Die Wasser, diese Wasser sind andere, so verändert sich das Leben, es wandelt sich, und wir merken es nicht, wir harrten still und meinten, wir hätten uns nicht verändert, eine Illusion, bare Täuschung, wir gingen hin mit dem Leben. Das Meer brandete gegen die Ufermauer der Straße, da ist nichts Überraschendes dran, auch diese Wellen sind andere, sie sind die freie Bewegung gewöhnt, die zeugenlose, außer wenn ein winziges Boot vorüberfuhr, nicht der Leviathan jetzt, der den Ozean hereindrückt. José Anaiço sagte, wir essen weiter vorn, in Paço de Arcos, dann fahren wir ins Hotel zurück und schauen nach Pedro. Der Ärmste, fast hätten sie ihm den Garaus gemacht. Sie parkten den Deux Chevaux in einer Seitenstraße, hielten Ausschau nach einem Speiselokal, und noch bevor sie es betraten, sprach Joaquim Sassa, als sie uns untersuchten und befragten, hörte ich etwas, woran wir nie gedacht hatten, es war eher nur eine Andeutung, und dem Unaufmerksamen wäre nicht aufgefallen, daß ich ganz Ohr war. Was hörtest du. Nun, die Halbinsel, das heißt Halbinsel nicht mehr, aber wie, Teufel, sollen wir sie nennen, sie hat sich bisher praktisch in gerader Linie fortbewegt, zwischen dem sechsunddreißigsten und dem dreiundvierzigsten Breitengrad. Na und. Du magst in allen anderen Fächern ein guter Lehrer sein, in Geographie aber bist du eher schwach. Ich versteh nicht. Wirst gleich verstehen, überleg mal, die Azoren liegen zwischen dem siebenunddreißigsten und dem vierzigsten Breitengrad. Oh, Teufel. Ja, ruf ihn nur. Die Halbinsel wird mit den Inseln zusammenstoßen. Genau. Das gibt die größte Katastrophe der Geschichte. Vielleicht, vielleicht auch nicht, und wie du vor kurzem sagtest, dies alles würde absurd sein, wenn es nicht wirklich passierte, und nun wollen wir essen.

Sie setzten sich zu Tisch, wählten die Speisen. Joaquim Sassa war ausgehungert, er machte sich her über das Brot, die Butter, die Oliven, den Wein, heißhungrig, dabei mit einem Lächeln um Vergebung bittend, Henkersmahlzeit dies, erst Minuten später fragte er, und die Stockdame, wo steckt sie jetzt. Sie hat ein Zimmer im Hotel Borges genommen, auf dem Chiado. Ich dachte, sie ist in Lissabon zu Hause. In Lissabon nicht, das sagte sie, wo aber zu Hause, das sagte sie nicht, ich habe sie auch nicht danach gefragt, vielleicht meint sie, daß wir sie dorthin begleiten. Wozu. Um den Erdkratzer zu besichtigen.

Auch du hegst Zweifel. Zweifel vielleicht nicht, aber ich möchte es schon mit eigenen Augen sehen und mit meinen Händen berühren. Du bist wie der Besitzer des Esels Platero, dem wir zwischen der Sierra Morena und der Sierra Aracena begegneten. Falls ihre Behauptung stimmt, werden wir mehr sehen als Roque Lozano, der nur noch Wasser vorfindet, wenn er an sein Ziel gelangt. Woher weißt du, daß er Roque Lozano hieß, ich entsinne mich nicht, daß wir ihn nach seinem Namen fragten, nach dem des Esels ja, nicht aber nach seinem. Ich hab's wohl geträumt. Und Pedro, er wird uns begleiten wollen. Ein Mann, der unter seinen Füßen die Erde beben spürt, benötigt Gesellschaft. So sehr wie einer, der den Dielenfußboden wanken fühlte. Gib Frieden. Der arme Deux Chevaux, das wird nun eng bei so vielen Leuten, ihrer vier und mit Gepäck, und sei es auch nur Pfadfindergepäck, er ist alt, der Ärmste. Niemand lebt über seinen letzten Tag hinaus. Kluges Kind. Nur gut, daß du es gemerkt hast. Es sah aus, als wäre unsere Reise zu Ende und ein jeder begäbe sich nach Hause, in sein Alltagsleben. Begeben wir uns hinein ins Leben dieser Tage, wollen sehen, was es bringt. Solange die Halbinsel noch nicht mit den Azoren zusammenstößt. Wenn das unser Ende ist, ist uns das Leben bis dorthin gesichert.

Sie hatten zu Abend gegessen, begaben sich wieder auf den Weg, ohne Eile, der Deux Chevaux gemächlich dahinrollend, auf der Straße wenig Verkehr, vielleicht wegen der Benzinknappheit, ein Glück, daß ihr Motor so sparsam im Verbrauch war. Was uns aber nicht davor schützt, daß er an einem beliebigen Fleck stehenbleibt, dann ist die Reise auf der Stelle zu Ende, bemerkte Joaquim Sassa, und jäh sich erinnernd, fragte er, warum sagtest du, die Stare seien fort, für immer. Jeder Mensch kann unterscheiden zwischen einem Ade und einem Bis bald, was ich da sah, das war ein Ade. Aber wieso. Weiß ich nicht, eins traf jedoch zusammen, es verschwanden die Stare, als Joana erschien. Joana. So heißt sie. Du könntest Weib, Puppe oder Kleine sagen, so nennt der Mann eine Frau schamvoll, wenn es zu intim wirkt, sie bei ihrem Namen zu nennen. Verglichen mit deiner Weisheit, bin ich erst in den Anfängen, aber, wie du soeben feststellen konntest, sprach ich ihren Namen ganz natürlich aus, ein Beweis, daß meine Intimität hierin von anderer Art ist. Außer du wärst letztlich ein weitaus größerer Machiavelli, als du es zu sein vorgibst, und versuchtest, mir das Gegenteil dessen zu beweisen, was du in Wirklichkeit denkst oder fühlst, damit meine ich, daß das, was du fühlst oder denkst, just das ist, was du nur dem Anschein nach beweisen willst, ich weiß nicht, ob ich mich klar ausgedrückt habe. Hast du nicht, ist aber nicht von Belang, Klarheit und Dunkel, das sind derselbe Schatten und dasselbe Licht, das Dunkel ist hell, das Hell ist dunkel, und so sehr einer imstande sein möge, tatsächlich und treffend zu sagen, was er fühlt oder denkt, glaube ihm nur ja nicht, nicht weil da einer nicht möchte, sondern weil er es nicht kann. Aber warum reden die Leute dann so viel. Es ist das einizige, was wir können, reden, oder nicht einmal das, es ist alles nur ein Versuchen und Vorantasten. Die Stare fort, dafür jetzt Joana, die eine Begleitung verschwand, die andere kam, Glückspilz, kannst dir was darauf einbilden. Ob Glückspilz, das muß sich erst erweisen.

Im Hotel harrte, von Pedro Orces Hand, für den Leidensgefährten Joaquim Sassa eine Anweisung, laßt mich schlafen, auch war da eine telefonische Nachricht von

Joana Carda, für José Anaiço, es ist alles wahr, sie haben nicht geträumt. Über José Anaiços Schulter hinweg tönte Joaquim Sassas Stimme, dem Anschein nach spöttelnd, Fräulein Augen-weiß-ich-nicht-recht versichert dir, daß es wahr und wirklich ist, vertue die Nacht nicht damit, von ihr lediglich zu träumen. Sie stiegen die Treppe hinauf, in ihre Zimmer, José Anaiço sagte, morgen, gleich in der Früh, rufe ich sie an und sage ihr, daß wir mit ihr fahren, falls du einverstanden bist. Bin ich, und scher dich nicht sonderlich um meine Reden, der Grund dieser meiner Reden, das weiß man ja, ist der Neid. Neidisch sein auf etwas, was nur dem Anschein nach existiert, ist verlorene Müh. Meine Weisheit raunt mir zu, daß alles lediglich Schein ist und nichts wirklich, damit haben wir uns abzufinden. Gute Nacht, weiser Mann. Glückliche Träume, Companheiro.

So verschwiegen, daß die Bevölkerung von den Vorkehrungen nichts merkte und nicht der mindeste Verdacht aufkam, bereiteten die Regierenden und die wissenschaftlichen Institute die Erforschung jener feinen Bewegung vor, die diese Halbinsel rätselhaft beständig und unerschütterlich fest ins Meer hinausführte. Wie und warum die Pyrenäen auseinandergebrochen waren, von dieser Fragestellung hatte man schon Abstand genommen, die Hoffnung auf des Rätsels Lösung hatte sich nach wenigen Tagen als vergeblich erwiesen. Trotz der riesigen Menge an gespeicherten Informationen begehrten die Computer schnöd weitere Daten oder gaben unsinnige Antworten, wie etwa im berühmten Technologischen Institut von Massachusetts geschehen, wo die Programmierer vor Scham erröteten, als sie an den Terminals den markigen Bescheid erhielten, Zu sehr der Sonne ausgesetzt, denk einer an. In Portugal war, vielleicht weil sich bis heute in der Alltagssprache gewisse Archaismen so zäh erhalten haben, die der Sache am nächsten liegende Folgerung diese, Der-Krug-geht-so-lange-zur-Quelle-bis-der-Henkel-bricht, eine die Geister nur mehr verwirrende Metapher, ging es doch nicht um Henkel, Quelle oder Krug, eine Metapher allerdings, aus der sich unschwer ein Faktum oder Prinzip der Wiederholung herauslesen läßt, bei dem man, dessen eigener Natur gemäß, abhängig von der Periodizität, nie weiß, wo das endet, je nach Dauer des Phänomens und der akkumulierten Wirkung der Aktionen, eine Sache dies in der Art Steter-Tropfen-höhlt-den-Stein, eine Formel, deren sich die Computer merkwürdigerweise nie bedient hatten, obwohl sie es rechtens hätten tun können, da zwischen der einen und der anderen allerlei Ähnlichkeit bestand, im ersten Falle der Schwere des Wassers im Krug, im zweiten Falle gleichfalls das Wasser, jedoch Tropfen für Tropfen, im freien Fall, und auch die Zeit, eine weitere beiden gemeinsame Zutat.

Das sind volkstümliche Philosophien, über die wir uns noch und noch auslassen könnten, die den Wissenschaftler, den Geologen und Ozeanologen, aber wenig scheren. Mit Rücksicht auf die Geister könnte die Sache auch in Gestalt einer elementaren Frage formuliert werden, einer so naiven, wie es die jenes Galiciers war, der den Fluß Irati tief in die Erde tauchen sah, sofern man sich noch erinnert, wohin fließt dieses Wasser, begehrte er zu wissen, wir jetzt werden es anders ausdrücken, was geschieht unter diesem Wasser. Hier draußen, mit den Beinen fest auf der Erde, den Blick auf die Horizonte gerichtet, oder aus der Luft her, von wo aus die Beobachtungen nimmermüd fortgeführt werden, ist die Halbinsel eine Erdmasse, die anscheinend, wir beharren bei dem Verbum, auf den Wassern schwimmt. Doch es ist offenkundig, daß sie nicht schwimmen kann, da müßte sie sich vom Untergrund gelöst haben, in welchem Falle sie unweigerlich auf ebendiesen Grund abtauchte, in Schollen zerbrechend, denn selbst wenn wir annähmen, daß unter obwaltenden Umständen das Gesetz des Auftriebs wirksam würde, ohne größeren Umschweif oder Schaden, so würde das zerstörerische Wirken des Wassers an sich und der Meeresströmungen die Dicke der schwimmenden Platte ja doch fortgesetzt vermindern, bis sich die oberflächige Tafel gänzlich auflöste. Also, und unter Ausschluß von Teilen, müssen wir folgern, daß die Halbinsel auf dem eigenen Untergrund dahingleitet, in unbekannter Tiefe, als habe sie sich in zwei waagerechte Schichten getrennt, die untere der tiefen Erdrinde zugehörig, die obere, wie bereits erklärt, langsam dahingleitend im Dunkel der Wasser, umwirbelt von Schlamm und Schwärmen erschrockener Fische, so wird sie hingleiten in den ozeanischen Tiefen irgendwo, der Fliegende Holländer traurigen Angedenkens. Die These ist verführerisch und birgt Geheimnisvolles, ein Quentchen mehr an Phantasie, und es könnte das faszinierendste Kapitel von Zwanzigtausend Meilen unter dem Meer abgeben. Doch wir leben heute in anderen Zeiten, die Wissenschaft ist weit anspruchsvoller, und da es also nicht möglich war herauszufinden, was die Halbinsel zu ihrem Gleiten über den Meeresgrund veranlaßt, möge einer sich hinabbegeben und mit seinen Menschenaugen nachschauen, das Wunder sehen, das Hinschleifen der großen Gesteinsmasse filmen, es vielleicht auf Band aufzeichnen, diese Art von Walschrei, dieses Knirschen, dieses nicht endende Reißen. Gekommen ist die Zeit der Taucher.

Mit angehaltenem Atem vermag einer, das ist bekannt, nicht tief und nicht lange zu tauchen. Es tut's, wer nach Perlen, Schwämmen oder Korallen taucht, manch einer taucht fünfzig Meter tief, die Asse sogar siebzig, drei oder vier Minuten lang hält man es aus, alles eine Frage der Übung und der Not. Hier sind es ganz andere Tiefen, und das Wasser ist viel kälter, selbst wenn man den Körper mit diesen Gummianzügen schützte, die jeden Menschen, Mann oder Weib, in einen schwarzen Tritonen mit gelben Streifen und Tupfern verwandeln. Hier nun benötigt man Skaphander und Druckluftflaschen, und mit dieser neuesten Technik und Ausrüstung, tausendundeinmal vorsichtig, wird man Tiefen von zweihundert bis dreihundert Metern erreichen. Weiter hinunter sollte man sich lieber nicht vorwagen, man schicke unbemannte Maschinen, vollgestopft mit Film- und Fernsehkameras, Sensoren, Tastsonden und Ultraschallsonden, mit allerlei dienlichem Gerät.

Insgeheim begannen zur selben Stunde zwecks Vergleichsmöglichkeit der Beobachtungsresultate die Operationen an den Küsten in Nord, Süd und West, dies unter dem Deckmantel von Seemanövern im Rahmen des Nordatlantikpaktes, damit nicht schon die Ankündigung des Unternehmens neuerlich Panik auslöst, denn bisher war im gemeinen Volk unerklärlicherweise niemand auf den Gedanken gekommen, daß die Halbinsel vielleicht über ihren vieltausendjährigen Sockel davonglitt. Hier auch ist es an der Zeit zu sagen, daß die Wissenschaftler im stillen eine weitere angsteinflößende Befürchtung hegten, als sozusagen fatale Folgerung aus der Hypothese vom waagerechten Schnitt in den Tiefen, und diese ließ sich in die so simple wie schreckliche Frage fassen, was geschieht, wenn sich der Halbinsel auf ihrem Weg plötzlich eine abgründige Tiefe auftut, also die verlängerte Gleitfläche jäh abbricht. Sofern wir, wie stets wünschenswert zum besseren Verstehen der Tatsachen, unsere eigene Erfahrung, hier als Badende, in Anwendung bringen, verstehen wir vorzüglich, was dies bedeutet, erinnern wir uns nur unserer Panik und Beklemmung, wenn wir unverhofft Grund verlieren und unsere Schwimmkünste mangelhaft sind. Wenn die Halbinsel ihren Grund oder ihre Gründe verliert, taucht sie unweigerlich ab, versinkt sie, geht ihr der Atem aus, erstickt sie, wer hätte geahnt, daß uns nach so vielen Jahrhunderten dürftigen Lebens das Schicksal von Atlantis vorbestimmt sein würde.

Ersparen wir uns die Einzelheiten, denn diese werden allen am untermeerischen Leben Interessierten dereinst zur Kenntnis gegeben, bis dahin aber ruhen sie, gänzlich unter Verschluß, in den Bordtagebüchern, vertraulichen Berichten und sonstigen Niederlegungen, deren etliche chiffriert sind. Gesagt sei nur, daß diese irdische Plattform sehr eingehend untersucht wurde, ohne Ergebnis. Es fand sich kein Bruch, außer den ursprünglichen, und die Mikrofone registrierten kein anomales Schleifen. Nachdem sich diese erste Erwartung nicht erfüllt hatte, ging man an die Abgründe. Kräne ließen die für Tiefen hohen Drucks bestimmten Geräte hinab, in die tiefe, stumme See, diese suchten, suchten und fanden nichts. Der Archimède, ein Meisterwerk für die Tiefseeforschung, von seinen Besitzern, den Franzosen, gesteuert, tauchte in die tiefsten peripheren Gründe, aus der euphotischen Zone in die pelagische Zone und von dieser in die bathypelagische, er brachte Scheinwerfer zum Einsatz, Zangen, elektronische Abtaster, Sonden unterschiedlichen Typs, er spürte den untermeerischen Horizont mit dem Panoramasonar ab, und alles vergebens. Die langen Hänge, die felsigen Gefälle, die lotrechten Klüfte, sie boten sich dar in ihrer dunklen Erhabenheit als unberührte Wunder, die Instrumente registrierten mit vielem Klick und vielen an- und ausgehenden Lichtern die zunehmenden und die abnehmenden Strömungen, sie fotografierten die Fische, die Sardinenbänke, die Schellfischkolonien, die Schwärme von Thunfischen und Bonitos, die Flotillen der Stichlinge, die Armadas der Schwertfische, und hätte der Archimède in seinem Bauch ein Laboratorium mit entsprechenden Reagenzien, Lösungsmitteln und sonstigem Chemiekram mitgeführt, er hätte die in den ozeanischen Wassern befindlichen natürlichen Elemente ermitteln können, will heißen in fallender Folge der Quantitäten und zur kulturellen Unterweisung einer Bevölkerung, die nicht ahnt, daß es in dem Meer, darin sie badet, so viele Dinge gibt, als da sind Chlor, Natrium, Magnesium, Schwefel, Kalzium, Kalium, Brom, Kohlenstoff, Strontium, Bor, Silizium, Fluor, Argon, Stickstoff, Phosphor, Jod, Barium, Eisen, Zink, Aluminium, Blei, Zinn, Arsen, Kupfer, Uran, Nickel, Magnesium, Titan, Silber, Wolfram, Gold, welch ein Reichtum, mein Gott, und welch einen Mangel daran wir auf dem Festland haben, unauffindbar blieb nur die Spalte, die dieses Phänomen hätte erklären können, das sich letztlich vor aller Leute Augen abspielt, offen nun und bewiesen. Ein nordamerikanischer Wissenschaftler, einer von den berühmten, ging in seiner Verzweiflung so weit, daß er auf Deck des Forschungsschiffes gegen alle Winde und Horizonte ausrief, ich erkläre, es ist unmöglich, daß sich die Halbinsel bewegt, doch ein Italiener, obwohl weit weniger gelehrt, aber bestärkt durch den geschichtlichen und wissenschaftlichen Präzedenzfall, murmelte, allerdings nicht so leise, daß es der von der Vorsehung bestimmte, alles vernehmende Lauscher nicht gehört hätte, *e pur si muove*, und sie bewegt sich doch. Mit leeren Händen, vom Salz gerauhten und von der Frustration gedemütigten, beließen die Regierungen es bei der öffentlichen Erklärung, daß unter der Schirmherrschaft der Vereinten Nationen geprüft würde, welche Auswirkungen das Abdriften der Halbinsel eventuell auf die Lebensweise der Fischarten haben könnte. Nicht etwa, daß der Berg ein Mäuslein geboren hatte, wohl aber der Ozean eine Sardine ans Licht der Welt gebracht.

Die Reisenden vernahmen die Nachricht, als sie Lissabon gerade verließen, und sie maßen ihr keine Bedeutung bei, da sie in weitere und ebenfalls nicht so wichtig scheinende Meldungen über das Abdriften der Halbinsel eingefügt war. Der Mensch gewöhnt sich an alles, und noch viel leichter und schneller die Völker, schließlich ist es, als reisten wir jetzt auf einem riesigen Schiff, einem so großen, daß man gar den Rest seines Lebens darauf verbringen könnte, ohne jemals Bug oder Heck zu sehen, ein Schiff war die Halbinsel zwar nicht, als sie noch an Europa festhing, doch schon damals kannten viele Leute nur den Landstrich ihrer Geburt, da sage mir einer, bitte sehr, wo hier der Unterschied ist. Nun da Joaquim Sassa und Pedro Orce dem wissenschaftlichen Furor analyticus offenbar endgültig entronnen sind und sie auch die Behörden nicht mehr fürchten müssen, könnte ein jeder heimkehren, auch José Anaiço, für den sich die Stare unverhofft nicht mehr interessierten, doch diese, um es so zu sagen, aufgetauchte Frau hat alles an den Anfang zurückversetzt, so wie sie es übrigens alle tun, wenn auch nicht stets dermaßen radikal. Im Park, den schon am Abend davor Joana Carda und José Anaiço aufgesucht, hatten sich die vier nach neuerlicher Prüfung der Dinge für diese gemeinschaftliche Reise entschieden, hin zu dem bewußten Ort, den ein Kratzer auf dem Erdboden markierte, einer, wie wir ihn in unserem Leben alle schon einmal gemacht haben, dieser allerdings war einzig in seiner Art, sofern man der Verursacherin und der Zeugin, beides in einer Person, glauben mochte. Den Namen des Ortes hatte Joana Carda nicht genannt, noch nicht einmal irgendeine ihm nahe gelegene Stadt, sie hatte nur die generelle Richtung angegeben, wir fahren nach Norden, auf der Autobahn, den Weg zeige ich dann, Pedro Orce hatte José Anaiço heimlich beiseite genommen und ihn gefragt, ob er es richtig finde, daß sie sich in dieses Abenteuer stürzten, blind ergeben einer stockbewehrten Verrückten, ob dies nicht eine Falle sei, eine Verschleppung, ein hinterhältiger Trick. Von wem, fragte José Anaiço. Weiß ich nicht, vielleicht sollen wir in das Laboratorium irgendeines übergeschnappten Wissenschaftlers gebracht werden, wie man es aus dem Film kennt, zu irgendeinem Frankenstein, antwortete Pedro Orce, bereits lächelnd. Es mag seinen Grund haben, daß den Andalusiern eine so rege Phantasie nachgesagt wird, sie kochen mit wenig Wasser, urteilte José Anaiço. Nicht an Wasser ist es wenig, sondern an Flamme viel, erwiderte Pedro Orce. Laß nur, schloß José Anaiço, was sein muß, wird sein, und sie begaben sich zu den anderen, die ein Gespräch angefangen hatten, mehr oder weniger wie folgt, ich weiß nicht wieso, jedenfalls der Stock lag auf der Erde, ich griff ihn und machte den Kratzer. Sie hielten ihn hernach für einen Zauberstab. Für einen Zauberstab schien er mir zu groß, und ein Zauberstab, hörte ich immer sagen, ist aus Silber und Kristall, mit einem Stern an der Spitze, einem funkelnden. Wußten Sie, daß der Stock von einer Ulme stammte. Von Bäumen verstehe ich wenig, aber in diesem Falle, meine ich, hätte ein Streichholz den gleichen guten Dienst getan. Warum sagen Sie das. Was sein muß, muß sein, es geschieht zwangsläufig, man kann ihm nicht widerstehen. Glauben Sie an Fatalität. Ich glaube, daß sein muß, was sein muß. Da ergeht es Ihnen wie José Anaiço, sagte Pedro Orce, er glaubt es ebenfalls. Der Morgen, mit einer Brise, so zart wie ein spielender Hauch, versprach einen weniger heißen Tag. Fahren wir, fragte José Anaiço. Fahren wir, antworteten alle, auch Joana Carda, die sie abholen gekommen war.

Das Leben ist voll von kleinen, nichtig anmutenden Begebnissen, andere dagegen nahmen zu einem gewissen Zeitpunkt unsere ganze Aufmerksamkeit in Anspruch, und wenn wir sie später, im Lichte ihrer Folgen, neuerlich werten, zeigt sich, daß die Erinnerung an sie in dem Maße erstarb, wie jene anderen Begebnisse entscheidende Tatsache wurden oder zumindest Verbindungsglied in einer fortlaufenden und bezeichnenden Kette von Ereignissen, unter denen, um das erwartete Beispiel zu geben, dieses jetzt geschäftige Hin und Her, das Verstauen des Gepäcks von vier Personen in ein Automobilchen von der Größe des Deux Chevaux, so sehr es in sich begründet scheint, dennoch keinen Rang hat. Die schwierige Operation nimmt die Aufmerksamkeit aller in Anspruch, ein jeder erwägt, schlägt vor und will mit Hand anlegen, doch die bei all dieser Erregung hauptsächlich mitschwingende Frage, die vielleicht gar die Aufstellung der vier rings um den Wagen bestimmt, sie lautet, neben wem wird während der Fahrt Joana Carda sitzen. Daß Joaquim Sassa den Deux Chevaux lenkt, ist nur recht, einen Wagen lenkt am Beginn der Reise stets sein Eigentümer, das ist eine außer Frage stehende Tatsache, die Prestige, Vorrecht und Sinn für Besitz in sich beschließt.

Ersatzfahrer, nach Bedarf, wird José Anaiço sein, da Pedro Orce, weniger aus Altersgründen als vielmehr weil in außerirdischem Gefilde beheimatet und berufshalber hinterm Ladentisch, sich nie in die verwirrende Mechanik von Lenkrad, Pedal und Schalthebel hineingewagt hat, und im Falle Joana Cardas ist es noch zu früh, sie zu fragen, ob sie Auto fahren kann. Nun da die Gegebenheiten des Problems dargelegt sind, sollten wohl diese zwei im Fond sitzen und vorn logischerweise der Fahrer und der Beifahrer. Pedro Orce aber ist Spanier und Joana Carda Portugiesin, keiner spricht die Sprache des anderen, überdies man eben erst miteinander bekannt wurde, später, wenn sich Vertraulichkeit eingestellt hat, werden wir nicht nein sagen. Der Sitz neben dem Fahrer, obzwar von den Abergläubischen, gestützt auf die Erfahrung, Todessitz genannt, gilt gemeinhin als Ehrenplatz, weshalb er Joana Carda angeboten werden müßte, sie somit Joaquim Sassa zur Rechten säße und die restlichen Männer im Fond, sie würden sich recht verstehen, nachdem sie schon so viel gemeinsam erlebt hatten. Doch der Rüsterstock ist zu lang für den Vordersitz, und Joana Carda würde sich, wie alle schon begriffen haben, um nichts in der Welt von ihm trennen. Da es eine andere Möglichkeit also nicht gibt, wird Pedro Orce vorn sitzen, und dies aus zwei erklärlichen Gründen, dessen oberster und erster, wie gesagt, der ist, daß dieser als ein Ehrenplatz gilt, und zweitens, weil Pedro Orce immerhin unter allen hier der älteste ist und also auch dem Sterben am nächsten, was wir demgemäß mit schwarzem Humor das natürliche Gesetz des Lebens nennen. Doch das wirklich Entscheidende, außer solcher doppelbödigen Erwägung, ist, daß Joana Carda und José Anaiço gemeinschaftlich im Fond reisen möchten, und in Gesten, Pausen und vorgetäuschten Zerstreutheiten haben sie hierfür schon etliches getan. Also, Plätze eingenommen, und los geht die Fahrt.

Die Reise hatte keine Geschichte, sagen die eiligen Erzähler allemal und glauben, sie könnten uns weismachen, daß in den verstrichenen zehn Minuten oder zehn Stunden nichts Erwähnenswertes passiert ist. Pflichtgemäß wäre es weitaus korrekter und auch ehrbarer, wenn man sagte, wie bei allen Reisen, ganz gleich wie lang ihre Dauer und wie ihr Streckenverlauf, hat es tausend Episoden, tausend Worte, tausend Gedanken gegeben, und wer tausend sagte, würde zehntausend sagen, doch mein Bericht zieht sich schon hin, weshalb ich mir Abkürzung erlaube, drei Zeilen auf gefahrene zweihundert Kilometer verwende, so als reisten vier Personen in einem Automobil schweigend, ohne Gedanken und reglos, und als hätte die Reise nichts Erzählenswertes eingebracht. In diesem unserem Falle zum Beispiel würde man unvermeidlich doch irgendeinen Beweggrund darin vermuten, daß Joana Carda so ganz natürlich José Anaiço nach vorn hin folgte, als dieser den erholungsbedürftigen Joaquim Sassa am Steuer ablöste, wobei sie, weiß einer wie akrobatisch geübt, den Stecken vorn mit unterbrachte, ohne dem Fahrer hinderlich zu werden noch die Sicht zu beeinträchtigen. Und nun erübrigt es sich schon zu erwähnen, daß, als José Anaiço in den Fond zurückwechselte, Joana Carda mit ihm umzog, und so jedesmal, wo José war, da war auch Joana, wiewohl keiner der beiden vorderhand hätte sagen können, warum und wozu, oder, falls sie es schon wußten, es nicht einzugestehen wagten, jeder Augenblick hat seinen besonderen Reiz, und der hiesige ist noch nicht erschöpft.

Man sah nur wenige verlassene Autos am Straßenrand, und alle unvollständig, es fehlten ihnen die Räder, die Scheinwerfer, die Rückleuchten, die Scheibenwischer, eine Tür, alle Türen, die Sitze, von manchen war nur noch die Karosserie vorhanden, sie glichen abgeknabberten Krebsschalen. Doch der Verkehr war spärlich, sicherlich wegen Benzinmangels, nur in Abständen begegneten ihnen Fahrzeuge. Auch wurde man Unstimmigkeiten gewahr, etwa daß ein von einem Esel gezogener Karren auf der Autobahn fuhr oder ein Pulk Radfahrer, deren Höchstgeschwindigkeit gewiß weit unter dem von entsprechenden Verkehrszeichen nun unnützerweise dekretierten und der dramatischen Realität nicht gerecht werdenden Minimum lag. Auch wanderten da Leute zu Fuß, in der Regel mit Tornister oder, bäuerisch, mit zwei an ihren Öffnungen zusammengebundenen und über die Schulter gehängten Säcken, nach Art eines Quersacks, die Frauen mit Korb auf dem Haupt. Viele reisten einzeln, offenbar jedoch auch ganze Familien, mit Alten und Jungen und Kleinkindern. Als der Deux Chevaux schließlich die Autobahn verlassen mußte, verringerte sich die Zahl dieser Reisenden nur entsprechend der minderen Wertigkeit der Strecke. In drei Fällen fragte Joaquim Sassa Leute, wohin sie strebten, und die Antwort war stets die gleiche, draufzu, die Welt sehen. Im Grunde mußten sie wissen, daß die Welt, die unmittelbare, strenggenommen jetzt kleiner war, ihr Wunsch, sie in Gänze zu erleben, ebendarum vielleicht aber erfüllbar geworden, und als José Anaiço fragte, ja aber, euer Zuhause und eure Arbeit, erwiderten sie gelassen, das Haus ist zurückgeblieben, und Arbeit wird sich schon finden, das sind Dinge der alten Welt, sie mögen die neue Welt nicht durcheinanderbringen. Ein Glück nur, daß diese Leute, weil diskreter oder mit ihrem eigenen Leben befaßt, nicht selbiges gegenfragten, das wäre wohl eine hübsche Antwort geworden, wir fahren mit dieser Senhora zur Besichtigung eines Strichs, den sie mit diesem Stock in die Erde gekratzt hat, und auf die Frage nach ihrer Arbeit würden sie betrübte Mienen machen, vielleicht würde Pedro Orce sagen, ich habe meine Kranken schutzlos zurückgelassen, und Joaquim Sassa, aber, aber, Büroleute findet man noch am ehesten, mich vermissen sie nicht, im übrigen genieße ich wohlverdienten Urlaub, und José Anaiço, ich bin in der gleichen Lage, wenn ich jetzt in die Schule ginge, fände ich da keine Schüler vor, bis Oktober gehört die ganze Zeit mir, und Joana Carda, von mir rede ich nicht, wenn ich bisher diesen hier, mit denen ich reise, von mir nichts erzählt habe, so werde ich Fremden desto weniger erzählen.

Als sie die Stadt Pombal passiert hatten, sagte Joana Carda, weiter vorn ist eine Straße nach Soure, die nehmen wir, seit Lissabon war dies ihre erste gezielte Anweisung, bisher, so wollte ihnen scheinen, waren sie durch dichten Nebel gereist, oder, diese besondere Situation den allgemeinen Umständen angeglichen, sie hatten sich wie naturhafte antike Seeleute gefühlt, auf See sind wir, die See führt uns, wohin wird sie uns führen. Nun waren sie nahe dran, es genau zu erfahren. In Soure hielten sie nicht an, sie fuhren durch enge Straßen, die sich kreuzten, die sich gabelten in zwei, in drei, manches Mal meinten sie, im Kreis zu fahren, dann aber gelangten sie in ein Dorf, das eingangs auf einem Schild seinen Namen verkündete, Ereira, und Joana Carda sagte, hier ist es.

José Anaiço, gerade am Steuer des Deux Chevaux,

schreckte auf, trat jäh auf die Bremse, als zöge sich der Strich quer über die Straße und er hätte ihn beinahe überfahren, nicht daß da Gefahr bestand, den fabulösen Beweis zu zerstören, nach Joana Cardas Worten war er ja unzerstörbar, sondern jener heiligen Furcht wegen, die selbst größte Zweifler heimsucht, wenn alte Gewohnheit Bruch erleidet, gleichsam als risse ein Faden, den unsere Hand entlangfuhr, in vollem Vertrauen und von Verantwortung frei, außer es gälte den genannten Faden zu bewahren, zu verstärken, zu verlängern, und ebenso die Hand, sofern dies möglich. Joaquim Sassa schaute hinaus, sah Häuser, Baumkronen über den Dächern, abgeerntete Felder, man errät die sumpfigen Schläge, die Reisfelder, es ist der sanfte Mondego, lieber er als rauher Fels. Wäre dies Pedro Orces Gedanke, so mischten sich in die Geschichte unweigerlich Don Quijote und dessen traurige Figur, die er ist und die er machte, entblößt, wie ein Irrer hüpfend zwischen dem Gefels der Sierra Morena, es wäre fehl am Platze, derlei Episoden des fahrenden Rittertums hier zum Vergleich anzubringen, weshalb Pedro Orce, als er aus dem Wagen steigt, sich lediglich vergewissert, mit den Füßen auf der Erde, daß diese noch immer bebt. José Anaiço schritt um den Deux Chevaux herum und öffnete als Kavalier den anderen Wagenschlag, dabei tut er, als merke er Joaquim Sassas gutwillig ironisches Lächeln nicht, er hat Joana Carda den Rüsterstock abgenommen und streckt ihr die Hand entgegen, um ihr aus dem Wagen zu helfen, sie gibt ihm die ihre, es drückt eine Hand die andere, mehr als zum sicheren Aufstützen nötig, doch es ist nicht das erste Mal, das erste und bisher einzige Mal geschah es im Fond, eine jähe Regung, ohne indes damals, und auch jetzt, ein einvernehmlich lautes oder geflüstert leises Wort beizufügen, das sich mit gleicher Kraft in das Wort des anderen einprägte.

Es ist die Stunde der Erklärungen, fürwahr, aber eine andere Erklärung verlangt Joaquim Sassas Frage, es ist gleichsam, als fürchtete der Schiffskapitän, daß ihm beim Öffnen der versiegelten Order ein unbeschriebenes Blatt entgegenfiele, und nun. Nun gehen wir diesen Weg entlang, antwortete Joana Carda, ich unterdessen werde sagen, was des Sagens nötig ist, nicht daß dies noch viel beitrüge zu unserem Herkommen, doch es bringt auch nichts mehr ein, daß ich denen gegenüber, die mich bis hierher begleiteten, weiter die Unbekannte spiele. Sie hätten sich schon viel eher erklären können, in Lissabon oder während der Reise bemerkte José Anaiço. Wozu, entweder Sie folgten mir, weil Sie auf ein einziges Wort hin glaubten, oder es hätte, um zu überzeugen, deren eine Menge bedurft, und dann ohne viel Nutzen. Die Belohnung nun, daß wir ihm geglaubt haben. Die Belohnung und den Zeitpunkt dafür bestimme ich. Hierauf mochte José Anaiço nicht antworten, er tat abwesend, versenkte sich in die Betrachtung einer fernen Pappelallee, hörte aber Joaquim Sassa murmeln, was für ein Mädchen. Joana Carda lächelte, Mädchen nicht mehr, aber dem Anschein entgegen auch kein Mannweib. Mannweib würde ich nicht sagen. Herrisch, stolz, eingebildet, prahlerisch. Schon gut, sagen Sie geheimnisvoll, das langt. Weil es ein Geheimnis gibt, weil ich niemanden herlocken könnte, der nicht unbesehen glauben würde, Sie einbegriffen, denen die anderen Menschen ja auch nicht glauben. Den Gefallen werden sie uns jetzt schon tun. Da war ich besser dran, ich brauchte nur ein einziges

Wort zu sagen. Hoffentlich benötigen Sie deren jetzt nicht viele. Dieses Zwiegespräch bestritten Joana Carda und Joaquim Sassa, während Pedro Orce Mühe hatte zu folgen und José Anaiço, durch eigene Schuld davon ausgeschlossen, seine Ungeduld nur schlecht verhehlen konnte. Doch man beachte, diese merkwürdige Situation wiederholt lediglich, mit den geringen Abweichungen, durch welche wiederkehrende Situationen sich voneinander unterscheiden, jene von Granada, als María Dolores mit dem einen Portugiesen sprach und doch lieber mit dem anderen gesprochen hätte, dieses Mal nun aber wird Zeit sein, all die Dinge zu klären, es bleibt nicht ohne Wasser, wer ernstlich Durst hat.

Da schreiten sie bereits auf dem Weg, dem schmalen, Pedro Orce muß hinterhergehen, die anderen werden ihm später die Dinge erklären, sofern einen Spanier portugiesische Leben ernstlich interessieren. Ich bin nicht in Ereira zu Hause, hob Joana Carda an, ich wohnte in Coimbra, in diesem Dorf halte ich mich erst auf, seit ich mich von meinem Mann getrennt habe, vor einem Monat, die Gründe sollen dahinstehen, manchmal genügt ein einziger, andere Male nicht einmal alle zusammen, wer von Ihnen dies in seinen Leben nicht erfahren hat, ist zu bedauern, ich sagte Leben in der Mehrzahl, weil wir deren etliche haben, glücklicherweise tötet eines das andere, sonst könnten wir nicht bestehen. Sie setzte über einen breiten Bewässerungsgraben hinweg, die Männer ihr hinterdrein, und als alle wieder beisammen waren, nun über weichen sanddurchsetzten Boden schritten, von den Hochwassern angeschwemmten, fuhr Joana Carda in ihrer Rede fort, ich wohne hier bei Verwandten, ich wollte nachdenken, jedoch nicht in üblicher Weise wä-

gen, hab ich's richtig gemacht, hab ich's falsch gemacht, das Getane ist getan, ich wollte über das Leben nachdenken, wozu es dient, wozu ich ihm bisher gedient habe, nun, ich bin zu einem Ergebnis gelangt und finde kein anderes, ich weiß nicht, wie das Leben ist. José Anaiço und Joaquim Sassa sieht man die Verwirrung an ihren Mienen an, diese Frau, die mit dem Stock in der Hand in die Stadt hinunterstieg, unmögliche Handlungen einer Landvermesserin zu verkünden, sie tritt ihnen auf den Fluren des Mondego nun als Philosophin entgegen, von der abträglichen Spezies eine oder, noch komplizierter, von jener besonderen Art, die ja sagt, wenn sie nein meinte, die nein sagen wird, wenn sie ja gesagt haben müßte. José Anaiço, der zum Lehrer ausgebildete, vermag diese Widersprüche besser zu fassen, nicht so Joaquim Sassa, der erahnt sie lediglich, weshalb sie ihn doppelt beunruhigen. Joana Carda redet, nun auf dem Fleck stehend, weil sie der Stelle nahe ist, zu der sie die Männer führen will, noch gilt es, einiges zu sagen, andere Dinge werden für später aufgespart bleiben, nicht so sehr der ausgefallenen Dinge wegen, die sich mit Ihrer jeweiligen Person verbinden, habe ich Sie in Lissabon aufgesucht, sondern weil ich Sie der augenscheinlichen Logik der Welt enthoben sah, so nämlich fühle auch ich mich, es hätte mich sehr enttäuscht, wenn Sie mir nicht hierhergefolgt wären, doch Sie sind gekommen, vielleicht hat noch etwas Sinn oder gewinnt ihn wieder, nachdem alles seinen Sinn verloren hat, und nun folgen Sie mir.

Es ist eine vom Fluß etwas abgesetzte Lichtung, umgeben von Eschen, ein offenbar nie kultiviertes Fleckchen Erde, solche Stellen sind weniger selten, als man meint, wir setzen einen Fuß darauf, und die Zeit scheint stillzu-

stehen, das Schweigen hier ist auf andere Weise lautlos, dicht spürt man die Luft auf Gesicht und Händen, nein, nicht Hexerei und Verzauberung dies, kein Hexentanzplatz und nicht Pforte zu einem anderen Universum, nur angesichts der im Kreis stehenden Bäume und der nackten Erde scheint der Fleck seit Weltbeginn unberührt, es kam nur eben der Sand und machte den Boden weich, doch der Humus darunter lagert schwer, schuld an allem hier hat jener, der die Bäume so im Rund pflanzte. Joana Carda beendet ihre Erklärung, hierher kam ich, um über mein Leben nachzudenken, es gibt wohl kein stilleres Plätzchen auf dem Planeten und ist zugleich doch unruhig, das brauchen Sie mir nicht zu sagen, wären Sie indes nicht gekommen, so könnten Sie auch nicht verstehen, eines Tages, heute vor zwei Wochen, als ich über die Lichtung schritt, um mich drüben in den Schatten eines Baumes zu setzen, lag da dieser Stock, lag da auf der Erde, nie hatte ich ihn gesehen, auch nicht, als ich tags zuvor hier vorbeikam, er wirkte so, als hätte jemand ihn voll Bedacht ausgelegt, doch man sah keine frischen Trittspuren, die Fußabdrücke hier stammen von mir oder sind alt, von Leuten, die vor geraumer Zeit hier waren. Sie stehen am Rande der Lichtung, Joana Carda hält die Männer noch zurück, ihre letzten Worte sind, ich hob den Stock vom Boden auf, ich fühlte ihn leben, gleichsam in Gänze der Baum, von dem er geschnitten worden war, oder ich fühle es jetzt so, da ich mich erinnere, in jenem Augenblick aber zog ich mit einer Geste, die mehr die eines Kindes als die einer erwachsenen Person war, einen Strich, der mich von Coimbra, von dem Manne, mit dem ich gelebt hatte, trennen sollte, endgültig, ein Strich, der die Welt in zwei Hälften teilte, da ist er.

Sie traten in das Innere des Kreises vor, näher hin, da war der Strich, frisch, wie eben erst gezogen, die Erde nach den Seiten gedrückt, die tiefere Spur feucht, trotz der heißen Sonne. Nun sind sie stumm, die Männer wissen nicht, was sie sagen sollen, Joana Carda hat dem keine weiteren Worte hinzuzufügen, nun ist gewagtes Handeln an der Reihe, das ihre wundersame Geschichte samt und sonders dem Spott preisgeben könnte. Sie schleift mit dem Fuß über den Erdboden, fährt über den Strich wie mit einem Abstreichholz, sie tritt und stampft, es gleicht einer Schändung. Im nächsten Augenblick, vor den entsetzten Augen der anderen, tritt der Strich wieder hervor, fügt sich vollends wieder zu seinem bisherigen Aussehen, die Erdklümpchen, die Sandkörner, sie bewegen sich, ordnen sich, nehmen ihren Platz wieder ein, und da ist der Strich, unversehrt. In den Übergängen, nach beiden Seiten hin, kein Bruch, keinerlei zerstörerische Einwirkung erkennbar. Joana Carda spricht mit einer vor Erregung etwas gellenden Stimme, ich habe den Strich schon ganz gelöscht, habe Wasser darüber gegossen, immer wieder tritt er hervor, wenn Sie es einmal versuchen möchten, sogar Steine habe ich daraufgelegt, und als ich sie fortnahm, war alles unverändert, probieren jetzt Sie, überzeugen Sie sich. Joaquim Sassa hockte sich hin, fuhr mit den Fingern ins weiche Erdreich, hob eine Handvoll heraus, warf sie weit fort, im selben Augenblick fügte sich der Strich wieder in eins. Nun war die Reihe an José Anaiço, dieser bat Joana Carda um den Stock, zog mit diesem einen tiefen Strich längs des ersten, dann löschte er ihn in ganzer Länge. Der Strich trat nicht wieder hervor. Nun Sie dasselbe, sagte José Anaiço zu Joana Carda. Die Spitze des Stockes fuhr in den Boden, wurde durchgezogen, riß eine lange Wunde, diese schlossen sie wieder, darauf trampelnd, es sah wie eine häßliche Narbe aus, und so blieb es. Nicht der Stock bewirkt es und nicht die Person, es war der Augenblick, entscheidend ist der rechte Augenblick, bemerkte José Anaiço. Hierauf tat nun Joaquim Sassa das Gebotene, er hob einen der Steine auf, deren sich Joana Carda bedient hatte, in Gewicht und Aussehen dem von ihm ins Meer geworfenen ähnlich, warf ihn mit aller Kraft von sich, so weit er nur konnte, und der Stein ging da zu Boden, wo er natürlicherweise hinfallen mußte, wenige Schritte entfernt, das und mehr nicht vermag Menschenkraft.

Pedro Orce, zugegen bei diesen Erprobungen und Versuchen, hatte nicht mitwirken wollen, vielleicht weil es ihm genügte, daß unter seinen Füßen die Erde weiter bebte. Er nahm Joana Carda den Stock aus der Hand und sagte, Sie können ihn zerbrechen, ihn fortwerfen, ihn verbrennen, zu nichts mehr nütze sind Ihr Stecken, Joaquim Sassas Stein und José Anaiços Stare, sie taten ein einziges Mal Dienst und werden es nie mehr tun, sie sind wie Mann und Weib, nur ein einziges Mal tauglich, recht hat José Anaiço, es zählt der Augenblick, wir dienen ihm lediglich. So wird es wohl sein, erwiderte Joana Carda, doch diesen Stock will ich für immer aufbewahren, die Augenblicke kündigen sich nicht im voraus an. Ein Hund kam zwischen den Bäumen hervor, von der anderen Seite. Er starrte eine Weile herüber, überquerte dann die Lichtung, ein stämmiges, stattliches Tier, mit rotgelbem Haarkleid, ein Sonnenstrahlbündel schien es jäh in lodierndes Feuer zu hüllen, Joaquim Sassa, aufgeregt, warf einen Stein nach ihm, einen üblichen, ich verabscheue Köter, doch er traf nicht. Der Hund blieb stehen, keineswegs erschrocken und nicht grimmig, er verhielt nur kurz, schaute, bellte noch nicht einmal. Als er zu den Bäumen gelangte, wandte er den Kopf zurück, von weitem wirkte er noch größer, dann entfernte er sich trottend und verschwand. Joaquim Sassa, um seine Erregung abzustreifen, versuchte zu scherzen, Joana, heben Sie Ihren Stock gut auf, er kann Ihnen von Nutzen sein, wenn hier wilde Tiere von dieser Größe umherlaufen. Er wirkte aber gar nicht bösartig.

Sie kehrten auf demselben Weg zurück, nun galt es, gewisse praktische Fragen zu lösen, zum Beispiel, da es schon zu spät ist für eine Rückkehr nach Lissabon, wo sollen die Männer bleiben. Aber es ist keineswegs spät, sagte Joaquim Sassa, selbst wenn wir nicht spornstreichs losfahren, erreichen wir Lissabon noch zum Abendessen. Ich finde, wir sollten lieber in Figueira da Foz übernachten, oder in Coimbra, und morgen hierher zurückkehren, vielleicht benötigt Joana irgend etwas, warf José Anaiço ein, und seine Stimme klang äußerst bang. Wenn dir das lieber ist, sagte Joaquim Sassa lächelnd, und der Rest des Satzes wechselte von den Worten in den Blick über, ich verstehe, du willst in dieser Nacht nachdenken, willst entscheiden, was du morgen sagen wirst, die Augenblicke kündigen sich nicht im voraus an. Nun gehen Pedro Orce und Joaquim Sassa vorweg, der Nachmittag ist so mild, daß es einem die Kehle zuschnürt, von einer Rührung, die sich an niemanden wendet, nur an das Licht, an den bleichen Himmel, an die reglosen Bäume, an die Sanftheit des Flusses, den man spürt und alsbald daherziehen sieht, ein glatter Spiegel, und die bedächtig darüber hinfliegenden Vögel. José Anaiço hält Joana Cardas Hand und sagt, wir sind diesseits des Strichs zusammen, für wie lange, und Joana Carda erwiderte, bald werden wir es wissen.

Als sie zum Wagen gelangten, sahen sie den Hund. Joaquim Sassa griff abermals zu einem Stein, warf jedoch nicht. Trotz dieser Geste rührte sich der Hund nicht. Pedro Orce trat an ihn heran, streckte zum Zeichen der Friedfertigkeit die Hand aus, wie um ihn zu streicheln. Der Hund verharrte still, erhobenen Kopfes. Aus dem Maul hing ihm ein Wollfaden, ein feuchter blauer Wollfaden. Pedro Orce strich ihm mit der Hand über den Rükken, wandte sich dann den Freunden zu, es gibt Augenblicke, die kündigen sich im voraus an, die Erde bebt unter den Läufen dieses Hundes.

Der Mensch denkt, der Hund lenkt, dieser ganz neue Spruch gilt so sehr wie der alte, irgendeinen Namen müssen wir ja jenem geben, der in letzter Instanz entscheidet, entgegen der landläufigen Auffassung ist es nicht immer Gott, der verfügt. Hier wurde Abschied genommen, die Männer im Begriff, sich nach Figueira da Foz zu begeben, dem näher gelegenen, und die Frau dem Haus der gastlichen Verwandten zustrebend, doch als der Deux Chevaux, die Bremse schon gelöst, zu rollen begann, sah man zu aller Entsetzen, daß der Hund sich vor Joana Carda aufbaute und ihr das Weitergehen verwehrte. Er bellte nicht, er fletschte nicht die Zähne, ihre Gebärde mit dem Stock scherte ihn nicht, weil nur Gebärde. Fahrer José Anaiço wähnte die geliebte Freundin in Gefahr, und, einmal mehr fahrender Ritter, bremste er jäh, sprang aus dem Wagen und eilte zu Hilfe, eine dramatische, aber gänzlich unangebrachte Aktion, wie er sogleich begriff, denn der Hund hatte sich schlicht und einfach auf dem Weg ausgestreckt. Pedro Orce trat heran, es kam auch Joaquim Sassa, seine Abneigung hinter vorgetäuschter Gleichgültigkeit verbergend, was will das Tier, fragte er, doch keiner wußte Antwort, nicht einmal der Hund. Pedro Orce trat wie schon zuvor an den Hund heran, legte ihm die Hand auf den dicken Schädel. Der Hund schloß die Augen unter der Liebkosung, irgendwie schmerzlich berührt, sofern ein solches Wort am Platze ist, denn von Hunden redeten wir hier, nicht von fühlsamen Menschenwesen, die ja die Sensibilität pflegen, und dann erhob er sich, musterte die Menschenkreaturen eine nach der anderen, gab ihnen Zeit, damit sie verstünden, dann begann er hinzutrotten. Etwa zehn Meter lief er, blieb wieder stehen, wartend.

Nun, die Erfahrung hat es uns gelehrt, und auch in den Filmen und Romanen wimmelt es von derlei Unterweisungen, Lassie zum Beispiel beherrschte diese Technik vollkommen, es sagt uns die Erfahrung, daß der Hund dieses stets dann tut, wenn er möchte, daß wir ihm folgen. Hier jetzt ist ganz augenscheinlich, daß er Joana Carda das Weitergehen verwehrte, damit die Männer den Wagen verlassen müßten, und wenn er ihnen nun, da alle beisammenstehen, den Weg weist, dem sie seinem Hundeverständnis nach folgen müssen, so darum, mögen uns einmal mehr die Wiederholungen verziehen sein, weil er möchte, daß alle gemeinsam ihm folgen. Wenn ein einfacher, natürlicher Hund dieses auf so schlichte Weise mitzuteilen weiß, muß einer nicht so klug wie ein Mensch sein, um es zu begreifen. Doch die Menschen, weil gar oft getäuscht, lernten es, Experimentalisten zu sein, sie vergewissern sich aller Dinge, hauptsächlich mittels Wiederholung, was der einfachste Weg ist, und wenn sie, wie in diesem Falle, eine mittlere Kulturstufe gewannen, geben sie sich nicht mit einem zweiten und das erste bar wiederholende Experiment zufrieden, sie bauen kleine Veränderungen ein, die das grundlegend Gegebene nicht radikal modifizieren, zum Beispiel, es stiegen José Anaiço und Joana Carda ins Auto, draußen blieben Pedro Orce und Joaquim Sassa, mal sehen, was der Hund jetzt tut.

Sagen wir, er tat, was er tun mußte. Der Hund, der sehr wohl weiß, daß er ein Auto nicht zum Anhalten zwingen kann, außer er stellte sich ihm in den Weg, doch das ist sein sicherer Tod, und kein Fahrer treibt seine Liebe zu den Tieren, unseren Freunden, so weit, daß er anhielte, um ihnen in der Sterbeminute beizustehen oder den bemitleidenswerten Körper in den Straßengraben zu betten, der Hund schnitt Joaquim Sassa und Pedro Orce den Weg ab, so wie er es zuvor bei Joana Carda getan hatte. Dritter und entscheidender Beweis, als die vier in den Wagen gestiegen waren und dieser, zufällig schon in der richtigen Richtung stehend, anfuhr, begab sich der Hund in dessen Spur, diesmal nicht, um ihn am Weiterfahren zu hindern, sondern um ihm den Weg aufzutun. Das alles geschah ohne die Anwesenheit von Augenzeugen, anders als es in sonstigen Fällen seit Beginn dieser Erzählung geschah, bestimmte wichtige Episoden fanden stets am Eingang oder Ausgang der Marktflecken oder Städte statt und nicht in den Ortschaften drin, wie es üblicherweise geschieht, und dies würde zweifellos einer Erklärung bedürfen, doch wir sind nicht in der Verfassung, sie zu geben, nur Geduld.

José Anaiço hielt den Wagen an, der Hund blieb stehen, schaute, und Joana Carda schloß endlich, er möchte, daß wir ihm folgen. Lange hatte es gedauert, bis sie begriffen, was doch auf der Hand lag, seit das Tier die Lichtung überquert hatte, sagen wir, es hatte sich schon da bekundet, allein die Menschen haben nicht immer ein waches Auge für Zeichen. Und selbst wenn alle Zweifel behoben sind, wollen manche, verstockt, immer noch nicht Lehre annehmen, so Joaquim Sassa, er fragt, warum sollen wir ihm folgen, was ist denn das für ein Unsinn, vier ausgewachsene Menschen einem streunenden Hund hinterdrein, der noch nicht einmal eine Nachricht am Halsband mitführt, helft mir, oder die kleine Plakette zu seiner Identifizierung, ich heiße Pilot, wer mich findet, gebe mich meinem Besitzer zurück, Senhor Soundso oder Senhora Sowieso, da und da. Ereifere dich nicht weiter, sagte José Anaiço, diese Geschichte ist so absurd wie bereits stattgehabte, die nicht weniger unsinnig schienen. Ich zweifle überhaupt, daß dies alles einen tieferen Sinn hat. Scher dich nicht um tiefere Sinne, entgegnete Pedro Orce, eine Reise hat keinen anderen Sinn, als eben zu Ende zu gehen, und wir sind erst auf halbem Weg oder, wer weiß, erst am Beginn, sage mir, welches dein Ende war, und ich sage dir, welchen Sinn du hättest haben können. Sehr gut, und solange dieser Tag noch nicht da ist, was tun wir. Hierauf folgte Schweigen. Das Licht wird abendlich, der Tag entfernt sich und läßt Schatten in den Bäumen zurück, schon klingt der Gesang der Vögel anders. Der Hund wird sich, drei Schritt fort, vor dem Wagen ausstrecken, er legt den Kopf auf die Vorderpfoten, wartet ohne jede Ungeduld. Hierauf spricht Joana Carda, ich bin bereit, ihm zu folgen, wohin er uns führt, falls er deswegen gekommen ist, wenn wir am Ziel sind, werden wir es wissen. José Anaiço atmete tief, es war kein Seufzer, obschon es auch Seufzer der Erleichterung gibt, ich auch, sprach er, mehr nicht. Auch ich, fügte Pedro Orce hinzu. Da alle dafür sind, will nicht ich der Bösling sein und euch nötigen, dem Piloten zu Fuß hinterdrein zu eilen, tun wir es gemeinsam, zu etwas soll der Urlaub doch taugen, schloß Joaquim Sassa.

Entscheiden heißt ja oder nein sagen, mit dem Odem aus dem Mund hervor, die Schwierigkeiten stellen sich später ein, im praktischen Teil, wie es die große Erfahrung des Volkes ausdrückt, die unter viel Einsatz von Zeit und beharrlicher Geduld gewonnene, bei wenig Hoffnung und noch geringeren Veränderungen. Folgen wir dem Hund, jawohl, aber wie, der Lotse, schon da er sich nicht zu erklären weiß, kann nicht im Auto mitfahren, jetzt nach links, jetzt nach rechts, immer geradeaus bis zur dritten Ampel, überdies, was an sich schon ein schwerwiegendes Hindernis ist, wie sollte ein Tier dieser Größe in ein Auto passen, dessen Plätze restlos belegt sind, nicht mitgerechnet das Gepäck und der Rüsterstock, wiewohl letzterer kein so großes Problem darstellt, wenn Joana Carda und José Anaiço nebeneinander sitzen. Und da von Joana Carda die Rede ist, ihr Gepäck steht ja noch aus, und mehr noch, ehe wir es in dieses Unmöglich verstauen, muß es erst geholt werden und gilt es, den Vettern den so plötzlichen Aufbruch zu erklären, es können da vor der Haustür nicht drei Männer, zwei Pferde und ein Hund aufkreuzen, ich gehe mit ihnen, wäre die Stimme der unschuldhaften Wahrheit, doch eine Frau, die sich jüngst erst von ihrem Mann getrennt hat, sollte der Welt keine weiteren Begründungen geben, zumal nicht in dieser kleinen Welt Ereira, einem Dorf, die gewaltigen Brüche passen zur Hauptstadt und den großen Städten, und nur der Herrgott mag wissen, unter welchen Kämpfen und Mühen von Körper und Gefühl sie vollzogen werden.

Schon ist die Sonne untergegangen, bald wird es Nacht, nicht die rechte Zeit dies, eine Reise ins Ungewisse anzutreten, auch täte Joana Carda schlecht daran, wenn sie so einfach verschwände, den Verwandten hatte sie beschieden, sie wolle in einer Angelegenheit nach Lissabon fahren, mit dem einen Zug hin, mit dem anderen zurück. Derlei Schwerigkeiten dünken einen ein doppelter Knoten, da wirken die gesellschaftlichen Konventionen so sehr wie die familiären. Erst als Pedro Orce aus dem Wagen stieg, erhob sich der Hund und schaute dem Nähertretenden entgegen, und im leichten Schummer redeten die zwei miteinander, zumindest würden wir es so nennen, obschon wir wissen, daß dieser Hund nicht einmal bellen kann. Nach Beendigung des Zwiegesprächs kehrte Pedro Orce zum Auto zurück und sagte, ich schätze, Joana kann nach Hause gehen, der Hund bleibt bei uns, entscheidet ihr, wo wir nächtigen, und vereinbart, wie und wo wir uns morgen früh alle treffen. Keiner zog diese Versicherung in Zweifel, Joaquim Sassa entfaltete die Straßenkarte, und im Nu war entschieden, daß sie in Montemor-o-Velho einkehren würden, in einer bescheidenen Pension. Und wenn wir da nichts finden, fragte Joaquim Sassa. Fahren wir lieber nach Figueira, schlug José Anaiço vor, besser, wir gehen auf Nummer Sicher, jawohl, schlafen wir in Figueira, und du nimmst morgen den Linienbus, wir erwarten dich vor dem Kurhaus, auf dem Parkplatz, es erübrigt sich zu sagen daß diese Anweisungen an Joana Carda ergingen, und sie nahm sie entgegen, als sei alles Rechtens und in bester Ordnung. Joana sagte, ade und bis morgen, und im letzten Augenblick, als sie einen Fuß schon auf die Erde gesetzt hatte, wandte sie sich um und küßte José Anaiço, mitten auf den Mund, was denn sonst, nicht dieses heimliche Getue auf Wange oder Mundwinkel, es waren zwei Blitze, ein zuckender und aufklatschend der andere, und nachhallend, was nicht der Fall gewesen wäre, wenn der Kontakt der Lippen, so süß, fortgewährt hätte. Die Vettern in Ereira würden, wenn sie erführen, was hier soeben geschehen ist, sagen, bist halt doch ein Flittchen, wir im Glauben, daß dein Mann der Schuldige war, ein Lamm mag er gewesen sein, gestern einem Kerl erstmalig begegnet, und schon küßt du ihn, ließest ihn noch nicht einmal selber die Initiative ergreifen, wie es einer Frau geziemt, denn der Respekt muß schließlich gewahrt sein, und außerdem sagtest du, du kämst noch am selben Tag zurück, aber du hast in Lissabon übernachtet, in fremdem Bett, nicht schön, nicht anständig, was du da tust, doch ihre Cousine, als alle schon schlafen, steht auf, geht hinüber in Joanas Zimmer, um sie zu fragen, wie es war, die andere antwortet, daß sie es nicht recht weiß, und das stimmt. Warum habe ich es getan, fragte Joana Carda, indessen sie sich in den dichten Schatten der Bäume zurückzieht, sie hat die Hände frei, so kann sie diese an den Mund führen wie jemand, der die Seele zurückhält. Der Handkoffer blieb im Wagen, besetzt schon den Platz für ihr restliches Gepäck, der Rüsterstock ist in guten Händen, ist drei Männern und einem Hund anvertraut, letzteren rief Pedro Orce hinein in den Wagen, und er machte es sich bequem auf Joana Cardas Platz, als in Figueira da Foz bereits alle schlafen, werden zwei Frauen sich in einem Haus in Ereira noch unterhalten, in nächtlicher Verschwiegenheit, was gäbe ich dafür, könnte ich mit dir gehen, sagt Joanas Cousine, die verheiratete, schlechtbemannte.

Der folgende Tag erwachte wolkenverhangen, auf das Wetter ist kein Verlaß, der gestrige Abend noch gleichsam ein Widerschein des Paradieses, rein und lind, sanft wiegten die Bäume ihre Zweige, der Mondego von Himmels Glätte, niemand jetzt würde behaupten, daß es derselbe Fluß ist, unter den tiefhängenden Wolken, das Meer schäumt, doch die Alten zucken mit den Achseln, erster August, erster Wintertag, sagen sie, welch ein Glück, daß der Tag sich um fast einen Monat verspätet hat. Joana Carda kam früh, aber José Anaiço harrte ihrer bereits im Wagen, so hatten es die zwei anderen Männer entschieden, damit die Verliebten allein wären und miteinander reden könnten, ehe man sich gemeinsam auf die Reise begäbe, in welche Richtung, das ist noch unbekannt. Der Hund verbrachte die Nacht geschützt im Wagen, doch nun spazierte er am Strand mit Pedro Orce und Joaquim Sassa, diskret, sein Kopf streift das Bein des Spaniers, den er sich offenkundig zum Gefährten erwählt hatte.

Auf dem Parkplatz zwischen anderen, größeren Wagen wirkt der Deux Chevaux klein, dies das eine, zudem, wie schon gesagt, ist der Morgen trüb, niemand läuft hier umher, und dies ist Nummer zwei, weshalb es nichts Natürlicheres gab, als daß José Anaiço und Joana Carda einander in die Arme sanken, als wären sie ein ganzes Jahr getrennt gewesen und hätten sich seit dem ersten Tag einer nach dem anderen verzehrt. Schmachtend, gierig tauschten sie Küsse, es war nicht ein einzelner Blitz, sondern eine ganze Abfolge, der Worte waren es weniger, schwierig ist's, mitten in einem Kuß zu reden, endlich aber, nachdem Minuten vergangen, fanden sie füreinander auch Gehör, ich mag dich, ich glaube, ich liebe dich, sprach José Anaiço ehrlichen Herzens. Du gefällst mir ebenfalls, und ich glaube, ich liebe dich ebenfalls, darum habe ich dich gestern abend geküßt, nein, es ist vielmehr so, ich hätte dich nicht geküßt, wenn ich nicht gespürt hätte, daß ich dich liebe, doch ich bin zu weitaus mehr Liebe fähig. Du weißt nichts von mir. Wenn einer, um einen anderen zu lieben, warten müßte, bis er ihn kennte, würde dazu noch nicht einmal das ganze Leben reichen. Zweifelst du, daß zwei Menschen einander jemals kennen könnten. Und du, glaubst du es. Das frage ich dich. Sage mir zunächst, was kennen heißt. Ich habe kein Wörterbuch bei mir. Wer in dieser Sache zum Wörterbuch greift, erfährt nur, was er längst schon wußte. Ein Wörterbuch sagt nur das, was allen dient. Ich wiederhole die Frage, was heißt kennen. Weiß ich nicht. Und trotzdem vermagst du zu lieben. Ja, dich. Ohne daß du mich kennst. Offenbar. Dieser Nachname Anaiço, wo stammt er her. Einer meiner Großväter hieß Inácio, aber im Dorf verballhornten sie seinen Namen, nannten ihn Anaiço, später wurde er Familienname, und du, wie kommt es, daß du Carda heißt. Einst hieß meine Familie Cardo, doch eine Großmutter von mir nannten sie, nachdem ihr Mann gestorben war und sie für die Familie aufkommen mußte, Carda, sehr zu Recht hatte sie sich die weibliche Form des Namens verdient. Ich meinte, er rührte von *carda de prego*, Wollhechel, her. Es könnte schon sein, und auch etwas anderes, einmal nahm ich mir ein Wörterbuch her, und da las ich, *carda* sei auch ein Werkzeug zum Zerreißen von Menschenfleisch, die armen Märtyrer, abgebalgt, verbrannt, gemeuchelt, cardiert. Ebendas erwartet mich. Wenn ich den Namen Cardo, Distel, wieder annähme, würdest du damit nicht besser fahren. Immer wirst du stechen. Nein, ich bin nicht, was mein Name sagt. Was denn dann. Ich bin ich. José Anaiço streckte die Hand aus, berührte ihr Antlitz, murmelte, du. Sie tat dasselbe, sagte leise, du, und ihre Augen füllten sich mit Tränen, vielleicht weil ihr das verflossene unglückliche Leben noch nahesteht, jetzt mußte es sein, sie will Näheres aus seinem Leben erfahren, bist du verheiratet, hast du Kinder, als was arbeitest du. Ich war verheiratet, Kinder habe ich nicht, Lehrer bin ich. Sie atmete tief, sofern es nicht eher ein Seufzer der Erleichterung war, dann sagte sie lächelnd, besser, wir rufen sie, die Ärmsten, sie vergehen vor Kälte. José Anaiço sagte noch, als ich Joaquim von unserer ersten Begegnung erzählte, wollte ich ihm die Farbe deiner Augen nennen, wußte sie aber nicht, ich sagte, von der Farbe des frischen Himmels, ich sagte Augen-weiß-ich-nicht-recht, und er hielt daran fest, nannte dich so. Wie. Fräulein Augenweiß-ich-nicht-recht, wenn du dabei bist, getraut er sich freilich nicht. Mir gefällt der Name. Und mir gefällst du, und nun müssen wir sie rufen.

Ein Arm winkt, ein anderer in der Ferne erwidert, gemächlich kamen Pedro Orce und Joaquim Sassa durch den Sand herbei, der große sanfte Hund zwischen ihnen. Dem Winken nach zu urteilen, stellte Joaquim Sassa fest, ist ihre Begegnung gut verlaufen, ein lebenserfahrenes waches Ohr würde aus dem Tonfall dieser Worte ohne weiteres die verhaltene Melancholie heraushören, die ein edles Gefühl ist, behängt mit Neid oder mit Ärger für den, der einen gewählteren Ausdruck vorzieht. Dir gefällt das Mädchen ebenfalls, fragte Pedro Orce verständig. Nein, das ist es nicht, oder vielleicht doch, mein Problem ist, daß ich niemanden weiß, der mir gefallen könnte, und wie man es anstellt, daß man auf Dauer gefällt. Auf diese so gänzlich negative Erklärung wußte Pedro Orce keine Erwiderung. Sie stiegen in den Wagen, guten Tag, glücklich die Augen, die Sie sehen, willkommen an Bord, wohin wird uns dieses Abenteuer führen, gefällige fertige Sätze, der letzte verfehlt, er hätte richtiger gelautet, wohin wird uns dieser Hund führen. José Anaiço startete den

Motor, da er am Steuer sitzt, soll er auch dort bleiben, er manövrierte vom Parkplatz herunter, und jetzt wohin, nach rechts, nach links, er tat zögerlich, wollte Zeit gewinnen, da drehte sich der Hund um die eigene Achse, und in gezügeltem, aber schnellem Trab, so gleichmäßig, daß es mechanisch wirkte, strebte er Richtung Norden. Wobei ihm der blaue Faden aus dem Maul hing.

Dies war der bewußte Tag, an dem das schon ferne Europa bekanntgegebenen letzten Messungen zufolge etwa zweihundert Kilometer weit fort, eine Erschütterung erlebte, von den Fundamenten bis zum Dachfirst, geschüttelt von seelischen und sozialen Konvulsionen, die seine Identität in eben diesem entscheidenden Augenblick tödlich bedrohten, da die Wesen und Spezifik betreffende Identität der im Verlaufe von Jahrhunderten und aber Jahrhunderten unter so schweren Mühen entstandenen Nationalitäten Verneinung erfuhr. Die Europäer, von den höchsten Regierenden bis zu den gemeinen Bürgern, hatten sich sehr bald, und man nimmt an, mit einem uneingestandenen Gefühl der Erleichterung, an das Fehlen der einst im äußersten Westen gelegenen Länder gewöhnt, und wenn die neuen Landkarten, rasch in Umlauf gebracht zur aktuellen Unterweisung der breiten Masse, noch einen recht betrüblichen Eindruck machten, so gewiß nur ästhetisch, jenem vagen Mißgefühl entsprechend, das man vorzeiten empfunden haben mag und auch heute noch empfindet beim Anblick der armlosen Venus von Milo, letzteres die zutreffendste Lautung für jene Insel, auf der sie gefunden wurde. Also ist Milo nicht der Name des Bildhauers. Nein, Senhor, Milo ist die Insel, auf der man die Beklagenswerte fand, sie feierte Wiedererstehung aus den Tiefen, wie Lazarus, doch ein

Wunder, das ihr die Arme hätte neu wachsen lassen, war nicht zu erwirken.

Wenn erst Jahrhunderte verstrichen sind, sofern sie verstreichen, wird Europa sich der Zeit, da es groß war und in See stach, nicht mehr erinnern, so wie wir uns heute die Venus nicht mehr mit Armen vorstellen können. Freilich, nicht übersehbar sind dann die Schäden und Bekümmernisse, die das gesamte Mittelmeergebiet durch die Sturmfluten erleidet, Ufersäume der Hafenstädte zerstört. Die Hotels mit Treppe hinunter zum Strand ohne Strand und Treppe, und erst Venedig, Venedig gleicht einem Sumpf, ist ein bedrohtes Pfahlnest, vorbei der schöne Tourismus, meine Lieben, doch sofern die Holländer eilig eingreifen, kann die Stadt der Dogen, das Aveiro Italiens, seine Pforten dem sehnsüchtigen Publikum wieder auftun, dann gebessert, frei von der Gefahr katastrophaler Überschwemmungen, denn das System des kommunizierenden hydraulischen Ausgleichs, die Dämme, die Schleusen, die Klappen zum Füllen und zum Entleeren, es wird gleichbleibenden Wasserpegel garantieren, nun mögen die Italiener die Verantwortung übernehmen und sich um die Verstärkung der Fundamente dieser Stadt kümmern, damit sie nicht traurig im Schlamm versinkt, das Schwierigste, mit Verlaub, ist bereits getan, danken wir es den Nachfahren jenes heldischen Knaben, der nur mehr mit der zarten Spitze seines Zeigefingers verhinderte, daß die Stadt Haarlem von der Landkarte verschwand, überschwemmt, von einer Sintflut begraben.

Wenn Venedig Hilfe und Heilung erfährt, wird sich auch für das restliche Mittelmeer eine Lösung finden. Wie oft haben hier Pest und Krieg gehaust, haben Erdbeben und Brände gewütet, doch immer wieder erhob sich dieser Landesteil aus Staub und Aschen, wurde aus diesem bitteren Leiden süßes Leben, wandelte sich barbarische Versuchung in Zivilisation, in Golfplatz und Swimmingpool, Jacht am Liegeplatz und Kabriolett am Kai, der Mensch ist das anpassungsfähigste aller Lebewesen, vor allem wenn es aufwärtsgeht. Mag es auch wenig schmeichelhaft sein, dies zu gestehen, gewisse Europäer empfanden ihre Befreiung von den unverständlichen westlichen Völkern, die nun ohne Mast über den Ozean schifften und hoffentlich nie mehr zurückkehrten, an und für sich schon als eine Wohltat, ein Versprechen auf noch gemütlichere Tage, ein jeder mit seinesgleichen, nun begannen wir endlich zu wissen, was Europa ist, sofern auf ihm nicht noch unechte Parzellen sind, die sich früher oder später auch irgendwie loslösen werden. Wetten, daß wir in letztendlicher Zukunft begrenzt sein werden auf ein einziges Land, auf die Quintessenz des europäischen Geistes, auf das sublimierte einfache Perfekt, Europa, das heißt die Schweiz.

Doch wenn es jenerart Europäer gibt, dann auch dieserart Europäer. Die Rasse der Ruhelosen, ein Ferment des Teufels, erlischt nicht leichthin, sosehr sich die Auguren auch in Prognosen ergehen. Diese ist es, die mit den Augen dem vorbeifahrenden Zug folgt und wehmütig einer Reise nachhängt, die sie nicht unternehmen wird, sie ist es, die, sobald sie einen Vogel am Himmel sieht, von Lust nach beseligendem Flug erfaßt wird, sie ist es, der jedes am Horizont auftauchende Schiff aus dem Innersten einen bebenden Seufzer entreißt, es meinte die Liebste, daß sie einander so nahe wären, nur er wußte, was es hieß, fern zu sein. Einer dieser abweichlerischen unruhigen Menschen also war es, der erstmals jene skandalösen Worte niederzuschreiben wagte, die Parole offenkundiger Perversion, *Nous aussi, nous sommes ibériques*, er schrieb sie in eine Ecke der Wand, aus Angst, wie einer, der seinen Wunsch noch nicht offen zu bekunden wagt, ihn aber dennoch nicht mehr verbergen kann. Da dies, wie zu ersehen, in französischer Sprache geschehen, mag man annehmen, daß es in Frankreich war, was einen zu sagen veranlaßt, denke jedermann, wie ihm beliebt, es konnte auch in Belgien oder Luxemburg gewesen sein. Diese erstmalige Bekundung erfuhr rasche Verbreitung, die Parole erschien an den Fassaden der großen Gebäude, an den Giebeln, auf dem Asphalt der Straßen, in den Gängen der U-Bahn, an Brücken und Viadukten, die Europäer, treue Konservative, protestierten, rein übergeschnappt diese Anarchisten. So ist das immer, alles wird dem Anarchismus angelastet.

Doch die Parole übersprang die Grenzen, und nachdem dies erfolgt war, bewies sich, daß sie auch schon in anderen Ländern umlief, da hieß es in deutsch *Auch wir sind Iberer*, in englisch *We are Iberians too*, in italienisch *Anche noi siamo iberici*, und plötzlich war's wie Pulverspur, überall brannte es, in roten Lettern, schwarzen, blauen, grünen, gelben, violetten, ein offenbar unauslöschliches Feuer, in niederländisch und flämisch *Wij zijn ook Iberiërs*, in schwedisch *Vi också är iberiska*, in finnisch *Me myöskin olemme iberialaisia*, in norwegisch *Vi også er iberere*, in dänisch *Også vi er iberiske*, in griechisch *Eímaste íberoi ki emeís*, in friesisch *Ek wy binne Ibeariërs* und, allerdings erkennbar zag, in polnisch *My tez jesteśmy Iberyjczykami*, in bulgarisch *Nie szyschto sme iberijzi*, in ungarisch *Mi is Ibérek vagyunk*, in russisch *My toshe ibe-*

rijzy, in rumänisch *Şi noi sîntem iberici*, in slowakisch *Aj my sme Iberčania*. Doch der Gipfel, der Höhepunkt, die Akme, seltenes Wort, das wir nicht wieder verwenden werden, es tauchte selbige Parole auch an den Mauern des Vatikans auf, an den ehrwürdigen Wänden und Säulen der Basilika, am Sockel von Michelangelos Pietà, an der Kuppel, in riesigen himmelblauen Lettern auf dem Pflaster des Petersplatzes, es stand da in lateinisch zu lesen *Nos quoque Iberi sumus*, gleichsam göttlicher Sinnspruch im Pluralis majestatis, ein Menetekel der neuen Zeiten, und der Papst, am Fenster seiner Privatgemächer, bekreuzigte sich vor schierem Entsetzen, er schlug das Kreuz in den Äther, unnütz, denn diese Farbe ist von den beständigen, zehn komplette Kongregationen mögen nicht ausreichen, sie werden mit Drahtwolle, Laugenwasser, Bimsstein und Schaber, noch verstärkt um Lösungsmittel, hier Arbeit haben bis zum nächsten Konzil.

Über Nacht sah Europa sich bedeckt von diesen Aufschriften. Was anfangs nur vergeblicher ohnmächtiger Erguß eines Träumers gewesen sein mochte, schwoll an, wurde Schrei, Protestruf, Straßenmanifestation. Andere machten das Phänomen verächtlich und die Parole zur Zielscheibe ihres Spotts. Bald aber nahm bei den Behörden die Sorge überhand ob einer Entwicklung, die man diesmal nicht dem Ausland anlasten konnte, das doch selber ein Feld subversiver Aktionen geworden war, und dies wenigstens enthob einen der Mühe nachzuforschen, welches fremde Land der Anstifter war, und es beim Namen zu nennen. Es wurde Mode, daß die Protestler mit Ansteckern am Revers auf die Straße gingen oder diese, willkürlicher, vorn und hinten trugen, an den Beinen, an allen Körperteilen, und in all den erwähnten Sprachen, auch in Dialekten, in unterschiedlichen Gaunersprachen, gar auch in Esperanto, diese Sprache indes ist schwer verständlich. Als entschiedene Gegenaktion sorgten die europäischen Regierungen im Fernsehen für Debatten und Rundtischgespräche, an denen hauptsächlich jene Leute teilnahmen, die von der Halbinsel geflohen waren, nachdem sich der Bruch als unbehebbar herausgestellt hatte, also nicht jene, die als Touristen dort gewesen waren und sich, die Ärmsten, von ihrem Schrecken noch gar nicht erholt hatten, sondern echte Eingeborene, die zwar in Kultur und Tradition, in Besitz und Macht mit der Halbinsel eng verbunden, dem geologischen Wahnsinn gleichwohl den Rücken gekehrt und die physische Stabilität des Kontinents gewählt hatten. Diese Personen zeichneten das düstere Bild der iberischen Realitäten, erteilten, sehr mild und mit Wissen um die Gründe, Ratschläge jenen unruhigen Geistern, die unvernünftigerweise Europas Identität gefährdeten, und sie schlossen ihren Redebeitrag mit dem kernigen Satz, den Blick fest auf den Zuschauer gerichtet, in der Attitüde ehrlichster Offenheit, machen Sie es wie ich, wählen Sie Europa.

Die Wirkung war nicht sonderlich ergiebig, außer vielleicht was die Proteste gegen die Diskriminierung ihrer Parteigänger auf der Halbinsel betraf, die, wenn Freiheit und pluralistische Demokratie nicht leere Worte wären, hier anwesend sein müßten, vor den Kameras, um ihre Gründe darzulegen, falls sie welche hatten. Man begreift die Vorsicht. Bewaffnet mit den Gründen, die eine Diskussion über die Vernunft stets hervorbringt, hätten die Jugendlichen, denn vor allem sie betrieben die spektakulärsten Aktionen, ihren Protest überzeugender untermauern können sowohl in der Schule als auch auf der Straße und, vergessen wir es nicht, in der Familie. Es läßt sich darüber streiten, ob die Jugendlichen, wenn mit Vernunftgründen ausgestattet, von einer direkten Aktion abgesehen hätten, woraus sich dann die friedensstiftende Wirkung der Intelligenz folgern ließe, entgegen der seit Beginn der Jahrhunderte geltenden Überzeugung. Darüber läßt sich streiten, doch es lohnt nicht, denn unterdessen wurden Gebäude des Fernsehens mit Steinen beworfen und wurden die Fernsehapparate verkaufenden Geschäfte geplündert, deren Besitzer verzweifelt ausriefen, es ist nicht meine Schuld, ihre relative Unschuld half ihnen nichts, es barsten die Lampen wie Sprengladungen, Kisten wurden in den Straßen aufgehäuft, in Brand gesteckt, in Asche verwandelt. Es marschierte die Polizei auf, griff ein, die Aufständischen liefen auseinander, und dieses Gewaltspiel währte acht Tage, bis zu ebenjenem Tag, da von Figueira da Foz, einem Hund hinterdrein, drei Männer aufbrachen und die Frau von einem der drei, Frau und doch noch nicht oder noch nicht und doch schon, wer von Herzensbegegnungen und Herzenseinvernehmen etwas Ahnung hat, versteht das Unverstehbare. Während diese in Richtung Norden reisen, schon hatte Joaquim Sassa gar gesagt, im Falle wir durch Porto kommen, logieren wir alle in meinem Haus, während diese also nordwärts fuhren, gingen zur gleichen Zeit kontinentweit Hunderttausende, Millionen Jugendlicher auf die Straße, bewaffnet nicht mit Argumenten, sondern mit Knüppeln, Fahrradketten, Bootshaken, Messern, Ahlen, Scheren, als wären sie übergeschnappt vor Grimm und auch vor Enttäuschung und vorweggenommenem Schmerz, und sie schrien, auch wir sind Iberer, mit der gleichen Verzweiflung, die auch die Händler stöhnend ausriefen ließ, es ist nicht unsere Schuld.

Wenn sich die Gemüter besänftigt haben, nach Tagen und Wochen, werden die Psychologen und die Soziologen auf den Plan treten und beweisen, daß jene Jugendlichen ja nicht wirklich Iberer sein wollten, sondern, einen ihnen durch die Umstände gebotenen Vorwand nutzend, einem unbezähmbaren Wunschtraum freien Lauf gaben, der, lebendig, solange das Leben währt, seinen ersten Ausbruch gemeinhin in der Jugend hat, einen sentimentalen oder einen gewaltsamen, wenn nicht diesen, dann jenen. Unterdessen fanden Feldschlachten statt, genauer gesagt, Straßen- und Platzschlachten, nach Hunderten zählten die Verwundeten, es gab drei oder vier Tote, wobei die Behörden in dem Wirrwarr der Nachrichten die traurigen Fälle zu vertuschen suchten, und so erfuhren die Mütter des August nie, wie viele Söhne wirklich verschwunden waren, schlicht weil sie sich nicht zu organisieren gewußt hatten, stets bleiben deren etliche abseits, ihren Kummer zu beweinen oder sich dem übriggebliebenen Kinde zu widmen oder unter dessen Vater ein weiteres Kind zu zeugen, weshalb die Mütter immer die Verliererinnen sind. Tränengas, Wasserwerfer, Schlagstöcke, Schilde und Visiere, Pflastersteine, Absperrohre, Lanzen aus Zaunlatten, dies waren etliche der Waffen der einen Seite oder der anderen, gewisse Neuentwicklungen, schmerzhafter und überzeugender in ihrer Wirkung, wurden hier erstmalig von den verschiedenen Polizeieinheiten erprobt, die Kriege sind wie die Unglücke, nie kommt einer allein, der erste ist Versuch, der zweite Vervollkommnung, der dritte endlich volle Wucht, wobei sie der Zählung nach, je nachdem, an welchem Ende begonnen wird, als der dritte, der zweite und der erste gelten. Für die Gedenk- und Erinnerungskalender blieben die letzten Worte jenes netten holländischen Jungen, den ein Gummigeschoß traf, dieses war eines Fabrikationsfehlers wegen härter geraten als Stahl, doch die Legende wird sich dieser Episode lebhaft annehmen, und jedwedes Land wird schwören, daß der junge Bursche ihm zugehörig war, wohingegen die Kugel freilich noch von niemandem eingefordert wurde, und der Ausspruch war Ausspruch, nicht weil sonderlich wahr, sondern weil so schön, so romantisch, so unglaublich jung, und das gefällt den Ländern, zumal wenn es sich um eine verlorene Sache handelt wie diese, endlich nun bin ich Iberer, er sagte es und starb. Dieser junge Bursche wußte, was er wollte, oder meinte es zu wissen, was in Ermangelung eines Besseren guter Ersatz ist, er war nicht wie Joaquim Sassa, der nicht weiß, wen er lieben soll, aber weiterhin am Leben ist, vielleicht kommt auch für ihn der Tag, wenn er nur auf die gute Gelegenheit achtgibt.

Aus dem Vormittag wurde Nachmittag, aus dem Nachmittag wird dunkler Abend, auf der langen, das Meer beinahe säumenden Straße läuft der Lotsenhund seinen sicheren Trab, doch er ist kein Windspiel, mitnichten, sogar der Deux Chevaux, obwohl betagt und gebrechlich, könnte viel schneller fahren, wie er es in der letzten Zeit wiederholt bewies. Dieser Trott bekommt ihm aber gar nicht, murrt Joaquim Sassa, nun am Steuer, wenn die morsche Mechanik nun einer Panne zum Opfer fällt, dann gnade uns. Das Radio, mit neuen Batterien, meldete Europas unheilvolle Ereignisse und bezog sich auf wohlunterrichtete Quellen, denen zufolge internationaler Druck auf die Regierungen Portugals und Spaniens ausgeübt würde, damit sie sich der Situation annähmen, als stünde es in deren Macht, einem solchen Wunsche nachzukommen, als wäre das Regieren auf einer davondriftenden Halbinsel vergleichbar dem Chauffieren des Deux Chevaux. Die Proteste wurden abgewiesen, würdevoll, mit männlichem Stolz seitens der Spanier und weiblichem Hochmut seitens der Portugiesen, ohne dabei irgendein Geschlecht schmälern oder glorifizieren zu wollen, begleitet von der Ankündigung, daß die Ministerpräsidenten noch an diesem Abend Erklärungen abgeben werden, ein jeglicher in seinem Land, versteht sich, aber konzertiert. Einigermaßen befremdlich wirkt die Zurückhaltung des Weißen Hauses, das sonst doch stets eilig in die Weltgeschäfte eingreift, wo immer sich Vorteile bieten, während jetzt manche behaupten, die Nordamerikaner wollten sich erst einmischen, wenn erkennbar würde, wo dieses alles, wortwörtlich gesprochen, endet. Unterdessen beliefern uns die Vereinigten Staaten mit Treibstoff, etwas unregelmäßig zwar, doch schulden wir ihnen Dank, daß es in abgelegenen Orten an dieser oder jener Tankstelle noch etwas zu zapfen gibt. Ohne die Nordamerikaner müßten diese Reisenden, falls sie darauf beharrten, dem Hund zu folgen, zu Fuß laufen.

Als sie mittags ein Restaurant aufsuchten, blieb der Hund draußen, anstandslos, er mochte verstanden haben, daß seine Menschengefährten der Leibesstärkung bedurften. Nach dem Essen eilte Pedro Orce noch vor den anderen hinaus, er brachte Speisereste mit, doch der Hund mochte nicht fressen, und bald begriff man, wieso, er zeigte Spuren frischen Blutes im Haar und rings um das Maul. Er hat gejagt, sagte José Anaiço. Aber er trägt weiterhin den blauen Faden, bemerkte Joana Carda, dies eine bezeichnendere Besonderheit als die andere, schließlich lebt unser Hund, falls er jener ist, für den wir ihn halten, dieses streunende Leben seit fast zwei Wochen, und falls er die ganze Halbinsel durchquerte, von den Pyrenäen bis hierher, und weiß einer wo noch entlang, so mag es ihm an Leuten gefehlt haben, die ihm den Teller regelmäßig hätten füllen oder ihn mit einem Knochen hätten trösten können. Was den blauen Faden betrifft, vielleicht legt er ihn ab und nimmt ihn dann wieder auf, vergleichbar einem Jäger, der den Atem anhält, um den Schuß abzufeuern, und dann selbstverständlich weiter atmet. Joaquim Sassa, endlich nun doch wohlwollend, sagte, Hündchen, hübsches, falls du dich unserer so gut anzunehmen weißt wie augenscheinlich deiner selbst, sind wir in deiner hündischen Kompetenz gut aufgehoben. Der Hund schüttelte den Kopf, eine Geste, die zu übersetzen wir nicht gelernt haben, dann begab er sich auf die Straße hinaus und wieder auf Strecke, ohne sich umzuschauen. Der Nachmittag ist schöner als der Vormittag, es scheint die Sonne, und dieser Teufel von Hund, oder Hund des Teufels, er trabt dahin, nimmermüd, mit gesenktem Kopf, die Schnauze vorgereckt, der Schweif eine Verlängerung des Rückens, das Haar ein dunkles Blond. Was mag er für eine Rasse sein, fragte José Anaiço. Wenn nicht dieser Schwanz wäre, könnte er eine Kreuzung zwischen Hühnerhund und Schäferhund sein, sagte Pedro Orce. Er ist schneller geworden, bemerkte Joaquim Sassa zufrieden, und Joana Carda, vielleicht nur, um auch etwas zu sagen, wie mag er heißen, früher oder später gelangen wir unabwendbar stets zur Frage nach den Namen.

Es sprach der Ministerpräsident zu den Portugiesen, er sagte, Portugiesen, während der letzten Tage, und plötzlich verstärkt in den letzten vierundzwanzig Stunden, ist unser Land das Ziel von Angriffen geworden, die ich ohne Übertreibung als unzumutbar bezeichnen kann, Urheber sind fast alle Länder Europas, in ihnen ist es, wie ja bekannt, zu ernsten Störungen der öffentlichen Ordnung gekommen, die, ohne irgendein Zutun unsererseits, noch jäh verschlimmert wurden durch den Umstand, daß große Massen von Demonstranten auf die Straße gingen, um begeistert ihre Solidarität mit den Ländern und Völkern der Halbinsel zu bekunden. Dies macht offenkundig, daß die Regierungen Europas, dem wir schon nicht mehr angehören, sich mit einem schwerwiegenden Widerspruch herumschlagen angesichts der tiefgreifenden sozialen und kulturellen Veränderungen in diesen Ländern, denen das uns auferlegte historische Abenteuer Aussicht auf eine glücklichere Zukunft zu sein scheint, um es in knappen Worten auszudrücken, die Hoffnung auf eine Verjüngung der Menschheit. Doch anstatt uns zu unterstützen, was ein ernster Beweis elementarer Menschlichkeit und eines wahrlich europäischen kulturellen Bewußtseins wäre, haben diese Regierungen entschieden, uns zu Sündenböcken ihrer inneren Schwierigkeiten zu machen, indem sie uns in absurder

Weise auffordern, das Abtreiben der Halbinsel, das sie, den Tatsachen gerecht, treffender eine Seefahrt nennen sollten, zu unterbinden. Diese Haltung ist um so bedauerlicher, als bekannt ist, daß wir uns in jeder Stunde, die verstreicht, siebenhundertfünfzig Meter von dem entfernen, was jetzt als Europas Westküste gilt, und dabei wollen die europäischen Regierungen, die uns in der Vergangenheit nie einen Beweis echter Zuneigung gaben, uns jetzt einreden, das zu tun, was sie im Grunde selber nicht wollen und von dem sie überdies wissen, daß wir es nicht können. Europa, unbestreitbar ein Ort der Geschichte und Kultur, zeigt in diesen wirren Tagen nur mehr, daß es ihm an nüchterner Urteilskraft gebricht. Wir, die wir als legitime und verfassungsmäßige Regierung die Gelassenheit der Starken und der Gerechten bewahrten, wir werden die Anfechtungen und die Einmischungen jedweder Art und jedweder Herkunft energisch zurückweisen, indem wir offen vor aller Welt verkünden, daß wir uns ausschließlich vom nationalen Interesse leiten lassen und, im weiteren Sinne, vom Interesse der Völker und der Länder der Halbinsel, dies darf ich hier feierlich und mit absoluter Bestimmtheit versichern, nachdem die Regierungen Portugals und Spaniens bei der Prüfung und Erörterung der erforderlichen Maßnahmen zusammengewirkt haben und es weiterhin tun werden, zur glücklichen Lösung der seit dem historischen Bruch der Pyrenäen in Gang gekommenen Ereignisse. Ein Wort der Anerkennung ist dem humanitären Geist und dem politischen Realitätssinn der Vereinigten Staaten von Nordamerika geschuldet, ihnen verdanken wir es, daß die Belieferung mit Treibstoff, im ferneren auch mit Nahrungsmitteln, die wir im Rahmen der Gemeinschaft bisher aus

Europa importierten, auf vernünftigem Niveau gesichert wurde. Unter normalen Umständen würden diese Fragen freilich über die dafür zuständigen diplomatischen Kanäle geregelt, jedoch in einer so ernsten Situation wie der gegenwärtigen hielt es die Regierung, der ich vorstehe, für geboten, diese Sachverhalte der ganzen Nation kundzutun, ein Beweis für ihr Vertrauen in die Würde der Portugiesen, die sich, wie schon in anderen historischen Situationen, eng um ihre legitimen Repräsentanten und um das geheiligte Symbol des Vaterlandes zu scharen wissen werden und der Welt das Bild eines in sich festen, entschlossenen Volkes bieten in einem besonders schwierigen, heiklen Augenblick seiner Geschichte, es lebe Portugal.

Die vier Reisenden hatten die Ansprache hören können, als sie sich bereits in der näheren Umgebung von Porto befanden. Sie waren in ein Café getreten, das auch leichte Mahlzeiten servierte, und dort saßen sie genügend lange, um im Fernsehen Bilder von den gewaltigen Demonstrationen und dem Eingreifen der Polizei zu sehen, da lief einem wahrlich ein Schauer über den Rükken, wenn man erlebte, wie die edelmütigen Jugendlichen Plakate und Spruchbänder hißten, auf denen man in ihrer jeweiligen Sprache diese wunderbare Losung las. Warum wohl sind sie so besorgt um uns, fragte Pedro Orce, und José Anaiço, ohne es zu merken, jedoch direkter die These des Ministerpräsidenten wiederholend, sagte, sie sind mit sich selber beschäftigt, treffender hätte er es wohl kaum ausdrücken können. Sie hatten zu Ende gegessen und waren auf die Straße hinausgetreten, dieses Mal nahm der Hund die ihm von Pedro Orce gebrachten Speisereste an, und als sich der Deux Chevaux in Bewegung setzte, nun langsamer, weil der Lotse vorn schlecht zu erkennen war, sagte Joaquim Sassa, wenn wir an die Brücke gelangen, werden wir den Hund zu überzeugen versuchen, daß er mit uns im Wagen fährt, im Fond, bei Joana und José auf dem Schoß, durch die Stadt können wir uns nicht so bewegen wie bisher, auch wird er bestimmt nicht noch bis in die Nacht hinein laufen und laufen wollen.

Joaquim Sassas Voraussagen erwiesen sich als richtig, und seine Wünsche gingen in Erfüllung, denn sobald der Hund begriff, was man von ihm erwartete, zwängte er sich in den Wagen, bedächtig und schwer legte er sich über die Beine der im Fond Reisenden, schmiegte seinen Kopf gegen Joana Cardas Unterarm, schlief aber nicht ein, er behielt die Augen offen, die Lichter der Stadt glitten über sie hinweg wie über eine Fläche aus schwarzem Glas. Wir übernachten bei mir zu Hause, sagte Joaquim Sassa, ich habe ein breites Bett und ein ausziehbares Sofa, geeignet für zwei Personen, sofern sie nicht dick sind, einer von uns dreien freilich, er meinte die Männer, muß in einem Sessel schlafen, und das obliegt mir, dem Gastgeber, oder ich schlafe in einer nahe gelegenen Pension. Die anderen erwiderten hierauf nichts, womit sie ehrerbietig stumm zu erkennen gaben, daß sie einverstanden waren oder daß sie die heikle Frage lieber später lösten, diskret, jetzt spürte man da eine gewisse Spannung, Schwierigkeit im Befinden, es schien, Joaquim Sassa habe diesen Vorschlag sehr absichtlich vorgebracht, nur um sich einen Spaß daraus zu machen, und das war ihm zuzutrauen. Doch noch waren keine zwei Minuten vergangen, als Joana mit klarer Stimme, an José Anaiço gerichtet, sprach, wir bleiben zusammen, wahrlich verloren ist die Welt, wenn nun schon die Weiber Initiativen dieser Reichweite ergreifen, früher gab es Regeln, man begann stets mit dem Anfang, glühende und fesselnde Blicke seitens des Mannes, sanftes Senken der Lider von seiten der Frau, den Pfeile versendenden Blick zwischen den Wimpern andeutend, und dann, bis zum ersten Berühren der Hände, wurden die Dinge viel beredet, es gab Briefe, Verstimmungen, Versöhnungen, Winke mit dem Tüchlein, diplomatisches Hüsteln, freilich war das Endergebnis immer das eine, die Jungfrau rücklings auf der Bettstatt, obendrauf der Galan, mit Heirat oder ohne, aber nie und nimmer dieser Unverstand, diese Respektlosigkeit gegenüber einem gesetzten Mann, da heißt es nun, die Andalusierinnen sind feurig, aber seht euch diese Portugiesin an, ihm, Pedro Orce, der hier geht, hat noch nie eine offen ins Gesicht gesagt, wir bleiben zusammen. Doch die Zeiten haben sich sehr gewandelt, o ja, und falls Joaquim Sassa mit den Gefühlen der anderen sein Spiel treiben wollte, so hat seine Rede nun eine Wendung zum Ernsten genommen, und Pedro Orce hat vielleicht schlecht verstanden, manch ein Wort im Spanischen mag nicht vollauf dem Portugiesischen entsprechen, José Anaiço war stumm geblieben, was auch hätte er sagen sollen, mit galanhafter Genugtuung hätte er nur eine schlechte Figur gemacht, schlimmer noch, er hätte schockiert getan, Schweigen war das Beste gewesen, es muß einer nicht viel überlegen, um zu begreifen, daß nur Joana Carda die Worte des Einvernehmens hatte sagen können, man bedenke nur die Plattheit, wenn er dies geäußert hätte, ohne sie erst zu fragen, oder selbst wenn er sie gefragt hätte, Dinge gibt's, die darf nur eine Frau sich erlauben, abhängig von den Umständen und dem rechten Augenblick, jawohl, dem rechten Augenblick, just jener Sekunde, die sich zwischen zwei anderen, der Sekunde der Täuschung und der des Desasters, befindet. Auf dem Rücken des Hundes liegen Joana Cardas und José Anaiços Hände ineinander, Joaquim Sassa beobachtet sie insgeheim im Rückspiegel, die zwei werden lächeln, der Scherz ist doch noch gut ausgegangen. Schneid hat sie, diese Joana, und wieder spürt Joaquim Sassa den Stachel des Neids, doch die Schuld, die schon eingestandene, liegt bei ihm, er weiß nicht, wen er lieben soll.

Das Haus ist kein Palast, es hat ein kleines Schlafzimmer, nach innen gelegen, ein noch kleineres Wohnzimmer mit ausziehbarem Sofa drin, die Küche, das Bad, es ist das Heim eines Ledigen, der trotzdem noch Glück hat, er muß nicht in Mietzimmern hausen. Die Speisekammer ist leer, doch den Hunger stillten sie ja während ihrer letzten Rast. Sie sitzen vor dem Fernseher, harren weiterer Meldungen, zur Zeit gibt es keine Reaktionen seitens der europäischen Regierungskanzleien, doch damit die nicht tun können, als hätten sie nichts gehört, tritt der Ministerpräsident in den neuesten Nachrichten abermals auf, Portugiesen, spricht er, und den Rest kennen wir ebenfalls schon. Vor dem Schlafengehen wurde Kriegsrat gehalten, nicht daß Entscheidungen zu treffen gewesen wären, die oblagen ja dem Hund, der zu Füßen von José Anaiço schlief, doch jeder war mit einer Vermutung zur Hand, vielleicht hat die Reise ihr Ende hier, sagte Joaquim Sassa, von ebendiesem Wunsch erfüllt. Oder weiter nördlich, erwog José Anaiço, an etwas anderes denkend. Ich schätze, weiter nördlich, fügte Joana Carda hinzu, das nämliche denkend, Pedro Orce aber fand das rechte

Wort, er wird's wissen, dann gähnte er und sagte, ich bin schlafensmüde.

Nun bedurfte es schon keiner Kontertänze mehr, wer schläft mit wem, Joaquim zog das Bettsofa aus, unterstützt von Pedro Orce, Joana Carda verschwand unauffällig, und José Anaiço blieb noch ganz kurz, stand da herum, tat, als wäre nichts, doch das Herz in der Brust hämmerte wild, es dröhnte am Mageneingang, erschütterte das Haus bis in die Grundfesten, obschon dieses Beben in nichts jenem anderen gleicht, endlich sagte er, gute Nacht, bis morgen, und verschwand, es ist wahr, die Worte sind nie auf der Höhe der erhabenen Augenblicke. Das Zimmer befindet sich gleich nebenan, da ist hoch oben unter der Decke ein Fenster, besondere Art dies, das Tageslicht zu verlängern, und es hat noch nicht einmal einen Vorhang, man versteht, was in einem anderen Falle Mangel an Schicklichkeit sein könnte, doch ist dies ja das Heim einer ledigen Person, selbst wenn Joaquim Sassa von pervertiertem Geschmack wäre, er könnte sich nicht selbst beobachten, für alle Fälle aber sei gesagt, es wäre, außer von erzieherischem Nutzen, sehr interessant, wenn wir uns ab und zu selber beobachten könnten, wahrscheinlich würden wir keinen Gefallen daran haben. Mit solcherlei verbalen Vorkehrungen wollen wir keineswegs andeuten, daß Joaquim Sassa und Pedro Orce etwa Dummejungenstreiche von dieser Schwere im Sinn haben, aber jenes Fenster, nun nur noch ein Schemen, kaum mehr erkennbar im Dunkel des kleinen Wohnzimmers, es verwirrt, es bringt das Blut in Wallung, so als wäre dies alles hier ein einziger Raum, ein Alkoven, Promiskuität, und Joaquim Sassa, auf dem Rücken liegend, will nicht denken, hebt aber den Kopf aus dem Kissen hervor, um eine Aura aus Schweigen zu schaffen und um besser hören zu können, sein Mund ist trocken, doch heldisch widersteht er der Versuchung, sich zu erheben, in der Küche Wasser zu trinken und auf dem Wege dem Geflüster zu lauschen. Pedro Orce dagegen ist vor Müdigkeit gleich eingeschlafen, er hat sich auswärts gedreht, sein Arm fiel auf den Rücken des Hundes herab, der sich neben ihm hingestreckt hatte, das Beben des einen ist das Beben des anderen, beider Traum vielleicht derselbe. Im Zimmer nebenan kein Geräusch, kein unartikuliertes Wort, noch nicht einmal ein Seufzer oder unterdrücktes Stöhnen, welch eine Stille, denkt Joaquim Sassa, und er findet es seltsam, doch selbst er vermag sich nie und nimmer vorzustellen, wie äußerst merkwürdig es ist, daß diese Dinge das Geheimnis dessen zu bleiben pflegen, der sie erlebt, José Anaiço drang in Joana Carda ein, und sie empfing ihn ohne weitere Bewegung, hart er und sie zärtlich sanft, und so verblieben sie, Finger pressen die Finger, die Münder saugen lautlos aneinander, indessen die heftige Welle ihnen den Mittelpunkt des Leibes schüttelt, geräuschlos bis zur letzten Vibration, zum letzten feinen Getröpfel, nennen wir es so, schicklich, damit man uns nicht übertriebener Darbietung von Koitusszenen bezichtigt, Koitus, ein häßliches, heute glücklicherweise fast vergessenes Wort. Morgen, wenn Joaquim Sassa erwacht, wird er denken, die zwei haben sich aber beherrscht, weiß Gott unter welchen Mühen, sofern Gott etwas weiß von diesen fleischlichen Sublimierungen, sie haben gewartet, bis wir zwei einschliefen, doch er täuscht sich, im selben Augenblick, da er in Schlaf sinken wird, empfängt Joana Carda ein weiteres Mal José Anaiço, nun werden sie nicht so still sein wie zuvor, gewisse Heldentaten sind unwiederholbar. Sie mögen schon schlafen, sagte einer von ihnen, und so konnten die Körper es sich gütlich tun, wohlverdient.

Pedro Orce erwachte als erster, durch einen Fensterspalt stach der graue Finger des Morgens herein und berührte seinen müden Mund, da träumte er, ihn küßte ein Weib, ah, wie kämpfte er darum, daß der Traum blieb und fortdauerte, doch die Augen öffneten sich, und die Lippen waren trocken, kein Mund hatte auf seinem Mund als Wahrheitsbeleg Speichel hinterlassen, das fruchtbare Naß. Der Hund hob den Kopf, stellte sich auf die Vorderpfoten und musterte Pedro Orce im dichten Halbdunkel des Zimmers, unergründbar blieb, woher das von seinen Pupillen gespiegelte Licht stammte. Pedro Orce streichelte das Tier, und dieses fuhr, ein einziges Mal, mit der Zunge über seine magere Hand. Die Geräusche weckten Joaquim Sassa, zunächst wußte er nicht, wo er sich befand, obwohl hier zu Hause, vielleicht weil ihm dieses Bett, in dem er selten schlief, fremd vorkam und fremd auch das Nebenan. Pedro Orce, auf dem Rücken liegend und den Kopf des Hundes auf seiner Brust, sagte, ein neuer Tag beginnt, was wird er uns bringen, und Joaquim Sassa bemerkte, vielleicht hat er seine Absichten geändert, vielleicht ist er nach dem Schlafen nun anderen Sinnes, oft geschieht es, daß man schläft und nur dies den Dingen einen anderen Lauf gibt, wir sind dieselben und erkennen uns nicht wieder. Hier, schien es, war keinerlei Veränderung eingetreten. Der Hund hatte sich erhoben, in ganzer Größe, stattlich, wuchtig, und war zur verschlossenen Tür gelaufen. Man sah seine Umrisse, die Gestalt, das Funkeln seiner Augen. Er wartet auf uns, erklärte Joaquim Sassa, besser, wir rufen ihn zurück, es ist noch zu früh zum Aufstehen. Der Hund folgte Pedro Orces Aufforderung, er streckte sich willig hin, die Männer sprachen nun leise, Joaquim Sassa sagte, ich werde meine Ersparnisse von der Bank abheben, viel ist es nicht, ich leihe mir noch etwas dazu. Und wenn das Geld zu Ende geht. Vielleicht ist das Abenteur eher zu Ende als das Geld. Weiß man, was uns noch erwartet. Wir werden uns schon durchschlagen, notfalls stehlen wir, dies sagte Joaquim mit einem Lächeln. Doch vielleicht muß man es gar nicht bis zu so äußerster Gesetzeswidrigkeit treiben, hier in Porto wird auch José Anaiço sich zu dem Bankhaus begeben, das seine Ersparnisse verwahrt, Pedro Orce hat alle seine Pesetas mitgebracht, bei Joana Carda wissen wir nicht im einzelnen, wie es um ihre Mittel bestellt ist, zumindest aber sahen wir bereits, daß sie offenbar keine von Almosen oder auf eines Mannes Kosten lebende Frau ist. In Zweifel steht, daß die vier Arbeit finden könnten, insofern als Arbeiten festen Sitz und Verbleib voraussetzt, einen ständigen Wohnort, wohingegen es ihr augenblickliches Schicksal ist, einem Hund hinterdreinzureisen, über dessen Schicksal wir noch einiges zu erfahren hoffen, doch ist dies nicht der rechte Moment, daß die Tiere, im Falle sie sprächen und ihnen fehlten die Stimmbänder nicht, uns verrieten, wohin sie strebten.

Im Zimmer nebenan schliefen ermattet die Liebenden, umschlungen, ein Wunder, welches leider nicht ewig währen kann, und das ist natürlich, ein Körper ist dieser Körper und ist kein anderer, der Körper hat einen Anfang und ein Ende, er beginnt bei der Haut und endet in ihr, was innen drin ist, gehört ihm, doch er benötigt Ruhe, Freisein, Unabhängigkeit im Funktionieren, in Umarmung schlafen verlangt Harmonie der Ineinanderfügungen, die durch den Schlaf eines jeden aber Verstimmung erfährt, es wacht einer auf, weil ihm der Arm eingeschlafen ist, oder ein Ellenbogen sticht in die Rippen, und dann sagen wir leise, unsere ganze Zärtlichkeit aufbietend, Schatz, rück ein bißchen zur Seite. Es schlafen ermattet Joana Carda und José Anaiço, die sich mitternachts ein drittes Mal vereinigten, sie sind in den Anfängen, drum wahren sie die gute Regel und verweigern dem Leib nicht, was der Leib eigener Gründe halber begehrt. Behutsam leise schlichen sich Joaquim Sassa und Pedro Orce mit dem Hund hinaus, sie besorgten das Frühstück, Joaquim Sassa nennt dieses *pequeno-almoço*, in Anlehnung an das Französische, Pedro Orce sagte *desayuno*, doch der gemeinsame Hunger wird die sprachlichen Unterschiede schon ausräumen. Als sie später zurückkehren, werden Joana Carda und José Anaiço schon aufgestanden sein, wir hören sie im Bad, das Duschwasser läuft, glücklich diese zwei, und tüchtige Wanderer, daß sie in so kurzer Zeit so weit zu gehen vermochten.

Zur Stunde des Aufbruchs, noch im Hause, begannen die vier den Hund mit der Verwirrung dessen zu mustern, der Befehle erwartet und an deren Verläßlichkeit so sehr zweifelt wie an der Klugheit, sie zu befolgen. Hoffen wir, daß er sich, bis wir aus Porto hinaus sind, uns anvertraut, wie schon beim Hereinfahren, sagte Joaquim Sassa, und die anderen begriffen den Grund, denk einer, der treue Hund, treu seiner Grille, stetig nordwärts zu streben, verfiele darauf, hier in der Stadt Einbahnstraßen verkehrt zu nehmen, nordwärts zwar, aber in die verbotene Richtung zu laufen, das brächte Scherereien mit der Polizei, gäbe Unfälle und Verstopfungen, ganz Porto würde zusammenlaufen und über das Spektakel lachen. Doch dieses

Tier ist nicht irgendein Schäferhund von zweifelhafter oder unbekannter Abkunft, sein Stammbaum wurzelt in der Hölle, dem Ort, wo, wie uns bekannt, die ganze Weisheit zusammenkommt, die dort schon eingekehrte der Antike, die moderne und auch die künftige auf dem Wege dorthin. Darum und vielleicht auch, weil Pedro Orce ihm abermals mit Getue Worte ins Ohr flüsterte, denen wir bisher noch nicht auf den Grund gehen konnten, stieg der Hund in den Wagen, so selbstverständlich, wie man es sich nur denken kann, als wäre er sein ganzes Leben so gereist. Aber, Achtung, jetzt lag sein Kopf nicht auf Joana Cardas Unterarm, nun schaut er wachsam drein, indessen Joaquim Sassa den Deux Chevaux kreuz und quer durch die Straßen fährt, in alle Richtungen, wer sich diesen Beobachtungen hingibt, wird bei ihrem Anblick sagen, sie fahren nach Süden, bald würde er sich berichtigen, sie fahren nach Westen, oder, sie fahren nach Osten, und dieses sind die Haupt- oder Kardinalrichtungen, wenn wir die gesamte Windrose zitierten, fänden wir nie und nimmer aus Porto und der Verwirrung.

Es gibt da ein Einvernehmen zwischen diesem Hund und diesen Menschen, vier vernunftbegabte Wesen sind bereit, sich vom animalischen Instinkt führen zu lassen, es sei denn, sie werden allesamt angezogen von einem im Norden befindlichen Magneten oder gezogen vom Ende eines blauen Fadens, dem Zwilling dessen, den der Hund fest in seinem Maul hält. Sie haben die Stadt hinter sich gelassen, man weiß, daß die Straße trotz ihrer Kurven in die richtige Richtung führt, der Hund gibt zu erkennen, daß er aussteigen möchte, sie öffnen den Wagenschlag, und da läuft er, gestärkt vom nächtlichen Ruhen und durch das üppige Fressen, das sie ihm im Hause vorgesetzt haben. Sein Lauf ist äußerst schnell, der Deux Chevaux eilt frohgemut hinterdrein, braucht sich nicht ungeduldig zu zügeln. Nun führt die Straße statt am Meer entlang durch das Landesinnere, nur deshalb werden wir jenen Strand nicht sehen, wo Joaquim Sassa zu einer gewissen Stunde seines Lebens mehr Kraft besaß als Samson. Er selber sagte, schade, daß der Hund nicht die Küstenstraße hat nehmen wollen, ich hätte euch die Stelle gezeigt, wo die Sache mit dem Stein passiert ist, nicht einmal der biblische Samson hätte das geschafft, was mir gelungen ist, doch es stünde ihm besser an, bescheiden zu schweigen, ein größeres Wunder war es und ist es, was Joana Carda dort in den Feldern von Ereira widerfuhr, rätselhafter auch jenes Beben, das Pedro Orce verspürt, und wenn ein Hund aus dem Jenseits uns hier irdischer Lotse ist, was dann erst von den Tausenden von Staren sagen, die José Anaiço so lange begleiteten und von ihm erst abließen, als ein anderer Flug begann.

Die Straße führt bergauf, bergab, steigt abermals, steigt immerzu, und wenn sie fällt, so lediglich, um ein bißchen zu verschnaufen, diese Berge sind nicht sehr hoch, doch sie ermüden das Herz des Deux Chevaux, der an den Hängen faucht, vorn läuft der Hund, stolz. Zum Mittagessen kehrten sie in eine an der Strecke gelegene kleine Schenke ein, wieder verschwand der Hund, um sich irgendwie selber zu verköstigen, und als er zurückkam, hatte er Blut um das Maul, doch da ist kein Geheimnis mehr, den Grund wissen wir bereits, wenn dir keiner den Speisetisch deckt, dann behilf dich mit dem, was du findest. Und abermals unterwegs, nordwärts stets, sagte José Anaiço irgendwann, an Pedro Orce gewandt, wenn wir so weiterfahren, gelangen wir nach Spanien, sind wir wieder in deiner Heimat. Meine Heimat ist Andalusien. Land und Heimat ist alles eins. Ist es nicht, wir mögen unser Land nicht kennen, aber unsere Heimat kennen wir. Warst du jemals in Galicien. In Galicien nie, Galicien ist anderer Leute Heimat.

Ob sie dort Einzug halten, wird sich erst zeigen, diese Nacht schlafen sie noch in Portugal. In der Pension trugen sich José Anaiço und Joana Carda als Eheleute ein, Pedro Orce und Joaquim Sassa werden, um Geld zu sparen, gemeinsam ein Zimmer beziehen, und der Hund mußte im Deux Chevaux schlafen, denn das riesige Tier versetzte die Besitzerin des Hauses in Schrecken, so ein Monster will ich nicht in meinen vier Wänden, es soll auf der Straße bleiben, da gehören die Hunde hin, fehlte nur noch, daß er mir das Haus mit Flöhen füllt. Dieser Hund hat keine Flöhe, protestierte Joana Carda, vergeblich, denn darum ging es eigentlich nicht. Mitternachts erhob sich Pedro Orce vom Lager, darauf bauend, daß die Haustür nicht verschlossen war, und sie war es wirklich nicht, zwei Stunden schlief er im Auto, mit dem Hund im Arm, wenn man schon nicht Liebespaar sein kann, aus einleuchtender biologischer Verhinderung, wird Freundschaft zum Ersatz. Als Pedro Orce in den Wagen stieg, wollte es ihm scheinen, daß der Hund leise winselte, doch das mag Einbildung gewesen sein, eine von den vielen, die uns heimsuchen, wenn wir etwas von Herzen mögen, der weise Leib erbarmt sich unser, er täuscht in sich selber Erfüllung der Sehnsüchte vor, der Traum ist eben dies, oder was sonst, wenn nicht, so sage mir einer, wie wir das unbefriedigende Leben ertragen könnten, dies erklärt die fremde Stimme, die hin und wieder spricht.

Als Pedro Orce ins Haus zurückkehrte, folgte ihm der Hund, doch da er nicht eintreten durfte, streckte er sich auf den Eingangsstufen aus, und da blieb er, unbeschreibbar der Schrecken und das Gezeter im ersten Morgenlicht, es begab sich die früh aufgestandene Pensionswirtin an ihr Tagewerk, sie stößt die Türflügel auf, will der morgendlichen Frische Einlaß geben, da erhebt sich vom Abtreter der Nemeische Löwe, sperrt den Rachen weit auf, es war nur das Gähnen des aus dem Schlaf Aufgestörten, doch selbst dem Gähnen mißtraue, wenn da einer so gewaltig die Zähne bleckt und eine Zunge so rot ist, als triefte sie von Blut. Dermaßen gewaltig war der Spektakel, daß die Abfahrt der Gäste eher einer Vertreibung denn einem friedlichen Rückzug glich, schon fuhr der Deux Chevaux dort fern, bog bald schon um die Ecke, und noch immer keifte die Wirtin da auf der Türschwelle gegen die schweigende Bestie, denn diese sind die übelsten, sofern man dem Sprichwort glaubt, das da sagt, Hunde, die bellen, beißen nicht, zwar hatte dieser noch nicht zugeschnappt, doch falls die Kraft seiner Kiefer so gewaltig ist wie sein Schweigen, schütze Gott uns vor dem Untier. Die Reisenden fahren dahin und lachen über die Begebenheit, Joana Carda, aus Solidarität mit der Geschlechtsgenossin, räumte ein, ich anstelle der Frau, ich hätte mich auch erschrocken, und ihr, spielt nicht die Mutigen, vor allem tut nicht tapfer aus Verpflichtung, dieser Vorwurf machte die Männer betroffen, jeder gestand sich insgeheim seine Feigheiten ein, am interessantesten noch José Anaiços Fall, er entschied, Joana Carda sein Versagen bei erstbester Gelegenheit zu beichten, schlecht steht es um die Liebe, wenn man nicht alles sagt, schlimm allerdings, wenn die Liebe zu Ende geht, da bereut man das Gebeichtete, und nicht selten mißbraucht der Beichtnehmer das Vertrauen, mögen Joana Carda und José Anaiço zusehen, daß es dieses Mal anders sein wird.

Die Grenze ist schon nicht mehr fern. Die Reisenden, so gewöhnt an die pfadfinderischen Eigenschaften des Lotsen, achteten nicht darauf, wie flink er, ohne auch nur einen Anflug von Zögern oder vorsichtiger Erwägung, wie flink der Getreue oder Pilot, einen Namen in diesem Sinne muß man ihm eines Tages ja wohl geben, vor einer Gabelung und mehr noch an einer Kreuzung die zu verfolgende Straße einschlägt. Selbst wenn das erfahrene Tier diesen Weg schon einmal von Nord nach Süd genommen haben sollte, und dessen kann niemand gewiß sein, wird diese Erfahrung ihm wenig nützen, da brauchen wir nur an die Unterschiedlichkeit des Gesichtspunktes zu denken, von dem, wie uns glücklicherweise bekannt, alles abhängt. Wohl stimmt es, daß die Menschen den Wundern nahe leben, doch von den Wundern gewinnen sie nicht einmal halbe Kenntnis, und über die bekannte Hälfte täuschen sie sich zumeist, hauptsächlich weil sie, wie unser Herr Jesus Christus, mit aller Gewalt durchsetzen möchten, daß diese und die anderen Welten nach ihrem Bild und Ebenbild gemacht seien, wobei wenig erheblich ist, wer sie gemacht hat. Der Instinkt führt diesen Hund, doch wir wissen nicht, was oder wer den Instinkt führt, und wenn wir an einem dieser Tage zum merkwürdigen Fall eine erste Erklärung erhalten sollten, so wird diese höchstwahrscheinlich nicht über den Anschein dessen hinausgehen, außer wir bezögen aus der Erklärung eine Erklärung und so fort, bis hin zu jenem letzten Augenblick, da die Erklärung keine Erklärung mehr hätte, von hier an rückwärts wird dann das Reich des Chaos sein, doch nicht von der Herausbildung des Universums reden wir, da wissen wir ja Bescheid, hier ist lediglich die Rede von Hunden.

Und von Menschen. Von diesen, die einem Hund hinterdreinfahren, der einer Grenze zustrebt, die bereits nahe ist. Sie werden Portugal bei Tagesausklang verlassen, und plötzlich, vielleicht des einbrechenden Dämmers wegen, vermissen sie den Hund, und schon fühlen sie sich wie im Walde verirrte Kinder, was tun wir jetzt, Joaquim Sassa nutzt es sogleich, äußert sich abfällig über die Hundetreue, hier half Pedro Orces Lebenserfahrung, sein verläßliches Wissen, wahrscheinlich überquert er den Fluß schwimmend und erwartet uns auf der anderen Seite, wenn die Menschen wirklich achthätten auf die Kettenglieder und Wertigkeiten, die alle Existenzen und alles Chemische miteinander verbinden, hätten sie, wir meinen José Anaiço und Joaquim Sassa, gleich gemerkt, daß ein Hund dieselben Beweggründe haben kann wie tausend Stare, falls der Getreue aus dem Norden kam und diesen Übergang passierte, möchte er es vielleicht nicht wiederholen, ohne Halsband und Maulkorb, gar der Tollwut verdächtigt, am Ende würden sie ihn mit Schüssen jagen.

Die Zollbeamten sichten zerstreut die Papiere, sie befehlen Weiterfahrt, man sieht es diesen Beamten an, daß die Arbeit sie nicht umbringt, wahr ist zwar, wie wir bereits feststellen konnten, daß viele Menschen unterwegs sind, aber vorderhand mehr innerhalb der Grenzen, als hätten sie Angst, entfernt von ihrem großen Haus, ihrem Land, verlorenzugehen, selbst wenn sie nur das kleine Haus verließen, das ihres eigenen und dürftigen Lebens.

Auf der anderen Seite des Minho ist die Langeweile die gleiche, ist's nur ein mattes Aufmerken, daß mit diesen Portugiesen ein Spanier einer anderen Generation fährt, hätten wir jetzt Zeiten von mehr Einreisen und Ausreisen, wäre ihnen noch nicht einmal das aufgefallen. Joaquim Sassa fuhr nach einem Kilometer an den Straßenrand, hielt an. Warten wir hier, falls der Hund, wie Pedro sagt, wirklich weiß, was er tut, wird er zu uns stoßen. Es blieb ihnen nicht erst Zeit, die Geduld zu verlieren. Nach zehn Minuten tauchte der Hund vor dem Wagen auf, mit noch nassem Fell. Recht hatte Pedro, und wir, wenn nicht ein bißchen im Zweifel, hätten, am Ufer stehend, der tapferen Flußdurchquerung beiwohnen können, die wir dann so genüßlich beschreiben würden, statt einer banalen Grenzüberschreitung mit Posten, die sich lediglich in den Uniformen voneinander unterscheiden. Weiterfahren, hierauf beschränkte sich die Episode, selbst das Aufmerken war nur eine armselige Erfindung, um die Materie aufzuplustern.

Andere und bessere Erfindungen kämen jetzt zupaß, um auszuschmücken, was an Reise noch fehlt, mit zwei Nächten und zwei Tagen dazwischen, die einen schlafend zugebracht in ländlichen Herbergen, die anderen gefahren auf Straßen von alters her, nach Norden, immer nach Norden, Gefilde Galiciens und des Nebels, mit Nieselschauern, die den Herbst ankünden, es ist das einzige, was es einen zu sagen drängt, und man brauchte nichts zu erfinden. Das übrige wären die nächtlichen Umarmungen von Joana Carda und José Anaiço, das wiederholte Wachliegen von Joaquim Sassa, Pedro Orces Hand auf dem Rücken des Hundes, hier durfte der Hund ins Zimmer und da schlafen. Und tagsüber auf der Straße, gerade zu auf einen Horizont, der nicht näher rücken will. Einmal mehr sagte Joaquim Sassa, daß dies alles Irrsinn sei, einem närrischen Hund hinterdreinzufahren bis ans Ende der Welt, ohne zu wissen, warum und wozu, worauf Pedro Orce einigermaßen gekränkt und harsch entgegnete, na, bis ans Ende der Welt ja wohl nicht, eher stoßen wir ans Meer. Nun wirkt der Hund schon müde, der Kopf ist gesenkt, der Schweif hängt, und die Ballen an den Pfoten, trotz dicker Haut, mögen sich an Erde und Steinen wund gerieben haben und schmerzen, abends wird Pedro sie sich anschauen und Schründe entdecken, die bluten, es verwundert nicht, daß er Joaquim Sassa so harsch geantwortet hat, der beiseite schaut und, gleichsam sich entschuldigend, sagt, einige Tupfer Wasserstoffperoxid würden ihm guttun, dies ist, als wollte er dem Priester das Vaterunser beibringen, Pedro Orce ist in den Künsten der Pharmazie bewandert, da braucht ihm keiner erst zu sagen, was er zu tun hat. Doch schon mit diesem bißchen war der Friede wiederhergestellt.

Auf der Höhe von Santiago de Compostela bog der Hund nach Nordwest ab. Er mochte seinem Ziel nahe sein, man erkannte es am jetzt wieder kraftvollen Gang, an der Straffheit der Läufe, an der Art, wie er den Kopf trug, am hochgereckten Schweif. Joaquim Sassa mußte den Deux Chevaux ein bißchen beschleunigen, um nicht zurückzufallen, so näherten sie sich dem Tier, berührten es fast, mit einemmal rief Joana Carda, seht, seht, der blaue Faden. Alle schauten. Es scheint nicht mehr derselbe zu sein. Der andere, da so verschmutzt, konnte blau, braun oder schwarz gewesen sein, doch dieser strahlte in seinem eigenen Blau, nicht Himmel- und nicht Meeresblau, wer mochte ihn so gefärbt und so gesponnen haben, wer ihn, falls es der alte war, gewaschen und ihn dem Tier wieder in den Mund gelegt haben mit den Worten, lauf. Die Straße wurde eng, ist fast nur noch ein Weg, der die Hügel säumt. Die Sonne wird über dem Meer niedergehen, das man von hier noch nicht sieht, die Natur ist eine Meisterin im Komponieren angemessener Schauspiele für menschliche Befindlichkeit, noch an diesem Morgen und bis in den späten Nachmittag war der Himmel bedeckt und traurig, spreuselte der galicische Niesel herab, doch nun überflutet goldblondes Licht die Felder, der Hund gleichsam blitzendes Geschmeide, ein Tier aus Gold. Sogar der Deux Chevaux scheint uns nicht mehr die altbekannte müde Karre, die Reisenden drin sind allesamt schöne Kreaturen, das Licht strahlt ihnen mitten ins Gesicht, sie fahren hin wie Glückselige. José Anaiço mustert Joana Carda, und ihn überläuft ein Schauer, so hübsch sieht sie aus. Joaquim Sassa dreht den Rückspiegel nach unten, um darin das Strahlen seiner Augen zu sehen. Pedro Orce betrachtet seine alten Hände, sie sind nicht alt, nein, sie haben gerade einen alchimistischen Eingriff erfahren, sind unsterblich geworden, mag sein restlicher Leib auch sterben müssen.

Plötzlich bleibt der Hund stehen. Der Sonnenball berührt die Berggipfel, man errät das Meer jenseits. Die Straße schlängelt sich hinab, zwei Hügel, scheint es, würgen sie da in der Tiefe, doch das ist eine Täuschung der Augen und der Ferne. Vor ihnen, in halber Höhe des Hanges, steht ein großes Haus von schlichter Bauart, es wirkt vernachlässigt, alt, obwohl die Felder ringsum offenbar bestellt sind. Ein Teil des Hauses liegt bereits im Schatten, das Licht erstirbt allmählich, es scheint, die ganze Welt sinkt in Ohnmacht und Einsamkeit. Joaquim

Sassa hat den Wagen angehalten. Alle sind ausgestiegen. Das Schweigen ist hörbar, es hallt wie ein letztes Echo, vielleicht ist es nur die fern gegen die Felsen schlagende Brandung, allemal die beste Erklärung. Sogar in den Muscheln rauscht die nicht endende Erinnerung der Wellen, doch nicht das ist hier der Fall, hier vernimmt man das Schweigen, niemand sollte sterben, bevor er es erlebte, das Schweigen, du hast es gehört, du weißt, wie es ist, kannst nun gehen. Doch diese Stunde ist noch für keinen der vier gekommen. Sie wissen, ihr Schicksal ist jenes Haus, hierher hat der wunderseltsame Hund sie geführt, da steht das Haus starr wie eine Statue, harrend. José Anaiço steht neben Joana Carda, berührt sie aber nicht, er weiß, daß er sie nicht berühren darf, sie begreift es ebenfalls, es gibt Augenblicke, da muß selbst die Liebe sich bedeutungslos finden, verzeiht, daß wir das erhabenste aller Gefühle fast auf ein Nichts schmälern, dieses, das in anderen Fällen fast alles bedeutet. Pedro Orce stieg als letzter aus dem Wagen, er setzt die Füße auf den Boden und fühlt die Erde fast erscheckend heftig beben, hier würden alle Stifte der Seismographen zerbrechen, und diese Hügel scheinen hinzuwellen im Gleichmaß der Wogen, die sich jenseits im Meer übereinanderschwingen, gestoßen von diesem steinernen Floß und sich gegen dieses werfen im Rückfluß der gewaltigen Strömungen, die wir furchen.

Die Sonne hat sich verborgen. Hierauf wallte ein blauer Faden durch die Luft, so durchsichtig, daß er fast nicht zu erkennen war, er streifte die Hände und die Gesichter, als suchte er Halt, Joaquim Sassa bekam ihn zu fassen, war es Zufall, war es Schicksal, lassen wir diese Annahmen offen, auch wenn es Gründe genug gibt, weder das eine noch das andere zu glauben, und was wird Joaquim Sassa nun tun, er kann sich nicht in den Wagen setzen und mit der Hand draußen den Faden festhalten und ihm folgen, denn ein Faden, den der Wind hält und vorantreibt, folgt nicht brav dem Verlauf der Straße. Was mache ich hiermit, fragte er, doch die anderen wußten keine Antwort, der Hund sehr wohl, er verließ die Straße, lief den flachen Hang hinab, Joaquim Sassa eilte ihm hinterdrein, seine hochgereckte Hand folgte dem blauen Faden, als berührte sie hoch über dem Kopf einen Vogel an den Flügeln oder der Brust. José Anaiço kehrte mit Joana Carda und Pedro Orce zum Wagen zurück, setzte ihn in Bewegung, und sachte, mit den Augen Joaquim Sassa begleitend, fuhr er die Straße hinunter, er wollte nicht vor ihm dort eintreffen und auch nicht weit nach ihm, die mögliche Harmonie der Dinge hängt ab von ihrem Gleichgewicht und der Zeit, da sie geschehen, nicht zu früh, nicht zu spät, darum fällt es uns so schwer, Vollkommenheit zu erlangen.

Als sie auf einem freien Platz vor dem Haus anhielten, war Joaquim Sassa noch zehn Schritt von dessen offenstehender Tür entfernt. Der Hund tat einen Seufzer, der dem eines Menschen ähnelte, er streckte sich hin und legte das Haupt auf die Vorderpfoten. Mit den Krallen zog er aus dem Maul das Stück Faden und ließ es mit einem Schütteln zu Boden fallen. Aus der dunklen Tiefe des Hauses trat eine Frau. In der Hand hatte sie einen Faden, denselben, den Joaquim Sassa weiterhin festhielt. Die Frau stieg die einzige Türstufe herab. Treten Sie ein, Sie werden müde sein, sagte sie. Joaquim Sassa trat als erster heran, um das Handgelenk gerollt trug er das Ende des blauen Fadens.

An einem der vergangenen Tage, so erzählte María Guavaira, zu einer Stunde wie dieser und bei dem Licht von grad eben, erschien der Hund, es sah aus, als käme er von fern, sein Fell war schmutzig, die Pfoten bluteten, er kam, pochte mit dem Kopf an die Tür, und als ich öffnete, in der Meinung, es sei einer dieser über Land ziehenden Bettler, die, hier vorbeikommend, mit dem Knotenstock anklopfen und dann bitten, ein kleines Almosen für einen bedürftigen Armen, meine Señora, was sah ich da, den Hund, so zerquält, als wäre er vom Ende der Welt hierhergehastet, und das Blut unter seinen Pfoten befleckte die Erde, noch erschreckender aber war, daß sein Anblick mich nicht entsetzte, denn immerhin, wer nicht weiß, daß er die Friedfertigkeit in Person ist, würde ihn für die grausigste aller Bestien halten, der Ärmste, sobald er mich sah, legte er sich auf den Boden, geradeso, als hätte es meiner bedurft, um auszuruhen, und er schien zu weinen, er wirkte, wie wenn jemand sprechen möchte und es nicht kann, während der Zeit, die er sich hier aufhielt, habe ich ihn nie bellen hören. Mit uns war er sechs Tage unterwegs und hat ebenfalls nie gebellt, sagte Joana Carda. Ich nahm ihn ins Haus, pflegte und versorgte ihn, er ist kein herrenloses Tier, man erkennt's am Haarkleid, seine Besitzer haben ihn gut genährt, sie gaben ihm aufmerksame Pflege, man schaue sich dagegen nur Galiciens Hunde an, die werden als Hungerleider geboren und krepieren nach einem Hungerleben verhungert, und sie werden mit Knüppeln und Steinen traktiert, weshalb der galicische Hund nie den Schwanz hebt, er hält ihn zwischen die Beine geklemmt, möchte nur ja nicht auffallen, und er rächt sich, wenn möglich, mit Beißen. Dieser beißt nicht, erklärte Pedro Orce. Woher er kommt, werden wir wohl nie erfahren, sagte José Anaiço, und vielleicht ist es wenig von Belang, was mich nachdenklich stimmt, ist, daß er uns gesucht hat, um uns hierherzuführen, man kann nicht umhin zu fragen, wozu. Das weiß ich nicht, ich weiß lediglich, daß er eines Tages mit einem Stück Faden zwischen den Zähnen fortlief, er schaute mich an, als wollte er sagen, bleib hier, bis ich zurückkehre, und er verschwand den Berg hinan, da hinauf, von wo er jetzt herunterkam. Was ist das für ein Faden, fragte Joaquim Sassa, während er das Ende des ihn noch mit María Guavaira verbindenden Fadens am Handgelenk auf- und abwickelte. Zu gern wüßte ich es, antwortete María Guavaira und rollte das Ende ihres Stückes auf, worauf der Faden sich straff wie eine Gitarrensaite spannte, doch weder er noch sie schienen zu merken, daß sie gefesselt waren, die anderen aber sahen es, verschwiegen ihre Gedanken, doch dürfte es nicht schwer sein, diese zu erraten. Denn ich habe nur eben einen alten Strumpf aufgeräufelt, einen von denen, die als Sparstrumpf dienten, doch der von mir aufgeräufelte Strumpf würde nur eine Handvoll Wolle ergeben, dies hier jedoch entspricht der Wolle von hundert Schafen, und wer hundert sagt, sagt hunderttausend, welche Erklärung wird man für diesen Fall finden. Mir waren über Tage hin zweitausend Stare hinterdrein, sagte José

Anaiço. Ich warf einen Stein ins Meer, der fast so viel wog wie ich, und er flog weit fort, fügte Joaquim Sassa hinzu, wobei er fühlte, daß er übertrieb, und Pedro Orce sagte lediglich, die Erde bebt und bebte.

María Guavaira erhob sich und öffnete eine Tür, sie sagte, da, sehen Sie. An ihrer Seite befand sich Joaquim Sassa, nicht vom Faden gezogen, und da sahen sie eine blaue Wolke, von einem Blau, das sich zur Mitte hin verdunkelte, fast schwarz war. Wenn ich die Tür offenlasse, entwischen allemal Enden, wie vorhin dieses eine, das zur Straße hinaufstieg und Sie hierherbrachte, sprach María Guavaira zu Joaquim Sassa, und die Küche, in der sie sich alle zusammengefunden hatten, wirkte leer, drin nur sie zwei, verbunden durch den blauen Faden, und die gleichsam atmende blaue Wolke, man hörte im Herd das Holz bersten, da kocht eine mit Muskelfleisch versetzte Kohlsuppe, ein leichtes galicisches Gericht.

Es dürfen Joaquim Sassa und María Guavaira nur geziemend lange miteinander verbunden bleiben, sonst gewänne die Fesselung zweifelhaften Sinn, darum wickelt sie den Faden in Gänze zum Knäuel, und als sie sein Handgelenk erreicht, umkreist sie es, als fesselte sie ihn, unsichtbar, ein zweites Mal, dann steckt sie das kleine Knäuel in den Blusenausschnitt, über die Bedeutung dieser Geste dürfte nur ein Dümmling im Zweifel sein, und sehr dumm müßte er sein, um diesen Zweifel zu haben. José Anaiço zog sich vom Herdfeuer zurück, dem verbrennend heißen, es mag Ihnen unsinnig erscheinen, aber wir sind zur Meinung gelangt, daß es irgendeine Verbindung gibt zwischen dem, was uns passiert ist, und der Lostrennung Spaniens und Portugals von Europa, wovon Sie gewiß gehört haben. Hab ich, aber hier an diesen Orten schert man sich nicht drum, wenn wir die Berge überwinden und zur Küste hinabsteigen, ist es stets das gleiche Meer. Das Fernsehen zeigte es. Ich habe keinen Fernseher. Das Radio brachte Nachrichten. Die Nachrichten sind Worte, nie weiß man recht, ob die Worte Nachrichten sind.

Dieses zweiflerische Urteil unterbrach das Gespräch für einige Minuten. María Guavaira nahm vom Küchenbord einige Teller, schüttete die Suppe hinein, der vorletzte war für Joaquim Sassa, der letzte für sie, plötzlich schien allen, daß da ein Löffel fehlte, aber nein, es war für jeden einer da, darum mußte María Guavaira nicht warten, bis Joaquim Sassa gegessen hätte. Dann fragte er, ob sie das Haus allein bewohne, sie hätten bisher keine weiteren Personen gesehen, und sie antwortete, sie sei Witwe seit drei Jahren, und für die Feldbestellung kämen Arbeiter. Hier lebe ich, zwischen Meer und Gebirge, ohne Kinder noch sonstigen Anhang, meine Geschwister sind nach Argentinien ausgewandert, der Vater gestorben, die Mutter in einer Irrenanstalt, in La Coruña, wenige Menschen mögen so allein sein wie ich. Sie hätten wieder heiraten können, warf Joana Carda ein, bereute es aber sogleich, sie, erst kürzlich eine Ehe aufgekündigt und nun schon mit einem anderen Mann, sie hatte nicht das Recht, solches zu sagen. Ich fühlte mich müde, und wenn eine Frau meines Alters geheiratet wird, so gewiß ihrer Ländereien wegen, ein Mann heiratet das Land, nicht die Frau. Sie sind noch so jung. Das war einmal, ich erinnere mich schon gar nicht mehr, wann, und zum besseren Beweis neigte sie das Antlitz über die Herdflamme, Joaquim Sassa schaute über das Feuer hinweg, und ihm war, als sagte sie zu ihm, so sehe ich aus, sieh mich nur gut an, zu meiner Tür kamst du, gefesselt an einen Faden, den ich in meiner Hand hielt, ich kann dich, wenn ich nur möchte, in mein Bett ziehen, und du wirst kommen, dessen bin ich gewiß, aber nie wieder werde ich schön sein, außer du verwandeltest mich in die schönste Frau, die es je gab, das vermögen nur Männer, und sie tun es, schade nur, daß es nicht immer währen kann.

Joaquim Sassa betrachtete sie von der anderen Seite des Feuers her, und er fand, daß die tanzenden Flammen ihr Gesicht fortwährend veränderten, mal furchten sie Oberflächen, mal glätteten sie Schatten, unverändert aber blieb der Glanz ihrer dunklen Augen, vielleicht hatte eine hängende Träne sich zu hellem Licht gebreitet, eine Schönheit ist sie nicht, überlegte er, häßlich aber auch nicht, ihre Hände sind abgearbeitet, wirken ermüdet, nicht zu vergleichen mit meinen, denen eines seinen bezahlten Urlaub genießenden Büroangestellten, im übrigen ist morgen, sofern ich mit der Zeit noch im Bilde bin, der letzte Tag dieses Monats, übermorgen muß ich die Arbeit wiederaufnehmen, aber nein, das kann nicht geschehen, wie könnte ich José und Joana, Pedro und den Hund hier allein lassen, sie haben keinen Grund, mich zu begleiten, und wenn ich den Deux Chevaux mitnehme, werden sie große Schwierigkeit haben heimzukehren, wahrscheinlich möchten sie es gar nicht, das einzig Wahre dieser Welt im Augenblick ist, daß wir hier vereint sitzen, Joana Carda und José Anaiço in leisem Gespräch miteinander, vielleicht über ihr beider Leben redend, vielleicht jeder über seins, Pedro Orce die Hand auf Pilots Kopf, sicherlich registrieren sie Vibrationen und Erschütterungen, die nur sie wahrnehmen, während ich diese María Guavaira sehe und betrachte, die in einer Weise schaut, die nicht Sehen ist, sondern Augenvorführen, sie kleidet sich dunkel, ist Witwe nur mehr in leichter Trauer, aber Sitte und Tradition halten sie weiterhin in Schwarz, ein Glück nur, daß ihre Augen funkeln, und da ist die blaue Wolke, die diesem Haus nicht zugehörig scheint, ihre Haare sind kastanienbraun, und sie hat ein rundes Kinn, hat volle Lippen, und die Zähne, vorhin erst sah ich sie, sind weiß, gottlob, diese Frau ist schön, und ich hatte es nicht gemerkt, ich war an sie gefesselt und wußte nicht, an wen, ich muß mich entscheiden, kehre ich zurück, oder bleibe ich hier, selbst wenn ich mit ein paar Tagen Verzug zur Arbeit erscheine, entschuldigen sie es, bei dem augenblicklichen Durcheinander auf der Halbinsel fällt es nicht auf, wenn einer verspätet eintrifft, man kann auf die Transportschwierigkeiten verweisen, jetzt sieht sie vulgär aus, jetzt hübscher, jetzt, jetzt, verglichen mit María Guavaira, sieht Joana Carda nach nichts aus, meine ist viel schöner, Senhor José Anaiço, nun sage mir einer, ob Ihr städtisches Luxusweib sich vergleichen kann mit dieser wildwüchsigen Kreatur, die sicherlich nach dem Salz schmeckt, das der Wind über die Berge herbeiweht, und ganz hell wird ihr Leib sein unter diesen schwarzen Kleidern, wenn ich jetzt könnte, Pedro Orce, würde ich dir eines sagen. Was würdest du mir sagen. Daß ich nun weiß, wen ich lieben soll. Meinen Glückwunsch, manch einer hat da viel länger gebraucht oder es nie herausgefunden. Weißt du einen solchen. Zum Beispiel ich, und nachdem er dies geantwortet hatte, sagte Pedro Orce laut, ich werde einen Rundgang machen mit dem Hund.

Noch ist es nicht finstere Nacht, aber kalt. Zum Berg, der das Meer verbirgt, führt ein Weg, der sich weiter vorn den Hang hinaufschlängelt, nach links und nach rechts, einer Garnwinde gleich, bis er sich im Unsichtbaren verliert, das die Augen schon nicht mehr durchdringen können. Lange dauert es nicht, dann wird dieses Tal so dunkel sein wie die Nacht des *apagón*, sofern es nicht treffender wäre zu sagen, daß in diesem Tal, das María Guavaira bewohnt, Nacht für Nacht der *apagón* regiert, da mußten die Stromleitungen aus dem zivilisierten und gebildeten Europa nicht erst reißen. Pedro Orce verließ das Haus, weil er dort in keiner Weise gebraucht wurde. Er schreitet hin, ohne sich umzuschauen, zunächst so schnell, wie es seine Kräfte erlauben, dann, weil diese nachließen, langsamer. Er spürt keinerlei Furcht in diesem Schweigen zwischen den aufragenden Bergwänden, er ist ein Mann, der in einer Wüste geboren wurde und dort seine Tage gelebt hat, auf Staub und Steinen, wo man, jeglichen Erschreckens bar, einen Pferdeunterkiefer oder einen noch mit dem Eisen beschlagenen Huf finden kann, manch einer sagt, daß hier noch nicht einmal die Apokalyptischen Reiter überlebten, es starb am Krieg der Kriegsgaul, an Pest der Pestgaul, es verhungerte der Hungergaul, der Tod ist die höchste Sinngebung aller Dinge und deren unumgänglicher Abschluß, was uns täuscht, ist diese Reihe der Lebenden, in deren Mitte wir dem entgegenschreiten, was wir Zukunft nennen, weil es ja einen Namen haben muß, ihr entnehmen wir immerfort die Neugeborenen und lassen hinter uns immerfort die Alten, die wir Tote nennen mußten, damit sie in der Vergangenheit blieben.

Alt und schon müde mag Pedro Orces Herz sein. Nun muß er oft eine Ruhepause einlegen, und immer längere, doch er läßt nicht davon ab, der anwesende Hund ist ihm

Stärkung. Sie wechseln Zeichen, gleichsam ein Nachrichtenkode, der sogar unentschlüsselt zur Genüge gereicht, weil schon der einfache Tatbestand, daß man existiert, ausreicht, der Schweif des Tieres streift den Schenkel des Mannes, die Hand des Mannes streichelt den Flaum in der Ohrmuschel des Hundes, die Welt ist belebt von Geräuschen, Schritten, dem Atmen, den Reibungen, und nun, o ja, hört man hinter dem Bergkamm das dumpfe Rauschen des Meeres, immer lauter, immer vernehmlicher, bis sich einem vor Augen die riesige Fläche auftut, vage schillernd in dieser Nacht ohne Mond und mit nur spärlichen Sternen, und unten, wie die lebendige Linie, die Nacht und Tod scheidet, das grelle Weiß des fortwährend zerstörten und erneuerten Schaums. Die von den Wellen berannten Felsen sind schwärzer, so als wäre der Stein hier von größerer Dichte oder seit Anbeginn der Zeiten von Wasser bespült. Der Wind weht von der See her, ein Teil ist natürlicher Hauch, der andere, geringere mag Fahrtwind der durch die Wasser ziehenden Halbinsel sein, ist nur mehr ein Lüftchen, sehr wohl wissen wir es, trotzdem gab es, seit die Welt existiert, noch nie einen solchen Orkan wie diesen.

Pedro Orce mißt die Weite des Ozeans, und in diesem Augenblick dünkt er ihn klein, denn er atmet tief, und dabei weiten sich ihm die Lungen so gewaltig, daß die hineinsprudelnden flüssigen Abgründe allesamt darin Platz fänden, gar noch Raum übrigbliebe für dieses Floß, das sich mit seinem steinernen Galion den Weg bahnt wider die Wogen. Pedro Orce weiß nicht, ob er Mensch ist oder Fisch. Er steigt zum Meer hinunter, der Hund ihm voraus, den Weg zu erkunden und zu erwählen, und sehr nötig war der vorsichtige und feinfühlige Kundschafter, vor Tagesbeginn würde Pedro Orce allein in dieses Steinlabyrinth nicht hineinfinden und von dort nicht herausfinden. Endlich gelangten sie zu den riesigen Gesteinsplatten, die ins Meer abfallen, da ist das Tosen der brechenden Brandung ohrenbetäubend. Unter diesem pechschwarzen Himmel und in den Schreien des Meeres, wenn da jetzt der Mond heraufzöge, könnte ein Mensch vor Glück vergehen, während er meinen würde, er stürbe vor Bangigkeit, vor Angst, vor Einsamkeit, Pedro Orce spürte die Kälte nicht mehr. Die Nacht hellte auf, es erschienen weitere Sterne, und der Hund, eine Minute lang verschwunden, kam zurückgelaufen, ihm hatte man nicht beigebracht, seinem Herrn an der Hose zu zerren, doch wir kennen ihn schon zur Genüge, wissen, wie gut er sein Begehr mitteilen kann, und nun soll Pedro Orce ihn auf Entdeckung begleiten, zu finden einen angeschwemmten Ertrunkenen, eine Schatztruhe, eine Spur von Atlantis, ein Trümmerstück vom Fliegenden Holländer, bedrängende Erinnerung, und als er hingelangte, sah er, daß es lediglich Steine zwischen Steinen waren, doch da dieser Hund sich nicht täuschen ließ, mußte hieran etwas Besonderes sein, und da merkte er, daß seine Füße auf dem bewußten Etwas standen, einem riesigen Stein von den Umrissen eines Schiffes, und da noch etwas, lang und schmal wie ein Mast, und ein anderes, dieses mochte das Ruder sein, mit der Pinne, wenn auch in Stücke gebrochen. Er glaubte sich bei dem so spärlichen Licht genarrt, schritt, fühlend und abtastend, von Stein zu Stein, und so gewann er Gewißheit, diese Seite, hoch und spitz zulaufend, ist der Bug, jenes da, der Rhombus, ist das Heck, der Mast einwandfrei erkennbar, und das Ruder zum Beispiel konnte nur eines Riesen

Schwert gewesen sein, falls dies da doch kein steinernes Schiff ist. Ein Phänomen der Geologie, gewiß, Pedro Orce weiß von Chemie mehr als genug, um sich das Gefundene erklären zu können, ein von den Wellen angetriebenes oder von den Gezeiten hier abgesetztes altes Holzschiff, auf diesen Platten liegend seit unvordenklichen Zeiten, später lagerten sich Erdschichten darüber, es versteinerte die organische Materie, die Erde dann abgespült, bis heute, sicherlich wird es Tausender von Jahren bedürfen, bis sich die Umrisse verwischen und die Maße verkleinern, Wind, Regen, die Feile von Kälte und Hitze, eines Tages wird sich der Stein vom Stein nicht mehr unterscheiden. Pedro Orce setzte sich in den Bauch des Gefährts, aus dieser Position sieht er nur noch den Himmel und das ferne Meer, würde das Schiff ein bißchen wanken, könnte er meinen, er führe zur See, und da, was Einbildung doch alles vermag, er malte sich absurdermaßen aus, daß dieses steinerne Schiff wirklich über die Meere zog, mit der Halbinsel im Schlepptau, auf die Delirien der Phantasie ist kein Verlaß, freilich würde es nicht unmöglich sein, daß solches passierte, hat man doch schon andere und schwierigere Akrobatenstückchen erlebt, doch hier, spaßigerweise, sticht das Heck in See, kein Boot, das etwas auf sich hält, würde je mit dem Hinterteil voran fahren. Pedro Orce erhob sich, nun ist ihm kalt, der Hund sprang über die Brüstung, es ist an der Zeit heimzukehren, Herrchen, diese Nachtschwärmereien sind nichts für dein Alter, hast sie nicht gelebt, als du jung warst, nun ist es zu spät.

Als sie den Scheitel der Berge erreichten, versagten Pedro Orce beinahe die Beine, und seine armen Lungen, die vorhin noch den ganzen Ozean einzuatmen vermochten, fauchten wie zerschlissene Blasebälge, die rauhe Luft kratzte ihm die Nasenwände, trocknete ihm die Kehle aus, diese Gebirgsabenteuer sind nichts für einen alternden Apotheker. Er sank auf einen Stein nieder, wollte ruhen, die Ellenbogen auf die Knie gestützt, der Kopf in den Händen geborgen, der Schweiß bringt seine Stirn zum Glänzen, der Wind zaust seine Strähnen, er ist ein Wrack, müde und traurig, leider wurde noch kein Verfahren zur Mineralisierung erfunden, um ihn in der Blüte seiner Jugend in eine ewig beständige Statue zu verwandeln. Der Atem geht ruhiger, die Luft ist linder geworden, sie fährt nicht mehr kratzig wie Sandpapier hinein und heraus. Der da lang ausgestreckt harrende Hund hatte diese Veränderungen bemerkt, er machte Anstalten, sich zu erheben. Pedro Orce hob den Kopf, schaute abwärts, ins Tal, wo sich das Haus befand. Über ihm schwebte etwas wie eine Aura, ein glanzloser Strahlenkranz, eine Art nicht leuchtendes Licht, sofern dieser Satz, der sich wie alle anderen ja nur mehr aus Wörtern fügt, einhellig verstanden wird. Pedro Orce fiel jener Epileptiker in Orce ein, der nach seinen Anfällen, die ihn niederwarfen, die wirren Empfindungen zu erklären versuchte, mit denen diese sich jedesmal ankündigten, mochte es hier die Vibration der unsichtbaren Luftteilchen sein oder das Flimmern irgendeiner Energie, gleich dem der Hitze in einer gewissen Entfernung, oder die Verzerrung der Lichtstrahlen in ihrem Grenzbereich, diese Nacht hatte sich wahrhaftig mit Wundern angefüllt, der Faden und die Wolke aus blauer Wolle, das auf den Felsplatten der Küste gestrandete steinerne Schiff, nun ein Haus, das wundersam bebt, zumindest wirkt es so, von hier aus gesehen. Das Bild oszilliert, es verschwimmen die Umrisse, plötzlich scheint es sich zu entfernen, zu schrumpfen bis auf einen kaum noch wahrnehmbaren Punkt, dann kehrt es zurück, langsam pulsend. Für einen Augenblick glaubte sich Pedro Orce dieser anderen Wüste hier ausgesetzt, doch der Schrecken ging vorüber, währte nur so lange, bis er begriff, daß dort unten María Guavaira und Joaquim Sassa sich zusammengetan hatten, die Zeiten hatten sich sehr geändert, nun gilt es, sofern mir der gemeine, plebejische und archaische Vergleich gestattet ist, nun gilt es aufzufüllen, zu binden und in den Rauchfang zu hängen. Pedro Orce hatte sich erhoben, um den Weg hinab fortzusetzen, hockte sich aber wieder hin und harrte geduldig, durchgefroren, daß dieses Haus sein Aussehen von Haus wiedergewänne, ohne Flammen mehr denn die eine im Herd, und falls er noch lange ausbleibt, wird er ganz gewiß nur noch Asche vorfinden anstelle des Feuers.

María Guavaira erwachte beim ersten Morgenstrahl. Sie befand sich in ihrem Zimmer, lag in ihrem Bett, und an ihrer Seite lag ein schlafender Mann. Sie hörte ihn atmen, tief atmen, als schöpfte er tief aus dem Mark der Knochen neue Kraft, und halb unbewußt wünschte sie, ihren Atemrhythmus dem des Schlafenden anzugleichen. Ihre Brust ging anders, da merkte sie, daß sie nackt war, ihre Hände glitten über den Körper, halb her von den Schenkeln, die Scham umkreisend, dann über den Bauch bis zu den Brüsten hinauf, und plötzlich erinnerte sie sich ihres jähen Aufschreis, als, einer Sonne gleich, in ihr die Wollust hervorbrach. Nun gänzlich wach, biß sie sich auf die Finger, um nicht abermals den Schrei auszustoßen, doch gern möchte sie im unterdrückten Laut jene Empfindungen wieder spüren, sie für immer unabtrennbar machen, möchte sie, daß die Begierde wieder geweckt würde oder vielleicht gar die Reue, die Angst, die sich in dem Satz ausdrückt, was wird nun aus mir, die Gedanken sind nicht abtrennbar von anderen Gedanken, die Eindrücke nicht unbehelligt von anderen Eindrücken, diese Frau lebt auf dem Lande, den Liebeskünsten der Zivilisation fern, und bald werden die zwei Männer eintreffen, die María Guavairas Felder bestellen, das Haus voll von Fremden, was wird sie denen sagen, nichts gibt den Dingen so sehr ein anderes Gesicht wie das Tageslicht. Doch dieser Mann, der da schläft, hat einen Felsbrocken ins Meer geworfen, und Joana Carda hat den Erdboden in zwei Hälften geteilt, und José Anaiço war der König der Stare, und Pedro Orce bringt unter seinen Füßen die Erde zum Erbeben, und der Hund kam weiß einer woher, um diese Menschen zusammenzubringen. Und mehr als zu den anderen fügte er mich zu dir, ich zog an dem Faden, und du kamst vor meine Tür, bis in mein Bett, bis in meinen Leib, bis in meine Seele, denn nur ihr kann sich der Schrei entrungen haben, den ich ausstieß. Einige Minuten hielt sie die Augen geschlossen, als sie die Augen aufschlug, sah sie, daß Joaquim Sassa nun wach war, sie spürte die Steifheit seines Körpers, und vor Sehnsucht schluchzend, tat sie sich ihm auf, sie schrie nicht, aber weinte lachend, und der Tag wurde hell. Was sie sprachen, braucht hier nicht taktlos im einzelnen dargeboten zu werden, möge ein jeder es sich ausmalen, möge er seine Phantasie aufbieten, höchstwahrscheinlich wird es ihm nicht gelingen, wie begrenzt der Sprachschatz der Liebe auch scheinen mag.

Es erhob sich María Guavaira, und ihr Leib ist weiß, so wie Joaquim Sassa es sich erträumte, sie sagt, ich wollte diese meine schwarze Kleidung nicht anziehen, doch nun bleibt mir keine Zeit, andere herauszusuchen, die Männer werden gleich hiersein. Sie zog sich an, kehrte zum Bett zurück, bedeckte mit den Haaren Joaquim Sassas Gesicht, küßte ihn, dann enteilte sie, fort aus dem Zimmer, Joaquim Sassa im Bett drehte sich um, schloß die Augen, er wird einschlafen. Auf einer Wange haftet ihm eine Träne, sie kann von María Guavaira sein oder von ihm, auch die Männer weinen, das ist keine Schande, und es tut ihnen gut.

Dies ist das Zimmer, das Joana Carda und José Anaiço bezogen, die Tür ist verschlossen, noch schlafen sie. Jene andere Tür ist einen Spaltbreit geöffnet, der Hund kam hervor, schaute María Guavaira an, zog sich zurück, streckte sich wieder hin, um über Pedro Orces Schlaf zu wachen, der von seinen Abenteuern und Entdeckungen ausruht. Daß es heute heiß werden wird, verrät die Atmosphäre. Die Wolken kommen von der See her und scheinen schneller hinzufliegen als der Wind. Vor dem Deux Chevaux stehen zwei Männer, gedungene Feldarbeiter, die zum Tagewerk erschienen sind, sie sagen einer zum anderen, die Witwe, die so sehr über die mangelnden Ernteergebnisse klage, habe sich nun ein Auto gekauft, wenn der Mann tot ist, kommen sie allemal zurecht, dieses äußerte sarkastisch der Ältere. María Guavaira rief sie herein, und indessen sie Feuer machte und den Kaffee kochte, erklärte sie jenen, sie habe Durchreisenden Unterkunft gewährt, drei sind Portugiesen, und einer ist Spanier, sie schlafen noch, die Ärmsten. Die Señora, hier allein, ist vielem ausgesetzt, sagte der Jüngere, doch dieser Satz, so menschlich mitfühlend, ist lediglich eine Variante von vielen anderen, die gesagt worden sind, mit ganz anderer Absicht, die Señora sollte wieder heiraten, sie braucht einen Mann, der sich um ihre Wirtschaft kümmert, die Señora würde, ich sage es nicht aus Angabe, keinen fähigeren Mann finden als mich, für die Arbeit und auch sonst alles, ehrlich, Señora, Sie gefallen mir, die Señora wird eines baldigen Tages erleben, daß ich bei ihr eintrete und für immer bleibe, die Señora verdreht mir den Kopf, ein Mann, Señora, ist nicht aus Holz. Sei versichert, entgegnete ihm María Guavaira, sobald du mir zu nahe trittst, hau ich dir ein brennendes Holzscheit ins Gesicht, und da blieb dem jüngeren Mann nichts übrig, als zum Ausgangssatz zurückzukehren, den er ein bißchen abänderte, die Señora benötigt jemanden, der sich um sie kümmert, doch selbst so erreichte er bis auf den heutigen Tag das erstrebte Ziel nicht.

Die zwei begaben sich auf das Feld, und María Guavaira kehrte ins Zimmer zurück. Joaquim Sassa schlief. Leise, damit er nicht aufwachte, öffnete sie den Kasten und begann Kleider aus ihren lichten Zeiten hervorzusuchen, Töne in Rosa, Grün, Blau, das Weiß und das Rot, das Orange und das Lila, außerdem die vermischten weiblichen Farben, nicht etwa, daß dies Theatergewänder wären oder sie eine reiche Bäuerin, sondern es wissen alle Menschen, daß schon zwei Frauenkleider ein Fest sind und sich mit zwei Röcken und zwei Blusen ein Regenbogen aufziehen läßt. Die Kleidung riecht nach Naphthalin und Truhe, María Guavaira wird sie in die Sonne hängen, damit sich die Schwaden aus Chemie und toter Zeit verflüchtigen, und als sie so herabsteigen will, die Arme voller Farben, begegnet sie Joana Carda, die ihren Mann ebenfalls in der Wärme der Laken zurückließ und nun, da sie sogleich begreift, was hier vorgeht, helfen will. Es lachen die beiden auf dem Trockenplatz, der Wind bläst ihnen ins Haar, die Kleider flattern und wedeln wie Fahnen, man möchte am liebsten mit lautem Ruf die Freiheit hochleben lassen.

Sie kehren in die Küche zurück, um das Frühstück vorzubereiten, es duftet nach frischem Kaffee, da ist Milch, auch etliche Tage altes, aber schmackhaftes Brot, harter Käse, Marmelade, all diese Wohlgerüche werden die Männer aufwecken, als erster erschien José Anaiço, dann Joaquim Sassa, der dritte war nicht Mann, sondern

Hund, er schaute zur Tür herein und machte wieder kehrt, er geht seinen Herrn holen, sagte María Guavaira, die theoretisch mehr Eigentumsrechte hat, jedoch schon Verzicht leistete. Endlich erschien auch Pedro Orce, er wünschte guten Morgen und setzte sich, saß stumm da, sein Blick verrät eine gewisse Verwirrung, als er die gleichwohl sehr zurückhaltenden Zärtlichkeitsgesten wahrnimmt, mit denen die vier sich ausdrücken, sowohl pärchenweise als auch alle vereint, die Welt der Zufriedenheit hat ihre eigene und anders geartete Sonne.

Nicht gut zu Gesicht stehen wird Pedro Orce der Mißmut, er weiß, daß er alt ist, unsere Pflicht aber wird es sein, ihn zu verstehen, sofern er noch nicht resignierte. José Anaiço möchte ihn ins Gespräch ziehen, ob der nächtliche Spaziergang schön war, fragt er, ob der Hund ihm gut Gesellschaft geleistet hat, und Pedro Orce, schon besänftigt, dankt im Herzen für die ausgestreckte Hand, sie kam zur rechten Zeit, ehe die Bitternis ihn noch mehr verhärmte. Ich bin bis zum Meer gelaufen, sagte er, und da schauten alle entsetzt auf, zumal María Guavaira, die sehr wohl weiß, wo das Meer sich befindet und wie schwierig es ist, dorthin zu gelangen. Hätte ich den Hund nicht mitgehabt, ich hätte es nicht gefunden, erklärte Pedro Orce, und da fiel ihm das steinerne Schiff ein, er war mit einemmal verwirrt, wußte etliche Sekunden lang nicht, ob es nur Traum gewesen oder wirklich und wahr, falls ich es nicht geträumt habe, es nicht lediglich Einbildung war, existiert es, ist es da in ebendiesem Augenblick, ich sitze hier, trinke Kaffee, und das Schiff befindet sich dort, und, so lebhaft ist seine Vorstellungskraft, obwohl er es nur im matten Schein spärlicher Sterne gesehen hatte, daß er jetzt in seinem Kopf bei hellichtem Tage, bei Sonne und dem Blau des Himmels, den schwarzen Fels unter dem zu Stein gewordenen Schiff sah. Ich habe ein Schiff gefunden, sprach er, und ohne ein Bedenken, daß er sich getäuscht haben könnte, breitete er seine Theorie aus, legte er, noch etwas ungenau in den Begriffen, den chemischen Prozeß dar, doch bald begannen ihm die Worte zu fehlen, ihn verwirrte María Guavairas Miene, die abweisend war, und er schloß mit einer anderen, rettenden Hypothese, es könnte sich freilich aber auch um ein außergewöhnliches Produkt der Erosion handeln.

Joana Carda sagte, sie wünsche es gern zu sehen, José Anaiço und Joaquim Sassa stimmten gleich mit ein, nur María Guavaira schwieg, sie und Pedro Orce musterten einander. Bald verstummten die anderen, sie begriffen, daß hier das letzte Wort noch nicht gesprochen war, sofern es wirklich für alle Dinge ein letztes Wort gibt, was die heikle Frage aufwirft, wie die Dinge dann aussehen mögen, wenn über sie alles gesagt ist. María Guavaira faßte Joaquim Sassa an der Hand, als gälte es, einen Schwur zu tun. Es ist ein Schiff aus Stein, erklärte sie. Eben dies habe ich gesagt, es ist mit der Zeit zu Stein geworden, vielleicht durch Mineralisierung, doch kann es auch ein Werk des Zufalls sein und seine heutige Gestalt der Einwirkung des Windes und anderer atmosphärischer Kräfte verdanken, des Regens zum Beispiel, und selbst des Meeres, in einer anderen Epoche könnte der Meeresspiegel höher gewesen sein. Es ist ein Schiff aus Stein, das immer Stein war, ein Schiff, das von sehr fern her kam und hierblieb, nachdem es die mit ihm reisenden Menschen an Land gesetzt hatte. Menschen, fragte

José Anaiço. Oder einen einzelnen Menschen, so gewiß ist das nicht. Und was man gewiß nennt, wie gewiß ist denn das, fragte zweifelnd Pedro Orce. Die Altvorderen sagten, ihre Ahnen hätten erzählt, sie wüßten von ihren Ahnen, daß auf steinernen Schiffen, aus den Wüsten von der anderen Seite der Welt kommend, Heilige an dieser Küste gelandet seien, etliche lebend, andere tot, wie einst der heilige Jakob, seither lagen die Schiffe am Strand, und dieses ist nur eben eines von ihnen. Glauben Sie, was Sie da sagen, fragte Pedro Orce. Glauben oder nicht glauben ist nicht das Problem, alles, was wir sagen, fügt sich dem bei, was ist, was existiert, zuerst sagte ich Granit, dann sage ich Schiff, und wenn ich mit dem Gesagten am Ende bin, so muß ich, auch wenn ich das Gesagte nicht glauben sollte, dennoch glauben, dieses gesagt zu haben, oft ist das genug, so wie Wasser, Mehl und Hefe zum Brotbacken ausreichen.

Joaquim Sassa ist da ein erzgescheites Mädchen zugefallen, eine Minerva der galicischen Berge, in der Regel merken wir es nicht, aber die Menschen wissen alle mehr, als wir vermeinen, die meisten ahnen selber nicht, welch ein Born an Wissen sie sind, das Schlimme ist, sie wollen als etwas gelten, was sie nicht sind, darüber verlieren sie das Wissen und die Anmut, anstatt es lieber María Guavaira gleichzutun, die nur eben sagt, ich habe in meinem Leben einige Bücher gelesen, und mit wundersam viel Gewinn, diese Frau ist nicht so eitel, daß sie es von sich selber behauptete, es sagt's der Erzähler, der sich aus Liebe zur Gerechtigkeit des Einwurfs nicht enthalten konnte. Nun wird Joana Carda fragen, wann sie zur Besichtigung des steinernen Schiffes aufbrechen wollen, und María Guavaira in ebendem Moment, vielleicht damit sich die Debatte nicht weiter in Gefilden bewegt, die nicht zu ihrer Kompetenz gehören, María Guavaira, sagten wir schon, stellte in ebendiesem Augenblick das in der Küche befindliche Radio an, die Welt hat gewiß Nachrichten zu vermelden, so ist es jeden Morgen, und sie sind erschreckend, die Nachrichten, auch wenn man die ersten Worte verpaßte und sie hernach rekonstruierte. Seit gestern nacht ist die Abdriftgeschwindigkeit der Halbinsel unerklärlicherweise verändert, neueste Messungen ergaben zweitausend Meter pro Stunde, das sind praktisch fünfzig Kilometer an jedem Tag, das Dreifache dessen, was es bei Beginn des Abdriftens war.

In diesem Moment mag auf der ganzen Halbinsel jähes Schweigen herrschen, die Nachrichten werden in den Häusern und im Freien gehört, manche aber erhalten erst später Kenntnis, so die zwei Männer, die für María Guavaira arbeiten, sie sind drüben auf dem Feld, weit fort, wetten, daß der jüngere vom Hofieren und Scharwänzeln ablassen und nur noch an sein Leben und dessen Sicherung denken wird. Doch das Schlimmste kommt noch, wenn der Sprecher eine aus Lissabon stammende Meldung verliest, obwohl lange geheimgehalten, mußte man es früher oder später ja doch erfahren, Große Beunruhigung herrscht in Portugals politischen und wissenschaftlichen Kreisen, da die Inselgruppe der Azoren sich genau in der Driftrichtung der Halbinsel befindet, schon sind unter den Menschen erste Anzeichen von Beunruhigung erkennbar, noch kann man nicht von Panik reden, doch ist vorauszusehen, daß in den nächsten Stunden ein Evakuierungsplan anläuft, dem zufolge die vom unmittelbaren Aufprall am meisten bedrohten Städte und sonstigen Ortschaften der Küstenregion geräumt werden, wir Spanier dagegen können davon ausgehen, daß wir nicht unmittelbar betroffen sind, da die Azoren zwischen dem siebenunddreißigsten und dem vierzigsten Breitengrad liegen, die gesamte Region Galicien sich aber nördlich des zweiundvierzigsten Breitengrades befindet, leicht erkennbar, daß, sofern keine Richtungsänderung erfolgt, nur das Bruderland, das stets glücklose, einen direkten Aufprall erleidet, nicht zu vergessen freilich seine ebenso unglücklichen Inseln, die, ihrer verhältnismäßig geringen Größe wegen, Gefahr laufen, unter der, wie gesagt, mit beeindruckender Geschwindigkeit von fünfzig Kilometern pro Tag sich fortbewegenden riesigen Gesteinsmasse begraben zu werden, oder es könnte, umgekehrt, passieren, daß eben diese Inseln als gleichsam von der Vorsehung bestimmte Bremse dem bisher unaufhaltsamen Marsch Einhalt geböten, wir alle sind in Gottes Hand, schon da des Menschen schwache Kräfte die Katastrophe nicht abzuwenden vermögen, wenn es so vorherbestimmt ist, glücklicherweise, wie gesagt, sind wir Spanier mehr oder weniger gerettet, doch ist übertriebener Optimismus unangebracht, denn da sind immer noch die mittelbaren Folgen des Aufpralls, weshalb höchste Wachsamkeit empfohlen wird, es sollten sich an Galiciens Küsten nur jene Personen aufhalten, die sich ihrer Ämter und Verpflichtungen wegen nicht ins Landesinnere zurückziehen können. Musik löste den Sprecher ab, eine für ganz andere Gelegenheiten gemachte, und José Anaiço, sich erinnernd, bemerkte zu Joaquim Sassa, recht hattest du, als du von den Azoren sprachst, und, so groß eben ist die menschliche Eitelkeit selbst in dieser höchsten Lebensgefahr, Joaquim Sassa genoß es, daß ihm da vor María Guavaira offen bescheinigt wurde, wie sehr er recht gehabt hatte, obschon dies nicht verdient war, denn er hatte es zwischen Tür und Angel in jenen Laboratorien aufgeschnappt, in die er und Pedro Orce entführt worden waren.

Als wiederhole sich ein Traum, stellte José Anaiço Berechnungen an, er hatte um Papier und Bleistift gebeten, dieses Mal würde er nicht verkünden, in wieviel Tagen Gibraltar an den Leuchtfeuern der Sierra de Gador vorbeiziehen würde, das waren noch festliche Zeiten, jetzt gilt es, genau zu ermitteln, in wieviel Tagen das Cabo da Roca mit der Insel Terceira zusammenstößt, ein Schauder überläuft dich, die Haare stehen dir zu Berge allein schon beim Gedanken an den entsetzlichen Augenblick, wenn sich die Insel São Miguel wie ein Stachel in das weiche Erdreich des Alentejo bohrt, wahrlich, wahrlich ich sage euch, es gibt kein Übel, dem einer entgehen könnte. José Anaiço sagt nach Abschluß der Berechnungen, wir haben etwa dreihundert Kilometer hinter uns gebracht, nun aber, da Lissabon von den Azoren ungefähr eintausendzweihundert Kilometer entfernt ist, haben wir noch neunhundert Kilometer vor uns, bei fünfzig Kilometern pro Tag, rund gerechnet, das ergibt achtzehn Tage, will heißen, so um den zwanzigsten September, wahrscheinlich eher, erreichen wir die Azoren. Die gleichmütig klingende Schlußfolgerung war erzwungene bittere Ironie, die niemanden zum Lächeln brachte. María Guavaira erinnerte, aber wir hier befinden uns in Galicien, außer Reichweite. Darauf ist kein Verlaß, warnte Pedro Orce, eine geringfügige Richtungsänderung nach Süden hin, und wir hauen voll dagegen, das beste und einzig Sinnvolle ist, wie der Sprecher es ankündigte, die Flucht ins Landesinnere, und selbst so ist nichts gesichert. Haus und Feld aufgeben. Wenn das eintritt, was vorausgesagt ist, sind Haus und Feld sowieso futsch. Da saßen sie, noch konnten sie sitzen, konnten noch achtzehn Tage lang da sitzen. Im Herd brannte das Feuer, das Brot lag auf dem Tisch, da waren der Dinge mehr, Milch, Kaffee, Käse, doch hauptsächlich das Brot zog aller Blicke an, ein großer halber Brotlaib, mit dicker Kruste und dichter Krume, noch hatten sie dessen Geschmack im Mund, von früher her, und die Zunge erkannte das beim Kauen übriggebliebene Körnchen, wenn der Welt letzter Tag anbricht, werden wir die letzte Ameise mit dem wehmütigen Schweigen dessen betrachten, der sich für immer verabschiedet.

Joaquim Sassa sagte, mein Urlaub geht heute zu Ende, damit alles in Ordnung ginge, müßte ich morgen in Porto sein, in meinem Büro, diese nüchtern gesprochenen Worte waren lediglich der Anfang einer Erklärung, ich weiß nicht, ob wir weiter zusammenbleiben, diese Frage müßte hier geklärt werden, was mich betrifft, ich möchte da sein, wo María ist, sofern sie es billigt und ebenfalls möchte. Nun, da jedes Ding zu seiner Zeit gesagt werden muß und jedes Rädchen nach seinem Rang und seiner Folge montiert sein will, erwarteten sie, daß María Guavaira, die Angesprochene, als erste das Wort ergriffe, und sie sagte, ich möchte es auch, sagte es bündig und kurz. José Anaiço bemerkte, falls die Halbinsel mit den Azoren zusammenstößt, öffnen die Schulen sobald nicht oder überhaupt nie mehr, ich werde bei Joana und bei euch bleiben, sofern sie sich zum Bleiben entschließt. Da war nun die Reihe an Joana Carda, die sich, wie María Guavaira, Frauen sind wenig redselig, knapp faßte, ich bleibe bei dir, erklärte sie, weil sie ihn direkt anschaute, doch alle verstanden, wie es gemeint war. Und schließlich, weil es ja einen letzten geben muß, sagte Pedro Orce, wohin wir gehen, gehe auch ich, was augenscheinlich gegen die Grammatik und die Logik verstößt, durch ein Zuviel an Logik und vielleicht auch an Grammatik, es soll unverbessert bleiben, so wie es gesagt wurde, vielleicht vermag man ihm einen besondern Sinn abzugewinnen, der es rechtfertigt und entschuldigt, wer Erfahrung hat mit Worten, weiß, daß man bei ihnen auf alles gefaßt sein muß. Die Hunde, das ist bekannt, reden nicht, und dieser hier kann zum Zeichen seiner gütigen Zustimmung noch nicht einmal einen klangvollen Bellton von sich geben.

An diesem Tag machten sie sich zur Küste auf, um das steinerne Schiff zu besichtigen. María Guavaira trug ihre farbenfrohen Kleider, hatte sich noch nicht einmal die Mühe gemacht, sie aufzubügeln, Wind und Licht würden die vom langen Aufenthalt in der Vorhölle herrührenden Knitterfalten schon glätten. Der Gruppe voran schritt Pedro Orce, der erfahrene Führer, obwohl er mehr dem Instinkt und Gespür des Hundes vertraut als seinen eigenen Augen, für die bei Tages Helle in Wahrheit alles ein neuer Weg ist. Von María Guavaira können wir vorderhand Orientierung nicht erwarten, ihre Route ist eine andere, alles dient ihr als Vorwand, Joaquim Sassas Hand zu greifen und sich ziehen zu lassen, wobei sich Körper an Körper lehnt für die Dauer eines Kusses, der, wie wir wissen, von variablem Maß ist, weshalb sie hier eher hinterdreinhängen, als daß sie der Expedition unmittelbar folgen. José Anaiço und Joana Carda geben sich da zurückhaltender, seit einer Woche sind sie zusammen, sie haben den ersten Hunger gesättigt, den ersten Durst gestillt, ihre Begierde erwacht sozusagen, wenn sie diese rufen, und wahrlich, sie sparen daran nicht. In der vergangenen Nacht, als Pedro Orce von fern jenen Glanz gewahrte, geschah dies nicht nur, weil Joaquim Sassa und María Guavaira sich liebten, und hätten zehn Paare in dem Haus genächtigt, sie hätten einander gleichzeitig geliebt.

Die Wolken kommen von der See her und eilen rasch dahin, es ist ein flinkes Ballen und Zerfließen, als währte jede Minute nur eine Sekunde oder einen Bruchteil davon, und alle Gesten dieser Frauen und dieser Männer sind oder wirken im gleichen und selben Augenblick langsam und schnell, man könnte sagen, die Welt hat sich verändert, sofern zum Verständnis die volle Bedeutung einer armseligen geläufigen Redensart ausreicht. Sie gelangen auf Berges Höh, und das Meer ist ein Gebrodel, Pedro Orce erkennt die Örtlichkeiten kaum wieder, die gigantischen runden Steine, die sich da häufen, den fast unsichtbaren, in Stufen hinabführenden Pfad, wie ist er hier in der vergangenen Nacht nur durchgekommen, selbst mit Hilfe des Hundes, eine Heldentat, die er sich selber nicht erklären kann. Seine Augen suchen das steinerne Schiff und finden es nicht, doch nun setzt sich María Guavaira an die Spitze der Gruppe, höchste Zeit, besser als sonst jemand kennt sie die Wege. Sie gelangen vor Ort, und Pedro Orce wird den Mund auftun, um zu sagen, es ist nicht hier, doch er schwieg, vor seinen Augen hat er das steinerne Ruder mit der gebrochenen Pinne, den Großmast, der bei Licht viel wuchtiger wirkt, und den Rumpf, doch an ihm gewahrt er die größten Veränderungen, es ist, als habe die Erosion, von der er an diesem Morgen sprach, über Nacht das Werk von Jahrtausenden vollbracht, wo ist, ich sehe ihn nicht, der hohe, spitz zulaufende Bug und der hohle Bauch, es hat zwar der Stein umrißhaft Schiffsform, doch nicht einmal der beste aller Heiligen hätte das Wunder vollbracht, ein so heikles Gefährt schwimmfähig zu halten, ohne Seitenwände, nicht daß es aus Stein ist, gibt einem Zweifel ein, sondern die Schiffsform ist kaum mehr vorhanden, immerhin, ein Vogel fliegt nur, weil er einem Vogel gleicht, denkt Pedro Orce, doch nun spricht María Guavaira, dies ist das Schiff, mit dem ein Heiliger aus dem Morgenland kam, hier erkennt man noch die Abdrücke seiner Füße, als er an Land ging, es handelte sich um Höhlungen im Fels, nun kleine Seen, die das Hin und Her der Wellen bei Flut stets erneuerte, freilich, jedweder Zweifel ist berechtigt, doch die Dinge hängen von dem ab, was man akzeptiert oder zurückweist, wenn ein Heiliger von fern auf einer Steinplatte übers Meer kam, kann er ja wohl genausogut mit seinen Feuerfüßen den Fels zum Schmelzen gebracht haben, erkennbar dies bis auf den heutigen Tag. Pedro Orce muß es notgedrungen billigen und bestätigen, doch für sich behält er die Erinnerung an ein anderes Schiff, das nur er gesehen hat, in der fast sternenlosen und trotzdem mit großartigsten Visionen erfüllten Nacht.

Das Meer springt über die Felsen, als kämpfte es an gegen das Vordringen dieser unwiderstehlichen Flut aus Steinen und Erde. Schon sehen sie nicht mehr das mythische Schiff, sie sehen die sich überstürzenden Wellen, und José Anaiço sagt, wir sind auf dem Wege, wir wissen es und spüren es nicht. Und Joana Carda, mit welchem Ziel. Dann sagte Joaquim Sassa, wir sind fünf Personen und ein Hund, wir passen nicht in den Deux Chevaux, dieses Problem müssen wir lösen, eine Möglichkeit wäre, daß wir zwei, José und ich, uns auf die Suche nach einem größeren Wagen begeben, uns einen von denen holten, die da überall verlassen herumstehen, die Schwierigkeit ist nur, einen in gutem Zustand zu finden, bei denen, die wir sahen, fehlte immer irgend etwas. Wenn wir im Hause sind, entscheiden wir, was zu tun ist, bestimmte José Anaiço, wir haben Zeit. Aber das Haus, das Land, murmelte María Guavaira. Wir haben keine Wahl, entweder wir verschwinden von hier, oder wir kommen alle um, diese Worte sprach Pedro Orce, und es waren die letztgültigen.

Nach dem Mittagessen begaben sich Joaquim Sassa und José Anaiço im Deux Chevaux auf die Suche nach einem größeren Auto, es sollte möglichst ein geräumiger Jeep sein, ein Armeewagen wäre das Richtige, noch besser ein Laster, ein geschlossener Lieferwagen, der sich in ein fahrendes Haus mit Schlafstätte verwandeln ließe, doch von dem, wie Joaquim Sassa es sich mehr oder weniger vorstellte, fanden sie nichts Dienliches, im übrigen war es nicht die Gegend, in der wir vorzüglich mit Fahrzeugen bestückt sind. Sie kehrten am Spätnachmittag über Straßen zurück, auf denen bald dichter Verkehr herrschte, von West nach Ost, die Flucht der Küstenbewohner hatte eingesetzt, es waren Autos, Pferdegespanne, einmal mehr die unvergessenen bepackten Esel, und Fahrräder, wenige, weil hier alles so bergig war, und Motorräder und Autobusse, aus fünfzig und mehr Orten, ganze Dörfer unterwegs, es war die größte Auswanderung in der Geschichte Galiciens. Einige gafften die in Gegenrichtung fahrenden Reisenden an, zwangen sie gar zum Halten, ob sie nicht wüßten, was im Gange war, wissen wir, besten Dank, wir wollen nur einige Leute holen, solange noch nicht unmittelbare Gefahr besteht, später sagte José Anaiço, wenn das hier so ist, wie mag es da erst in Portugal sein, und plötzlich kam ihm der rettende Gedanke, wie dumm wir doch sind, die Lösung ist ganz einfach, wir machen die Reise zweimal, oder dreimal, so oft als nötig, wir suchen uns einen Ort im Landesinneren, lassen uns da nieder und nehmen uns ein Haus, das kann nicht schwer sein, die Leute geben ja alles auf. Dies war die gute Neuigkeit, die sie mitbrachten, sie würden gebührend gefeiert, am folgenden Tage würden sie eine Auswahl treffen, würden alles für die Reise Unabdingliche bereitlegen, und damit die Sache vorankäme, wurde nach dem Abendessen eine Vollversammlung abgehalten, sie notierten die Erfordernisse, legten Listen an, strichen, fügten hinzu. Der Deux Chevaux würde viel zu fahren und zu befördern haben.

Am darauffolgenden Morgen erschienen die Feldarbeiter nicht, und der Deux Chevaux sprang nicht an. Dies so gesagt, könnte man meinen, es bestünde ein Zusammenhang zwischen den beiden Tatsachen, daß zum Beispiel die fortgebliebenen Feldarbeiter ein wichtiges Teil des Autos entwendet hatten, aus dringlicher Not oder momentaner Böswilligkeit. Aber nein. Fortgeführt hatte den älteren wie den jüngeren der Exodus, der rasch den gesamten Küstenstreifen in einer Breite von fünfzig Kilometern entvölkerte, drei Tage später indes, als die Bewohner des Hauses schon fort sind, wird der jüngere hierher zurückkehren, jener, der María Guavaira den Hof machte und ihren Ländereien, in dieser Reihenfolge oder umgekehrt, und nie werden wir erfahren, ob er kommt, um seinen Wunschtraum wahr zu machen, Landbesitzer zu werden, und wäre es nur für wenige Tage, bis er in einem geologischen Umbruch stirbt, der das Land und den Traum mitnimmt, oder ob er entschied, als Wächter hier auszuharren, gegen die Einsamkeit und die Angst kämpfend, alles wagend, um alles zu gewinnen, die Hand der María Guavaira und ihren Besitz, sofern die schreckliche Bedrohung, weiß man's, doch nicht wahr wird. Wenn María Guavaira eines Tages hierher zurückkehrt, falls überhaupt, wird sie einen Mann vorfinden, der die Erde umgräbt oder, vom Tagewerk erschöpft, in einer Wolke aus blauer Wolle schläft.

Den ganzen Tag focht Joaquim Sassa mit der widersetzlichen Mechanik. José Anaiço half, so gut er konnte, doch beider Können reichte nicht aus, das Problem zu lösen. Die Teile waren alle vorhanden und vorhanden der Kraftstoff, doch im tiefsten Innern des Motors hatte etwas schlappgemacht und war gebrochen oder war allmählich verschlissen, das passiert den Menschen und kann auch Maschinen widerfahren, eines Tages, unvorhergesehen, sagt der Körper, nein, oder die Seele oder der Geist oder der Wille, und schon bringt nichts mehr ihn vom Fleck, an diesem Punkt war auch der Deux Chevaux, er hatte Joaquim Sassa und José Anaiço hierhergebracht, hatte sie nicht mitten auf der Straße gelassen, sie mögen ihm zumindest Dank sagen und nicht in Zorn geraten, Faustschläge lösen nichts, Fußtritte helfen nicht weiter. Der Deux Chevaux ist am Ende. Als sie, ölverschmiert, mit aufgescheuerten Händen, weil sie fast ohne Werkzeug gegen Schraubenmuttern, Schrauben und Zahnräder gekämpft hatten, niedergeschlagen ins Haus traten und sich wuschen, wobei ihnen ihre Frauen artig halfen, war die Stimmung katastrophal. Wie gelangen wir jetzt fort von hier, fragte Joaquim Sassa, der sich als Eigentümer des Autos hierfür nicht nur verantwortlich fühlte, sondern auch schuldig, undankbares Geschick, er fühlte sich persönlich beleidigt, manche Ehrkitzel, auch wenn unsinnig, jucken nicht wenig.

Hierauf wurde der Familienrat einberufen, eine erregte Sitzung kündigte sich an, doch gleich ergriff María Guavaira das Wort, um einen Vorschlag zu machen, ich habe hier einen alten Pferdewagen, der vielleicht dienlich sein kann, und ein Pferd, das jung nicht mehr ist, doch wenn wir es pfleglich behandeln, kommen wir vielleicht vom Fleck. Sekundenlang herrschte Verwirrung, eine natürliche Regung von Menschen, die die Fortbewegung mit dem Auto gewöhnt sind, von den schwierigen Lebensumständen aber auf vormalige Sitten verpflichtet werden. Und hat der Wagen ein Dach, fragte Pedro Orce, praktisch und noch von der älteren Generation. Die Plane wird nicht mehr in gutem Zustand sein, aber wir bessern sie aus, falls erforderlich, ich habe hier grobes Leinen, das fürs erste taugen wird. Notfalls reißen wir vom Deux Chevaux das Verdeck ab, das wird er nicht mehr benötigen, es ist der letzte Dienst, den er mir erweist. Alle haben sich erhoben, sie sind glücklich, gewaltig scheint ihnen das Abenteuer, auf einem Pferdewagen in die Welt hinaus, Welt zu sagen ist eine Redensart, und sie sagen, gehen wir, schauen wir uns das Pferd an, schauen wir uns den Wagen an, da muß María Guavaira ihnen zunächst erklären, daß dies so ein Riesenkarren ist, vierrädrig, vorn mit Deichsel zum Lenken, und unter der schützenden Wetterplane ist Raum genug für die Familie, bei guter Ordnung und gutem Einsatz der Dinge wird man sich fast wie daheim fühlen.

Das Pferd ist alt, es sah sie in den Stall treten, wandte ihnen sein großes schwarzes Auge zu, das vom Licht und von der Aufregung erschrockene. Es stimmt, was der Weise lehrt, solange deine letzte Stunde nicht geschlagen hat, ist noch alles möglich, verzweifle nicht.

Da weit fort, wissen wir wenig von den Verschlingungen und Verstrickungen der Krise, die sich, seit dem Abreißen der Halbinsel latent, im Schoße der Regierungen nun verschlimmert hatte, vor allem seit der berühmten Besetzung der Hotels, als die unwissenden Massen auf dem Gesetz und der guten Ordnung herumtrampelten, in einem Maße, daß nicht erkennbar ist, wie in nächster Zeit die Situation gelöst werden soll und den Eigentümern im obersten Interesse der Moral und der Gerechtigkeit rückerstattet wird, was ihnen gehört. Vor allem weil man nicht weiß, ob es noch nächste Zeiten geben wird. Die Nachricht, daß sich die Halbinsel mit einer Geschwindigkeit von zwei Kilometern in der Stunde den Azoren entgegenwirft, war der portugiesischen Regierung ein guter Vorwand, ihren Rücktritt zu erklären, dies mit dem offenkundigen Ernst der momentanen Lage und der unmittelbaren kollektiven Gefahr begründend, woraus sich folgern läßt, daß die Regierungen fähig und wirkungsvoll nur dann sein können, wenn keine Zwänge vorliegen, die ihnen ein Höchstmaß an Wirksamkeit und Können abverlangen. In seiner Erklärung an die Bürger des Landes nannte der Ministerpräsident den Einparteiencharakter seiner Regierung hinderlich dem umfassenden nationalen Konsens, der in dieser schrecklichen Phase, die wir gerade durchleben, für die Wiederherstellung der Normalität unabdingbar ist. Infolgedessen hatte er dem Präsidenten der Republik die Bildung einer Regierung der Nationalen Rettung vorgeschlagen, bei Beteiligung aller politischen Kräfte, einerlei, ob im Parlament vertreten oder nicht, da der Posten eines stellvertretenden Hilfssekretärs in irgendeiner nachgeordneten Dienststelle irgendeines untergeordneten Ministers allemal jenen Parteigebilden bereitgestellt werden könnte, die man in einer normalen Situation nicht einmal zum Öffnen einer Tür heranziehen würde. Und er vergaß nicht, laut und deutlich zu erklären, daß er und seine Minister sich als in Diensten des Landes betrachteten, bereit, in neuen oder anderen Ämtern mitzuarbeiten an der Errettung des Vaterlandes und beizutragen zum Wohlergehen des Volkes.

Der Präsident nahm das Rücktrittsersuchen an, und in Wahrung der Verfassung als auch der Normen, die das demokratische Funktionieren der Institutionen garantierten, übertrug er dem aus dem Amt scheidenden Ministerpräsidenten und dem obersten Führer der mehrheitlich gewählten Partei, der bisher ohne Koalitionspartner regiert hatte, wie gesagt, die Bildung der vorgeschlagenen Regierung der Nationalen Rettung. Da, gut ist es, hierüber niemanden im Zweifel zu lassen, Regierungen der Nationalen Rettung ebenfalls sehr gut sind, kann man sogar sagen, daß sie die allerbesten sind, schade nur, daß die Vaterländer sie lediglich in sehr großen Abständen benötigen, weshalb es uns gemeinhin an Regierungen fehlt, die national zu regieren vermögen. Über diese Materie, die zu den heikelsten gehört, hat es unendliche Debatten zwischen Verfassungsrechtlern, Politologen und anderen Sachkennern gegeben, und in so vielen Jahren gelangte man dennoch kaum hinaus über den augenscheinlichen Sinn, der den Wörtern nun mal eigen ist, will heißen, eine Regierung der Nationalen Rettung ist, da national und auf Rettung bedacht, eine Regierung der nationalen Rettung. So würde Pero Grulho sagen, und es wäre treffend gesagt. Das interessanteste hieran ist, daß sich die Leute gleich gerettet fühlen oder sich auf bestem Wege dahin wähnen, sobald die Bildung der besagten neuen Regierung erfolgt ist, wobei gewisse Bekundungen eingefleischten Zweiflertums freilich nie ausbleiben, wenn die Liste der Minister bekanntgegeben wird und deren Konterfeis in den Zeitungen und im Fernsehen gezeigt werden. Schließlich sind es dieselben Gesichter, was hatten wir denn auch anderes erwartet, da wir selber uns so sehr weigern, unsere eigenen herzugeben.

Gesprochen wurde von den Gefahren, die Portugal drohen, falls es mit den Azoren zusammenstößt, und auch von den sekundären Folgen, also im Falle Galicien nur mittelbar bedroht ist, doch viel, viel schlimmere Gefahr droht freilich den Bewohnern der Inseln. Immerhin, was ist eine Insel. Eine Insel, hier ein ganzer Archipel, das sind aus dem Wasser ragende unterseeische Gebirge, oft nur Felsennadeln, die sich wie durch ein Wunder aufrecht halten über den etlichen tausend Meter tiefen Gründen, eine Insel ist, zusammengefaßt, der größte Zufall der Zufälle. Und da kommt nun etwas daher, was zwar auch nur Insel ist, aber so groß und schnell und so gefahrvoll, daß wir der aufeinanderfolgenden Enthauptung von São Miguel, Terceira, São Jorge, Faíal und weiteren Inseln der Azoren aus hoffentlich sehr fernem Abstand beiwohnen, wobei dort durchweg alle Kreaturen ihr Leben einbüßen, falls die Regierung der Nationalen Rettung, die morgen ihr Amt antritt, nicht schleunigst Lösungen anbietet zur Evakuierung von Hunderttausenden, ja Millionen Menschen in Regionen mit ausreichender Sicherheit, falls es sie gibt. Der Präsident hatte, noch ehe die neue Regierung in Aktion trat, an die Solidarität des Auslandes appelliert, dank derer, wir erinnern uns, und dies ist lediglich eines von den vielen Beispielen, die wir vorbringen könnten, der Hunger in Afrika abgewehrt wurde. Die europäischen Länder, die sich nach ihrer ersten Identitätskrise, als Millionen von Europäern sich zu Iberern erklärten, gegenüber Portugal und Spanien glücklicherweise nun eines gemäßigteren Tones befleißigen, folgten dem Aufruf mit Sympathie, und schon ließen sie anfragen, wie wir uns ihre Hilfe denn wünschten, obschon, wie üblich, alles davon abhinge, wie sich unsere Bedürftigkeiten durch ihre Überschüsse decken ließen. Was die Vereinigten Staaten von Nordamerika betrifft, die stets in dieser ganzen Ausdehnung genannt werden müssen, sie, obwohl sie beschieden hatten, daß die Formel einer Regierung der Nationalen Rettung nicht nach ihrem Gefallen sei, aber bitte sehr, durch die Umstände genötigt, sie erklärten sich bereit, die Azorenbewohner, weniger als zweihundertfünfzigtausend Menschen, samt und sonders zu retten, wobei es noch zu klären gälte, wo diese Menschen untergebracht werden könnten, in eben diesen rettenden Staaten freilich ganz und gar nicht, dagegen stünden die Einwanderungsgesetze, das allerbeste, will ich euch sagen, und dies ist auch der insgeheime Wunsch des State Departement und des Pentagon, das allerbeste wäre, die Inseln könnten, und sei es unter Schäden, die Halbinsel aufhalten, so wäre letztere dann mitten im Atlantik verankert, zum Wohle des Weltfriedens, der westlichen Zivilisation und einleuchtender strategischer Zweckdienlichkeiten. Dem gemeinen Volk wird man mitteilen, daß alle nordamerikanischen Geschwader Befehl haben, sich in das Gebiet der Azoren zu begeben und dort umgehend viele Tausende von Bewohnern aufzunehmen, der Rest verbliebe für die Luftbrücke, deren Einrichtung im Gange ist. Portugal und Spanien werden ihre lokalen Probleme lösen müssen, und wir Portugiesen mehr als die von der Geschichte und dem Schicksal stets einhellig bevorzugten Spanier.

Abgesehen vom Falle Galicien, einem so peripheren wie die Region selber, oder anders und strenger gesagt, einem appendikularen, ist Spanien geschützt vor den schlimmsten Auswirkungen des Aufpralls, da Portugal ihm substantiell als Prellbock oder Stoßdämpfer dient. Da sind aber gewisse Probleme von logistischer Komplexität zu lösen, etwa die bedeutenden Städte Vigo, Pontevedra, Santiago de Compostela und La Coruña betreffend, wohingegen der Rest, die Bevölkerung der ländlichen Siedlungen, es gewohnt ist, sein prekäres Leben selber zu meistern, fast ohne Befehle, Ratschläge und Meinungen abzuwarten, brechen sie schon auf, hinein ins Landesinnere, friedvoll und schicksalsergeben, sich der schon erwähnten Transportmittel bedienend und auch weiterer, beginnend beim primitivsten, den eigenen Füßen.

Portugals Lage dagegen ist grundsätzlich anders. Man bedenke, daß der gesamten Küste, mit Ausnahme der südlichen Algarve, Steinigung durch die Azoreninseln droht, Steinigung, jawohl, wir verwenden dieses Wort, weil da kein großer Unterschied ist in den Auswirkungen, ob uns ein Stein trifft oder wir gegen einen Stein prallen, es ist alles eine Frage von Geschwindigkeit und Trägheit, nicht zu vergessen außerdem, selbst verletzt und aufgeschlagen, wird der Kopf im vorliegenden Fall all jene Steinbrocken in Splitter hauen. Nun aber, mit einer so beschaffenen Küste, fast durchweg Tiefebene und die großen Städte an der Küstenlinie, in Betracht ziehend auch, daß die Portugiesen noch nicht einmal gegen die läppischsten der die Allgemeinheit heimsuchenden Kalamitäten, also Erdbeben, Überschwemmung, Waldbrand und anhaltende Trockenheit, Vorkehr getroffen haben, wird bezweifelt, daß die Regierung der Nationalen Rettung ihren Auftrag erfüllen kann. Die beste Lösung wäre just eben, der Panik Vorschub zu leisten, die Leute dazu zu bringen, daß sie ihre Häuser überstürzt verließen und ins Hinterland flüchteten. Schlimm allerdings, wenn die Leute sich auf der Reise und beim Neueinrichten ohne Nahrungsmittel sehen, da dürfte das Ausmaß der Erregung und Revolte gewaltig groß werden. Dies alles freilich beschäftigt uns, aber, gestehen wir, weitaus mehr würde es uns beschäftigen, wenn wir nicht zufällig in Galicien wären, nicht den Reisevorbereitungen von María Guavaira und Joaquim Sassa, von Joana Carda und José Anaiço, von Pedro Orce und dem Hund zuschauten, die Bedeutung der Dinge ist relativ und variabel, ist abhängig vom Betrachterstandpunkt, von der momentanen Gefühlslage, von persönlicher Sympathie, die Objektivität des Erzählers ist eine moderne Erfindung, es langt zu wissen, daß nicht einmal der Herrgott sie in seinem Buche wünschte.

Zwei Tage sind verstrichen, das Pferd, längst auf Grunddiät, hat zusätzliche Verpflegung erhalten, Hafer und Bohnen nach Belieben, Joaquim Sassa schlug sogar

Weinsuppen vor, und der Karren, nun da die Löcher im Dach mit der vom Deux Chevaux stammenden Plane geflickt sind, wird, außer daß er im Inneren gute Bequemlichkeit bietet, vor Regen schützen, wenn dieser beständiger fällt als bisher, denn der September ist angebrochen, und wir befinden uns in einem niederschlagsreichen Gebiet. Über diesem Hin und Her, rechnet man, hat die Halbinsel, seit José Anaiço fachmännische Berechnungen anstellte, etwa einhundertfünfzig Kilometer zurückgelegt. Demnach noch siebenhundertfünfzig Kilometer zu bewältigen wären, oder fünfzehn Tage für den, der eingängigere Maße vorzieht, dann, eine Minute früher, eine Minute später, gäbe es den ersten Aufprall, Jesus Maria Joseph, die armen Alentejaner, ein Glück nur, daß sie einiges gewohnt sind, wie die Galicier, sie haben ein so dickes Fell, daß es sehr wohl gerechtfertigt wäre, zu den alten Worten zurückzukehren, nennen wir die Haut schlicht Fell, und es erübrigen sich weitere Erklärungen. Hier, in diesen nördlichen Gefilden, in diesem paradiesischen Tal Galiciens, hat die Gesellschaft Zeit, überreichlich Zeit, ihre Rettung zu bewerkstelligen. Der Karren ist bereits ausgestattet mit Strohsäcken, Laken und Decken, verstaut sind aller Gepäck, die Grundausrüstung an Küchengerät, vorbereitete Speisen für die ersten Tage, Maisfladen, falls genauere Angaben gewünscht sind, und unterschiedliche Gerichte, ländliche Hausmannskost, weiße und auch rote Bohnen, Reis und Kartoffeln, ein Fäßchen Wasser, ein Fäßchen Wein, zwei Legehennen, eine davon braun und mit nacktem Hals, Schellfisch, der Ölkrug, die Essigflasche, das Salz, denn ohne dieses ist es kein Leben, außer man entgeht der Taufe, das Piment und der rote Pfeffer, alles im Hause befindliche Brot, das

Mehl in einem Sack, für das Pferd Heu, Hafer und Bohnen, der Hund bereitet keine Sorgen, er weiß sich zu behelfen, wenn er etwas annimmt, dann nur, um zu gefallen. María Guavaira, ohne zu sagen, warum, vielleicht wüßte sie es gar nicht, wenn man sie fragte, sie hat vom blauen Faden Armbänder gefertigt für alle und Halsbänder für Pferd und Hund. So groß ist der Wollberg, daß die Entnahme niemandem aufgefallen ist. Im übrigen, wenn sie diesen mitnehmen wollten, er würde nicht in den Karren passen, doch das war ja keineswegs beabsichtigt, sondern es wird der hierher zurückkehrende jüngere Landarbeiter ihn sich zur Lagerstatt machen.

In der letzten Nacht, die sie im Hause verbrachten, legten sie sich spät schlafen, über Stunden hin saßen sie plaudernd beisammen, als gälte es, am folgenden Tag schmerzlichen Abschied zu nehmen, da sich ein jeder in seine Richtung fortbegäbe. Doch dieses Beisammensitzen gab ihnen irgendwie Seelenstärkung, weiß man doch, daß die Ruten brechen, sobald man sie aus dem Bündel zieht, alles Zerbrechliche ist bereits zerbrochen. Sie breiteten auf dem Küchentisch die Landkarte aus, mit der Halbinsel drauf, die unzutreffenderweise hier noch an Frankreich hing, und sie steckten den Marschweg des ersten Reisetages ab, des Auftaktes, wobei sie möglichst Strecken mit geringem Gefälle wählten, um die spärlichen Kräfte der Mähre zu schonen. Doch sie müßten einen Umweg mehr nach Norden hin machen, müßten bis nach La Coruña fahren, dort war María Guavairas verrückte Mutter in einem Asyl untergebracht, die bare Kindesliebe geböte ihr, sie aus jener Klapsmühle zu holen, denk einer, welche Panik im Irrenhaus, wenn ihnen eine Insel zum Tor hereinbricht, sich wuchtig über die Stadt wirft, die ankernden Schiffe vor sich herführt, und alle die verglasten Fenster der abseits gelegenen Straße würden im selben Augenblick bersten, und die Verrückten würden meinen, sofern in ihrer Krankheit zu meinen imstande, es sei dies der Tag des Jüngsten Gerichts. María Guavaira wird aufrichtig genug sein zu sagen, ich weiß nicht, wie unser Leben sich gestalten mag mit meiner obschon ganz braven Mutter drin im Wagen, es ist ja nur, bis wir zu einem sicheren Ort gelangen, habt Geduld. Sie erwiderten, daß sie diese haben würden, nur keine Sorge, alles wird sich bestens lösen, doch wir wissen sehr gut, daß nicht einmal die viele Liebe unbeschadet bleibt von ihrer eigenen Verrücktheit, wie dann erst, wenn sie auch noch mit einer fremden leben muß, in diesem Falle mit der verrückten Mutter einer irren Liebenden. Hier hatte José Anaiço den glücklichen Gedanken, daß sie vom ersten Ort, der es ihnen gestatten würde, anrufen wollten, um Neuigkeiten zu erfahren, es könnte ja sein, daß die Gesundheitsbehörde die Irren bereits an einen sicheren Ort verbracht haben oder es gerade tun, denn dies ist kein klassischer Schiffsuntergang, hier werden zuerst die schon Verlorenen gerettet.

Es zogen sich schließlich die Paare auf ihre Zimmer zurück, und sie taten, was man in solchen Situationen stets tut, wer weiß, ob wir jemals wiederkehren, mögen da wenigstens die Echos der menschlichen Fleischesliebe zurückbleiben, die unter den Lebewesen einzig ist, da gemacht aus Seufzern, Gemurmel, unmöglichen Worten, aus Speichel und aus Schweiß, aus Hinsterben, aus herbeigeflehter Marter. Noch nicht, man stirbt vor Durst und weist das rettende Wasser zurück. Jetzt, jetzt, Liebes, und eben dies ist es, was das Altsein und der Tod uns rauben werden. Pedro Orce, der alt ist und das erste Zeichen des Todes trägt, die Einsamkeit, er ist abermals aus dem Haus gegangen, hin zum steinernen Schiff, ihn begleitete der Hund, der alle Namen hat und keinen, und wer hier sagen möchte, da der Hund mitgeht, geht Pedro Orce nicht allein, der vergißt den fernen Ursprung des Tieres, Höllenhunde haben längst alles gesehen, und weil von so langem Leben, sind sie niemandes Begleitung, sondern es begleiten die Menschen, die so kurz nur leben, die Hunde. Das steinerne Schiff ist da, und der Bug ist hoch und spitz wie in der ersten Nacht, Pedro Orce wundert das nicht, ein jeder sieht die Welt mit den Augen, die er hat, und die Augen sehen das, was sie möchten, die Augen bewirken die Vielfalt der Welt und zeugen die Wunder, mögen diese auch aus Stein sein und von hohem Bug, mögen sie auch Sinnestäuschung sein.

Der Morgen erwachte wolkenbedeckt, regnerisch, eine Redensart dies, geläufig, aber nicht zutreffend, der Morgen erwacht nicht, wir erwachen am Morgen, und dann, zum Fenster hinausschauend, merken wir, daß der Himmel mit Wolken tief verhangen ist und daß Niesel fällt, feiner Sprühregen, der sie begleiten wird, doch ist die Macht der Gewohnheit so groß, daß, wenn diese unsere Reisegesellschaft Bordbuch führte, der Schreiber des Gefährts seinen ersten Satz sicherlich so formulieren würde, Der Morgen erwachte wolkenverhangen und regnerisch, als mißfiele den Himmeln das Abenteuer, in diesen Fällen ruft man stets den Himmel herbei, ganz gleich, ob es regnet oder die Sonne scheint. Der Deux Chevaux wurde auf den Platz des Karrens gestoßen, unter das Ziegeldach, vielmehr war es ein Strohdach, da keine Garage, sondern ein nach den Seiten hin offener Schuppen, allen

Winden aufgetan. So verlassen, ohne Dachplane, die zur Ausbesserung des Wagenzeltes hat herhalten müssen, sieht er bereits wie ein Wrack aus, den Dingen ergeht es wie den Menschen, wenn sie nicht dienen, ist es mit ihnen zu Ende, sie enden, sobald sie aufhören zu dienen. Den Karren dagegen, den betagten, hat seine Ausfahrt in die freien Lüfte verjüngt, und der niedergehende Regen badet ihn neu, wunderbar, was Tun allemal bewirkt, sieh einer dieses Pferd, unter dem ihm den Rücken schützenden Öltuch wirkt es eher wie ein Turnierroß, gerüstet zum Kampf.

Diese beschriebenen Verweilungen sollten nicht Verwunderung erregen, sie wollen lediglich begreiflich machen, wie schwer es den Menschen doch fällt, sich von Orten zu trennen, wo sie glücklich waren, zumal diese hier nicht in heilloser Panik fliehen, María Guavaira schließt nun die Türen sorgsamst, läßt die zurückbleibenden Hühner frei, die Karnickel aus dem Stall, das Schwein aus dem Koben, diese an den festen Tisch gewöhnten Tiere sind jetzt Gott und sich selber überlassen, wenn nicht des Teufels Künsten, denn das Schwein ist gut imstande, den anderen Tieren, falls es sie zu schnappen kriegt, den Garaus zu machen. Als der jüngere der beiden Arbeiter hier erscheint, muß er, um ins Haus zu gelangen, eine Fensterscheibe einschlagen, viele Wegstunden im Umkreis ist keine Menschenseele, die den Einbruch bezeugen könnte, wenn ich es tat, dann zum Guten, lauten seine Worte, und vielleicht stimmt es.

María Guavaira stieg auf den Kutschbock, neben sie setzte sich Joaquim Sassa mit aufgespanntem Regenschirm, das ist seine Pflicht, die geliebte Frau zu begleiten und sie vor der schlechten Witterung zu schützen, nur das Kutschamt kann er ihr nicht abnehmen, von diesen fünf Menschen weiß nur María Guavaira, wie man einen Wagen führt und ein Pferd lenkt. Später, gegen Abend, als der Regen nachläßt, wird es Unterweisungen geben. Pedro Orce wird als erster die Anfangsgründe erlernen wollen, groß ist seine Güte, so können die beiden Paare denn nun schon unter dem Zeltdach ruhen ohne unerwünschte Trennungen, und da der Kutschbock so breit ist, haben da ihrer drei Platz, eine ideale Lösung für die Intimität der zwei übrigen, und sei es nur, daß sie still und friedlich beieinanderhocken. María Guavaira bewegte die Zügel, das Pferd an der Deichsel und ohne einen Partner auf der anderen Seite ruckte erstmalig an, es spürte den Zug der Sielenstränge, dann die Last des Gefährts, die Erinnerung kehrte in seine alten Knochen und Muskeln zurück und da war das fast schon vergessene Geräusch des von den rollenden eisenbeschlagenen Rädern gewalzten Bodens. Alles lernt, vergißt und lernt man wieder, wenn die Not es erheischt. Etwa hundert Meter begleitete der Hund den Wagen im Regen. Dann merkte er, daß er, auch wenn zu Fuß, gut geschützt vor Ungemütlichkeit reisen konnte. Er drängte unter den Wagen, glich seinen Schritt dem Gang des Pferdes an, so erleben wir ihn während der ganzen Reise, ob es regnet, ob die Sonne scheint, außer er ginge auf Patrouille oder vergnügte sich mit Hinundherlaufen ohne erkennbaren Grund, was Menschen und Hunde einander so ähnlich macht.

An diesem Tag legten sie keine lange Strecke zurück. Es galt, das Pferd zu schonen, zumal das unebene Gelände von ihm dauernde Anstrengung verlangte, ob es beim Anstieg zog oder bei der Abfahrt dagegendrückte.

Wohin das Auge auch schaute, nirgends eine Menschenseele. Wir verlassen dies hier offenbar als letzte, sagte María Guavaira, und der tiefhängende Himmel, die diesige Luft, die traurige Landschaft, sie waren schon Ohnmachtszeichen einer untergehenden Welt, einer entvölkerten, einer beklagenswerten nach so viel Leiden und Ermüdung, nach so viel Leben und Sterben, eigenwilligem Leben und fortwährendem Sterben. Doch in diesem Wagen reist neue Liebe, und eine junge Liebe, das wissen die Beobachter, ist das Unbezwingbarste, weshalb sie Unfälle nicht fürchtet, ist sie doch selber, die Liebe, und zwar par excellence, der höchste Ausdruck des Unfalls, jähes Blitzen, lächelnd der Sturz, herbeigesehnt der Aufeinanderprall. Doch darf man den ersten Eindrücken nicht blind vertrauen, dieser beinahe trauerfeierliche Abschied von einem wüsten Land unter melancholischem Regen, besser, wir wären nicht gar zu diskret, sondern würden unser Ohr dem Gespräch zwischen Joana Carda und José Anaiço und dem zwischen María Guavaira und Joaquim Sassa leihen. Pedro Orces Schweigen ist noch diskreter, bei ihm könnte man meinen, er führe hier gar nicht mit.

Das erste Dorf, durch das sie kamen, war nicht von allen seinen Bewohnern verlassen. Mancher Greis hatte seinen von Unruhe erfaßten Kindern und Verwandten beschieden, wenn schon sterben, dann lieber so, anstatt Hungers oder an einer Seuche zugrunde gehen, wenn ein Mensch so ruhmvoll auserwählt wurde, samt seiner Welt zu sterben, so erwartet ihn, auch wenn er kein wagnerischer Held ist, das oberste Walhall, wohin sich die großen Katastrophen zurückziehen. Greise Galicier oder Portugiesen, denn das ist alles so gut wie dasselbe, wissen hiervon nichts, doch aus irgendeinem unerklärlichen Grund vermochten sie zu sagen, wir bleiben hier, geht ihr, falls ihr Angst habt, und das bedeutete nicht, daß sie sonderlich mutig gewesen wären, eben erst in diesem Augenblick ihres Lebens wurde ihnen bewußt, daß der Mut und die Angst nur mehr die zwei auf und nieder gehenden Schalen einer Waage sind, deren Zünglein still und starr verharrt, schreckgelähmt in Anbetracht der Emotionen und Gefühle, dieser unnützen Erfindungen.

Als der Wagen durch das Dorf fuhr, lockte die Neugierde, wahrscheinlich das letzte, was man je verliert, die alten Leute auf die Straße, bedächtig winkten sie, als nähmen sie von sich selber Abschied. José Anaiço sagte hierauf, man täte gut daran, zum Übernachten eines dieser unbewohnten Häuser zu beziehen, hier oder in einem anderen Ort oder in einer Einöde, sicherlich fände man Betten, das sei bequemer als der Wagen, doch María Guavaira erklärte, sie werde nie und nimmer ein Haus betreten ohne Einwilligung des Besitzers, solche gewissenhafte Menschen gibt es, andere sehen ein geschlossenes Fenster, schlagen es ein, aber sagen, es geschah aus gutem Grund, und, sei es zu seinem oder des anderen Guten, es bleibt stets der Zweifel über den ersten und den letzten Grund. José Anaiço reute sein Vorschlag, schlecht war er ja nicht, jedoch abwegig, es langten María Guavairas Worte, und eine Regel der Würde war aufgestellt, du wirst dir allein genügen, solange du es aushältst, hernach vertraue dich einem an, den du verdienst, oder besser noch, der dich verdient. So, wie die Dinge offenbar stehen, verdienen diese fünf einer den anderen, gegenseitig und ergänzend, sie bleiben also im Wagen, verspeisen die Maisfladen, erörtern den bewältigten Weg und den noch zu bewältigenden. María Guavaira wird das von ihr erteilte praktische Kutschieren noch durch die Theorie erhärten, unter einem Baum kaut und kaut das Pferd seine Ration Heu, der Hund begnügt sich dieses Mal mit der Hausverpflegung, er läuft schnüffelnd umher und erschrickt die Nachtvögel. Es hat aufgehört zu regnen. Eine Laterne erhellt von innen das Wagenzelt, wer hier vorbeikäme, würde sagen, da schau, ein Theater, o ja, Personen sind's, aber nicht Darsteller.

Als María Guavaira am darauffolgenden Morgen endlich in La Coruña anrufen kann, wird man ihr sagen, daß ihre Mutter und die anderen Insassen schon ins Landesinnere geschafft worden sind. Und wie fühlt sie sich. So verrückt wie eh und je, doch diese Aussage ist auf jeden anwendbar. Sie werden die Reise fortsetzen, bis sie in einen bewohnten Landstrich gelangen. Dort werden sie bleiben und warten.

Es konstituierte sich die portugiesische Regierung der Nationalen Rettung, und sie ging sogleich an die Arbeit, wobei sich der Ministerpräsident, derselbe wie bisher, ins Fernsehstudio begab und da einen Ausspruch tat, den die Geschichte sicherlich festhalten wird, etwa in der Art, Blut, Schweiß und Tränen, oder, Die Toten bestatten und uns der Lebenden annehmen, oder, Ehrt das Vaterland, denn das Vaterland schaut auf euch, oder, Aus dem Opfer der Märtyrer wird die neue Saat keimen. Im vorliegenden Falle nun und die Besonderheiten der Situation vor Augen, hielt es der Ministerpräsident für geboten zu sagen, Portugiesen und Portugiesinnen, die Rettung besteht im Rückzug.

Jedoch Millionen von Küstenbewohnern hinter die rückwärtigen Linien des Binnenlandes zu verlegen, das war eine so äußerst komplizierte Aufgabe, daß sich, außer er wäre ein Dümmling gewesen, niemand danach drängte, einen landesweiten Evakuierungsplan vorzulegen, einen umfassenden, der zugleich auch die lokalen Initiativen hätte berücksichtigen können. Im Falle der Stadt Lissabon und deren Außenbezirke zum Beispiel beruhten die Analyse der Situation und die davon abzuleitenden Maßnahmen auf einer objektiven wie auch subjektiven Voraussetzung, die sich wie folgt zusammenfassen läßt, die Mehrzahl, oder sagen wir es ruhig, die erdrückende Mehrheit der in Lissabon wohnenden Menschen stammt von auswärts, und die hier Geborenen dürften mit den Auswärtigen durch Familienbande geeint sein. Die Folgen eines solchen Tatbestandes sind weitgreifend und entscheidend, erstens haben die einen wie die anderen sich zu ihrem Ursprungsort zu verfügen, wo in der Regel noch Verwandte wohnen, die dieser oder jener durch die Lebensumstände gar aus den Augen verlor, weshalb sich diese erzwungene Gelegenheit gütlich nutzen ließe zur Wiederherstellung der Familienharmonie, aus der Welt schaffen würde sie alte Zwiste, Haß, erwachsen wegen schlechten Erbes und noch schlimmerer Erbanteile, und Streitigkeiten, übler Nachrede halber, dieses große Unheil also, das über uns gekommen ist, wird verdienstvoll die Herzen zueinanderführen. Die zweite Folge, natürlich von der ersten abgeleitet, betrifft die Verköstigung der Umgesiedelten. Auch hier, und ohne daß der Staat eingreifen müßte, fällt der familiären Gemeinschaft eine große Rolle zu, die man mittels makroökonomischer Aktualisierung des alten Spruches zahlenmäßig so ausdrücken könnte, wo zwei essen, langt es auch für drei, das altbekannte arithmetische und familiäre Sichdreinfügen, wenn ein Kind unterwegs ist, nun wird man im Tone höherer Autorität sagen, wo fünf Millionen essen, da reiche es für zehn Millionen, und mit sanftem Lächeln, ein Land ist nur mehr eine große Familie.

Es blieben da ohne Hilfe die Vereinzelten, die Familienlosen und die Misanthropen, doch selbst diese werden nicht automatisch ausgeschlossen sein aus der Gemeinschaft, es gilt, Vertrauen zu haben in die spontane Solidarität, in jene nicht austilgbare Nächstenliebe, die sich bei jeder Gelegenheit manifestiert, siehe einer, als gutes Beispiel, was sich auf einer Eisenbahnfahrt tut, besonders in der zweiten Klasse, wenn die Imbißzeit da ist und sich der Korb mit dem Mundvorrat auftut, dann vergißt die Familienmutter nie, auch die unbekannten Mitreisenden auf den Nachbarplätzen zum Mahle einzuladen. Gefällig, fragt sie, und wenn jemand zugreift, wird man es ihm nicht verübeln, obschon man erwartet, daß alle im Chor antworten, besten Dank und guten Appetit. Das leidigste Problem wird die Unterbringung sein, eine Sache ist es, Klippfischpastete und ein Glas Wein anzubieten, eine andere, ganz andere, die Hälfte des Bettes, in dem wir zur Nacht ruhen, doch wenn wir den Leuten bewußtmachen können, daß diese Einsamen und Verlassenen neue Inkarnationen unseres Herrn Jesus Christus sind, die da, wie einst er, über die Erde wandeln, verkleidet als Arme, um zu erproben, wie gut die Menschen sind, dann wird sich für sie allemal ein Treppenverschlag finden, ein Winkel auf dem Söller oder, dörflich gesprochen, ein Ziegel und ein Bund Stroh. Gott wird dieses Mal, so vervielfacht er auch in Erscheinung tritt, eine Behandlung erfahren, wie es jenem geschuldet ist, der die Menschheit erschuf.

Wir sprachen von Lissabon, Gleiches könnte, nur eben quantitativ anders, auch für Porto oder Coimbra gelten, für Setúbal und Aveiro, für Viana oder Figueira, nicht zu vergessen das Gewimmel von Marktflecken und Dörfern, die da überall verstreut liegen, wiewohl sich in einigen Fällen die verwirrende Frage ergibt, wohin jene sich zu verfügen haben, die in ihrem Geburtsort wohnen, als auch jene, die in diesem einen Küstenort wohnen, aber in einem anderen Küstenort geboren wurden. All diese heiklen Punkte wurden dem Ministerrat vorgelegt, und dessen Sprecher brachte die Antwort, die Regierung vertraut darauf, daß der Geist persönlicher Initiative auf vielleicht originelle und dem Gemeinwohl hernach dienliche Weise Lösungen findet für jene Situationen, die im nationalen Schema der Evakuierung und Neuansiedlung der Bevölkerung nicht Berücksichtigung gefunden haben mögen. Demnach es von höchst oben gestattet war, diese Schicksale, da persönliche, außer acht zu lassen, und wir uns also nur mehr darauf beschränken, Porto betreffend, den Fall von Joaquim Sassas Arbeitgeber und Berufskollegen darzubieten. Es reicht zu sagen, daß, hätte der Imperativ der Disziplin und des beruflichen Gewissens ihn aus den galicischen Bergen zurückgetrommelt, fort von seinem Liebesglück und den Freunden, er das Büro verschlossen vorgefunden hätte und an der Tür einen Anschlag mit jüngster Aufforderung der Direktion, Die aus dem Urlaub zurückkehrenden Kollegen haben sich in den in Penafiel neueröffneten Büros einzufinden, wo wir hoffen, weiterhin die geehrten Aufträge unserer geschätzten Kunden entgegennehmen zu dürfen. Und Joanas Vettern, die aus Ereira, befinden sich nun in Coimbra, im Hause des verlassenen Vetters, der kein freundliches Gesicht machte, verständlicherweise, schließlich ist er der schmerzlich Berührte, noch war da ein Funken Hoffnung gewesen, er hatte gemeint, die Vettern seien vorausgeeilt, um der Flüchtigen die Heimkehr zu ebnen, doch als sich nichts tat und er fragte, und Joana, da gestand die Base zerknirscht, wissen wir nicht, sie war da, war bei uns im Haus, doch noch vor diesem Durcheinander ist sie fort, seither sind wir ohne Nachricht, was die Base über die Geschichte sonst noch weiß, verschweigt sie tunlichst, wenn schon dieses bißchen ihn entsetzt, wieviel mehr da wohl die ganze Geschichte.

Die Welt also ist in der Schwebe, in banger Erwartung, was wird sein, was wird nicht sein, was wird noch geschehen an Lusitaniens und Galiciens westlichen Stränden. Doch einmal mehr wiederholen wir, schon zum Überdruß, es gibt nichts Schlimmes, das im Schoße nicht auch etwas Gutes brächte, dies zumindest ist die Auffassung der europäischen Regierungen, denn von einer Stunde zur anderen, in eins mit den heilsamen Ergebnissen der zu seiner Zeit hier mitgeteilten Repression, sank, ja erlosch fast völlig die revolutionäre Begeisterung der Jugendlichen, zu denen die verständigen Eltern nun sagen, da siehst du, mein Sohn, in welche Gefahr du dich begeben hättest, wenn du weiter stur beharrt hättest, Iberer sein zu wollen, und der Junge, endlich nun einsichtig, antwortet, ja, Papa. Unterdessen diese Szenen von Familienversöhnung und sozialer Befriedung stattfinden, senden die geostationären Beobachtungssatelliten aus ihrer relativ konstanten Position Fotografien und Messungen zur Erde, die ersteren freilich, betreffend die Form des sich bewegenden Gegenstandes, zeigen keine Veränderung an, letztere aber registrieren für jede Minute, die verstreicht, eine Minderung der Distanz zwischen der großen Insel und den kleinen Inseln um etwa fünfunddreißig Meter. In unserem Zeitalter der Teilchenbeschleuniger dürften fünfunddreißig Meter pro Minute kein Grund zur Besorgnis sein, es wäre ein Grund zum Lachen, doch wenn wir uns bewußtmachen, daß diesem friedvollen weichen Sand, diesen zerklüfteten malerischen Stränden und diesen ins Meer vordrängenden Felszinnen fünfhundertachtzigtausend Quadratkilometer an Oberfläche hinterdreinfolgen und eine unberechenbar hohe, astronomisch hohe Zahl von Millionen Tonnen Gestein, wenn wir uns, um nur von Kordilleren, Gebirgen und Bergen zu reden, eine Vorstellung machen wollten von dem Beharrungsvermögen all dieser nun in Bewegung befindlichen orographischen Systeme der Halbinsel, nicht zu vergessen die wenn auch um ihre Hälfte verminderte Masse der Pyrenäen, dann können wir nicht umhin, den Mut dieser aus so vielerlei Blut gekreuzten Völkerschaften zu bewundern und in ihnen jenes fatalistische Existenzgefühl zu preisen, das sich, in Jahrhunderten herangebildet, zur sehr bemerklichen Formel kristallisierte, bei so vielen Toten und Verletzten wird schon irgendwer durchkommen.

Lissabon ist eine ausgestorbene Stadt. Noch patrouillieren da Armeestreifen mit Luftunterstützung, mit Hubschraubern, wie in Spanien und Frankreich geschehen, als der Bruch erfolgte und während der aufregenden Tage danach. Die Soldaten, solange sie noch nicht abgezogen werden, und das wird erst kurz vor dem erwarteten Zusammenstoß geschehen, haben zu wachen und zu überwachen, sowenig dies eigentlich erforderlich ist, da die Werte beizeiten von den Banken abgehoben wurden. Keiner allerdings würde es einer Regierung verzeihen, wenn sie eine Stadt wie diese aufgäbe, eine so schöne, ebenmäßige und in ihren Proportionen und ihrem Glück so vollkommene Stadt, wie man von ihr unvermeidbar sagen wird, wenn sie erst ein Trümmerhaufen ist. Darum sind die Soldaten hier gleichsam die symbolische Vertretung des abwesenden Volkes, eine Ehrengarde, mögen sie im Augenblick, da Lissabon in den Fluten versinkt, Abschiedssalut schießen, sofern noch Zeit verbleibt.

Bis es soweit ist, schießen die Soldaten gelegentlich auf Plünderer und Einbrecher, sie beraten und klären die wenigen Sturköpfe auf, die in ihren Häusern bleiben wollen, und auch jene, die sich dann doch noch zum Aufbruch entschließen, und falls sie, was gelegentlich geschieht, in den Straßen irgendwelchen irrenden Verrückten begegnen, jenen sanftmütigen, die zu ihrem Unglück just am Tage des Massenaufbruchs von der Irrenanstalt Ausgang erhalten, den Befehl zur Rückkehr aber nicht vernommen oder nicht verstanden hatten und nun hier zufällig zurückgeblieben sind, falls man auf solche stößt, gibt es generell zwei Möglichkeiten des Vorgehens. Manche Chargen halten den Verrückten allemal für gefährlicher als den Straßenräuber, da letzterer noch von üblicher Vernunft ist, in dem Fall befehlen sie ohne weiteres Bedenken Feuer. Andere, weniger tolerant, und vor allem wenn der Tatsache bewußt, wie äußerst lebenswichtig nervliche Entspannung in Kriegszeiten oder ähnlichen Situationen ist, erlauben ihren Untergebenen, sich auf Kosten des armen Irren ein klein bißchen zu vergnügen, ehe sie diesen dann wieder in Ruhe lassen, nicht allerdings, wenn es sich statt eines Verrückten um eine Verrückte gleichen Zustands handelt, fehlt es doch in der Truppe, aber auch außerhalb, nicht an Leuten, die bei der elementaren handgreiflichen Vergewisserung, daß sich das Geschlechtsteil, in seiner Eigenschaft als Instrument, nicht am Kopf befindet, Mißbrauch treiben.

Doch als man in dieser Stadt, auf Straßen, Gassen und Plätzen, in Stadtvierteln und Parks, schon keinen einzigen Menschen mehr sieht und sich in den Fenstern keine Gestalt mehr zeigt, als die Kanarienvögel, wenn nicht verhungert und verdurstet, in der absoluten Stille des Hauses oder auf der Veranda zu den verlassenen Gärten hin singen, als die Wasser der Quellen und Springbrunnen in der Sonne schillern und keine Menschenhand sich daran benetzt, als die toten Augen der Statuen nun Umschau halten nach Augen, die sie sehen mögen, als die geöffneten Portale der Friedhöfe bekunden, daß die eine Abwesenheit der anderen gleicht, die Stadt endlich nun die Sterbeminute erreicht hat, gewärtig, daß eine Insel von See her kommt und sie zerstört, da, in diesem Augenblick, wird sich die wundersame Geschichte und wunderwirksame Errettung des allein schiffenden Seemanns ereignen.

Seit über zwanzig Jahren befuhr der Seemann die Meere. Das Schiff hatte er geerbt oder gekauft, oder ein anderer Seemann hatte es ihm geschenkt, der ebenfalls zwanzig Jahre zur See gefahren war, und vor diesem, sofern die Erinnerungen nach so langer Zeit sich nicht vermengen, hatte offenbar ein erster Seemann zwanzig Jahre lang einsam die Ozeane gefurcht. Die Geschichte der Schiffe als auch der Männer, die sie führen, ist voller Schicksalswendungen, mit schrecklichen Stürmen und mit Windstillen, so entsetzlich wie der schlimmste Taifun, und damit nicht die Prise Romantik fehle, pflegt man zu sagen, und wurden hierüber gar Lieder geschrieben, daß der Seemann in jedem Hafen eine Braut hat, eine besonders optimistische Art, sich das Leben vorzustellen, wobei die Tatsachen des Lebens und die Handlungen der Frauen dies meist Lügen strafen. Wenn der einsame Seemann an Land geht, dann, um Wasser aufzunehmen, Tabak zu kaufen und Ersatzteile für den Motor oder um sich einzudecken mit Öl und Kraftstoff, Arzneien, Segelmacherahlen, Ölzeug gegen den Regen und die Nebel, Angelhaken, Angelleinen und Tageszeitungen zur Bestätigung dessen, was er bereits weiß, daß es sich nicht lohnt, jedoch nie, nie und nimmer, setzte er einen Fuß an Land in der Absicht, sich ein Weib zu nehmen als Begleiterin für seine Reisen. Sollte im Hafen tatsächlich eine Frau harren, wäre er ein Trottel, wenn er sie verschmähte, doch in der Regel ist sie es, die liebend harrt, nie sprach der einsame Seemann zu ihr, warte auf mich, eines Tages kehre ich zurück, nie würde er es wagen zu bitten, warte auf mich, noch könnte er garantieren, an diesem oder einem anderen Tag zurück zu sein, oft fände er bei seiner Rückkehr den Kai leer vor, oder es wartete eine andere Frau auf einen anderen Seemann, wobei es vorkäme, daß sie, weil der andere ausbliebe, sich mit diesem hier bediente. Die Schuld liegt, sofern es gesagt werden muß, weder bei den Frauen noch bei den Seeleuten, schuld ist die Einsamkeit, die manches Mal unerträgliche, auch sie vermag den Seemann in den Hafen zu führen und die Frau an den Kai.

Diese Betrachtungen sind geistiger und metaphysischer Natur, doch wir kommen nicht umhin, sie vor oder nach schlichten Begebnissen anzustellen, mag dies auch nicht immer zur Erhellung der Dinge beitragen. Drücken wir es einfach aus, sagen wir, weit fort von dieser Halbinsel, die nun streunende Insel geworden war, schiffte der einsame Seemann mit seinem Segel und seinem Motor, seinem Radio und seinem Fernglas und mit der grenzenlosen Geduld dessen, der eines Tages entschieden hatte, das Leben zu teilen, in hälftig Himmel und hälftig Meer. Der Wind hörte auf zu blasen, der Mann zog das Segel ein, die Brise war plötzlich abgeflaut, und die weite Woge, auf der das Schiff daherkam, verliert binnen kurzem ihre Wucht, sie senkt den Buckel, und ehe eine Stunde vergangen, ist das Meer glatt und still, unvorstellbar, daß dieser Abgrund von Wasser, Tausende Meter tief, sich so im Gleichgewicht über sich selbst halten kann, ohne nach der einen oder anderen Seite zu kippen, diese Bemerkung wird nur dem absurd vorkommen, der da meint, alle Dinge dieser Welt seien schon damit erklärt, daß sie sind, wie sie sind, was man freilich akzeptiert, doch es langt noch nicht. Der Motor arbeitet, tuck-tuck, tuck-tuck, das Meer, schillernd und nichts als schillernd, so weit das Auge reicht, entspricht dem klassischen Bild eines Spiegels, und der Seemann, zwar seit vielen Jahren geübt im Schlafen und Wachen, schließt die Augen, geblendet von der Sonne, und er döst ein, vielleicht meint er für Minuten oder Stunden, doch es waren lediglich Sekunden, ihn schreckte ein irgendwie gewaltiger Knall auf, im Traum meinte er, etwas Tierisches gerammt zu haben, einen Wal. Schlaftrunken, mit unregelmäßig pochendem Herzen forschte er nach dem Grund jenes Knalls und merkte nicht sogleich, daß der Motor stehengeblieben war. Das jähe Schweigen hatte ihn geweckt, doch der Körper, um möglichst natürlich zu erwachen, hatte sich einen Leviathan erfunden, einen Zusammenstoß, einen Donnerschlag. Motorpannen auf See oder an Land sind etwas sehr Geläufiges, von einer solchen, einer unbehebbaren, erfuhren wir bereits, jenem Auto brach das Herz, es wurde unter ein Wetterdach geschoben, da allen Winden ausgesetzt, dort im Norden, wo es sich mit Rost überziehen wird. Doch dieser Seemann ist im Unterschied zu jenen Automobilisten kundig und erfahren, als er das letzte Mal Land und Weib berührte, hatte er für den Notfall Ersatzteile gekauft, er wird den

Motor auseinandernehmen, soweit es ihm möglich ist, und die Mechanik prüfen. Vergebliche Mühe. Das Übel sitzt in der Kurbelwelle, in den Tiefen, die Pferde dieses Motors sind auf den Tod verletzt.

Die Verzweiflung, alle wissen wir es, ist menschlich, der Naturgeschichte läßt sich nicht entnehmen, daß Tiere verzweifeln. Doch der Mensch, nicht entrinnbar der Verzweiflung, gewöhnte sich an sie, er erträgt sie auf letzter Grenzlinie, wegen einer Motorpanne auf hoher See wird der Schiffer sich nicht die Haare raufen, den Himmel anflehen oder ihm fluchen und ihn beschimpfen, es wäre das eine so unnütz wie das andere, die Abhilfe heißt warten, wer den Wind fortnahm, wird ihn wiederbringen. Doch der Wind, der ging, kehrte nicht zurück. Es verrannen die Stunden, es kam die friedvollste Nacht, dann der Morgen, und das Meer reglos, selbst ein leichter Wollfaden würde hier lotrecht hängen wie ein Senkblei, nicht das mindeste Wogen des Wassers, es ist ein steinernes Floß auf einer Steinplatte. Der Seemann ist sehr beunruhigt, nicht zum erstenmal erlebt er eine Flaute, doch der Radioapparat funktioniert unerklärlicherweise auch nicht, zu hören ist nur ein Dauerton, der die Frequenz anzeigt, sofern es sie noch gibt, denn es wird nur noch Schweigen gesendet, als wäre die Welt jenseits dieses geronnenen Wassers ringsum verstummt, um unsichtbar die wachsende Unruhe des Seemanns mitzuerleben, wie er verrückt würde, vielleicht auf See umkäme. Er hat Proviant und Trinkwasser, doch die Stunden verstreichen, eine immer länger als die andere, die Stille umschließt das Boot so fest, als wäre sie eine weiche Kobra, in Abständen klopft der Seemann mit einem Bootshaken gegen die Bordwand, er möchte einen Laut hören, der nicht das Rauschen seines zähflüssigen Blutes in den Adern ist oder das Schlagen seines Herzens, worauf er bisweilen nicht achtet, und dann wacht er auf, nachdem er gemeint, daß er längst wach wäre, weil er geträumt hatte, tot zu sein. Das Segel ist aufgezogen, um die Sonne abzuhalten, doch in der reglosen Luft staut sich die Hitze, des einsamen Seemanns Haut ist verbrannt, die Lippen sind aufgesprungen. Es verstrich dieser Tag, der folgende unverändert. Der Seemann flieht in den Schlaf, er war in die kleine Kajüte hinabgestiegen, die so heiß wie ein Backofen ist, da ist eine einzige Koje, eine schmale, der Beweis, daß dieser Seemann wirklich allein fährt, und splitternackt, schweißüberströmt zunächst und dann mit trockener Haut, von Schauern überfluteter Gänsehaut, kämpft er in seinen Träumen, eine Allee sehr hoher Bäume wogt in einem Wind, der das Blattwerk von der einen Seite auf die andere bläst, es zurückfallen läßt, wieder bläst, und so immerfort. Der Seemann wacht auf, er trinkt Wasser, und das Wasser geht zur Neige. Er schläft weiter, die Bäume bewegen sich schon nicht mehr, doch eine Möwe kam und setzte sich auf den Mast nieder.

Vom Horizont drängt eine riesige finstere Masse herbei. Als sie näher heran ist, wird man die den Strand säumenden Häuser erkennen, die wie weiße Finger aufragenden Leuchttürme, eine schmale Linie aus Schaum, und jenseits der breiten Ausmündung eines Flusses eine auf Hügeln erbaute große Stadt, eine die beiden Ufer verbindende rote Brücke, auf diese Entfernung wirkt es wie eine mit feiner Feder gefertigte Zeichnung. Der Seemann schläft, eingetaucht in die letzte Benommenheit, doch plötzlich ist der Traum wieder da, eine jähe Brise bewegte die Zweige der Bäume, das Boot schlingerte in der Brandung und fuhr, vom Fluß aufgenommen, landein, dem Meere enthoben, reglos noch, doch reglos nicht die Erde. Der einsame Seemann spürte in den Gebeinen und Muskeln das Schaukeln, er schlug die Augen auf, sein Gedanke war, der Wind, der Wind ist zurückgekehrt, er glitt, fast am Ende der Kräfte, aus der Koje, schleppte sich an Deck, ihm war, als stürbe er augenblicklich und könnte ebenso jeden Augenblick wiedergeboren werden, das Licht der Sonne fiel ihm in die Augen, doch es war das Licht der Erde, beladen mit dem, was es dem Grün der Bäume, dem tiefen Dunkel der Felder und den sanften Farben der Häuser hatte abstreifen können. Er war gerettet, zunächst wußte er nicht, wie ihm geschehen, die Luft bewegte sich nicht, die Brise war Einbildung gewesen. Erst nach einer Weile begriff er, ihn hatte eine ganze Insel gerettet, die vormalige Halbinsel war ihm entgegengeschifft und hatte ihm die Arme eines Flusses aufgetan. So unvorstellbar wird dies sein, daß der einsame Seemann, obwohl er seit vielen Tagen von der geologischen Loslösung wußte und auch, daß er sich in der Fahrrinne des irdischen Schiffes befand, eine solche Rettung nie und nimmer erahnt hätte, es geschah dieses, seit Menschen Schiffbrüche erleiden und verloren auf See treiben, zum erstenmal. Doch an Land war niemand zu sehen, auf Deck der ankernden oder vertäuten Schiffe nicht eine Gestalt, das Schweigen abermals das des grausamen Meeres. Dies ist Lissabon, murmelte der Seemann, aber wo sind die Menschen. Die Fenster der Stadt sind erhellt, da parken Autos und Autobusse, dort ein großer, von Arkaden gesäumter Platz, ein Triumphbogen im Hintergrund mit steinernen Statuen und Bronzegirlanden, es ist wohl Bronze, der Farbe nach. Der einsame

Seemann, der die Azoren kennt und sie gleichermaßen auf der Karte wie auf See zu finden weiß, erinnerte sich hierauf, daß die Inseln auf Kollisionskurs waren, was ihn gerettet hat, wird sie vernichten, was sie zerstört, wird auch ihn zerstören, falls er sich nicht eilends aus diesen Gefilden entfernt. Kein Wind, der Motor tot, er kann den Fluß nicht hinauffahren, einziger Ausweg, er bliese das Schlauchboot auf, würfe den Anker aus, um das Schiff an die Leine zu legen, unnütze Geste, und ruderte dann an Land. Die Kräfte kehren zurück, wenn die Hoffnung zurückkehrt.

Der einsame Schiffer kleidete sich zum Landgang an, Hose, Bluse, eine Mütze, Bastschuhe, alles schneeweiß, Ehrensache für einen Seemann. Er zog das Gummiboot die schrägen Stufen der Mole hinauf, stand sekundenlang da, schaute, auch in Erwartung, daß sich neue Kräfte einstellten, vor allem aber um Zeit zu geben, daß irgend jemand aus dem Schatten der Arkaden hervorträte oder die Autos und Busse sich plötzlich wieder in Bewegung setzten und der Platz sich mit Menschen füllte, es konnte gar geschehen, daß lächelnd eine Frau herantrat, beim Schreiten sanft die Hüften wiegend, nicht übertrieben, lediglich angedeuteter Wink, der dem Manne Blick und Wort verwirrt, besonders dem just angelandeten. Doch Wüste war's und Wüste blieb's. Da begriff der Seemann, was es zu begreifen galt, alle sind fort wegen des erwarteten Zusammenstoßes mit den Inseln. Er blickte zurück, sah sein Boot in Stromes Mitte, es war das letzte Mal, er hatte die Gewißheit, daß selbst ein Panzerkreuzer den entsetzlichen Aufprall nicht überstehen würde, wieviel weniger da eine von ihrem Besitzer aufgegebene Nußschale. Mit vor langer Reglosigkeit noch starren

Gliedern schritt der Seemann über den Platz, wie eine Vogelscheuche sieht er aus mit seiner verbrannten Haut, den unter der Mütze hervorstachelnden Haaren, den losen Bastschuhen an den Füßen. Er hebt den Blick, als er sich dem großen Bogen nähert, da steht in lateinischen Lettern *Virtutibus Majorum ut sit omnibus documento P. P. D.*, Latein hat er nie gelernt, doch vage versteht er, daß dieses Denkmal den tugendsamen Vorvätern des hiesigen Volkes gewidmet ist, und er schreitet weiter, durch eine schmale Straße, die gesäumt ist von gleich aussehenden Gebäuden, bis er einen anderen, kleineren Platz erreicht, in dessen Hintergrund ein griechisches oder römisches Gebäude steht, und in der Mitte zwei Springbrunnen mit nackten Frauen, aus Eisen, das Wasser plätschert, plötzlich spürt der Mann großen Durst, den Wunsch, seinen Mund in dieses Wasser und den Körper in jene Nacktheit zu tauchen. Mit vorgestreckten Händen, wie in einem Wahn oder im Traum oder in Trance, schreitet er darauf zu, er murmelt, weiß nicht, was er sagt, weiß nur, was er will.

Die Patrouille tauchte an der Ecke auf, fünf Soldaten, die ein Fähnrich befehligt. Sie sahen den Verrückten närrische Grimassen schneiden, hörten ihn wirres, irres Zeug reden, da bedurfte es keines Befehles mehr. Der einsame Seemann blieb da auf der Erde liegen, noch weitab vom Wasser. Die Frauen, wie wir wissen, sind aus Eisen.

Diese Tage waren zugleich die des dritten Exodus. Der erste, an gebührlicher Stelle bereits eingehend mitgeteilte, war jener, bei dem die ausländischen Touristen Hals über Kopf entsetzt vor dem flohen, was, wie schnell doch die Zeit vergeht, damals nur mehr eine Drohung war, daß die Pyrenäen bis in Meereshöhe hinab aufreißen könnten, und schade nur, daß der unverhoffte Zwischenfall sich nicht hierauf beschränkte, denk einer, wie stolz Europa doch sein könnte, daß es für alle Fälle eine so tiefe geologische Bruchstelle besäße, verglichen mit der die des Colorado nur ein Wasserrinnsal wäre. Der zweite Exodus war jener der Reichen und Mächtigen, als der Bruch augenscheinlich nicht mehr behebbar war, als das Abdriften der Halbinsel, zunächst träge, gleichsam Anlauf nehmend, aber offenbar doch endgültig, die mangelnde Festigkeit der Strukturen wie auch der vermeintlich gesicherten Ideen bewies. Wie sich nun zeigte, ist das gesellschaftliche Gebäude in seiner ganzen Vielfalt ein Kartenhaus, ist nur vermeintlich fest gefügt, sobald wir der Tischplatte, auf der es hochgebaut steht, einen Stoß versetzen, stürzt es zusammen. Und der Tisch in diesem Falle, und erstmalig in der Geschichte, hatte sich ganz von selbst in Bewegung gesetzt, mein Gott, mein Gott, um der Rettung der wertvollen Güter und der wertvollen Leben willen, laßt uns fliehen.

Der dritte Exodus, von dem wir sprachen, bevor wir die ersten zwei zusammenfaßten, wies sozusagen zwei Komponenten auf oder Teile, und diese, so wir in Rechnung setzen, was sie wesentlich voneinander unterscheidet, müßten wir nach einiger Leute Auffassung den dritten und den vierten Exodus nennen. Morgen, will heißen in ferner Zukunft, werden die Historiker, die sich dann mit den die Welt nicht nur in übertragenem, sondern auch in wortwörtlichem Sinne verändernden Ereignissen befassen, entscheiden, und hoffentlich so bedachtsam und unparteiisch wie nur ein die Phänomene der Vergangenheit leidenschaftslos ergründender Betrachter, ob diese heute schon von etlichen verfochtene Scheidung gestattet ist. Letztere meinen, daß großen Mangel an kritischem Verstand wie auch an Gespür für Proportionen verrät, wer den Rückzug von Millionen Küstenbewohnern ins Landesinnere gleichsetzt mit der Flucht etlicher tausend Leute ins Ausland, nur weil es bei beiden eine unleugbare zeitliche Übereinstimmung gab. Obschon wir in dieser Debatte nicht Stellung beziehen und weit weniger noch vorschnell Urteile fällen wollen, müssen wir doch einräumen, daß die Angst beider Gruppen gleich war, indes nicht die Voraussetzungen und Mittel, diese zu beheben.

Im ersten Falle handelte es sich gemeinhin um Leute von geringem Besitz, diese, als die Behörden und die harten Tatsachen sie zum Ortswechsel nötigten, erhofften sich Lebensrettung bestenfalls auf traditionellem Wege, durch Wunder, Glück, Zufall, Schicksal, einen guten Stern, ein Gebet, Vertrauen in den Heiligen Geist, wenn nicht Amulett, Feige oder Skarabäushorn am Halsband, eine geweihte Medaille und derlei hier aus Raumgründen nicht aufgeführte Dinge mehr, was sich aber in jener anderen und gleichermaßen berühmten Formel zusammenfassen ließe, noch war meine Stunde nicht gekommen. Im zweiten Falle besaßen die Flüchtlinge reichliche bis sehr reiche Hilfsmittel, schnell verfügbare, sie waren geblieben, um zu sehen, worauf die Dinge hinausliefen, doch sobald kein Zweifel mehr bestand, füllten sich die Flugzeuge der neuen Luftbrücke, führten die Linienschiffe und Frachter und andere geringere Seegefährte Höchstlast fort, über die stattgehabten Episoden, in keiner Weise erbaulichen, breiten wir den Mantel des Schweigens, über die Bestechungen, die Intrigen, die Verrätereien, sogar Verbrechen gab es, einer Schiffskarte wegen wurde gemordet, ein schändliches Bild, doch die Welt ist nun einmal, was sie ist, naiv wären wir, wenn wir von ihr etwas anderes erwarteten. Nun, nach allem Sichten und Bedenken dürften die Geschichtsbücher wahrscheinlich doch zu dem Schluß gelangen, daß es vier Exodusse waren und nicht drei, nicht um der gestrengen Klassifizierung willen, sondern damit hier nicht Äpfel und Birnen durcheinandergeworfen werden.

Heben wir indes heraus, was in der hiesigen summarischen Analyse, wenn auch ungewollt, eine gewisse vom Manichäismus angekränkelte geistige Haltung spiegeln könnte, will heißen, daß es den Anschein erweckte, wir neigten dazu, die niederen Schichten zu idealisieren, und wir verurteilten die oberen Klassen in Bausch und Bogen, versähen sie sogleich mit dem nicht immer zutreffenden boshaften Etikett Reiche und Mächtige, was freilich Haß und Antipathie beschwört, gepaart mit diesem schändlichen Gefühl, das der Neid eben ist, die Quelle aller Übel. Die Armen gibt es, ohne Zweifel, eine schwerlich bestreitbare Tatsache, doch das sollte man nicht überbewerten. Um so weniger, da sie, anders als es in diesem Zusammenhang hätte gelten müssen, ein Beispiel an Geduld, Verzicht und freiwillig bekundeter Disziplin nicht waren und nicht sind. Wer, weil er diesen Ereignissen und Orten fern, vermeinte, daß jene iberischen Flüchtlinge, die da zuhauf in Gebäuden, Heimen, Hospitälern, Kasernen, Lagern, Buden oder in beschlagnahmten Zelten und Feldbaracken hausten, auch in solchen, die von der Armee überlassen und aufgebaut worden waren, desgleichen jene andere und an Zahl noch größere Masse, die keine Unterkunft fand und unter den Brücken, im Schutze der Bäume oder in abgestellten Autos hausen mußte, sofern nicht unter freiem Himmel, wer da vermeinte, daß Gott gekommen sein könnte, bei diesen Engeln zu leben, der mag viel wissen von Engeln und Gott, von den Menschen hat er nicht die allergeringste Ahnung.

Ohne Übertreibung läßt sich sagen, daß die Hölle, die in den mythischen Zeiten, wie eingangs dieses Berichtes herausgestellt, gleichmäßig über die gesamte Halbinsel verteilt war, sich nun in einem senkrecht fallenden Streifen von mehr oder weniger dreißig Kilometern Breite ballt, von Galicien, im Norden, bis in die Algarve, im Westen dabei die aufgegebenen Landstriche, an deren Pufferwirkung nur wenige wirklich glauben. Die spanische Regierung zum Beispiel braucht Madrid nicht zu verlassen, das sich so bequem tief im Landesinneren befindet, wer dagegen Portugals Regierung sucht, muß sich schon nach der Stadt Elvas begeben, die, in Verlängerung des Lissabonner Breitenkreises, dem Meer noch am fernsten liegt. Unter den Flüchtlingen, die schlecht essen und schlecht schlafen, indes alte Leute sterben, Kinder plärren und schreien, die Männer keine Arbeit haben und die Frauen die ganze Last der Familie auf den Schultern tragen, herrschen die Konflikte weiter, der Zank, das Durcheinander, die Aggressionen, der Diebstahl von Kleidung, Mundraub, die Vertreibungen und die Überfälle, und auch, wer hätte das gedacht, die Sitten haben sich gelockert, die Lager sind Massenbordelle geworden, eine Schande und ein schlechtes Beispiel für die heranwachsenden Kinder, denn mögen diese noch wissen, wer ihnen Vater und Mutter sind, so nicht mehr, was für Kinder diese da zeugen und wo und mit wem. Freilich, dieser Aspekt der Frage ist weniger erheblich, als es auf den ersten Blick scheinen will, sofern wir in Betracht ziehen, eine wie geringe Aufmerksamkeit der heutige Historiker Zeitläuften widmet, die aus diesem oder jenem Grund im einzelnen Berührungspunkte mit dem vorliegenden Fall haben. Letztendlich und wahrscheinlich ist die Fleischeslust in Krisenzeiten noch das tiefste Bedürfnis der Menschheit und des Menschen, beide normalerweise von der Moral niedergehalten. Doch da die Erwägung ihr Für und Wider hat, schreiten wir fort, schlichte Erwähnung reichte aus, die Skrupel des unparteiischen Beobachters zu befriedigen.

In diesem Wirrwarr und Durcheinander gibt es jedoch noch eine Oase des Friedens, diese sieben Lebewesen, die in vollkommener Eintracht zusammenleben, zwei Frauen, drei Männer, ein Hund und ein Pferd, obschon letzteres, die Verteilung der Pflichten betreffend, einige Klagen vorbringen könnte, denn ganz allein muß es einen vollbeladenen Wagen ziehen, doch wird selbst das an einem der nächsten Tage ein Ende haben. Die beiden

Frauen und zwei der Männer bilden zwei Paare, glückliche Paare, nur dem dritten Mann fehlt die Partnerin, vielleicht leidet er nicht unter der Entbehrung in Anbetracht seines Alters, zumindest vermißt man bei ihm bisher jene unverwechselbaren Zeichen von Erregung, durch die sich die erhöhte Drüsenfunktion kundtut. Und der Hund, ob er bei Gelegenheit seiner Nahrungssuche auch noch andere Bedürfnisse stillt, wissen wir nicht, der Hund ist ja in diesen Dingen des Benehmens der größte Exhibitionist aller Tiere, doch gewisse Individuen der Spezies geben sich diskret, möge niemand darauf verfallen, diesem einen hinterherzuschleichen, es gibt eine krankhafte Neugier, die zu vereiteln eine Pflicht der Hygiene ist. Vielleicht wären diese Betrachtungen über Zügellosigkeit und mangelndes Betragen nicht so betont auf das Sexuelle ausgerichtet, wenn sich die Pärchen darin nicht ihrer heftigen Leidenschaft oder deren Neuheit wegen so übergebührlich bekunden würden, was, klargelegt eh' mißverstanden, nicht bedeutet, daß sie unentwegt küssen und einander immerzu in den Armen liegen, mäßig gaben sie sich bisher, unübersehbar aber ist die Aura, die sie umhüllt oder die sie ausstrahlen, noch vor wenigen Tagen sah Pedro Orce vom Berggipfel aus die Flammenglut leuchten. Hier am Waldsaum, wo sie gerade kampieren, so weit fort von den menschlichen Siedlungen, daß sie sich allein wähnen könnten, andererseits so genügend nahe, daß die Verpflegung kein Kopfzerbrechen bereitet, könnten sie sich glücklich wähnen, drohte der Welt nicht, wer weiß in wieviel Tagen, Untergang. Doch sie handeln danach, wie der Dichter es anriet, *carpe diem*, das Verdienst der alten lateinischen Sprüche ist es, daß sie eine Welt von untergründigen und unteruntergründigen Bedeutungen bergen, nicht mitgezählt die mitschwingenden und eher nur angedeuteten, denn wenn wir übersetzen Genieße das Leben, zum Beispiel, so ist dies matte, fade Nichtigkeit, die den Aufwand, sich mit ihr zu befassen, keineswegs lohnt. Darum bleiben wir dabei und sagen *carpe diem*, und wir fühlen uns wie Götter, die entschieden, nicht mehr ewig leben zu wollen, damit sie, im genauen Wortsinne, die Zeit nutzen könnten.

Wieviel Zeit es noch geben wird, weiß man nicht. Radio und Fernsehen senden rund um die Uhr, schon ohne feste Nachrichtenzeiten, nach Belieben wird das Programm unterbrochen zur Verlesung neuester Meldungen, und es folgen einander die Informationen, noch dreihundertfünfzig Kilometer, wir befinden uns dreihundertsiebenundzwanzig Kilometer entfernt, wir können bekanntgeben, daß die Inseln Santa Maria und São Miguel vollständig geräumt sind, beschleunigt werden jetzt die restlichen Inseln evakuiert, noch dreihundertzwölf Kilometer, auf der Basis in Lajes ist ein kleines Team nordamerikanischer Wissenschaftler zurückgeblieben, dieses wird sich auf dem Luftweg, na klar, erst in den allerletzten Minuten zurückziehen, um den Zusammenstoß aus der Luft verfolgen zu können, nennen wir es schlicht Zusammenstoß, ohne Adjektiv, dem Wunsch der portugiesischen Regierung, auch einen portugiesischen Wissenschaftler als Beobachter in das Team aufzunehmen, wurde nicht entsprochen, noch dreihundertvier Kilometer, die in Rundfunk und Fernsehen für das Unterhaltungs- als auch das kulturelle Programm Zuständigen diskutieren darüber, was sie senden müßten, klassische Musik, sagen die einen, in Anbetracht des Ernstes der Lage, klassische Musik deprimiert, argumentieren andere, am besten, leichte Musik, französische Chansons der dreißiger Jahre, portugiesische Fados, spanische Malagueñas und andere andalusische Heiteretei, und viel Rock, und viel Folk, die Sieger der Eurovision, aber leichte Musik, das wird jene Menschen schockieren und beleidigen, die existenzentscheidende Stunden durchleben, entgegnen die Klassiker, noch schlimmer wäre, man würde ihnen Trauermärsche spielen, werfen die Modernen ein, und darüber kam man nicht hinaus, indessen die Sache weiterging, noch zweihundertfünfundachtzig Kilometer.

Joaquim Sassas Radio ist sparsam betrieben worden, Reservebatterien sind da, doch man sollte damit haushalten, wer weiß, was morgen ist, eine vielgebrauchte Redensart, hier könnten wir beinahe eine Wette abschließen, was besagter Tag bringen wird, Tod und Zerstörung, Millionen Tote oder das Kentern der halben Halbinsel. Doch die Minuten, in denen das Radio ausgeschaltet ist, werden zur Tortur, die Zeit wird greifbar, faßt sich klebrig an, sie schnürt ihnen die Kehle zu, jeden Augenblick gewärtigt man den Aufprall, auch wenn wir noch weit fort sind, wer könnte eine solche Spannung ertragen. Joaquim Sassa schaltet das Radio ein, In Portugal ein Haus, da schaut mein Mädel raus, Mädel raus, in Portugal ein Haus, singt die köstliche Stimme des Lebens, Du in Spitzen und Seide, eine Nelke im Haar, die gleiche Köstlichkeit, das gleiche Leben, nur eben in einer anderen Sprache, da atmen alle auf, zwar dem Tod zwanzig Kilometer näher, aber was macht das schon, noch ist der Tod nicht angekündigt, die Azoren sind nicht in Sicht, sing, Mädchen, sing.

Sie lagern im Schatten eines Baumes, gerade haben sie

gespeist, in Gebaren und Kleidung hielte man sie für Nomaden, in so kurzer Zeit so viel Verwandlung, das ist der Mangel an Bequemlichkeiten, zerknitterte und verschmutzte Kleidung, die Männer mit einem Bart, der Tage alt ist, tadeln wir sie nicht, auch nicht die Frauen, daß sie auf den Lippen nur noch die Farbe der Natur tragen, die nun blasse, Sorgen halber, vielleicht schminken und putzen sie sich dann in den allerletzten Stunden, um den Tod würdig zu empfangen, das zu Ende gehende Leben verdient nicht so viel Aufwand. María Guavaira lehnt an Joaquim Sassas Schulter, sie hält seine Hand umklammert, unter den Wimpern hervor drängen zwei Tränen, doch ist es nicht Angst vor dem Kommenden, Liebe war es, was ihr da in die Augen stieg. Und José Anaiço schmiegt Joana Carda in seine Arme, er küßt sie auf die Stirn, sie senkt die Lider, wenn ich wenigstens diesen einen Augenblick dorthin mitnehmen könnte, wohin ich gehe, mehr wünsche ich nicht, einen Augenblick nur, diesen, nicht eben diesen, da ich rede, den anderen, voraufgegangenen, oder den diesem vorangegangenen und von hier aus nun schon kaum mehr unterscheidbaren, ich packte ihn nicht, als ich ihn lebte, nun ist es zu spät. Pedro Orce hatte sich erhoben und zieht sich zurück, seine weißen Haare glänzen in der Sonne, auch er trägt seine Aura, aus kaltem Licht. Der Hund folgte ihm mit hängendem Kopf. Doch sie werden sich nicht weit fortbegeben. Nun bleiben sie beieinander, sooft es nur geht, keiner möchte allein sein, wenn das Unglück hereinbricht. Das Pferd, nach Versicherung der Wissenschaftler das einzige Tier, das vom Sterben nichts weiß, fühlt sich glücklich, obwohl es sich auf der äußerst langen Wegstrecke gewaltig schinden mußte. Es knabbert am Stroh, es zuckt mit der Haut, um die großen Bremsen zu verscheuchen, mit dem langen Schweif fegt es den schimmelgrauen Rücken sauber, und vielleicht ist ihm noch nicht einmal bewußt, daß es um ein Haar seine Tage im Halbdunkel eines verfallenen Pferdestalls beschlossen hätte, zwischen Spinnweben und Kuhfladen, fauchend vor Asthma, es stimmt sehr wohl, was dem einen zum Schlechten, gereicht dem anderen zum Guten, mag es auch nur für ganz kurz sein.

Der Tag ging hin, ein anderer kam und verstrich, noch einhundertfünfzig Kilometer. Man fühlt die Angst wachsen wie einen schwarzen Schatten, die Panik ist ein Hochwasser auf der Suche nach den Schwachstellen im Deich und dabei das tiefe Gesteinsfundament unterspülend, plötzlich barst es, und die Menschen, die sich bisher leidlich still verhalten hatten an ihren jeweiligen Lagerplätzen, sie brachen nach Osten auf, begriffen nun, daß sie der Küste zu nahe waren, nur siebzig oder achtzig Kilometer fort, im Geiste sahen sie die Inseln durch das Land furchen, bis her zu ihnen, und das Meer würde alles überfluten, der Kegel des Pico gleichsam ein Gespenst, und wer weiß, vielleicht würde durch den Zusammenprall der Vulkan anfangen zu speien. Aber auf der Insel Pico gibt es doch keinen Vulkan, niemand lieh dieser und anderen Erklärungen das Ohr. Die Straßen freilich waren bald verstopft, jede Kreuzung ein unentwirrbarer Knoten, schließlich ging es nicht mehr vorwärts und nicht mehr rückwärts, alle waren gefangen wie Mäuse, doch nur wenige warfen ihr bißchen Hab und Gut hin und suchten das Heil in einer Flucht querfeldein. Um die Welle mit gutem Beispiel zu unterstützen, verließ Portugals Regierung das sichere Elvas und richtete sich in Évora ein, während sich die spanische Regierung bequemerweise León zum Sitz erwählte, von dort sandte sie Verlautbarungen aus, die der Präsident der hiesigen Republik und der König der dortigen Monarchie gleichfalls unterschrieben, ein jeglicher in seinem Land, leider vergaßen wir zu sagen, daß der Präsident und der König bei Gefahr die entsprechenden Ausführungsbestimmungen stets mit unterzeichnet haben, was wir hier nun sagen würden, wenn wir die Unterlassung nicht schon bereinigt hätten, denn der eine wie der andere erbot sich, den kopflos gewordenen Massen entgegenzugehen und mit offenen Armen das eigene Leben als Opfer darzubieten durch heftige Geste oder Überrumpelung, einmal mehr Friends, Romans, countrymen, and so, and so, nein, Majestät, nein, Herr Präsident, die Masse in Panik, noch dazu unwissend, würde es nicht begreifen, es muß einer schon sehr gebildet und zivilisiert sein, um, wenn man einen König und einen Präsidenten mitten auf einer Straße die Arme ausbreiten sieht, daraus schließen zu können, was er begehrt. Doch es gab auch welche, die in höchstem Zorn kehrtmachten und schrien, lieber kein Leben mehr als dieses bißchen, machen wir Schluß mit dem hier, und sie blieben harrend zurück, starrten auf die friedvollen Berge am Horizont, auf das Rosa des Morgens, auf das tiefe Blau des heißen Nachmittags, in die gestirnte Nacht, vielleicht ihre letzte, aber wenn die Stunde da ist, will ich den Blick von ihr nicht abwenden.

Und dann kam sie. Bei etwa fünfundsiebzig Kilometer Entfernung vom äußersten Osten der Insel Santa Maria, ohne daß irgend etwas es ankündigte, ohne daß man die mindeste Erschütterung verspürte, driftete die Halbinsel mit einemmal nordwärts. Seit einigen Minuten, solange an allen geographischen Instituten Europas und Nordamerikas die Beobachter die von den Satelliten eingegangenen Daten ungläubig analysierten und zögerten, diese publik zu machen, waren Millionen angstgepeinigter Menschen in Portugal und Spanien schon außer Lebensgefahr und wußten es nicht. Während dieser tragischen Minuten geschah es, daß Menschen in Hader gerieten mit ihrer Hoffnung, tot zu sein, und vielleicht erhielten sie Genugtuung, andere konnten es vor Angst nicht mehr aushalten und begingen Selbstmord. Manch einer bat um Vergebung seiner Sünden, und manch anderer, im Glauben, daß zur Reue keine Zeit mehr sei, bat Gott und den Teufel, ihm Sünden zu nennen, die er flugs noch begehen könnte. Gebärende gab es, die da wünschten, ihr Kind käme tot zur Welt, und andere, die sich schwanger wußten, glaubten, sie würden das Kind nie austragen. Und als ein Schrei um den Erdball hallte, sie sind gerettet, sie sind gerettet, da glaubten viele es nicht, sie beweinten weiterhin ihr nahes Ende, bis endlich kein Zweifel mehr bestehen konnte, es schworen dies in allen Tönen die Regierungen, die Wissenschaftler warteten mit Erklärungen auf, die Rettung, so hieß es, verdanke man einer künstlich erzeugten gewaltigen Meeresströmung, und heiß wurde debattiert, ob die Nordamerikaner dies bewirkt hatten oder die Sowjetunion.

Die Freude war gleichsam ein Feuerwerk, das mit Lachen und Tanz die ganze Halbinsel erfüllte, besonders in dem breiten Streifen, in dem sich die vielen Millionen Flüchtlinge drängten. Ein Glück nur, daß dies am hellichten Tag geschah, um die Mittagsstunde für jene, die etwas zum Beißen hatten, sonst wäre eine entsetzliche Verwirrung entstanden, ein Chaos, äußerten die verantwortlichen Behörden, bedauerten aber ihre vorschnelle

Äußerung bald, denn kaum hatte sich die Meldung als wahr herausgestellt, machten Tausende und aber Tausende Menschen sich auf den Heimweg. Da mußte, einigermaßen grausam, das Gerücht ausgestreut werden, die Halbinsel könne durchaus wieder ihre ursprüngliche Richtung einschlagen, dann nur eben etwas weiter nördlich driftend. Nicht alle glaubten es, zumal sich insgeheim eine neue Besorgnis in den Menschen festgesetzt hatte, im Geiste sahen sie die aufgegebenen Städte, Marktflecken und Dörfer, sahen sie die Stadt, den Marktflecken oder das Dorf, wo sie gelebt hatten, die Straße, in der sie gewohnt hatten, und das Haus, das Haus geplündert von flinken Leuten, die nicht an Ammenmärchen glaubten oder aber das mögliche Risiko mit der Natürlichkeit dessen hinnahmen, der von Berufs wegen allabendlich einen dreifachen Salto mortale vorführen mußte, und es waren diese Visionen nicht Ausgeburten einer kranken Phantasie, denn durch all diese verlassenen Orte schlichen bereits, umsichtig, aber schurkischen Ansinnens, all die alten und neuen Diebe, Spitzbuben und Bösewichter, wobei eine gildegemäße Parole galt, wer zuerst kommt, bedient sich, der zweite sucht sich ein anderes Haus, keine Rauferei, es ist für alle genug da. Möge keiner von diesen sich durch María Guavairas Haus anlocken lassen, sagen wir, es wäre zu seinem Besten, denn der Mann, der da drin haust, hat ein geladenes Jagdgewehr zur Hand, und nur der Eigentümerin wird er die Tür auftun mit den Worten, ich habe Ihren Besitz bewacht, nun heiraten Sie mich, es sei denn, er würde, übernächtigt vom vielen Wachen, rein vor Müdigkeit eingeschlafen sein auf dem Berg aus blauer Wolle und so sein Leben als Mann verfehlt haben.

Die Azorenbewohner, vorsichtig genug, waren noch nicht auf ihre Inseln und in ihre Häuser zurückgekehrt, versetzen wir uns in ihre Lage, es stimmt zwar, die unmittelbare Gefahr ist gebannt, doch sie streunt weiterhin in jenen Regionen umher, es scheint einem dies die neue Version der Geschichte von dem eisernen und dem irdenen Topf, mit dem grundlegenden Unterschied, daß sich aus dem hiesigen Ton nur die Wasserkrüge der Inseln hatten anfertigen lassen, nicht gereicht hatte es für den Topf des Kontinents, und dieser, falls er je existiert hatte, war untergegangen, Atlantis geheißen, sehr dumm müßten wir sein, wenn wir daraus nicht gelernt hätten, dank Erfahrung oder dank der Erinnerung daran, auch wenn das eine wie das andere falsch ist. Doch was die fünf Personen da unter jenem Baum zurückhält, ist nicht Vorsicht, jetzt, da alle Menschen sich zu den Küsten Portugals und Galiciens in Bewegung setzen, in sozusagen triumphaler Heimkehr, sie kommen mit Zweigen und Blüten geschmückt, Blaskapellen spielen auf, Raketen werden gezündet, und den Vorbeiziehenden läuten die Glocken, die Familien halten zu Hause Einzug, vielleicht fehlt da manches, doch das Leben ist mit ihnen gekommen, und dies ist das Wichtigste, das Leben, der Tisch, von dem wir essen, das Bett, in dem wir schlafen und wo in dieser Nacht aus schierem Jubel so fröhlich wie nirgendwo sonst auf der Welt geliebt wird. Unter dem Baum, der Wagen fahrbereit und das Pferd schon gut erholt, betrachten die fünf zurückgebliebenen Menschen den Hund, als erwarteten sie von ihm Befehl oder Ratschlag. Du, der du von uns unbekanntem Orte kamst, der du eines Tages vor mir erschienst, fernher und so erschöpft, daß du da vor mir hinsankst, der du, als ich diesen Männern die Stelle zeigte, wo ich den Erdboden mit einem Stock aufgekratzt hatte, vorbeikamst und schautest, der du unser harrtest vor dem Auto, das wir dann unter dem Wetterdach zurückließen, der du einen blauen Faden im Munde trugst, der du uns über so viele Straßen und Wege führtest, der du mit mir zum Meeresstrand gingst und das steinerne Schiff fandest, gib uns kund durch eine Bewegung, eine Geste, ein Zeichen, schon da du nicht bellen kannst, gib uns kund, wohin wir uns wenden sollen, denn keiner von uns möchte zu dem Haus am Hang zurückkehren, es wäre für alle der Beginn der letzten Rückkehr, zu mir würde der Mann, der mich heiraten will, sagen, Señora, heiraten wir, zu mir würde der Chef meines Büros sagen, ich benötige jene Rechnung, zu mir würde mein Ehemann sagen, bist ja am Ende doch zurückgekehrt, zu mir würde der Vater des schlechtesten Schülers sagen, Herr Lehrer, hauen Sie ihm auf die Pfoten, zu mir würde die von Kopfweh geplagte Ehefrau des Notars sagen, geben Sie mir Kopfschmerztabletten, sage du uns also, wohin wir uns wenden müssen, stehe auf und wandle, das wird uns Bestimmung sein.

Der unter dem Wagen liegende Hund hob den Kopf, als hätte er Stimmen vernommen, plötzlich sprang er auf und eilte zu Pedro Orce, dieser nahm den Kopf des Hundes in beide Hände, wenn du möchtest, nehme ich dich mit mir, sagte er, der Mann. María Guavaira ist die Besitzerin des Pferdes und des Wagens, und sie hat noch nicht entschieden, aber Joana Carda schaute José Anaiço an, und dieser verstand sie, was immer ihr beschließt, ich kehre nicht zurück, hierauf sprach María Guavaira mit lauter und klarer Stimme, zu seiner Zeit das Verweilen und zu seiner Zeit der Aufbruch, der Zeitpunkt zur Rückkehr ist noch nicht gekommen, und Joaquim Sassa fragte, wohin wollen wir fahren. Einfach drauflos, ohne festes Ziel. Begeben wir uns auf die andere Seite der Halbinsel, schlug Pedro Orce vor, ich habe die Pyrenäen noch nie gesehen. Wirst sie auch jetzt nicht sehen, deren eine Hälfte ist bei Europa verblieben, erinnerte José Anaiço. Macht nichts, am Finger erkennt man den Riesen. Sie bejubelten die Entscheidung, María Guavaira aber sprach, das Pferd hat uns allein bis hierher gebracht, den Rest der Reise wird es allein nicht durchhalten, es ist alt, und dieser Wagen ist für zwei Zugtiere, mit nur einem wäre er ein einarmiger Karren. Was dann, fragte Joaquim Sassa. Wir müssen ein zweites Pferd auftreiben. Es dürfte nicht leicht sein, hier ein Pferd ausfindig zu machen, außerdem, denke ich, sind Pferde teuer, vielleicht reicht unser Geld gar nicht.

Die Schwierigkeit läßt sich anscheinend nicht beheben, doch einmal mehr werden wir hier erleben, wie sich des Menschen Geist führen läßt, neulich erst wies María Guavaira den Vorschlag, in einem aufgelassenen Haus zu nächtigen, ganz entschieden zurück, noch hat man ihr erzieherisches Wort im Ohr, und nun, das eben bringt die Not zuwege, wirft María Guavaira ein gesamtes von moralischer Lauterkeit bestimmtes Leben von sich, möge niemand ihr dieses Nachgeben offen vorwerfen, wir werden es nicht kaufen, wir stehlen es, waren ihre Worte, und nun versucht Joana Carda geradezubiegen, unauffällig, um nicht Gefühle zu verletzen, ich habe in meinem Leben nie gestohlen. Peinliche Stille trat ein, die Menschen müssen sich an die neuen Moralgesetze erst einmal gewöhnen, in diesem Falle tat Pedro Orce den ersten Schritt, entgegen der Sitte, daß doch gerade die Alten dem alten Gesetz fest anhängen, in unserem Leben stehlen wir nie etwas, nur immer im Leben der anderen, es könnte die Maxime eines zynischen Philosophen sein, bestätigt aber lediglich eine Tatsache, Pedro Orce bemäntelte es mit einem Lächeln, doch die Worte waren gesprochen, sehr gut, es ist entschieden, wir stehlen ein Pferd, und wie machen wir es, entscheiden wir etwa durch Los, wer sich an die Ausführung begibt. Das muß ich tun, sagte María Guavaira, ihr habt von Pferden keine Ahnung, ihr könntet es nicht beschaffen. Ich begleite dich, sagte Joaquim Sassa, aber es wäre gut, wenn der Hund mitkäme, er könnte uns im Falle einer unliebsamen Begegnung verteidigen.

An diesem Abend verließen die drei den Lagerplatz, sie wandten sich nach Osten, wo sie, da es in diesem Landstrich relativ still zugegangen war, das Gesuchte vielleicht eher fänden. Bevor sie loszogen, sagte Joaquim Sassa, wir wissen nicht, wie lange wir fort sein werden, wartet hier auf uns. Vielleicht, recht bedacht, wäre es besser, ihr brächtet einen großen Wagen mit, in dem wir alle bequem Platz hätten, samt Gepäck und Hund, regte José Anaiço an. Solche Wagen gibt es nicht, da müßte es schon ein Lastkraftwagen sein, im übrigen, erinnere dich nur, einen vollständigen, fahrbereiten haben wir nirgends gesehen, und dann haben wir das Pferd, wir können es nicht einfach hier stehenlassen. Einer für alle, alle für einen, riefen zu ihrer Zeit die drei Musketiere aus, die ihrer vier waren, und nun ihrer fünf sind, abgesehen vom Hund. Und vom Pferd.

Es begaben sich María Guavaira und Joaquim Sassa auf den Weg, das Tier vor ihnen her, die Winde witternd und die Schatten untersuchend. Das Aufgebot mutet recht absonderlich an, ein Pferd wollen sie finden, ein Maultier täte es auch, hatte María Guavaira gesagt, ohne indes zu wissen, ob im Umkreis von fünf Wegstunden ein solches aufzutreiben war, eher wohl ein Ochse, doch man pflegt nicht Ochs und Pferd vor einen Wagen zu spannen, oder einen Esel, in diesem Falle, bei der großen Last, wäre es, als fügte man zwei Schwachheiten zusammen, um daraus eine Stärke zu machen, das gibt es nur in Parabeln, wie in der bereits angeführten von den Weidenruten. Sie gingen und gingen, verließen stets die Straße, wenn sie mitten auf den Feldern Häuser und Schuppen sahen, sofern Pferde vorhanden, würden diese sich dort befinden, denn Zuggäule brauchen wir, nicht Paraderosse und nicht Rennpferde. Sobald sie näher kamen, schlugen die Hunde an, verstummten aber bald, wie mochte dieser Hund das nur anstellen, der lauteste und wildest sich gebärdende Wachhund war plötzlich still, nicht daß ihn etwa die aus dem Jenseitigen kommende Bestie tötete, da hätte man Kampfgetöse und Schmerzensgejaule vernommen, wenn hier nicht eigens Grabesstille herrscht, so nur, weil in der Tat niemand stirbt.

Es war früher Morgen, schon schleppten sich María Guavaira und Joaquim Sassa müde hin, er sprach zu ihr, wir müssen ein Fleckchen zum Ausruhen finden, sie aber beharrte, suchen wir, suchen wir, und so lange suchten sie, bis sie fanden. Finden war's und nicht Entdecken, und es geschah auf die simpelste Weise der Welt, schon hellte der Himmel auf, die schwarze Nacht im Osten war tiefes Blau geworden, da hörten sie in einer Senke am Weg ein mattes Wiehern, ein sanftes Wunder, hier bin ich, sie eilten hin und fanden ein an den Vorderläufen gefesseltes Pferd, nicht unser Herr Jesus Christus hatte es hingestellt, um die Liste seiner Wunder noch zu vermehren, sondern der rechtmäßige Eigentümer, zu dem der Hufschmied gesagt hatte, schmiere ihm diese Salbe auf die Sattelwunde und stelle es drei aufeinanderfolgende Nächte in die feuchte Nachtluft, beginnend an einem Freitag, und falls das Pferd dann nicht geheilt ist, gebe ich dir das Geld zurück und will meinen guten Namen verlieren. Ein gefesseltes Pferd, hätte man da ein flinkes Messer bei der Hand zum Durchschneiden des Strickes, so ein Tier läßt sich nicht auf dem Buckel forttragen, doch María Guavaira weiß, wie man mit diesen Kreaturen redet, und vermag das Tier, obwohl es sehr erregt ist, weil es den Entführer nicht kennt, in den Schatten etlicher Bäume zu leiten und es dort, bei Gefahr, getreten oder heftig geschlagen zu werden, von der fest verknoteten Fessel zu befreien, in der Regel verwendet man einen besonderen und leicht zu lösenden Knoten, den sie hier vielleicht aber gar nicht mehr kennen und anwenden. Auch hatte das Pferd begriffen, daß man es befreien wollte, Freiheit ist immer schön, selbst wenn wir dem Unbekannten entgegenziehen.

Sie kehrten auf weiten Umwegen zurück, mehr denn je dem erprobten Gespür des Hundes vertrauend, der mögliche Gefahr und lästige Nähe von Fremden melden würde. Als es vollends hell wurde und sie dem Ort des Diebstahls schon fern waren, trafen sie nun auf Fluren und Wegen Menschen, doch niemand kannte das Pferd, und falls, so würde es ihnen vielleicht doch nicht aufgefallen sein, denn ein wunderbar unschuldiges Bild gaben sie ab, ein sozusagen mittelalterliches, die Jungfrau als Amazone zu Pferd, und vornweg schritt fürbaß der Ritter, das Pferd am Halfter führend, den sie glücklicherweise mitgebracht hatten. Der Hund vervollständigte das anheimelnde Bild, das manch einem traumhaft vorkam und anderen ein Zeichen dafür dünkte, daß sich das Leben gewandelt hatte, es ahnen weder die einen noch die anderen, daß hier nur eben zwei gemeine Pferdediebe ihres Weges ziehen, wahrlich, der Anschein trügt, und, was man gemeinhin nicht weiß, gleich doppelt, weshalb man besser vielleicht dem ersten Eindruck vertraut und die Nachforschung nicht weitertreibt. Darum werden an diesem Tage etliche sagen, heute morgen habe ich Amadis und Oriana gesehen, sie zu Pferd und er zu Fuß, ein Hund begleitete sie. Amadis und Oriana können es nicht gewesen sein, bei ihnen sah man nie einen Hund. Bei diesen aber doch, und basta, eine Zeugenaussage wiegt so viel wie einhundert. Doch in deren Leben, Liebe und Abenteuern ist nie die Rede von einem Hund. Dann mögen deren Leben neu beschrieben werden, und so oft als nötig, damit es alles enthält. Alles. Nun, soviel eben möglich.

Am frühen Nachmittag erreichten sie den Lagerplatz und wurden mit Umarmungen und Lachen begrüßt. Der Grauschimmel musterte den schnaufenden Fuchs aus den Augenwinkeln. Er hat eine Sattelwunde auf dem Rücken, die fast getrocknet ist, sicherlich haben sie Salbe aufgetragen und ihn drei Nächte im Freien stehenlassen, beginnend am Freitag, das ist ein unfehlbares Mittel.

Während die Menschen zu Haus und Herd zurückkehren und das Leben bald seinen, wie man so sagt, gewohnten Gang nehmen wird, entbrennt ein heftiger Gelehrtenstreit über die Gründe, die, als die Katastrophe schon unabwendbar schien, das extreme Abweichen der Halbinsel von ihrer Fahrtroute bewirkten. Es gibt verschiedene und einander meist widersprechende Thesen, was, mathematisch gesehen, die Unbeugsamkeit der polemisierenden Wissenschaftler erhöht.

Eine These beharrt auf der absoluten Zufälligkeit der neuen Richtung, denn mag diese auch haargenau im rechten Winkel zur voraufgegangenen sein, so wäre doch jede Erklärung, die, sagen wir, einen Willensakt voraussetzte, unannehmbar, schon da man nicht wüßte, wem diesen zuordnen, es wird doch wohl niemand behaupten wollen, daß eine so riesige Masse aus Stein und Erde, auf der sich Dutzende Millionen von Menschen bewegen, durch simple Addition oder gegenseitige Multiplikation eine Intelligenz und eine Kraft hervorbringen könnte, die imstande wäre, sich mit einer, sagen wir, teuflischen Präzision selber zu führen.

Eine andere These behauptet, das Vordringen der Halbinsel, oder treffender, ihre Progression, bald werden wir sehen, warum eben dieser Begriff, erfolge jedesmal in neuerlichem rechten Winkel, was, ipso facto, die verblüffende Möglichkeit einräumt, daß die Insel zu ihrem Ausgangspunkt zurückkehrt, nach einer Aufeinanderfolge oder, hier ist es, einer Progression von Richtungsänderungen, die gewissermaßen mehr denn millimetergenau sein könnten, bis zur letztendlichen und perfekten Wiedereinpassung.

Die dritte These wartet mit der Hypothese auf, daß der Halbinsel ein Magnetfeld eigen ist oder eine analoge Kraft, welche bei Annäherung an einen fremden Körper ausreichend großen Volumens reagiert und einen Prozeß sehr spezifischer Abstoßung einleitet, da, wie gesehen, der Rückstoß nicht frontal zur ursprünglichen oder letzten Richtung erfolgt, vielmehr, um einen Vergleich aus der Autopraxis zu verwenden, das Gefährt gerät ins Schleudern, jedoch warum nach Norden oder warum nach Süden, das vergaß man in Erwägung zu ziehen.

Schließlich die vierte und ausgefallenste These, sie greift auf die sogenannten metapsychischen Kräfte zurück und behauptet, die Halbinsel von ihrem Kollisionskurs abgebracht habe ein sich binnen einer Zehntelsekunde gebildeter Vektor gedanklicher Konzentration, herrührend von den geballten Ängsten und Rettungssehnsüchten der bekümmerten Menschen. Diese Erklärung fand großen Widerhall, vor allem als ihr Vertreter, um sich den nicht geschulten Hirnen der breiten Masse verständlicher zu machen, einen Vergleich aus dem Reiche der Physik heranzog, indem er vorführte, wie die auf eine bikonvexe Linse fallenden Sonnenstrahlen zu einem Punkt oder Fokus gebündelt werden, mit den bekannten Effekten Hitze, Verbrennung, Feuer, also und folgerichtig hat die verstärkende Wirkung der Linse ihre einleuchtende Parallele im kollektiven Geist, der, ähnlich bar der chaotisch strahlenden Sonne, stimuliert, konzentriert und in einem Augenblick der Krise bis zum Paroxysmus potenziert wurde. Daß dieser Vergleich an den Haaren herbeigezogen war, scherte niemanden, im Gegenteil, manche Leute schlugen vor, daß fortan doch alle Phänomene der Psyche, des Geistes, der Seele, des Willens und der Schöpfung mit physikalischen Begriffen erklärt werden sollten, und sei es mittels simpler Analogie oder unvollkommener Folgerung. Diese These mit ihren fundamentalen Prinzipien gilt es auf ihre Anwendbarkeit im Alltagsleben zu prüfen, besonders hinsichtlich des Funktionierens von politischen Parteien wie auch bei Sportwettkämpfen, um nur zwei allgemeine Beispiele zu zitieren.

Dem allerdings halten einige Skeptiker entgegen, daß sich der Schlüsselbeweis für alle diese Thesen, und mehr als das sind sie ja nicht, in etlichen Wochen ergeben wird, sofern die Halbinsel ihre jetzige Richtung beibehält und dann zwischen Grönland und Island schifft, in unwirtlichen Regionen für Portugiesen und Spanier, die gemeinhin ein lindes, wohliges Leben in einem milden Klima gewohnt sind, das den größten Teil des Jahres zu Hitze neigt. Sollte dies geschehen, gäbe es aus dem bisher Erlebten eine einzige logische Folgerung, daß sich die Reise nämlich letztendlich nicht gelohnt hatte. Was andererseits eine zu große Vereinfachung der Fragestellung sein würde oder sein wird, denn keine Reise ist nur Reise für sich, eine jede birgt deren eine Vielzahl, und falls eine von ihnen offenbar so wenig Sinn hat, daß wir uns zu dem Urteil berechtigt fühlen könnten, es lohnte nicht die Mühe, dann würde uns der nüchterne Verstand, wenn wir ihn aus Vorurteil und Trägheit nur nicht so oft ausschalteten, die Prüfung auferlegen, ob die Reisen, denen diese Inhalt oder Gefäß war, nicht doch so ausreichend wertvoll sind, daß sie letztendlich die Mühe und die Mühen rechtfertigen. Alle diese hier zusammengeführten Betrachtungen raten uns, von endgültigen Urteilen und anderen dünkelhaften Mutmaßungen Abstand zu nehmen. Es folgen die Reisen einander und sammeln sich an wie die Generationen, zwischen Enkel, der du warst, und Großvater, der du sein wirst, was für ein Vater magst du gewesen sein. Nun, auch falls ein schlechter, so doch ein nötiger.

José Anaiço stellte Berechnungen an über die bevorstehende Reise, über Wege, die nicht stracks geradeaus führen werden, sofern man die großen Ausläufer des Kantabrischen Gebirges meiden wolle, und er verkündete die Ergebnisse, von Palas de Rey, unserem ungefähren Standort jetzt, bis Valladolid sind es etwa vierhundert Kilometer, und von da bis zur Grenze, entschuldigt, auf dieser Karte ist es noch Grenze, weitere vierhundert Kilometer, insgesamt also achthundert, eine lange Reise im Pferdetrott, Pferd nicht, das ist vorbei, und nicht im Schritt, sondern im Trab, verbesserte María Guavaira. Hierauf sagte Joaquim Sassa, von zwei Pferden gezogen, unterbrach sich aber an dieser Stelle des Satzes, und mit einer Miene, als wäre ihm im Kopf ein Licht aufgegangen, und er lachte laut, wie das so ist, zwei Pferde haben wir zurückgelassen, und nun werden wir mit anderen zwei Pferden reisen, ich schlage vor, wir nennen diesen Wagen ebenfalls Deux Chevaux, de facto und de jure, wie es in Latein offenbar heißt, ich habe nie Latein gehabt, weiß nur vom Hören, wie mein Großvater zu sagen pflegte, der die Sprache dieser seiner Vorfahren ebenfalls nicht beherrschte. Deux Chevaux beim Heuverzehr am Wagenende, die Sattelwunde des Fuchses ist gänzlich verheilt, und der Grauschimmel, wenn schon nicht jünger geworden, sieht nun erholter aus, hat an Kräften zugenommen, er hebt den Kopf nicht so hoch wie der andere, wird aber im Gespann keine schlechte Figur abgeben. Nach dem allgemeinen Lachen nahm Joaquim Sassa die Frage wieder auf, ich meinte, mit zwei ziehenden Pferden, wieviel Kilometer durchschnittlich werden wir da pro Stunde zurücklegen, und María Guavaira, ich schätze, drei Léguas. Also nach moderner Rechnung fünfzehn Kilometer. Genau. Zehn Stunden zu fünfzehn Kilometern, das macht einhundertfünfzig, in weniger als drei Tagen erreichen wir Valladolid, in weiteren drei Tagen die Pyrenäen, das geht schnell vonstatten. María Guavaira machte ein betroffenes Gesicht, sie entgegnete, ein gutes Programm, vor allem wenn wir die Tiere in kurzer Zeit zuschanden machen wollen. Aber du sagtest doch. Ich meinte fünfzehn Kilometer, jedoch auf ebener Strecke, keinesfalls können die Pferde am Tag zehn Stunden laufen. Mit Ruhepausen dazwischen. Nur gut, daß du wenigstens das Ausruhen nicht vergessen hast, der ironische Ton verriet, daß María Guavaira dem Zorn nahe war.

In Fällen wie diesen, selbst wenn nicht von Pferden die Rede ist, werden die Männer bescheiden, diese Tatsache beachten die Frauen gemeinhin nicht, sie schauen nur auf das, was ihnen Mannes Abscheu schien, die Reaktion der beleidigten Autorität, so kommen Mißdeutungen und Mißverständnisse zustande, vielleicht ist an alledem das Ungenügen des menschlichen Hörapparates schuld, besonders bei Frauen, obwohl sie sich rühmen, feinste Lauscherinnen zu sein. Das stimmt, von Pferden habe ich keine Ahnung, ich zähle zum Fußvolk, brummte Joaquim Sassa. Die anderen wohnen dem Wortgefecht bei, sie lächeln, weil der Fall nicht ernst ist, der blaue Faden ist die stärkste Fessel der Welt, wie man bald erkennen wird. María Guavaira sagte, sechs Stunden am Tag, das wird das allerhöchste sein, vielleicht schaffen wir drei Léguas in der Stunde, falls nicht, dann eben das, was die Pferde hergeben. Brechen wir morgen auf, fragte José Anaiço. Sofern alle einverstanden sind, antwortete María Guavaira, und mit ihrer weiblichen Stimme an Joaquim Sassa gewandt, findest du es gut, und er, plötzlich entwaffnet, finde ich, und er lächelte.

An diesem Abend zählten sie alle ihr Geld, so viele Escudos, so viele Pesetas. Joaquim Sassa ein bißchen ausländische Währung, von ihm abgehoben, als sie Porto verließen, das war vor wenigen Tagen und mutet schon wie Jahrhunderte an, eine in nichts mehr originelle Überlegung, aber unwiderstehlich wie so viele Plattheiten. Der aus María Guavairas Haushalt stammende Proviant geht zur Neige, es gilt, das Lager aufzufrischen, und das wird nicht einfach sein bei diesem Durcheinander in der Versorgung, in Anbetracht dieser schlingenden Massen, auf deren Weg nicht einmal Kohlstrünke zurückblieben, gar nicht zu reden von den geplünderten Hühnerställen, eine Folge auch des Zorns der Bedürftigen, denen ein Vermögen für ein schmächtiges Hühnchen abgefordert wurde. Als sich die Situation dann zu normalisieren begann, fielen die Preise ein klein bißchen, wurden aber nicht mehr, was sie einst gewesen waren, das kennt man, das kehrt nie wieder. Und das Problem ist jetzt, daß es an allem fehlt, sogar Stehlen würde schwierig sein, wenn sie auf diesem perversen Weg fortzufahren gedächten, doch das mit dem Pferd war ein Sonderfall, ohne Sattelwunde würde es weiter seinen Stall zieren und Dienst tun dem vorigen Besitzer, der von dem Geschick dieses Tieres weiter nichts weiß, als daß, den Spuren nach zu urteilen, zwei Spitzbuben und ein Hund es entführt haben. Man sagt und beharrt, daß es Übel gibt, die ihr Gutes haben, so viele Leute behaupten es, so viele haben es behauptet, daß es sich durchaus um eine allgemeine Wahrheit handeln kann, sofern wir uns die Mühe machen, sorgsamst Gut und Böse voneinander zu scheiden und zu unterscheiden, wem das eine und wem das andere zufiel. Es sagte darum Pedro Orce, wir werden arbeiten müssen, Geld verdienen, ein offenbar vernünftiger Vorschlag, doch nachdem man sich die Berufe angeschaut hatte, kam man zu dem erwarteten niederschmetternden Ergebnis, Joana Carda war, obwohl ein Philologiestudium absolviert, nie Lehrerin gewesen, sondern nach ihrer Verheiratung immer nur Hausfrau, auch ist hier in Spanien das Interesse für portugiesische Literatur eher gering, zumal die Spanier in der jetzigen Situation andere Sorgen haben, Joaquim Sassa gehört, er hatte es mit betroffenen Worten schon erklärt, zur Fußtruppe, will heißen, er zählt zum Plebs unter den Büroangestellten, eine kostbare Tätigkeit zweifelsohne, jedoch nur in Zeiten des sozialen Friedens und der normalen Geschäfte, Pedro Orce hatte sein Lebtag Arzneien zubereitet, als wir ihn kennenlernten, füllte er gerade Chinin in Döslein, leider war er nicht auf den Gedanken gekommen, seine Apotheke mitzubringen, jetzt könnte er Sprechstunden abhalten und damit gutes Geld verdienen, denn wer in diesen Gefilden Apotheker sagt, sagt Arzt, José Anaiço ist Unterstufenlehrer, und damit ist alles gesagt, überdies befindet er sich jetzt in einem Lande von anderer Geographie und anderer Geschichte, wie auch könnte er den spanischen Kindern erklären, daß Aljubarrota ein Sieg war, da sie daran gewöhnt sind zu vergessen, daß es eine Niederlage war, bleibt nur noch von María Guavaira zu reden, sie allein könnte auf den Gütern hier um Arbeit bitten und sie auch ausführen, im Maße ihrer Kräfte und ihres Wissens, die nicht für alles langen.

Sie schauen einander an und sind im Zweifel, was sie am besten unternehmen sollen, Joaquim Sassa spricht zögernd, sollten wir fortwährend anhalten müssen, nur um etwas Geld zu verdienen, dann gelangen wir nie in die Pyrenäen, derart verdientes Geld hält nicht vor, wie gewonnen, so zerronnen, die Lösung wäre, wir täten es den Zigeunern gleich, ich meine jenen, die durch die Lande ziehen, von irgend etwas müssen die doch leben, es war eine Frage, war ein Zweifel, vielleicht regnete es für die Zigeuner Manna vom Himmel. Hierauf antwortete Pedro Orce, weil aus dem Süden stammend, wo diese Spezies zahlreicher ist, manche handeln mit Pferden, manche verkaufen Kleidung auf den Märkten, andere hausieren, die Frauen lesen einem die Zukunft aus der Hand. Von Pferdegeschichten haben wir genug, diese eine gereicht uns zur Schande, außerdem haben wir von dem Beruf keine Ahnung, und was das Lesen des Schicksals aus der Hand betrifft, hoffentlich bereitet uns das unsere nicht Sorge. Und im übrigen, um Pferde zu verkaufen, muß man sie zuerst kaufen, dazu reicht unser Geld nicht, schon dieses Pferd hier mußten wir stehlen. Schweigen trat ein, irgendwie, und als es vollkommen war, sagte Joaquim Sassa, der sich als ein recht praktischer Geist erwies, ich sehe nur einen Ausweg, wir kaufen Kleidung aus einem dieser Gebrauchtwarenläden, die es in der erstbesten großen Stadt, die wir passieren, bestimmt gibt, und anschließend verkaufen wir sie auf dem Lande, mit vertretbarem Gewinn, die Rechnungsführung übernehme ich. Das schien eine gute Idee, in Ermangelung einer besseren, sie würden es probieren, da sie nicht Landwirt, Apotheker, Lehrer oder Tierverleiher sein konnten, würden sie eben Hausierer und ambulante Textilhändler sein, würden Kleidung für Herren, Damen und Kinder verkaufen, das ist ja keine Schande, und wenn gut geführt, wird es das zum Leben Notwendige einbringen.

Nachdem sie so den Lebensplan entworfen hatten, legten sie sich schlafen, und jetzt ist es an der Zeit zu sagen, wie die fünf sich in den Wagen teilen, der nun Deux Chevaux heißt, Pedro Orce liegt vorn und quer, auf einem für seine Person gerade ausreichenden schmalen Strohsack, es folgen Joana Carda und José Anaiço auf freier Längsfläche neben einem Teil der mitgeführten Gegenstände, desgleichen María Guavaira und Joaquim Sassa weiter hinten. Tücher sind ausgespannt, als symbolische Trennwände, da regieren Feinheit und Takt, denn wenn Joana Carda und José Anaiço im Mittelteil des Wagens nachts hinaus an die frische Luft möchten, zwängen sie sich an Pedro Orce vorbei, der nicht klagt, die Ungemütlichkeit hier teilt man wie alles übrige. Und die Küsse, die Umarmungen, die fleischlichen Umschlingungen, wenn im Gange und ausgeübt, so werden jene neugierigen Geister fragen, die von Natur einen besonderen Hang zur Bosheit haben. Sagen wir, auf zweierlei Weise befriedigen die Liebenden die süßen natürlichen Regungen, entweder sie begeben sich aufs freie Feld, um nach einem abgelegenen störungsfreien Plätzchen zu suchen, oder sie nutzen die zeitweilige beabsichtigte Abwesenheit der Gefährten, wozu es nicht erst der Worte bedarf, es gibt sehr beredte Zeichen, außer wir täten, als verstünden wir nicht, doch mag es hier an Geld fehlen, an Verständigung mangelt es nicht.

Sie brachen nicht bei erwachendem Tag auf, wie es die Poetik anraten würde, denn wozu zeitig aufstehen, da sie ja jetzt die ganze Zeit zu ihrer Verfügung haben, dies war indes nicht der einzige Grund und nicht der triftigste, sondern es geschah, daß sie sich über der Körperpflege aufhielten, die Männer beim Rasieren, die Frauen beim Hübschmachen, und die Wäsche mit der Bürste bearbeiteten, in einem entsprechenden Winkel des Wäldchens, in den sie eimerweise Wasser aus dem Fluß trugen, und sie selber wuschen einander, die Paare, man weiß nicht, ob gänzlich nackt, denn Zeugen gab es nicht. Als letzter badete Pedro Orce, er hatte den Hund bei sich, sie wirkten wie zwei echte Tölpel, man möchte sagen, der eine lachte so sehr wie der andere, der Hund schubste Pedro Orce, und Pedro Orce bespritzte den Hund noch und noch, ein Mann seines Alters sollte sich nicht so dem Gespött preisgeben, einer der da vorüberkam, sagte hernach, er hätte sich gebührlicher benehmen können bei seinem Alter. Von dem Lagerplatz blieben fast keine Spuren zurück, nur zertrampelte Erde, die Nässe vom Geplansche unter den Bäumen, Aschereste zwischen geschwärzten Steinen, schon der erste Wind wird alles verwehen, der erste heftige Regen wird die aufgeworfene Erde glätten und die Asche fortschwemmen, nur an den Steinen wird man erkennen, daß hier Menschen waren, bestenfalls dienen sie für ein anderes Lagerfeuer.

Der Tag ist schön, ist gut zum Reisen. Von der schützenden Hügelflanke fahren sie hinunter und auf die Straße, es lenkt María Guavaira, keinem anderen vertraut sie die Zügel an, mit Pferden muß man umgehen können, und da liegen Steine, dicke Brocken, ein Achsbruch hier, das wäre das Ende der Mühen, es nur nicht beschwören. Der Fuchs und der Grauschimmel harmonieren noch nicht gut, Al scheint der Festigkeit von Pigs Knien zu mißtrauen, und Pig, seit mit Al zusammengeschirrt, drängt nach außen, als wollte er sich vom Gefährten absondern, was Al, um den Ausgleich zu schaffen, zusätzlichen Kraftaufwand abverlangt. María Guavaira sieht dieses ungleiche Hin und Her, als man die Straße erreicht, wird sie Pig zur Ordnung rufen, mit fein abgestimmtem gutem Zureden, und mit Peitsche und Zügelspiel wird sie ihm diese Unsitte schon austreiben. Die Namen Pig und Al hatte Joaquim Sassa erfunden, weil diese beiden Pferde eben nicht jenen zwei des Autos gleichen, denn letztere waren unterschiedslos, wollten beide das gleiche und zur selben Zeit, während diese zwei sich deutlich voneinander abheben, in Farbe, im Alter, in der Kraft, in der Haltung, im Temperament, weshalb gerechterweise ein jeder seinen Namen haben muß. Aber Pig auf englisch heißt Schwein, und Al zum Beispiel ist die Abkürzung für Alfred, ereiferte sich José Anaiço, dem Joaquim Sassa zur Antwort gab, wir sind hier nicht in England, Pig stammt von *pigarço*, Grauschimmel, und Al von *alazão*, Fuchs, und ich bin der Taufpate. Joana Carda und María Guavaira wechselten lächelnd Blicke, ihre Männer kamen ihnen kindisch vor. Und Pedro Orce sagte unvermittelt, wären sie Stute und Hengst und hätten ein Fohlen, könnten wir dieses Pigal nennen, worauf die in europäischer Kultur besser Bewanderten ihn überrascht musterten, was zum Teufel mochte Pedro Orce an Pigalle erinnert haben, doch es war sein Irrtum, Zufälle gab es schon immer, und manches gut gefundene Wortspiel ist die ungewollte Frucht solcher Zufälligkeit. Pedro Orce weiß nichts von Pigalle.

An diesem ersten Tag bewältigten sie lediglich siebzig Kilometer, erstens, weil es nicht guttat, die Pferde zu strapazieren, nachdem sie eine so lange Ruhepause genossen hatten, das eine wegen Verletzung, das andere in Erwartung von Entscheidungen, die sich hinzogen, und zweitens, weil es noch die ein bißchen außerhalb der Route, im Nordosten, gelegene Stadt Lugo aufzusuchen galt, wo sie sich für ihren Lebensunterhalt mit Handelsware versorgten. Sie kauften in der Stadt eine Tageszeitung, der neuesten Nachrichten wegen, und das Beredteste darin war eine Aufnahme von der Halbinsel. Von einem Tag zum anderen war das Abdriften nach Norden, von der bisherigen Route fort, klar erkennbar, da von der Redaktion durch Strichzeichnung belehrend hervorgehoben. Kein Zweifel, ein rechter Winkel, wie es rechter nicht ging. Doch über die debattierten berühmten und hier schon dargelegten Thesen wies es kaum hinaus, und was die Auffassung der Zeitung betraf, so bekundete sie, vielleicht als Folge früherer Enttäuschungen, eine gewisse heilsame Skepsis, oder es war nur die den kleinen Provinzstädten so eigene Kurzsichtigkeit.

In den Konfektionsläden zeigten sich die Frauen, da ihnen natürlich die Auswahl der Sachen oblag, mit dem rechnenden Joaquim Sassa zur Seite, zeigten sich die Frauen in ihren Entscheidungen zögerlich, sollten sie denn Kleidung für den Winter wählen, weil dieser nahte, oder mittelsichtig denken, mit Blick auf den nächsten Frühling. Ich glaube, es heißt nicht mittelsichtig, sondern auf mittlere Sicht, verbesserte Joana Carda, worauf Joaquim Sassa trocken entschied, dort bei uns im Büro heißt es kurzfristig, mittelfristig und langfristig. Den Ausschlag für ihre endgültige Entscheidung gaben die eigenen Erfordernisse, alle waren sie erkennbar schlecht bestückt mit Übergangskleidung, auch erlagen María Guavaira und Joana Carda einigen persönlichen Neigungen. Alles in allem wurde der Wareneinkauf zu harmonischem, für die Zukunft gedeihlichem Abschluß gebracht, sofern die Nachfrage sich auf der Höhe des Angebots bewegen würde. Joaquim Sassa zeigte sich ein bißchen beunruhigt, wir haben mehr als die Hälfte der verfügbaren Summe ausgegeben, wenn wir binnen einer Woche die Hälfte dieser Hälfte nicht bar zurückhaben, gibt's Probleme, in unserem Falle, ohne Rücklagen und ohne Bankkredit, ist gute Handhabung der Lagerbestände das wichtigste, vollkommenes Spiel zwischen Absatz und Neuauffüllung, ohne ein Zuviel an Defizit oder Überschuß. Diese Rede beim ersten Aufenthalt, nachdem sie Lugo verlassen hatten, hielt Joaquim Sassa so bestimmt wie nur ein Geschäftsführer, gutwillig hingenommen von den anderen.

Daß ihr Geschäft nicht gar so rosig blühen würde, begriffen sie alle spätestens, als eine im Feilschen tüchtige Kundin den Preis für zwei Kleider so weit herunterhandelte, daß kein Gewinn übrigblieb. Zufällig war Joana Carda die Verkäuferin gewesen, diese bat die Gemeinschaft hernach um Entschuldigung und gelobte, künftig die beste Schacherin der gesamten Halbinsel zu sein. Wenn wir nicht schleunigst achthaben, fallen wir gehörig auf die Nase, dann stehen wir am Ende ohne Geld und ohne Ware da, mahnte einmal mehr Joaquim Sassa, es geht um mehr als um unser Brot, wir haben drei weitere Mäuler zu stopfen, da sind noch der Hund und die Pferde. Der Hund hilft sich selbst, sagte Pedro Orce. Bisher, aber eines Tages mißlingt ihm die Jagd, dann kommt er mit eingezogenem Schwanz, und wenn wir nichts zu beißen haben für ihn, was dann. Er kriegt die Hälfte meiner Ration. Sehr edel, deine Haltung, doch wir sollten nicht den Mangel aufteilen, sondern den Reichtum mehren. Reichtum und Mangel, das sind in diesem unserem Falle nur Redensarten, bemerkte José Anaiço, wir sind ärmer als Kirchenmäuse, ist schon seltsam, wir leben so, als hätten wir uns das Armsein eigens erkoren. Wenn erkoren, meine ich, hätten wir nicht ehrlich gehandelt, die Umstände haben uns dahin gebracht, von denen wir allerdings nur etliche billigen, jene, die unseren persönlichen Zwecken dienten, wir gleichen Schauspielern oder nur mehr Figuren, wenn ich etwa zu meinem Ehemann zurückkehrte, was wäre ich da, eine Akteurin außerhalb meiner selbst, oder wenn ich eine Theaterrolle spielte, zwischen dem einen und dem anderen, wo wäre ich da, sagte und fragte Joana Carda. María Guavaira hatte stumm zugehört, nun sagte sie, wie jemand, der ein Gespräch neu beginnt, denn vielleicht hatte sie nicht recht verstanden, was die anderen meinten, die Menschen werden Tag für Tag neu geboren, an ihnen liegt es, ob sie den gestrigen Tag weiterleben oder den neuen Tag, das Heute, von Grund und Wiege auf beginnen. Doch da ist die Erfahrung, alles, was wir im Laufe der Zeit gelernt haben, erinnerte Pedro Orce. Ja, das stimmt, sagte José Anaiço, doch wir leben das Leben in der Regel so, als hätten wir keine Erfahrung von früher, oder wir bedienen uns nur jenes Teiles, der es uns gestattet, bei den Irrtümern zu bleiben, wobei wir uns auf Erklärungen und Lektionen der Erfahrung berufen, und nun kommt mir ein Gedanke, der euch absurd scheinen mag, ein Widersinn, daß nämlich die Erfahrung sich weitaus mehr in der Ganzheit der Gesellschaft auswirkt als in jedem einzelnen ihrer Glieder, die Gesellschaft nutzt die Erfahrung aller, aber kein einzelner will oder kann in Gänze die eigene Erfahrung ausschöpfen.

Diese interessanten Fragen werden im Schatten eines Baumes erörtert, zur Stunde des Mittagessens, eines so kargen, wie es Reisenden ziemt, die ihre Tagestour noch nicht beendet haben, und sollte jemand die Erörterung fehl am Platze finden, den Ort oder die Umstände betreffend, so sei er daran erinnert, daß das Wissen und die Kultur der Reisenden, ohne skandalös unwahr zu wirken, diesen ein Gespräch erlauben, dessen Tenor, da von einem ausschließlich literarischen Standpunkt her komponiert und auf eine ebenso ausschließliche Wahrscheinlichkeit abzielend, in der Tat mit einigen Mängeln behaftet sein könnte. Indes, jeder Mensch hat, unabhängig von seinen Befähigungen, mindestens einmal im Leben Dinge getan oder gesagt, die weit über seiner Natur und Kondition lagen, und wenn wir diese Personen aus dem Alltagsgrau, in dem sie ihre Umrisse verlieren, hervorholen könnten oder sie selber würden sich den Schlingen und Fesseln entreißen, wieviel der Wunder mehr könnten sie da vollbringen oder Bruchstücke an tiefgründigem Wissen vermitteln, denn ein jeder von uns weiß unendlich viel mehr, als er vermeint, und jeder andere unendlich viel mehr, als wir ihm zubilligen wollen. Fünf Menschen befinden sich außerordentlicher Gründe wegen hier, wundern müßte es einen, wenn sie es nicht fertigbrächten, einiges außerhalb des gemeinhin Üblichen zu sagen.

In diesen Landstrichen begegnen sie selten einem Auto. Hin und wieder fährt ein großer Laster vorbei, er befördert Versorgungsgüter in die Orte, vor allem Lebensmittel, bei diesem Drunter und Drüber ist es nur natürlich, daß die lokale Verproviantierung durcheinandergeraten ist, es herrscht Mangel, dann plötzlich wieder Überangebot, doch alles hat seine Entschuldigung, bedenken wir, daß die Menschheit sich noch nie in solcher Situation befand, zwar fährt sie seit jeher zur See, aber in kleinen Booten. Viele hier reisen zu Fuß, andere auf Eseln, wäre das Gelände nicht so bergig, würden wir mehr Fahrräder sehen. Gemeinhin sind die hiesigen Leute von guter Wesensart, sie sind friedfertig, doch der Neid ist vielleicht das einzige nicht klassenmäßig begrenzte Gefühl, ist die überzeugendste Äußerung der menschlichen Seele, weshalb der Deux Chevaux, in Zeiten so schwer zu bewerkstelligender Transporte durch die Gegend ziehend, nicht nur einmal oder zweimal heftige Begehrlichkeit weckte. Jedwede Bande entschlossener Gewalttäter wäre schnell im Bilde über die Fahrgäste, einer der Männer ist alt, die anderen sehen nicht gerade wie Samson und Herkules aus, und die Weibsbilder wären nach Überwindung ihrer Begleiter leichte Beute, freilich könnte María Guavaira es mit einem Mann aufnehmen, doch dazu benötigte sie ein brennendes Holzscheit. Es hätten also die Reisenden sehr wohl einem ruchlosen Überfall erliegen können, niedergeschmettert, gänzlich vernichtet, elend dran und vergewaltigt die Frauen, verwundet und gepeinigt die Männer, doch da war auch noch der Hund, er, sobald er Leute nahen sah, kam unter dem Wagen hervor, vorn oder hinten, ob man stand oder fuhr, die Schnauze am Boden wie ein Wolf, er heftete seine kaltes Feuer sprühenden Augen auf die zumeist harmlosen Wanderer, die aber so entsetzt waren wie in Angst die Schurken. Dieser Hund, wenn wir bedenken, was alles er bis heute vollbracht hat, verdiente es, ein Schutzengel genannt zu werden, ungeachtet wiederholter Andeutungen über seinen angeblich höllischen Ursprung. Man wird, die Autorität der christlichen und der nichtchristlichen Tradition ins Feld führend, einwenden, daß Engel stets geflügelt dargestellt wurden, doch in jenen und zwar vielen Fällen, in denen der Engel nicht notwendigerweise der Flügel bedürfte, warum sollte er nicht etwa auch ganz vertraut in Hundegestalt erscheinen dürfen, ohne darum auch bellen zu müssen, was diesem geistigen Wesen ja auch nicht gut anstünde. Möge man also zumindest einräumen, daß die nicht bellenden Hunde Engel im Einsatz sind.

Sie schlugen bei Tagesausklang ihr Lager am Ufer des Miño auf, nahe einer Ortschaft mit Namen Portomarín. Während José Anaiço und Joaquim Sassa die Pferde ausspannten und versorgten, das Lagerfeuer anfachten, Kartoffeln schälten und das Gemüse bereiteten, nutzten die Frauen, von Pedro Orce und dem Schutzengel begleitet, das letzte Licht des Abends, um noch an einige Türen im Dorf zu klopfen. Ihrer Sprache wegen tat Joana Carda den Mund nicht auf, vielleicht waren Verständigungsschwierigkeiten der Grund für den Reinfall gewesen, doch nun lernt sie für die Zukunft, das einzige, wo Fehler sich bereinigen lassen. Das Geschäft lief diesmal nicht schlecht, sie verkauften zu gerechtem Preis. Als sie zurückkehrten, wirkte das Lager wie eine Heimstatt, das Feuer behaglich zwischen den Feldsteinen, die am Wagen hängende Lampe im Halbkreis die Rastfläche erhellend und der Duft von Gegartem, das war, als wäre unser Herr Jesus Christus mit zugegen.

Als sie nach dem Essen plaudernd rings um das Feuer saßen, hatte Joaquim Sassa einen jähen Einfall, er fragte, woher hast du diesen deinen Namen Guavaira, was bedeutet er, und María Guavaira erwiderte, Guavaira heiße, soviel ich weiß, nur ich, meine Mutter hat sich den Namen ausgedacht, als sie mit mir schwanger ging, sie wünschte sich schlicht eine Guavaira, aber mein Vater beharrte, ich müsse auch María heißen, und so wurde ich, wie es nicht hätte sein sollen, María Guavaira. Weißt also nicht, was der Name bedeutet. Er stammt aus einem Traum. Träume haben stets einen Sinn. Aber nicht ein geträumter Name, und nun sagt mir eure Namen. Sie nannten sie, jeder seinen, einer nach dem anderen, María Guavaira stocherte mit einem Holzstück im Feuer und bemerkte, die Namen, die wir haben, sind Träume, von wem wohl träume ich, wenn ich von deinem Namen träume.

Ein Wetterumschlag erfolgte, Formel dies von exemplarischer Knappheit, sie teilt uns auf milde Weise oder neutral und objektiv mit, daß sich das Wetter geändert hat, zum Schlimmeren hin. Es regnet, und es ist ein sanfter Regen des begonnenen Herbstes, der uns, solange er das Erdreich noch nicht aufgeweicht hat, den Wunsch eingeben wird, über diese Felder zu streifen, in Stiefeln und Regenumhang, dabei feinen Niesel auf dem Gesicht zu spüren und die Melancholie der nebligen Tiefen zu genießen, indes erste Bäume ihre Blätter abwerfen und nackt dastehen, fröstelnd und als bäten sie um Liebkosung, manch einen Baum möchte man mitleidvoll zart an die Brust drücken, wir schmiegen das Gesicht an die nasse Rinde, und uns ist, als wäre es ein in Tränen gebadetes Antlitz.

Doch die Plane des Wagens stammt aus den Urzeiten der Zelte, die Technologie damals, solid in Faden und Schuß, achtete wenig auf Undurchlässigkeit, es waren noch das Zeitalter und der Ort, wo die Menschen ihre Kleidung auf dem Leib zu trocknen vermochten, als einzigen Schutz, wenn überhaupt, einen Becher Schnaps. Hinzu kamen die Auswirkungen der wechselnden Jahreszeiten, das Gewebe wurde brüchig, es verschlissen die Nähte, wie leicht zu ersehen, konnte die vom Auto abgezogene Plane nicht alle Schäden wettmachen. Darum tropft es drin im Deux Chevaux, und tropft weiter wider Joaquim Sassas Überzeugung, der da behauptete, das Naßwerden und Quellen der Fäden werde die dazwischen befindlichen Räume verengen, mit günstiger Auswirkung also, sofern man nur geduldig wartete. Nichts treffender als das, theoretisch, die Praxis sieht anders aus, hätten sie nicht vorsorglich die Strohsäcke zusammengerollt und beiseite gelegt, könnte so bald niemand mehr darauf schlafen.

Wenn der Regen heftiger wird und sich Schutz unter Brückenbögen bietet, nutzen die Reisenden ihn, doch auf dieser Strecke geschieht das selten, es ist ja nur ein Provinzweg, fern den großen Autostraßen, die zum Zwecke höherer Geschwindigkeiten kreuzungsfrei gebaut sind, überspannt von den untergeordneten Straßen. An einem dieser Tage wird José Anaiço darauf verfallen, Firnis oder eine das Gewebe wasserundurchlässig machende Substanz kaufen zu wollen, doch das einzige geeignete Imprägniermittel, das er auftreiben konnte, ein grelles Zinnoberrot, langt dann noch nicht einmal für den vierten Teil der Plane. Wäre Joana Carda nicht etwas Besseres und Vernünftigeres eingefallen, nämlich breite Plastikfolien aneinanderzunähen, bis sie das ganze Zelt überdeckten, und nebenher noch ein Gleiches für die Pferde, wobei sie ahnt, daß auf den nächsten dreißig Kilometern ein Imprägniermittel vom gleichen Farbton gewiß nicht zu finden sein würde, dann wäre der Wagen durch die weite Welt vielleicht mit einem bunten Zeltdach gefahren, versehen mit Streifen, Kreisen und Rechtecken, ganz nach des Künstlers Inspiration, in Grün und Gelb, in Orange und Blau, in Violett, in Weiß auf Weiß, in Braun, vielleicht auch Schwarz. Unterdessen regnet es.

Nach dem kurzen, unvollendet gebliebenen Gespräch über den Sinn der Namen und die Bedeutung der Träume wurde erörtert, welchen Namen man dem Traum geben soll, den dieser Hund darstellt. Die Auffassungen gehen auseinander, und sie sind, wie wir ebenfalls schon wissen müßten, schlicht eine Frage des Geschmacks, sagen wir gar, die Meinung ist der offenbar in die Vernunft erhobene Ausdruck der Geschmacks. Pedro Orce schlägt einen rustikalen Namen vor mit entsprechender Begründung, sagen wir Fiel, der Getreue, oder Piloto, der Lotse, beide sehr treffend, sofern wir die moralischen Eigenheiten des Tieres in Betracht ziehen, er ist ein unfehlbarer Führer und makellos treu. Joana Carda schwankt zwischen Fronteiro, Grenzwächter, und Combatente, Kämpfer, kriegerisch klingende Namen, die nicht recht zum Wesen der Person passen wollen, von der diese Vorschläge herrühren, doch die weibliche Seele hat unergründbare Tiefen, Gretchen am Spinnrad wird ihr Leben lang die in ihr schlummernden Gelüste einer Lady Macbeth unterdrücken und bis zu ihrer letzten Stunde nicht gewiß sein, ob sie siegt. María Guavaira dagegen, auch wenn sie nicht weiß, warum, was ihr nicht zum erstenmal passiert, schlägt, halb beschämt von ihrem Einfall, den Namen Schutzengel vor, dabei errötet sie, da sie spürt, wie lächerlich es wohl sein würde, schon gar in der Öffentlichkeit, wenn sie den Schutzengel riefe, und es käme statt eines weißgewandeten, lichtumfluteten und sich mit Flügelrauschen ankündigenden Wesens ein schlammverschmiertes und mit frischem Hasenblut bespritztes entsetzliches Hundevieh, das nur seine Besitzer respektiert, sofern diese es sind. José Anaiço wollte Wasser auf das Feuer der Erheiterung gießen, das María

Guavaira mit ihrer Erwägung ausgelöst hatte, und schlug für den Hund den Namen Constante vor, er erinnerte sich, diesen Namen in irgendeinem Buch gelesen zu haben, wo, weiß ich jetzt nicht mehr recht, aber Constante, falls ich das Wort verstehe, enthält vom Sinn her all das, was bereits vorgeschlagen wurde, Fiel, Piloto, Fronteiro, Combatente und gar auch Schutzengel, denn wären diese nicht konstant, nicht beständig, gäbe es Treue nicht, würde der Lotse sein Ziel verfehlen, verließe der Grenzwächter seinen Posten, legte der Kämpfer seine Waffen nieder, und der Schutzengel würde sich von dem jungen Ding verführen lassen, das eigentlich er vor der Versuchung bewahren sollte. Alle pflichteten dem bei, doch Joaquim Sassa meinte, das beste wäre wohl, ihn schlicht Hund zu nennen, denn da er hier der einzige ist, gibt es auch keine Verwechslung beim Anruf und Parieren. Sie werden das Tier Constante nennen, doch so viel Mühe mit der Namensgebung war nicht nötig, der Hund reagiert auf jedweden Namen, sofern er begreift, daß das Wort, welches auch immer, ihn meint, mag gelegentlich auch ein anderer Name in der Erinnerung aufflackern, Ardent, auf den verfiel hier aber niemand. Recht hatte jener, der einst wider María Guavairas Auffassung behauptete, daß ein Name nichts sei, noch nicht einmal ein Traum.

Sie folgen, und wissen es nicht, der einstigen nach Santiago führenden Straße, sie kommen durch Landstriche, die Namen der Hoffnung oder Namen einer unseligen Erinnerung tragen, je nach den Erlebnissen der Reisenden jener früheren Zeiten, Sarria, Samos, oder das privilegierte Villafranca del Bierzo, wo der erkrankte oder müde Pilger an die Pforte der Apostelkirche klopfen durfte und der weiteren Reise nach Santiago de Compostela enthoben war, bei selbigem Sündenerlaß, so als wäre er bis hin gepilgert. Es hatte der Glaube schon damals seine Bequemlichkeiten, wenn auch in nichts vergleichbar unsren heutigen Tagen, wo die Bequemlichkeiten einem mehr einbringen als der Glaube selber, dieser oder jedweder andere. Die Reisenden indes wissen, daß sie, falls sie die Pyrenäen sehen wollen, sich denn auch bis hin begeben und die Hand darauflegen müssen, denn der Fuß allein reicht nicht aus, weil nicht sensibel genug, und die Augen, weit mehr als man es vermeint, lassen sich täuschen. Der Regen hat nach einem Weilchen nachgelassen, fällt in vereinzelten Tropfen, hört dann ganz auf. Der Himmel blieb verhangen, die Nacht bricht rascher herein. Sie lagern unter Bäumen, um im Falle weiterer Regengüsse besseren Schutz zu haben, obwohl Pedro Orce mit dem iberischen Sprichwort aufwartet, Wer den Baum sucht, zweimal dem Regen flucht. Nicht leicht war es, das Lagerfeuer anzuzünden, doch María Guavairas Künste siegten über das widersetzliche nasse Holz, das an seinen Enden knackte und zischte, als preßte es den Saft heraus. Sie aßen, so gut es eben ging, hinreichend genug, damit der Magen nachts nicht knurrte, denn, so lehrt ein anderes Sprichwort, Wer zu Abend fastet, zur Nacht nicht rastet. Sie speisten drin im Wagen, beim Licht der rußenden Lampe und in gedrückter Stimmung, die Kleidung feucht, die Strohsäcke zusammengerollt und übereinandergelegt, die restliche Habe wild durcheinander, für eine ordentliche Hausfrau ein peinigender Anblick. Doch jedes Übel hat einmal ein Ende, auch der Regen, warte nur, bis ein Fetzchen gutes Wetter kommt, und schon wirst du erleben, wie munter das hergeht, die Strohsäcke ausgebreitet, damit auch die feinste Faser trockne, die Kleidungsstücke über Büsche und Steine gelegt, und wenn wir sie einsammeln, sind sie durchtränkt von dem guten, warmen Duft, den die Sonne auf ihren Wegen hinterläßt, und das geschieht, indes die Frauen, ein trautes Familienbild, die langen Plastikstreifen ausbessern und zusammennähen, die alle Wasserprobleme lösen werden, gelobt sei, wer den Fortschritt erfand.

Sie haben träg und vage miteinander geplaudert, wie man eben die Zeit bis zum Schlafengehen ausfüllt, und hier nun unterbricht Pedro Orce, was er selber sagte, und hebt an zu reden, einmal las ich, weiß nicht mehr, wo, daß sich die Galaxis, der unser Sonnensystem angehört, auf eine andere Konstellation zubewegt, deren Name mir ebenfalls entfallen ist, und diese Konstellation bewegt sich auf einen ganz bestimmten Punkt im Raume zu, ich wünschte, ich könnte es genauer sagen, aber mein Kopf hat die Einzelheiten nicht behalten, was ich meine, ist das folgende, bedenkt nur, wir hier bewegen uns über die Halbinsel, diese zieht über das Meer, das Meer samt der Erde bewegt sich im Kreis, die Erde dreht sich um die eigene Achse, und während sie sich um die eigene Achse dreht, kreist sie auch um die Sonne, und auch die Sonne dreht sich um sich selbst, und dies alles bewegt sich auf besagte Konstellation zu, und da frage ich, ob wir nicht das kleinste Äußere in dieser Kette von Bewegungen innerhalb von Bewegungen sind, was ich nun gerne wüßte, ist, was sich in uns bewegt und wohin, nein, ich meine nicht Spulwürmer, Mikroben und Bakterien, nicht die in uns lebenden Lebewesen, ich meine etwas anderes, was sich bewegt und vielleicht nicht bewegt, so wie sich die

Konstellationen selber und wie sie uns bewegen, die Konstellationen also ebenso wie die Galaxis, das Sonnensystem, die Sonne, die Erde, das Meer, die Halbinsel, der Deux Chevaux, ich frage, welchen Namen hat letztendlich das, was alles bewegt, vom einen Ende der Kette bis zum anderen Ende, oder es ist keine Kette, sondern das Universum ist vielleicht ein Ring, der zugleich so eng ist, daß es scheint, nur wir und das, was in uns Platz hat, passen da hinein, und so groß, daß er das Maximum an Weltausdehnung fassen kann, das er selber ist, welchen Namen hat das, was auf uns folgt. Mit dem Menschen beginnt das Unsichtbare, war die jähe, unüberlegte Antwort José Anaiços.

Auf das Zeltdach fallen in Abständen die dicken Wassertropfen, die von Blatt zu Blatt geperlt waren, draußen hört man Pig und Al sich unter den sie nicht ganz bedekkenden Regenhüllen bewegen. Hierzu dient in Wirklichkeit das Schweigen, damit wir das hören können, was, so sagt man, nicht von Bedeutung ist. Jede der hier anwesenden Personen hält es für ihre Pflicht, mit dem ihr eigenen Wissen für das so hohe Konzil einen Beitrag zu leisten, doch fürchten alle, daß ihnen, sobald sie den Mund auftun, wenn nicht Märchenkröten, so kunterbunt platte Sprüche über das Sein hervorsprudeln werden, über das Ontologische, ein Wort dies, das wohl schlecht paßt in einen so vordergründigen Zusammenhang wie Wagen, Regentropfen und Pferde, nicht zu vergessen der Hund, der da schläft. María Guavaira, weil am wenigsten gebildet, hob als erste an zu reden, dem Nichtsichtbaren würden wir den Namen Gott geben, doch seltsam, wie sich da in den Satz ein gewisser Frageton eingeschlichen hatte. Oder Wille, dieser Vorschlag kam von Joaquim

Sassa. Oder Intelligenz, fügte Joana Carda hinzu. Oder Geschichte, schloß José Anaiço, Pedro Orce hatte keinerlei Erwägung anzubieten, er beschränkte sich auf Fragen, wer dies aber für das einfachste hält, irrt gewaltig, vergißt, welch große Anzahl von Antworten auf die Fragen harren.

Die Lebensklugheit lehrt, daß man die Erörterung einer so komplexen Materie abbreche, ehe die Gesprächspartner anfangen, etwas anderes zu sagen, als sie zuvor behauptet haben, nicht daß es etwa zwangsläufig verfehlt wäre, seine Meinung zu ändern, sondern weil es, wenn man diese Unterschiede so oft abändert, geschehen kann, und gemeinhin geschieht es, daß die Diskussion, unbemerkt für die Streitenden, wieder an ihren Ausgangspunkt gelangt. In diesem Falle endete jener erste Satz José Anaiços, nachdem er die Runde unter den Freunden genommen, höchst banal in der mehr als offenkundigen Augenscheinlichkeit, daß Gott unsichtbar ist, ebenfalls der Wille oder die Intelligenz und, vielleicht weniger banal und ein bißchen weniger augenscheinlich, die Geschichte. José Anaiço, indessen er die fröstelnde Joana Carda zu sich heranzieht, bemüht sich, wach zu bleiben, er will nachdenken über seinen Einfall, ob die Geschichte wirklich unsichtbar ist, ob die sichtbaren Zeugnisse der Geschichte diese genügend sichtbar machen, ob die solcherweise relative Sichtbarkeit der Geschichte nicht mehr nur ein Deckmantel ist wie die Gewandung, die der unsichtbare Mann trug und die also unsichtbar war. Dieses Zermartern des Hirns ertrug er nicht lange, und nur gut so, denn in den Augenblicken vor dem Einschlafen hatte er seine Gedanken absurderweise darauf konzentriert, den Unterschied zwischen dem Unsichtbaren und dem Nichtsichtbaren herauszufinden, was für den anstehenden Fall, einleuchtend dem, der darüber ein bißchen nachdenkt, keine sonderliche Bedeutung hatte. Im Licht des Tages haben alle Verwirrnisse weitaus geringere Bedeutung, Gott, und dies ist das berühmteste Beispiel, erschuf die Welt, weil es zu dem Zeitpunkt, als er diesen Vorsatz faßte, dunkel war, er spürte in diesem höchsten Augenblick, daß er die Finsternis nicht mehr ertragen konnte, wäre es aber Tag gewesen, hätte Gott alles so belassen, wie es war. Und als dieser Himmel hier den Morgen frei und unverhangen erlebte und die Sonne von Wolken unbehelligt emporstieg und das so blieb, zerstoben die nächtlichen philosophischen Grübeleien, nun richtet sich das ganze Augenmerk auf das zügige Rollen des Deux Chevaux, hin über die Halbinsel, ganz gleich, ob diese schwimmt oder nicht schwimmt, selbst wenn mein Lebensweg mich zu einem Stern führte, bliebe es mir nicht erspart, über die Wege der Welt zu ziehen.

An diesem Abend erfuhren sie beim Hausieren, daß die Halbinsel, nachdem sie einen bestimmten Punkt oberhalb Corvos, der nördlichsten Azoreninsel, erreicht hatte, in gerader Linie, wobei man unter dieser summarischen Beschreibung verstehen muß, daß sich der äußerste Süden der Halbinsel, die Spitze von Tarifa, auf einem anderen, östlicheren Längengrad befand, nördlich des äußersten Nordens von Corvo, das heißt der Ponta dos Tarsais, also, sie erfuhren, daß die Halbinsel, wie wir bereits zu erklären versuchten, ihre Wanderung nach Westen stracks wiederaufgenommen hatte, parallel zu ihrer ersten Driftrichtung, will heißen, mal sehen, ob wir uns endlich verständlich machen können, sie setzte die Ursprungsrichtung etliche Grade weiter oben fort. Dank diesem Ereignis siegten die Erfinder und Verteidiger der These vom geradlinigen und durch rechtwinklige Haken unterbrochenen Driften, und mochte bisher auch noch keinerlei Bewegung die These von einer Rückkehr an den Ausgangspunkt untermauert haben, die ja übrigens mehr als Demonstration für das Erhabene des Vorganges denn als voraussehbare Bestätigung der generellen These dargebracht wurde, so hieß dies nicht, daß Rückwärtsbewegungen ausgeschlossen waren, ist doch sogar anzunehmen, daß die Halbinsel überhaupt nie mehr anhält, sondern ewig durch die Weltmeere vagabundiert, wie der so oft erwähnte Fliegende Holländer, nun die Halbinsel mit anderem Namen, den wir hier vorsichtshalber nicht hinsetzen, um nationalistische und xenophobe Entladungen zu vermeiden, die unter den gegenwärtigen Umständen tragische Größe gewinnen könnten.

Das Dorf, in dem sich die Reisenden gerade aufhielten, erfuhr nichts von solcherlei Meinungsunterschieden, sondern lediglich, daß die Vereinigten Staaten eigens durch den Mund ihres Präsidenten versichert hatten, die daherkommenden Länder könnten mit Unterstützung, mit der moralischen und materiellen Solidarität der nordamerikanischen Nation rechnen, sollten sie weiter von dort nach hier schiffen, würden sie mit offenen Armen empfangen. Doch diese Erklärung, humanitär und geostrategisch von außerordentlicher Tragweite, wurde etwas in den Schatten gestellt vom jähen Betriebseifer der Reisebüros in der ganzen Welt, den von ihren Kunden berannten, denn letztere wünschten schnellstmöglich nach Corvo zu gelangen, ganz gleich wie, und ganz gleich, was es kostete, aber warum dies, falls es nicht wieder eine Richtungsänderung gibt, zieht die Halbinsel in

Sichtweite an Corvo vorbei, ein Schauspiel, gegen das der Vorbeizug des Gibraltarfelsens, als die Halbinsel sich von dem Sporn löste und ihn in den Wogen zurückließ, ein Nichts ist. Diesmal wird eine riesige Masse vor den Augen der Privilegierten vorbeiziehen, die ein Plätzchen auf der Nordhälfte der Insel ergattern konnten, doch trotz der Größe der Halbinsel wird das ganze nur Stunden dauern, allenfalls zwei Tage, denn in Anbetracht der besonderen Gestalt dieses Floßes wird nur dessen südlichster Teil zu sehen sein, und auch nur bei klarem Wetter. Der Rest wegen der Erdkrümmung den Blicken entzogen, man stelle sich vor, die Halbinsel hätte statt dieser Auswinkelung an der Südflanke eine schnurgerade Küste, ich weiß nicht, ob sie die Zeichnung verstehen, da würde der Vorbeizug sechzehn Tage dauern, ein wahres Fest, sofern sich die Geschwindigkeit bei fünfzig Kilometern pro Tag hielte. Wie dem auch sei, groß ist die Wahrscheinlichkeit, daß sich ein nie gekannter Geldstrom nach Corvo ergießt, was die Ansässigen schon nötigte, Schlösser für die Tore und Türen zu besorgen, und auch Schlossermeister, die diese samt Sperriegeln und Alarmglocken montieren.

Gelegentlich gehen noch Schauer nieder, schlimmstenfalls ist es ein rascher Guß, meist aber scheint die Sonne, bei blauem Himmel und hohen Wolken. Die große Plastikdecke wurde hergerichtet, wurde genäht und verstärkt, und nun, wenn Regen droht, wird angehalten, und eins, zwei, drei, auseinanderfalten, drüberziehen, festbinden, ist die Dachplane schützend überdeckt. Drin im Wagen die Strohsäcke trockener denn je, die Feuchtigkeit von Atem und Nässe ist verflogen, dies hier drin, sauber und aufgeräumt, ist wirklich eine Heimstatt. Doch nun erkennt man, daß es im hiesigen Landstrich viel geregnet hat. Die Erde ist aufgeweicht, da muß man sich mit dem Wagen vorsehen, darf nicht ohne vorherige Prüfung weiche Straßenränder befahren, nur mühsam käme man wieder heraus, zwei Pferde, drei Männer und zwei Frauen, die machen zusammen noch keinen Traktor. Die Landschaft hat sich verändert, zurückgeblieben sind die Gebirge und Berge, die letzten Wellungen verflachen, und vor den Augen tut sich eine endlos anmutende Ebene auf, mit einem so großen Himmel darüber, daß man sich verblüfft fragt, ob er aus einem einzigen Stück ist, gewiß und wahrhaftig ist wohl, daß jeder Ort oder gar jeder Mensch seinen eigenen Himmel hat, einen größeren oder kleineren, höheren oder tieferen, und dies nun war eine große Entdeckung, o ja, der Himmel als eine unendliche Abfolge ineinandergefügter Kuppeln, die Widersprüchlichkeit der Begriffe ist nur scheinbar, man braucht lediglich hinzuschauen. Als der Deux Chevaux die Kuppe des letzten Hügels erreicht, meint man, die Erde werde sich bis zum Ende der Welt nie mehr erheben, und da es so alltäglich ist, daß unterschiedliche Ursachen die gleiche Wirkung haben, ist uns hier der Atem ausgegangen, als hätten wir den Mount Everest bestiegen, sage, wer dort gewesen ist, ob ihm nicht dasselbe widerfuhr wie auf dieser flachen Erde.

Gute Berechnungen stellt Pedro an, aber andere, davon sehr abweichende, der Wirt. Gestehen wir gleich hier, dieser Pedro ist nicht Orce, noch weiß der Erzähler, wer, vermutlich ist mit dem Gesagten der Apostel desselben Namens gemeint, jener, der Christus dreimal verleugnete, und dies auch sind die Berechnungen, die der Herrgott anstellt, wahrscheinlich weil er dreifaltig ist und in den Rechenkünsten nicht sonderlich beschlagen. Man pflegt zu sagen, daß Pedro gute Berechnungen anstellt, falsche dagegen die Pedros, so bringt die Volksweisheit ironisch zum Ausdruck, es sollten nicht die einen über das entscheiden, was anderen obliegt, will heißen, wenn Joaquim Sassa einhundertfünfzig Kilometer pro Reisetag veranschlagte, so traf auch María Guavaira daneben, als sie auf neunzig herunterkorrigierte. Den Handel verstehen die Händler, die Pferde das Karrenziehen, und so wie man sagt oder sagte, daß die schlechte Münze die gute verdrängt, so minderte das alte Pferd den Gang des jungen, falls es nicht Erbarmen des letzteren war, Herzensgüte, kreatürliche Achtung, denn als Starker vor dem Schwachen seine Kräfte ausspielen zeugt von moralischer Perversion. Alle diese Worte wurden für nötig erachtet, um zu erklären, daß wir langsamer vom Fleck gekommen sind als vorgesehen, doch die Kürze ist keine Tugend an sich, zugegeben, manchmal verliert man durch vieles Reden, aber was wurde nicht alles gewonnen, weil man mehr sagte als das Erforderliche. Die Pferde laufen nach ihrem Belieben, man hatte sie in Trab gesetzt, und sie gehorchen der Laune oder dem Zwang des Kutschers, bald indes, so sacht, daß man es gar nicht merkt, mindern Pig und Al den Schritt, wie sie es so harmonisch vollbringen, ist ein Rätsel, man hörte nicht, daß eines zum anderen sagte, langsamer, und das andere erwiderte, ab jenem Baum da.

Ein Glück nur, daß die Reisenden es nicht eilig haben. Anfangs, als sie jene nun fernen galicischen Landstriche verließen, meinten sie, Zeiten einhalten und Wege beachten zu müssen, da war ein gewisses Gefühl von Eile, so als hätte ein jeder seinen Vater vor dem Galgen zu bewahren und am Schafott zu sein, ehe die Falltür fiele.

Hier handelt es sich nicht um Vater und Mutter, denn weder von dem einen noch von der anderen wissen wir etwas, ausgenommen von María Guavairas Mutter, die verrückt ist und nicht mehr in La Coruña oder, da die Gefahr vorüber, vielleicht schon wieder zurück. Von den anderen Müttern und anderen Vätern, vormaligen wie gegenwärtigen, wurde nichts offengelegt, wenn die Kinder schweigen, müssen auch die Fragen stumm und Anspielungen unterlassen bleiben, denn schließlich beginnt und endet in einem jeden von uns die Welt, möge diese Erklärung den Familiensinn, das Interesse am Erben und die Reinheit des Namens nur nicht auf den Tod beleidigt haben. Die Straße wurde binnen Tagen zu einer Welt außerhalb der Welt, so wie jedweder Mensch auf der Welt eine Welt in sich selbst entdeckt, und das ist nicht schwierig, es schaffe einer lediglich ein bißchen Einsamkeit um sich her, wie diese Reisenden, die gemeinsam fahren und doch allein sind. Drum haben sie keine Eile und stellen sie keine Berechnungen mehr über zurückgelegte Wege an, die Pausen sind fürs Hausieren und zum Ausruhen, und nicht selten möchte man nur eben zum Ruhen anhalten, wozu es immer Vorwände gibt, doch gemeinhin verwenden wir gar nicht erst Zeit darauf, welche zu finden. Alle gelangen ans erstrebte Ziel, es ist lediglich eine Frage der Zeit und der Geduld, der Hase läuft schneller als der Igel, vielleicht erreicht er das Ziel als erster, falls er auf dem Wege nicht dem Jäger und dem Schießgewehr begegnet.

Wir ließen die Gefilde von León hinter uns und ziehen nun durch die Tierra de Campos, wo der berühmte Pater und Prediger Gerundio de Campazas geboren wurde und sein Blütenwesen trieb und über dessen Sprüche und Taten sehr im einzelnen der nicht minder berühmte Padre Isla schrieb, geißelnd die weitschweifigen Kanzelredner, dreisten Zitierer, aufgewühlten Sprücheklopfer und sich in Schmelz ergießenden Schriftsteller, schade nur, daß die so klare Lektion uns so wenig genutzt hat. Kürzen wir also schon bei der Entstehung die umständlich lange Einleitung und erklären wir wacker und schlicht, daß die Reisenden dieses Mal in einem Ort mit Namen Villalar nächtigen werden, nicht weit von Toro, Tordesillas und Simancas, Orte allesamt, die Portugals Geschichte sehr berühren, handelt es sich doch um Schlacht, Vertrag und Archiv. Bei José Anaiço, dem Lehrer, lösen diese Namen ohne weiteres Erinnerungen aus, allerdings sehr umfängliche nicht, denn seine Geschichtskenntnisse sind allgemein und also rudimentär, mit Einzelheiten kaum mehr befrachtet, als dies bei seinen Zuhörern der Fall ist, den spanischen wie den portugiesischen, denn irgend etwas mögen die ja gelernt und nicht alles vergessen haben, was Simancas, Toro und Tordesillas betrifft, und das in Anbetracht des Informationsüberflusses und des gesteigerten nationalen Interesses der Lehrbücher für Vaterlandsgeschichte. Über Villalar allerdings weiß niemand etwas außer Pedro Orce, der, obwohl in Andalusien beheimatet, Kenntnisse hat wie einer, der irgendwann alle Gegenden der Halbinsel bereist hat, daß er, als er vor zwei Monaten in Lissabon einzog, sagte, er kenne es nicht, spricht nicht gegen die Annahme, möglicherweise hat er es nur eben nicht wiedererkannt, so wie die phönizischen Gründer Lissabon heute nicht wiedererkennen würden oder die römischen Kolonisten oder die westgotischen Eroberer, allenfalls noch ganz schwach die Muselmanen und zunehmend weniger die Portugiesen.

Sie sitzen um das Lagerfeuer, paarweise, Joaquim und María, José und Joana, Pedro und Constante, der Abend ist merklich kühl, doch der Himmel heiter und klar, fast sieht man die Sterne nicht, denn der zeitig aufgegangene Mond hüllt in helles Licht die abgeernteten Felder und, hier nahebei, die Dächer von Villalar, dessen Bürgermeister, ein braver Mann, nichts dagegen hatte, daß diese spanisch-portugiesische Wandertruppe sich so nahe am Ort niederließ, trotz ihrer Berufsausübung, denn sie sind Nomaden und Hausierer und mit ihrem Warensortiment eine Konkurrenz den Geschäften am Ort. Der Mond steht noch nicht hoch, sieht aber schon so aus, wie wir ihn am liebsten mögen, eine zu beschwingten Versen und allzu beschwingten Gefühlen anregende helle Scheibe, ein Sieb aus Seide, das ein mehliges Weiß über die ermattete Landschaft streut. Da sagen wir, wie schön der Mond scheint, und eilig vergessen wir den Schauder, den wir jedesmal empfinden, wenn der Himmelskörper riesig, rot, bedrohlich hinter der Erdkrümmung hervortaucht. Nach so vielen Jahrtausenden dünkt uns der Mond noch heute bedrohlich, ein Zeichen des Endes, gut, daß die Angst stets nur Minuten währt, der Mond stieg auf, wurde klein und weiß, wir können beruhigt aufatmen. Auch die Tiere fühlen sich gepeinigt, eben noch, als der Mond aufging, musterte der Hund ihn, starr, steif, fehlten ihm nicht die Stimmbänder, er hätte vielleicht geheult, alle Haare standen ihm zu Berge, als führe ihm eine eisige Hand gegen den Strich über den Rücken. Es sind dies Augenblicke, da die Welt aus ihren Geleisen springt, wir spüren, daß nichts fest und sicher ist, könnten wir in Worte fassen, was wir da fühlen, wir würden bar jeder Rhetorik sagen, da sind wir aber knapp davongekommen.

Pedro Orces Geschichte von Villalar werden wir jetzt, im Anschluß an das Abendessen, erfahren. Die Flamme tanzt in der windstillen Luft, sinnend angestarrt von den Reisenden, die ihr die Hände entgegenstrecken, sie gleichsam bezähmend oder sich ihr ergebend, es ist da ein uraltes Geheimnis zwischen uns und der Flamme, selbst unter freiem Himmel, als befänden wir uns, das Feuer und wir, in der Urhöhle, Grotte oder Gebärmutter. Das Geschirrabwaschen obliegt heute José Anaiço, doch Eile ist nicht geboten, es regiert eine friedvolle, fast süße Stunde, der Flammenschein schweift über die geschwärzten Gesichter hinauf in die Lüfte, sie haben die Farbe, die ihnen die aufgehende Sonne verleiht, die Sonne ist von anderer Natur, ist lebendig, nicht tot wie der Mond, das ist der Unterschied.

Und Pedro Orce spricht, vielleicht wißt ihr es nicht, aber vor langer, langer Zeit, im Jahre 1521, fand hier bei Villalar eine große Schlacht statt, groß eher wegen der Folgen als der Zahl getöteter Menschen, und hätten jene sie gewonnen, die sie verloren, so wären wir, die Lebenden von heute, Erben einer anderen Welt. Von großen geschichtlich festgehaltenen Schlachten hatte José Anaiço hinlänglich Kenntnis, und wenn man ihm stehenden Fußes Namen abverlangte, könnte er ohne Zögern ein Dutzend nennen, beginnend klassischerweise bei Marathon und den Thermopylen und dann, ungeachtet der zeitlichen Abfolge und ohne besonderen Grund paarweise gefügt, Austerlitz und Borodino, Marne und Monte Cassino, Ardennen und Al Alamain, Poitiers und Ksar-el-Kebir, und auch Aljubarrota, eine der Welt nichts und uns alles bedeutende Schlacht. Aber von einer Schlacht bei Villalar habe ich nie gehört, schloß José Anaiço. Nun, diese Schlacht, so erklärte Pedro Orce, das war, als Spaniens Städte sich gegen Kaiser Karl V. erhoben, der ein Ausländer war, doch weniger deshalb taten sie es, in früheren Jahrhunderten war es ja sehr üblich, daß den Völkern ein König fremder Zunge in die Stube hereinmarschierte, das war ein Geschäft ausschließlich zwischen Königshäusern, die ihre und andere Länder ins Spiel brachten, ich meine nicht zu Würfel oder Kartenspiel, sondern aus dynastischen Interessen, mit Bündnistricks und Heiratsgehandel, weshalb man nicht sagen kann, daß sich die Städte gegen einen Eindringling erhoben, auch war es mitnichten der große Krieg der Armen gegen die Reichen, wären doch alle Dinge, diese und die anderen, so einfach gewesen, wie sie sich erzählen lassen, Tatsache ist, den spanischen Edelleuten paßte es nicht, ganz und gar nicht, daß an des Kaisers Ausländer so viele Ämter gingen, die denn auch schon Steuererhöhung beschlossen, es ist das trefflichste Mittel, den Luxusaufwand und die Abenteuer zu bezahlen, nun, als erstes begehrte Toledo auf, und andere folgten dem Beispiel, Toro, Madrid, Ávila, Soria, Burgos, Salamanca und weitere und noch weitere, doch die Beweggründe der einen waren nicht die der anderen, manchmal zwar doch, aber in anderen Fällen liefen sie einander zuwider, und war es schon mit den Städten so bestellt, dann desto mehr mit den drin lebenden Menschen, Ritter gab's, die nur für ihre persönlichen Ziele und Gelüste fochten und bedenkenlos das Lager wechselten, je nachdem, woher der Wind wehte und woher der Nutzen kam, nun, das Volk war wie stets beteiligt, eigener Gründe, vor allem aber fremder Leute Gründe wegen, das ist so, seit die Welt besteht, wenn sich das Volk doch aber wenigstens einig wäre, aber es ist uneins, dies den Menschen begreiflich zu machen, das fällt sehr schwer, abgesehen davon, daß man die Völker ja gemeinhin betrügt, wie oft begaben sich seine Gesandten mit einem bestimmten Votum an den Hof, und dort, bestochen oder bedroht, entschieden sie gegen den Willen jener, die sie geschickt hatten, ein Wunder nur, daß die Städte nach so viel Gegensatz und Widerspruch dennoch Milizen aufzustellen vermochten und gegen das Heer des Königs in den Kampf zogen, und freilich, es wurden Schlachten gewonnen und Schlachten verloren, hier in Villalar ging die letzte Schlacht verloren, und warum, Gewohnheit, Irrtümer, Unfähigkeit, Verrat, die Leute waren es leid, auf den ausbleibenden Sold zu warten und wandten sich ab, die Schlacht fand statt, es gewannen die einen, es verloren die anderen, nie hat man eine genaue Zahl der hier getöteten Comuneros erfahren, nach neueren Berechnungen waren es nicht viele, man sprach von zweitausend, andere schworen, es seien höchstens eintausend gewesen, manche ließen nur zweihundert gelten, man weiß es nicht und wird es nie mehr erfahren, außer es käme einer darauf, diese Friedhofserden jemals umzugraben und die darin enthaltenen Schädel zu zählen, die restlichen Gebeine auch noch zu zählen würde die Verwirrung nur vergrößern, drei Anführer der Comuneros stellte man folgenden Tags vor Gericht, verurteilte sie zum Tode und enthauptete sie auf dem Marktplatz von Villalar, Juan de Padilla aus Toledo, Juan Bravo aus Segovia und Francisco Maldonado aus Salamanca, dies war die Schlacht von Villalar, und wäre sie gewonnen worden von denen, die sie verloren, dann hätte Spanien ein anderes Schicksal gehabt, bei einem Mond wie diesem, wer vermag sich da vorzustellen, wie die Nacht und der Tag der Schlacht aussahen, es regnete, die Felder waren aufgeweicht, man kämpfte eingesunken in dem Schlamm, nach modernen Schätzungen starben da gewiß wenig Menschen, doch es möchte einer behaupten, daß die Toten früherer Kriege für die Geschichte schwerer wogen als die Hunderttausende und Millionen des zwanzigsten Jahrhunderts, der Mondschein ist der gleiche geblieben, er umfängt unverändert Villalar und Austerlitz oder Marathon oder. Oder Ksar-el-Kebir, sagte José Anaiço. Was war denn das für eine Schlacht, fragte María Guavaira. Wäre auch sie nicht verloren, sondern gewonnen worden, dann stünde Portugal heute in einer Weise da, wie ich es mir gar nicht vorzustellen vermag, antwortete José Anaiço. In einem Buch einst las ich, diesen Krieg habe Dom Manuel, euer König, geführt, warf Pedro Orce ein. In den Lehrbüchern, aus denen ich unterrichtete, ist nicht die Rede davon, daß die Portugiesen zu jener Zeit gegen die Spanier Krieg führten. Es kämpften da nicht Portugiesen von Fleisch und Blut, sondern fünfzigtausend Kreuzfahrer, die euer König dem Kaiser lieh. Ah, gut, sagte Joaquim Sassa, fünfzigtausend Kreuzfahrer für die kaiserliche Streitmacht, da mußten die Städte ja verlieren, die Kreuzfahrer siegen stets.

In dieser Nacht träumte Hund Constante, er grübe auf dem Schlachtfeld Gebeine aus. Schon hatte er einhundertvierundzwanzig Schädel beisammen, als der Mond unterging und es auf der Erde dunkel wurde. Da schlief der Hund wieder ein. Zwei Tage später kamen etliche Jungen, die im Gelände draußen Krieg gespielt hatten, zum Bürgermeister gelaufen und erzählten, sie hätten in einem Weizenfeld einen Haufen Menschenschädel gefunden, nie erfuhr man, wie sie zuhauf dorthingelangt waren. Doch von jenen Portugiesen und Spaniern, die im Wagen gekommen und schon wieder fort waren, wissen Villalars Frauen nur Gutes zu sagen, in Preis und Qualität die ehrlichsten Leute, die hier jemals durchgezogen sind.

Undank ist der Welt Lohn, sagten die Altvorderen, und recht hatten sie, zumindest verwandten sie ihre Zeit nutzbringend darauf, die damals neuen Tatsachen im Lichte der damals alten zu beurteilen, unser heutiger Irrtum ist, daß wir auf einer zweifelnden Haltung gegenüber den Lehren vergangener Zeiten beharren. Es sagte der Präsident der Vereinigten Staaten von Amerika, daß die Halbinsel willkommen sei, und Kanada, na klar, behagte das nicht, weil nämlich, so bemerken die Kanadier, falls die Richtung sich nicht ändert, wir die Gastgeber sein werden, auch wird es hier neben Neuschottland dann noch ein weiteres Neuland geben, außerdem ahnen die Halbinsulaner, die Ärmsten, ja gar nicht, was sie erwartet, Kälte, ein knackiger Frost, der einzige Vorteil ist, daß die Portugiesen dem von ihnen so geliebten Stockfisch näher sind, sie verlieren an Sommer und gewinnen an Proviant.

Der Sprecher des Weißen Hauses beeilte sich zu erklären, der Präsident habe sich in seiner Proklamation hauptsächlich von humanitären Überlegungen leiten lassen, ohne irgendwelche vorrangigen politischen Absichten, zumal die Länder der Halbinsel, mochten sie auch schwimmend über die Wasser hinziehen, in ihrer Souveränität und Unabhängigkeit unangetastet blieben, eines Tages werden sie anhalten und den anderen wieder gleich sein, und er fügte hinzu, wir unsererseits versprechen feierlich, daß der traditionelle Geist guter Nachbarschaft zwischen den Vereinigten Staaten und Kanada durch keinerlei Umstände Beeinträchtigung erleiden wird, und zum Beweis unseres guten Willens, die Freundschaft mit Kanada aufrechtzuerhalten, schlagen wir eine bilaterale Konferenz vor zur Untersuchung der verschiedenen Aspekte, das wird im Rahmen dieser dramatischen Veränderung der politischen und strategischen Physiognomie der Welt gewiß der erste Schritt zum Gedeih einer neuen internationalen Gemeinschaft, bestehend aus den Vereinigten Staaten, Kanada und den zwei iberischen Ländern, welch letztere eingeladen sind, an dieser Konferenz mit dem Status von Beobachtern teilzunehmen, da die physische Annäherung noch nicht in einem Maße erfolgt ist, daß schon jetzt eine Integration ins Auge gefaßt werden könnte.

Öffentlich erklärte sich Kanada zufriedengestellt mit diesen Erklärungen, ließ aber wissen, es erachte die sofortige Einberufung der Konferenz nicht für opportun, denn in der vorgeschlagenen Weise sei sie geeignet, den patriotischen Stolz Portugals und Spaniens zu verletzen, es wurde als Alternative eine Viererkonferenz vorgeschlagen zwecks Erörterung der zu treffenden Vorkehrungen für den Fall eines gewaltsamen Auflaufens, wenn die Halbinsel an Kanadas Küsten strandete. Die Vereinigten Staaten erklärten sich sogleich einverstanden, und ihre Regierenden dankten dem Herrgott insgeheim, daß er die Azoren erschaffen hatte. Hätte die Halbinsel nämlich nicht einen Haken nach Norden geschlagen, sondern die seit der Trennung von Europa befolgte Richtung stracks beibehalten, würde die Stadt Lissabon wahrlich bald

Atlantic City in die Fenster geschaut haben, und von Überlegung zu Überlegung gelangten sie zu dem Schluß, je weiter die Halbinsel nach Nord abtriebe, desto besser, denn bedenke einer, New York, Boston, Providence, Philadelphia und Baltimore fänden sich unversehens im Landesinneren wieder, mit entsprechendem Abfall der Lebensqualität, kein Zweifel, der Präsident hatte sich mit seiner ersten Erklärung übereilt. Durch sich anschließenden vertraulichen Notenwechsel, dem geheime Treffen von Vertretern beider Regierungen folgten, kamen Kanada und die Vereinigten Staaten überein, die Lösung solle vorzugsweise darin bestehen, die Halbinsel, sofern möglich, auf ihrer Fahrt an einem so nahen Punkte anzuhalten, daß sie dem Einfluß Europas entzogen wäre, und gleichzeitig so weit fort, daß sie den kanadischen und nordamerikanischen Interessen nicht unmittelbar oder mittelbar schadete, es gälte schon jetzt, eine Studie in Angriff zu nehmen mit dem Ziel zweckdienlicher Abänderung der entsprechenden Einwanderungsgesetze, namentlich einer Verschärfung ihrer Vorsichtsmaßregeln, mögen die Spanier und die Portugiesen nicht glauben, daß sie uns so einfach mit der Tür ins Haus fallen können unter dem Vorwand, wir seien nun Nachbarn auf demselben Treppenabsatz.

Es protestierten die Regierungen Portugals und Spaniens gegen die Willfährigkeit, mit der die Mächte über ihre, also beider Länder, Interessen und ihr Schicksal bestimmen wollten, noch am heftigsten die portugiesische Regierung, aus besonderer Pflicht, da sie ja die Regierung der Nationalen Rettung war. Dank einer Initiative der spanischen Regierung werden Kontakte zwischen den zwei Halbinselstaaten aufgenommen, zur Festlegung eines konzertierten politischen Vorgehens, wobei man das Bestmögliche aus der neuen Situation zu machen gedenkt, wiewohl Madrid argwöhnt, daß Portugals Regierung mit innerem Vorbehalt in die Verhandlungen gehen wird, nämlich darauf bedacht, künftig besondere Vorteile aus dem Umstand zu ziehen, daß ihr Land sich der Küste Kanadas oder der Vereinigten Staaten, je nachdem, näher befindet. Und man weiß oder glaubt zu wissen, daß bestimmte politische Kreise Portugals zu einer bilateralen, allerdings nicht offiziellen Übereinkunft mit der Region Galicien neigen, was der spanischen Zentralgewalt freilich absolut nicht gefallen wird, da wenig geneigt, Ansprüche zu dulden, wie verdeckt diese auch sein mögen, gibt es doch Leute, die bitter-ironisch behaupten und es wohl in Umlauf gebracht haben, daß nichts von alledem passiert wäre, wenn Portugal sich an der Pyrenäenflanke befände, besser noch, es wäre beim Auseinanderbrechen drüben hängengeblieben, da wäre, durch die Reduzierung auf ein einziges Land, mit dieser Schwierigkeit, iberisch zu sein, ein für allemal Schluß. Doch hier täuschen sich die Spanier, die Schwierigkeit würde fortbestehen, mehr sagen wir nicht. Es werden Berechnungen angestellt, wieviel Tage es noch dauern mag, bis die Küsten der Neuen Welt ins Blickfeld kommen, Aktionspläne werden erörtert, damit die Verhandlungskraft im rechten Moment zu vollem Einsatz gelange, nicht zu früh und nicht zu spät, das ist übrigens die goldene Regel in der Kunst der Diplomatie.

Unempfänglich für diese hinter den Kulissen geführten politischen Intrigen, schifft die Halbinsel unverwandt westwärts, so unbeirrt und so sicher, daß die unterschiedlichen Beobachter, Millionäre oder Wissenschaftler, von der Insel Corvo, wo sie sozusagen in der vordersten Sitzreihe die Vorbeifahrt erlebten, schon abgezogen sind. Es war ein gewaltiges Schauspiel, man bedenke, die südlichste Spitze der Halbinsel strich im Abstand von wenig mehr als fünfhundert Metern an Corvo vorbei, mit hohem Wellengang, es erinnerte an eine Wagner-Oper, ein noch besserer Vergleich wäre, wir befänden uns in einem kleinen Boot auf See, und wenige Meter an uns vorbei führe der gewaltige Koloß eines leeren Öltankers, der größte Teil des Laderaumes aus dem Wasser ragend, da würde uns schwindlig, packte uns das Entsetzen, um ein Haar würden wir auf die Knie sinken und, Tausende Male unseren Ketzereien und unseren Missetaten abschwörend, ausrufen, Gott existiert, so sehr vermag die rohe Natur den Geist der Menschen, auch der gebildeten, zu beeindrucken.

Doch während die Halbinsel auf diese Weise ihren Part in den Bewegungen des Universums spielt, fahren unsere Reisenden schon jenseits von Burgos dahin, so erfolgreich im Geschäft, daß sie entschieden, den Deux Chevaux auf die Autobahn zu lenken, die ja immer noch die beste Straße ist. Weiter fort, hinter Gasteiz, werden sie auf die zu den kleinen Ortschaften führenden Wege zurückkehren, da ist der Wagen dann in seinem Element, ist es ein Pferdegespann auf Landwegen, nicht diese ungewöhnliche und schockierende Selbstdarbietung von Bummlern auf einer Hochgeschwindigkeitspiste, bei gemächlichem Trab von fünfzehn Kilometern pro Stunde, wenn es nicht bergauf geht und die Tiere guter Laune sind. So verändert ist die iberische Welt, daß die Verkehrspolizei sich das ruhig anschaut, nicht Halt befiehlt, nicht Strafe kassiert, die Ordnungshüter auf ihren schweren Motorrädern winken gute Reise, allenfalls noch fragen sie, was die rote Bemalung auf dem Zeltdach bezweckt, sofern aus ihrer Perspektive das Rechteck zu sehen ist. Das Wetter ist gut, es gibt regenfreie Tage, wir könnten meinen, wir wären in den Sommer zurückgekehrt, wehte da nicht zuweilen ein kalter, echt herbstlicher Wind, zumal den hohen Bergen schon so nahe. Als die Frauen bei Gelegenheit über die rauhe Luft klagten, deutete José Anaiço, eher nur beiläufig, die Folgen einer übergebührlichen Annäherung an die nördlichen Breiten an, falls wir nach Neufundland driften, hat unsere Reise ein Ende, um bei jenem Klima in der freien Natur zu leben, müßte man schon ein Eskimo sein, doch sie schenkten seinen Worten keine Beachtung, vielleicht weil sie nicht den Atlas vor Augen hatten.

Und vielleicht auch, weil nicht sie so viel von der Kälte sprachen, die sie selber empfanden, sondern eine andere Person, sie sprachen wahrlich nicht von sich, denn sie konnten sich Nacht um Nacht an ihre Männer kuscheln, oder auch am Tage, sofern die Umstände günstig waren, denn oft leistete ein Pärchen Pedro Orce auf dem Kutschbock Gesellschaft, während das andere, liegend, sich wiegen ließ vom Geschaukel des Deux Chevaux, nachdem Mann und Frau, beide halb entkleidet, ein jäh aufloderndes oder vertagtes Lustgefühl befriedigt hatten. Wer da wüßte, daß auf diesem Wagen fünf solcherweise nach Geschlecht gruppierte Wesen reisten, der könnte bei einiger Lebenserfahrung jedesmal leicht sagen, was sich unter der Plane gerade tat, je nach der auf dem Kutschbock erkennbaren Gruppierung, zum Beispiel, saßen die drei Männer obenauf, konnte man wetten, daß die Frauen über ihren Hausarbeiten waren, vor allem nähten, oder, wie schon gesagt, es waren zwei Männer und eine Frau obenauf, dann waren die andere Frau und der andere Mann intim miteinander befaßt, vielleicht sogar angekleidet und lediglich plaudernd. Es gab freilich auch noch andere Kombinationsmöglichkeiten, doch man erinnert sich nicht, jemals obenauf eine Frau zusammen mit dem Mann der anderen gesehen zu haben, denn Gleiches wäre da auch unter der Plane der Fall gewesen, und das galt es zu vermeiden, übler Nachrede wegen. Diese Kombinationen kamen ganz von selbst zustande, da brauchte kein Familienrat zu entscheiden, wie die Moral unter der Plane am besten gewahrt wurde, und also geschah es, unumgänglich und ausrechenbar, daß fast stets Pedro Orce auf dem Kutschbock fuhr, außer in den seltenen Fällen, wenn alle drei Männer zur gleichen Zeit ruhten, indessen die Frauen die Zügel führten, oder wenn, nachdem alle Sinne gestillt, ein Paar obenauf fahren konnte, während unter der Plane das andere, nun weniger intim, keine Handlungen beging, die Pedro Orce hätten peinlich sein, ihn hätten beleidigen, ihn hätten in Erregung versetzen können auf seinem schmalen Strohsack, dem querliegenden. Armer Pedro Orce, sagte María Guavaira zu Joana Carda, als José Anaiço von der Kälte auf Neufundland sprach und von dem Vorzug, ein Eskimo zu sein, und Joana Carda pflichtete ihr bei, armer Pedro Orce.

Fast immer schlugen sie das Lager vor Einbruch der Dunkelheit auf, dazu wählten sie einen günstigen Platz, mit Trinkwasser nahebei, sofern möglich in Sichtweite einer Ortschaft, und wenn ein Fleck ihnen sonderlich zusagte, hielten sie gleich da an, selbst zwei oder drei Stunden vor Sonnenuntergang. Die Lektion der Pferde hatten alle gut kapiert, der Allgemeinheit zum Nutzen, den Tieren wurde nun mehr Ruhe gegönnt, und die Menschen legten die ihrer Spezies eigene Hast und Ungeduld ab. Doch seit dem Tag, als María Guavaira armer Pedro Orce sagte, umhüllt eine andere Atmosphäre den dahinziehenden Wagen und dessen Insassen. Dies gibt zu denken, wenn wir uns erinnern, daß nur Joana Carda die Worte vernahm und, als sie diese wiederholte, nur María Guavaira es hörte, zumal wir wissen, daß sie diese für sich behielten, es war kein Gegenstand gefühlvoller Erörterung, woraus wir schließen werden, daß ein gesprochenes Wort länger fortschwingt als der Ton und die Töne, die es erzeugten, es bleibt da im Raum, unsichtbar und unhörbar, um das ihm eigene Geheimnis wahren zu können, eine Art unter der Scholle verborgenes Samenkorn, das ungesehen sprießt, bis es jäh die Erde durchbricht, ans Tageslicht dringt, mit eingerolltem Stiel und einem knitterigen Blatt, das sich langsam entfaltet. Sie wählten den Lagerplatz, schirrten die Pferde aus, nahmen ihnen den Zaum ab, zündeten das Feuer an, alltägliche Handlungen und Gesten, von allen nun schon gleicherweise geübt ausgeführt, je nachdem, welche Tagesaufgaben einer hatte. Doch anders als bisher üblich sprachen sie nicht viel, und sicherlich würden sie selber überrascht sein, wenn man sie darauf aufmerksam machte, seit zehn Minuten hat keiner von euch auch nur ein Wort gesagt, da würde ihnen die Eigenart dieses Schweigens bewußt, oder sie würden wie einer, der einen offenkundigen Tatbestand nicht anerkennen will und Ausflüchte sucht, antworten, das passiert, man kann ja auch nicht immerzu reden. Wenn sie jetzt einander anschauten, würde jeder im Antlitz des anderen wie in einem Spiegel den eigenen

Kummer erkennen, die Verlegenheit dessen, der weiß, daß die Erklärungen schale Worte sind. Obschon gesagt sei, daß in den zwischen María Guavaira und Joana Carda gewechselten Blicken ihnen verständliche Mitteilungen schwingen, in einem Maße, daß keine dem Blick der anderen lange standhält, sondern die Augen abwendet.

Es hatte Pedro Orce die Gewohnheit, sich nach Erledigung seiner Arbeiten mit Hund Constante vom Lagerplatz zu entfernen, die Gegend erkunden, sagte er dann. Und er blieb stets lange fort, vielleicht ging er gemächlich, vielleicht machte er große Umwege, vielleicht setzte er sich auf einen Stein und betrachtete den heraufziehenden Abend, fern den Blicken seiner Gefährten. An einem der letztvergangenen Tage bemerkte Joaquim Sassa, er wolle allein sein, vielleicht aus Kummer. Ich an seiner Stelle, bemerkte José Anaiço, würde es sicherlich genauso machen. Die Frauen hatten gerade etwas Wäsche gewaschen und hängten sie auf eine vom Rundbogen der Wagenplane zum Ast eines Baumes gespannte Leine, sie hörten und schwiegen, denn das Gespräch führten andere. Wenige Tage später dann sagte María Guavaira zu Joana Carda, der Kälte auf Neufundland wegen, armer Pedro Orce.

Sie fühlen sich vereinsamt, merkwürdig, daß ihrer vier den Eindruck erwecken, allein zu sein, sie warten auf die Suppe, noch ist es sehr hell, und um die Zeit zu nutzen, prüfen José Anaiço und Joaquim Sassa den Zustand der Sielen, während die Frauen darüber reden, was sie heute alles verkauft haben, und die Umstände aufschreiben, damit Buchführer Joaquim Sassa hernach die Eintragungen vornehmen kann. Pedro Orce hat sich entfernt, er verschwand zwischen jenen Bäumen dort vor etwa zehn Minuten, Hund Constante begleitete ihn wie stets. Jetzt spürt man keine Kälte, und der laue Hauch ist vielleicht der letzte dieses Herbstes, oder wir verspüren es nur so, im Vergleich zu diesen schon rauhen Tagen. María Guavaira sagt, wir müssen Schürzen kaufen, es sind nur noch wenige am Lager, und nachdem sie dieses ausgesprochen hatte, hob sie den Blick, schaute zu den Bäumen, der sitzende Körper gab sich einen Ruck, es war gleichsam ein zunächst unterdrückter und dann befreiter Impuls, man hörte nur noch das Malmen der Pferde, da erhob sich María Guavaira und schritt auf jene Bäume zu, zwischen denen Pedro Orce verschwunden war. Sie wandte sich nicht um, auch nicht, als Joaquim Sassa fragte, wo gehst du hin, doch auch die Frage wurde eigentlich nicht zu Ende ausgesprochen, sie blieb im Raum hängen, denn die Antwort war ihr bereits vorausgegangen und duldete keine Abänderung. Minuten später kam der Hund zurück, kam und legte sich unter den Wagen. Joaquim Sassa hatte sich etliche Schritte entfernt, er schien ganz vertieft in die Betrachtung einer fernen Bergkette. José Anaiço und Joana Carda mieden es, einander anzuschauen.

Endlich kam María Guavaira zurück, als die Nacht erste Schatten warf. Sie kam allein, trat auf Joaquim Sassa zu, er aber wandte sich jäh ab. Der Hund unter dem Wagen erhob sich und eilte fort. Joana Carda zündete die Lampe an. María Guavaira nahm die Suppe vom Feuer, goß Öl in einen Tiegel, setzte diesen auf den Dreifuß, wartete, bis das Öl brutzelte, schlug einige Eier in den Tiegel, rührte, mengte Wurstscheiben hinein, und bald schwang da ein Düftchen, daß einem unter anderen Umständen das Wasser im Mund zusammengelaufen wäre. Joaquim Sassa kam nicht zum Essen. María Guavaira rief ihn, jedoch vergebens. Es blieb Essen übrig. Joana Carda und José Anaiço verspürten wenig Hunger, und als Pedro Orce erschien, war der Lagerplatz schon in Dunkel gehüllt, das Feuer verzehrte die letzten Holzstücke. Joaquim Sassa hatte sich unter den Wagen gelegt, doch die Nacht frischte sehr auf, von den Bergen kam, ohne Wind, eine kalte Luftmasse. Joaquim Sassa bat hierauf Joana Carda, sich zu María Guavaira zu legen, er sprach ihren Namen nicht aus, sagte nur, leg du dich zu ihr, ich bleibe bei José, und da er eine sarkastische Bemerkung jetzt für angebracht hielt, fügte er hinzu, keine Gefahr, wir sind seriös, treiben es nicht kunterbunt. Pedro Orce, zurückgekehrt, stieg auf den Kutschbock, Hund Constante, unerklärbar, warum, quälte sich mit hinauf, es war das erste Mal.

Am folgenden Tag fuhr Pedro Orce beständig auf dem Kutschbock. Neben ihm José Anaiço und Joana Carda, drin im Wagen María Guavaira, allein. Die Pferde wurden im Schritt gehalten. Wenn sie aus Lust und Laune in Trab fallen wollten, zügelte José Anaiço ihren diesmal ungelegenen Drang. Joaquim Sassa ging zu Fuß, dem Wagen weit hinterdrein. Sie bewältigten nur wenige Kilometer. Schon am Nachmittag hielt José Anaiço den Deux Chevaux an einem Fleck an, der haargenau dem des voraufgegangenen Tages zu gleichen schien, so als wären sie gar nicht erst aufgebrochen oder nur im Kreis gefahren, sogar die Bäume schienen dieselben. Joaquim Sassa traf erst viel später ein, als die Sonne dem Horizont entgegensank. Pedro Orce sah ihn kommen, zog sich zurück, verschwand zwischen den Bäumen, der Hund folgte ihm. Das Feuer loderte mit hoher Flamme, doch noch war es zu zeitig, das Abendessen zuzubereiten, übrigens hatte man die Suppe schon fertig und besaß noch Reste von Ei mit Wurst. Joana Carda bemerkte zu María Guavaira, wir haben keine Schürzen eingekauft, es sind nur noch zwei da. Joaquim Sassa sagte zu José Anaiço, morgen geh ich fort, meinen Geldanteil nehm ich mit, du zeigst mir auf der Karte, wo wir uns befinden, hier müßte es doch irgendwo eine Eisenbahn geben. Da erhob sich Joana Carda und ging auf die Bäume zu, dorthin Pedro Orce schon gegangen war mit dem Hund. José Anaiço fragte nicht, wohin gehst du. Minuten später kam der Hund und legte sich unter den Wagen. Die Zeit verstrich, es kehrte Joana Carda zurück, mit ihr kam Pedro Orce, er widerstrebend, sie aber zog ihn sanft, so als müßte sie nicht viel Kraft aufwenden, oder es war eine andere Kraft. Sie kamen bis vor das Feuer, Pedro Orce mit hängendem Kopf, wirr seine weißen Haare, die im Flackern der Flammen auf seinem Haupt zu tanzen schienen, und Joana Carda, der die Bluse an einer Seite aus der Hose hing, sagte, und als sie sprach, merkte sie, daß die Bluse heraushing, brachte es beim Reden in Ordnung, nicht heimlich, ganz natürlich, und sie sagte, der Stock, mit dem ich die Erde aufkratzte, hat seine Zauberkraft verloren, aber noch taugt er dazu, hier auf der Stelle einen Strich zu ziehen, und dann werden wir gleich wissen, wer auf der einen Seite steht und wer auf der anderen, falls wir nicht alle auf ein und derselben stehen können. Mir egal, ich gehe morgen, erklärte Joaquim Sassa. Und ich gehe auf der Stelle, betonte Pedro Orce. So, wie wir uns zusammengetan haben, können wir auch auseinander gehen, sagte Joana Carda, doch wenn es zur Rechtfertigung der Trennung eines Schuldigen bedarf, dann sucht ihn nicht in Pedro Orce, schuld, sofern das der richtige Ausdruck ist, sind wir zwei, ich nun und María Guavaira, und wenn ihr meint, daß das, was wir getan haben, nach einer Erklärung verlangt, dann waren wir schon seit dem Tag, an dem wir uns kennenlernten, auf dem Holzweg. Ich gehe morgen fort, beharrte Pedro Orce. Geh nicht, sagte María Guavaira, und falls du gehst, ist es noch am gewissesten, daß wir alle auseinandergehen, denn sie werden es nicht über sich bringen, bei uns zu bleiben, sowenig wie wir bei ihnen, und nicht mangels Liebe, sondern weil wir nicht fähig sind, einander zu verstehen. José Anaiço musterte Joana Carda, streckte plötzlich die Hände nach dem Feuer aus, als wären sie ihm jäh kalt und klamm geworden, und er sprach, ich bleibe. María Guavaira fragte, und du, willst du gehen, oder bleibst du. Joaquim Sassa antwortete nicht gleich, er strich dem Hund, der herangekommen war, über den Kopf, dann tastete er mit den Fingerspitzen dessen Halsband aus blauer Wolle ab, ebenso das Band an seinem Handgelenk, endlich sagte er, ich bleibe, aber unter einer Bedingung. Nicht nötig, diese zu nennen, denn da sprach Pedro Orce, ich bin ein alter Mann, oder fast, in einem vagen Alter jedenfalls, eher alt als jünger. Na, offenbar so alt nicht, bemerkte José Anaiço lächelnd, und es war ein melancholisches Lächeln, Dinge geschehen im Leben, und manche sind von ihrer Art her unwiederholbar, man meinte, er wollte weiterreden, doch er merkte, daß er schon alles gesagt hatte, schüttelte den Kopf und zog sich zurück, um den Tränen freien Lauf zu geben. Ob er lange weinte, blieb verborgen, zum Weinen mußte er für sich allein sein. Diese Nacht schliefen alle wieder unter dem

Planendach, doch noch bluteten die Wunden, beieinander lagen die zwei Frauen, beieinander die zwei betrogenen Männer, und Pedro Orce, ermüdet, schlief die ganze Nacht durch, er wollte sich mit Schlaflosigkeit peinigen, doch die Natur war stärker.

Sie wachten zeitig auf, wie die Vögel, als erster, noch ehe der Morgen graute, kroch Pedro Orce hervor, am vorderen Teil des Wagens, sodann am hinteren Joaquim Sassa und José Anaiço, und zuletzt die Frauen, sie kamen hervor, als entstiegen sie alle unterschiedlichen Welten und träfen sich hier zum erstenmal. Zunächst sahen sie einander kaum an, nur eben aus den Augenwinkeln, als wäre der Anblick des ganzen Gesichtes nicht zu ertragen, als überstiege er bei weitem die schwachen Kräfte, mit denen sie aus der Krise dieser Tage hervorgegangen waren. Nach dem Frühstückskaffee gab es vereinzelte Worte, eine Empfehlung, eine Bitte, einen vorsichtig formulierten Befehl, das erste heikle Problem käme ja erst, wie nämlich sollten sich die Reisenden für die Fahrt auf dem Wagen plazieren, in Anbetracht der andernorts schon aufgeführten komplizierten Gruppierungsmöglichkeiten. Pedro auf dem Kutschbock, klar, doch die Männer und die Frauen, noch mit den Nachwehen des Zerwürfnisses, durften nicht weiter getrennt sein, man bedenke die unangenehme zweideutige Situation, wenn Joaquim Sassa und José Anaiço mit Pedro Orce auf dem Kutschbock führen, worüber würde man reden, oder, noch peinlicher, Joana Carda und María Guavaira vorn, worüber mochten dann sie mit dem Kutscher plaudern, woran ihn dann erinnern, währenddessen unter der Plane die zwei Männer sich in die Finger bissen und einer den anderen fragen würde, was mögen sie wohl reden. Das sind lachhafte Situationen, von außen betrachtet, doch stellen wir uns vor, wir selber befänden uns in dieser beängstigenden Situation, und schon vergeht uns das Lachen. Glücklicherweise gibt es für alles Heilung, für den Tod aber noch nicht. Schon saß Pedro Orce auf seinem Platz, die Zügel fest in den Händen, wartete, was die anderen entscheiden würden, da sagte José Anaiço, als spräche er zu unsichtbaren Luftgeistern, soll der Wagen fahren, ich und Joana, wir gehen ein Weilchen zu Fuß. Wir ebenfalls, erklärte Joaquim Sassa. Pedro Orce schüttelte die Zügel, die Pferde zogen einmal an, der zweite Ruck wirkte überzeugender, doch diesmal konnten die Tiere nicht zügig ausschreiten, selbst wenn sie es gewollt hätten, die Straße führt immerzu aufwärts, zwischen Hängen, die nach der linken Seite hin Höhe gewinnen. Wir befinden uns in den Vorbergen der Pyrenäen, überlegt Pedro Orce, doch friedvoll heiter wirken sie, nicht im entferntesten erriete man, daß hier, wie erzählt, so dramatische Aufbrüche stattgefunden haben. Dort hinten folgen zwei Paare, nicht beide gemeinsam, versteht sich, was sie zu bereden haben, gilt zwischen Mann und Frau, verträgt keine Lauscher.

Berge sind dem Geschäft abträglich, zumal die hiesigen. Außer der spärlichen Besiedlung, die diesen krausen Geographien allgemein eigen ist, zählt auch die Angst der Leute, die sich noch nicht an den Gedanken gewöhnen konnten, daß diesem Teil der Pyrenäen das ergänzende und abstützende Gegenstück von drüben fehlt. Die Dörfer hier fast menschenleer, manche gänzlich verlassen, dumpf poltern die Räder des Deux Chevaux über das Steinpflaster, hallen düster zwischen Türen und Fenstern, die verschlossen bleiben, da wünschte ich mich lieber in die Sierra Nevada, denkt Pedro Orce, und diese magischen und blendenden Worte füllten ihm die Brust mit *saudade* oder, um es im einheimischen Spanisch zu sagen, mit *añoranza*, mit Sehnsucht. Wenn diese Wüstenei einen Vorteil bietet, so den, daß die Reisenden hier unter festem Dach schlafen können, nach vielen Nächten der Unbequemlichkeit und ein bißchen auch der Promiskuität, wir meinen nicht jene von neulich, die von besonderer Art, über die ja die Urteile auseinandergehen und die von den Hauptbeteiligten gerade erörtert wurde, der Vorteil hier wird sein, daß sie in den von ihren Besitzern aufgelassenen Häusern schlafen können, die Auswanderer haben Güter und Werte mitgenommen, aber die Betten wurden zumeist zurückgelassen. Wie weit liegt doch jener Tag zurück, da María Guavaira den Vorschlag, in einem fremden Hause zu nächtigen, energisch abwies, möge die jetzige leichtherzige Zustimmung nicht als Zeichen moralischen Niedergangs gewertet werden, sie ist das bare Ergebnis harter Erfahrungen.

Pedro Orce wird allein schlafen, in einem dieser Häuser, einem Haus seiner Wahl, zusammen mit dem Hund, und sollte er Lust auf einen nächtlichen Spaziergang verspüren, kann er nach Belieben gehen und kommen, und dieses Mal werden die anderen Männer nicht getrennt von ihren Frauen schlafen, es liegen endlich beisammen Joaquim Sassa und María Guavaira, José Anaiço und Joana Carda, vielleicht haben sie schon alles gesagt, was zu sagen war, vielleicht aber reden sie bis in die tiefe Nacht, und falls die menschliche Natur weiterhin ist, was sie war, werden Frau und Mann vor Müdigkeit und Verdruß, aus einfühlsamem Verständnis und jähem Liebesbegehren natürlicherweise zueinanderrücken, werden zag einen ersten Kuß wechseln, dann, gesegnet sei jener, der uns so gemacht, erwacht der eine Leib und begehrt den anderen Leib, es wird ein Irrsinn sein, das wird es sein, noch pulsen die Wundmale, doch die Aura wächst, falls Pedro Orce zu dieser Stunde an den Hängen da wandelt, wird er zwei Häuser des Dorfes in vollem Glanze sehen, vielleicht spürt er Eifersucht, vielleicht füllen sich seine Augen abermals mit Tränen, doch er wird nicht wissen, daß in diesem Augenblick die versöhnten Liebenden vor süßem Verzücken und entfesselter Leidenschaft schluchzen. Morgen wird ernstlich ein anderer Tag sein, dann ist es schon nicht mehr von Belang, wer unter der Plane und wer auf dem Kutschbock fährt, alle Kombinationen sind möglich, und keine ist zweifelhaft.

Die Pferde sind müde geworden, immerzu Steigung, immer geht es bergauf, José Anaiço und Joaquim Sassa hatten sich an Pedro Orce gewandt, taktvoll und behutsam, damit hier nicht Gründe mit Gründen verwechselt würden, sie wünschten zu wissen, ob ihm nicht lange, was man von den Pyrenäen inzwischen gesehen hatte, ob er höher hinauf strebe, zu den obersten Gipfeln, und Pedro Orce antwortete, weniger zögen ihn die Höhen an, vielmehr das Ende der Halbinsel, obschon er wisse, daß man, wo auch immer, vom Rande her stets nur dasselbe Meer sähe. Darum auch sind wir nicht in Richtung San Sebastián gefahren, denn welchen Reiz könnte es haben, einen abgeschnittenen Strand zu sehen, auf einer Landzunge aus Sand zu stehen, mit Wasser zur Linken und Wasser zur Rechten. Aber wenn wir das Wasser von so hoch oben sehen, weiß ich nicht, ob die Pferde das aushalten, sagte José Anaiço. Wir brauchen nicht zweitausend oder dreitausend Meter hochzusteigen, immer vorausgesetzt, daß es auf den Gipfeln Straßen gäbe, aber eigentlich wünschte ich doch, wir stiegen möglichst weit hinauf. Sie falteten die Landkarte auseinander, Joaquim Sassa sagte, hier irgendwo müßten wir sein, der Finger fuhr zwischen Navascués und Burgui hin und her, dann bewegte er sich auf die Grenze zu, nach dieser Seite hin scheint es keine steilen Höhen zu geben, die Straße folgt einem Fluß, dem Esca, dann verläßt sie ihn, um weiterhin anzusteigen, nun dürfte es schwierig werden, auf der anderen Seite ist ein Gipfel von über eintausendsiebenhundert Metern. Ist nicht, war, sagte José Anaiço. Genau, war, pflichtete Joaquim Sassa bei, ich werde María um eine Schere bitten, um die Karte längs der Grenze zu beschneiden. Wir könnten diesen Weg hier versuchen, und wenn es für die Pferde zu schwierig wird, kehren wir um, schlug Pedro Orce vor.

Zwei Tage benötigten sie, um an die gewünschte Stelle zu gelangen. Nachts hörten sie in den Bergen die Wölfe heulen und bekamen Angst. Sie waren Menschen der Ebenen, und endlich hatten sie begriffen, in welcher Gefahr sie sich befanden, denn falls die Bestien zu ihrem Lagerplatz kämen, würden sie zunächst die Pferde reißen und dann die Menschen, die keine Feuerwaffe zu ihrer Verteidigung hatten, Pedro Orce sagte, um meinetwillen leiden wir hier Gefahren, laßt uns umkehren, aber María Guavaira erwiderte, wir fahren weiter, da ist der Hund, er verteidigt uns. Gegen ein Rudel ist ein Hund machtlos, bemerkte Joaquim Sassa. Der hier aber nicht, und, so außerordentlich der Fall jenem scheinen mag, der in diesen Dingen kundiger ist als der Erzähler, María Guavaira hatte recht, eines Nachts nahten die Wölfe, die verängstigten Pferde begannen zu wiehern, das war eine Aufregung, heftig zerrten sie an den Fesseln, die Männer und Frauen hielten nach einem sicheren Platz Ausschau, lediglich María Guavaira ließ sich vernehmen, wenn auch bebend, die kommen nicht, und wiederholte, die kommen nicht. Das Feuer loderte hoch, und so hielten sie es die ganze schlaflose Nacht, die Wölfe kamen nicht weiter heran, der Hund schien in dem Lichtkreis zu wachsen, vor lauter huschenden Schatten, meinte man, vervielfachten sich die Köpfe, die Zungen und auch die Zähne, alles optische Täuschungen, der Körper quoll auf, schwoll übermäßig an, die Wölfe heulten weiter, jawohl, aber aus ihrer Wolfsangst heraus.

Die Straße war zerschnitten, buchstäblich abgeschnitten. Zur Linken und Rechten endeten die Berge und Täler jäh, in scharfer Linie, gleichsam ein Messerschnitt oder Himmelsausschnitt. Die Reisenden hatten das Gefährt weiter hinten zurückgelassen, vom Hund bewacht, und schritten zag und umsichtig vor. Etwa hundert Meter vor dem Abbruch befand sich eine Zollstation. Sie betraten das Gebäude. Da standen noch zwei Schreibmaschinen, eine mit eingespanntem Papier, einem Zollformular, mit etlichen Worten darauf. Der kalte Wind blies durch ein offenes Fenster herein und bewegte auf dem Fußboden liegende Blätter. Auch Vogelfedern lagen umher. Es ist das Ende der Welt, stellte Joana Carda fest. Wollen wir also sehen, wie das hier aussieht, sagte Pedro Orce. Achtsam schritten sie dahin, hielten Ausschau nach möglichen Bodenspalten, wodurch sich mangelnde Festigkeit des Untergrundes verriete. Diesen Gedanken hatte José Anaiço gehabt, doch die Straße zeigte sich glatt und eben, nur mit Spuren üblicher Abnutzung. Zehn

Meter vor der Bruchkante warnte Joaquim Sassa, besser, wir treten nicht aufrecht heran, wegen des Schwindels, ich versuche es auf allen vieren. Sie duckten sich, wagten sich weiter vor, zunächst auf Händen und Knien, dann robbend, sie fühlten das Herz hämmern vor Angst und Beklemmung, sie schwitzten am ganzen Leib trotz Kälte, sie zweifelten, daß sie mutig genug wären, sich bis an den Rand des Abgrunds vorzuwagen, doch keiner wollte Schwäche erkennen lassen, und traumhaft dünkte es sie, in beinahe eintausendachthundert Meter Höhe auf das Meer hinauszuschauen, auf die lotrecht abfallende Felswand und das schillernde Meer, auf die winzigen Wogen in der Ferne und den weißen Schaum, eine Schaumlinie der ozeanischen Wellen, die gegen das Gebirge brandeten und es gleichsam fortstießen. Pedro Orce schrie außer sich, in einer Art jubelndem Schmerz, es ist das Ende der Welt, wiederholte er Joana Cardas Worte, wiederholten es alle, mein Gott, das Glück existiert, sagte eine unbekannte Stimme, und vielleicht ist es nur eben dies, Meer, Licht und Schwindelgefühl.

Die Welt ist voll von Entsprechungen, und wenn eine Sache einer nahebei befindlichen nicht entspricht, sollten wir ihr Entsprechung nicht abstreiten, es will dies nur heißen, daß die entsprechende Sache außer Sicht ist. In ebendem Augenblick, als die Reisenden sich über das Meer beugten, hielt die Halbinsel inne. Niemand hier merkte etwas, es gab keinen Bremsruck, kein Zeichen jähen Gleichgewichtsverlustes, keinerlei Erstarrung. Erst zwei Tage später, als sie von den wundervollen Höhen herabstiegen und in einen bewohnten Ort gelangten, erfuhren sie die unglaubliche Neuigkeit. Aber Pedro Orce sagte, wenn behauptet wird, daß sie angehalten hat, mag das wohl stimmen, doch daß die Erde weiterbebt, das ist die Wahrheit, das schwöre ich bei meiner Ehre und bei diesem Hund. Pedro Orces Hand ruhte auf dem Rücken des Hundes Constante.

Die Zeitungen der ganzen Welt veröffentlichten, und einige über die ganze Titelseite hin, jenes historische Foto, das die Halbinsel, die wir nun doch endgültig eine Insel nennen sollten, reglos mitten im Ozean zeigt, millimetergenau die Hauptrichtung wahrend, nach der sich der Orbis orientiert, Porto so sehr nördlich von Lissabon wie eh und je, Granada südlich von Madrid, seit es Madrid gibt, und der Rest, wie man ihn bisher kennt. Die rege Phantasie der Zeitungsleute konnte sich fast nur in schreierischen Überschriften entfalten, denn die Geheimnisse um die geologische Wanderung, besser gesagt, das tektonische Wunder, blieben weiterhin ein Rätsel, auch jetzt noch so unentschleiert wie am ersten Tag. Zum Glück hatte der Druck der sogenannten öffentlichen Meinung abgenommen, die Lesermasse stellte keine Fragen mehr, ihr langten die von den gewaltigen Schlagzeilen ausgehenden unmittelbaren und mittelbaren suggestiven Anregungen, Eine neue Atlantis geboren, Im Weltschach ein Stein bewegt, Der Bindestrich zwischen Amerika und Europa, Zankapfel zwischen Amerika und Europa, Ein künftiges Schlachtfeld, doch die beeindruckendste Schlagzeile bot ein portugiesisches Blatt, und die lautete, Neuer Vertrag von Tordesillas fällig. Ein wahrhaft schlichter Einfall, der Vater dieses Gedankens hatte auf die Landkarte geschaut und festgestellt, daß sich die

Halbinsel, Meile hin, Meile her, ziemlich genau auf jener Linie befinden mußte, die in der damaligen ruhmvollen Zeit die Welt zweigeteilt hatte, mir ein Hälftel, dir ein Hälftel.

In einem nicht namentlich gezeichneten Leitartikel wurde den beiden iberischen Ländern vorgeschlagen, sich einer gemeinsamen und wechselseitigen Strategie zu befleißigen, die sie in der Weltpolitik zum Zünglein an der Waage machen könnte, Portugal dabei dem Westen zugewandt, den Vereinigten Staaten, und Spanien dem Osten, Europa. Eine spanische Zeitung verfocht, nur um nicht weniger originell zu sein, eine These, die Madrid zum politischen und administrativen Zentrum dieser ganzen Maschinerie erhob, mit der Begründung, Madrid liege sozusagen im geometrischen Zentrum der Halbinsel, was gar nicht stimmt, es braucht einer nur genau hinzuschauen, doch manchen Leuten sind alle Mittel recht, Hauptsache der Zweck wird erreicht. Der Chor der Proteste blieb nicht auf Portugal beschränkt, auch die autonomen Regionen innerhalb Spaniens verwahrten sich gegen den Vorschlag, werteten ihn als neuerlichen Ausdruck kastilischen Vormachtstrebens. In Portugal selber erfuhren, wie wohl zu erwarten gewesen, die okkultistischen und esoterischen Studien jähe Belebung, wenn auch ohne größere Folgen, weil sich die Situation alsbald grundlegend änderte, doch blieb noch genügend Zeit, daß sich alle Ausgaben von Pater António Vieiras *Geschichte der Zukunft* und *Die Prophetien des Bandarra* vollständig absetzten, nicht zu reden von Fernando Pessoas *Botschaft*.

Praktisch gesehen, handelte es sich bei der Problemdiskussion in den europäischen und amerikanischen Regierungskanzleien um die Sicherung von Einflußzonen, präzis um die Frage, ob die Halbinsel oder Insel trotz ihrer großen Entfernung von Europa ihre natürlichen Bindungen mit diesem aufrechterhalten oder, diese nicht vollständig kappend, sich lieber den Absichten und dem Schicksal der großen nordamerikanischen Nation zuwenden sollte. Obwohl ohne Aussicht, in dieser Frage entscheidend Einfluß zu nehmen, meldete die Sowjetunion wiederholt ihren Anspruch auf Diskussionsteilnahme und Mitentscheidung an, unterdessen sie ihre Flotte verstärkte, die von Beginn an die Irrfahrt begleitet hatte, in Sichtweite freilich die Geschwader anderer Mächte, der Nordamerikaner, der Briten, der Franzosen.

Im Zuge all dieser Verhandlungen ließen die Vereinigten Staaten Portugal in einer durch Botschafter Charles Dickens beim Präsidenten der Republik erbetenen dringlichen Unterredung wissen, daß ihrer Meinung nach der Fortbestand einer Regierung der Nationalen Rettung nun keinen Zweck mehr erfülle, da die Gründe, die deren Konstituierung bewirkten, sehr bezweifelnswerte, Herr Präsident, wenn Sie mir die Meinung erlauben, dafür nicht mehr gegeben seien. Diese nicht angängige Intervention wurde auf irgendeine Weise in der Öffentlichkeit bekannt, nicht etwa, daß die zuständigen Dienste der Präsidialkanzlei etwas verlautbart hätten oder der Botschafter bei Verlassen des Belém-Palastes Erklärungen abgab, er hatte sich in Wahrheit auf die Feststellung beschränkt, er habe mit dem Herrn Präsidenten ein sehr freimütiges und konstruktives Gespräch geführt. Dennoch war dies für jene Parteien, die bei einer Kabinettsumbildung oder nach allgemeinen Wahlen zwangsläufig aus der Regierung ausscheiden würden,

Grund genug, das fordernde Auftreten des Botschafters als unduldbare Einmischung laut zu brandmarken. Ihre internen Fragen zu lösen, so hieß es, sei einzig Sache der Portugiesen selber, und hämisch fügten sie hinzu, daß der Herr Botschafter den David Copperfield geschrieben hat, gibt ihm noch lange nicht das Recht, im Lande Camões' und der Lusiaden Befehle zu erteilen. So war die Situation, als sich die Halbinsel ohne vorherige Ankündigung abermals in Bewegung setzte.

Recht hatte Pedro Orce dort an den Hängen der Pyrenäen, als er feststellte, sie mag stehengeblieben sein, jawohl, doch sie bebt nach wie vor, und damit er nicht der einzige wäre, der dieses behauptete, legte er Hund Constante die Hand auf den Rücken, und auch das Tier bebte, dessen konnten sich auf der Stelle die zwei Männer und die zwei Frauen vergewissern, indem sie taten, was in dem herben Landstrich zwischen Orce und Venta Micena, unter der *oliveira cordovil*, der einzigen, Joaquim Sassa und José Anaiço getan hatten. Doch dieses Mal, und das Entsetzen war allgemein und weltumspannend, erfolgte die Bewegung nicht nach West oder Ost, nicht nach Süd oder Nord. Die Insel begann sich um die eigene Achse zu drehen, im teuflischen Sinne, das ist gegen den Uhrzeigersinn, und dieses löste, sobald es bekannt wurde, in der Masse der Portugiesen und Spanier Schwindelgefühle aus, mochte die Drehgeschwindigkeit auch alles andere als schwindelerregend sein. Dieses nun völlig ungewöhnliche Phänomen, das alle physikalischen Gesetze absolut in Frage stellte, hauptsächlich die auf dem Erdball bisher geltenden mechanischen, bewirkte eine Unterbrechung der politischen Verhandlungen, der Absprachen in Kabinett und Korridoren und der streng oder aber schleppend geführten diplomatischen Unternehmungen. Gestehen wir übrigens, nicht einfach war es, Gelassenheit zu bewahren, Kaltblütigkeit, wenn man zum Beispiel wußte, daß der Tisch im Ministerrat samt dem Gebäude und der Straße und der Stadt und dem Land und der gesamten Halbinsel sich, gleichsam ein Karussell, bedächtig drehte, wie in einem Traum. Die sensibelsten Menschen schworen, sie nähmen die Drehbewegung wahr, wenn auch nicht das Rotieren der Erde durch den Weltraum, und zum besseren Beweis breiteten sie die Arme aus, um sich festzuhalten, nicht allen gelang dies, mancher fiel hin, und da lagen sie rücklings auf der Erde, sahen sie den Himmel langsam kreisen, zur Nacht die Sterne und den Mond, am Tage die Sonne, wobei sie rußgeschwärzte Gläser vor die Augen hielten, nach Meinung von gewissen Ärzten waren es nur mehr Anwandlungen von Hysterie.

Freilich fehlte es nicht an weitaus entschiedeneren Zweiflern, absolut unmöglich, daß sich die Halbinsel um die eigene Achse drehte, ein Vorwärtsgleiten, das nimmt man noch hin, wir wissen, was ein Erdrutsch ist, und wie einem Hang nach vielem Regen kann es auch einer Halbinsel ergehen, selbst ohne Regen, aber die so laut verkündete Rotation hieße doch, daß sich die Halbinsel um ihre eigene Achse winden würde, was, außer daß dies objektiv unmöglich war, wenn nicht auch subjektiv, dazu führen müßte, daß der Kern früher oder später zerbarst, und dann, jawohl, würden wir wirklich haltlos auseinandertreiben, dem Schicksal ausgeliefert. Es vergaßen diese, daß die Rotation auch schlicht so erfolgen kann, wie eben eine Platte über einer anderen kreist, man denke an den Schiefer, der aus übereinanderlagernden Platten besteht, und wenn nun die Haftung zwischen zwei Lagen nachläßt, könnte doch eine bestens auf der anderen gleiten und dennoch, freilich theoretisch, einen gewissen Grad der Verbindung wahren, der die gänzliche Loslösung verhinderte. Eben das ist der Fall, behaupteten die Verteidiger dieser Hypothese. Und zur Bestätigung dessen schickten sie abermals die Taucher hinab auf den Grund des Meeres, so tief, wie in dieser abgründigen Tiefe des Ozeans nur möglich, mit am Werke auch der Archimède, der Cyana und ein japanisches Gerät mit schwer auszusprechendem Namen, das Ergebnis all dieser Bemühungen gipfelte darin, daß der italienische Forscher den berühmten Satz wiederholte, er tauchte auf, öffnete die Luke und sprach in die Fernsehmikrofone der ganzen Welt, sie kann sich nicht bewegen, und sie bewegt sich doch. Da war keine wie ein Tau zusammengedrehte Achse, da waren keine Platten, trotzdem kreiste die Halbinsel majestätisch mitten im Atlantik, und während sie kreiste, wurde sie unseren Augen immer fremder. Haben wir wirklich hier gelebt, fragten die Leute, denn Portugals Küste war tief nach Südwest abgesackt, und der einstige Osten der Pyrenäen wies nach Irland. Beobachtung der Halbinsel gehörte nun mit zum festen Programm der kommerziellen transatlantischen Flüge, obwohl in Wahrheit ohne sonderlichen Gewinn, weil der erforderliche feste Bezugspunkt fehlte. Im Grunde vermochte nichts das von Satelliten aufgenommene und übermittelte Bild zu ersetzen, die Fotografie aus großer Höhe, denn diese, o ja, vermittelte eine adäquate Vorstellung von der Großartigkeit des Phänomens.

Einen Monat lang hielt diese Bewegung an. Von der Halbinsel aus betrachtet, veränderte sich das Universum ganz allmählich. Tag für Tag ging die Sonne an einem anderen Punkt des Horizonts auf, ebenso der Mond, und die Sterne am Himmel mußte man immer erst suchen, da war nun nicht mehr nur deren eigene Kreisbewegung um den Mittelpunkt des Milchstraßensystems, sondern auch noch diese andere Drehung, die den Weltenraum zu einem Delirium aus schweifenden Lichtern machte, als würde das Universum von Grund auf umgebaut, vielleicht weil es in seiner ursprünglichen Zusammenstellung nichts getaugt hatte. Eines Tages ging die Sonne an derselben Stelle unter, an der sie in normalen Zeiten aufgegangen war, und nichts fruchtete es zu sagen, daß dies alles nicht wahr sei, sondern lediglich Sinnestäuschung, denn die Sonne zog ihre übliche Bahn, konnte gar nicht anders, die einfachen Leute wandten ein, aber entschuldigen Sie, Senhor, früher schien mir die Morgensonne zum Vorderfenster herein, nun tut sie es zum Hinterfenster, erklären Sie mir das in einer Weise, daß ich es verstehe. Nun, der Wissenschaftler erklärte, er zeigte Fotos, er fertigte Zeichnungen an, er entfaltete eine Himmelskarte, doch der zu Belehrende ließ sich durch nichts überzeugen, am Schluß der Lehrstunde bat er den Senhor Doktor, doch dafür zu sorgen, daß die aufgehende Sonne wieder die Vorderfront seines Hauses beschiene. An der Sache und der Wissenschaft verzweifelnd, sprach der Lehrer, warten Sie nur, wenn die Halbinsel eine volle Drehung beschrieben hat, werden Sie die Sonne so wie früher sehen, aber der Schüler, zweifelnd, erwiderte, also meinen Sie, daß dies alles nur geschieht, damit am Ende alles beim alten bleibt. In Wahrheit aber blieb es nicht beim alten.

Es hätte schon Winter sein müssen, doch der offenbar

vor der Tür stehende Winter hatte, man findet keinen anderen Ausdruck dafür, einen Rückzieher gemacht. Winter war es nicht, Herbst nicht, Frühling schon gar nicht, Sommer konnte es auch nicht sein. Es war eine in der Schwebe befindliche Jahreszeit, eine zeitlose, als befänden wir uns am Anbeginn der Welt, und die Jahreszeiten und ihre Wetter wären noch nicht erdacht und ins Amt gesetzt. Der Deux Chevaux fuhr seinen Weg, die flacheren Hänge hin, nun verweilten die Reisenden in den Ortschaften, bewunderten vor allem das Schauspiel der Sonne, die nicht mehr über den Pyrenäen auftauchte, sondern aus dem Meer und erste Strahlen gegen die hohen Vorberge und ihre schneebedeckten Gipfel warf. Hier, in einem dieser Dörfer, wurden María Guavaira und Joana Carda gewahr, daß sie schwanger waren. Beide. Nichts daran verwunderlich, man kann sogar sagen, daß diese Frauen sich Monate und Wochen ihren Männern eigens vorbehaltlos zuträglich hingegeben hatten, ohne mindeste Vorsicht seitens Mann oder Weib. Auch die Gleichzeitigkeit der Dinge sollte niemanden überraschen, es war lediglich eine derer, die dem Leben dieser Welt Ordnung geben, ein Glück nur, daß sich derlei Gleichzeitigkeiten gelegentlich einhellig herausstellen lassen, den Zweiflern zum Beweis. Doch die Sache, klar erkennbar, ist peinlich, peinlich darum, weil sich hier zwei zweifelhafte Vaterschaften nicht ohne weiteres klären lassen. Wäre nicht der Fehltritt Joana Cardas und María Guavairas, die aus Mitleid oder sonst eines vertrackten Gefühls wegen dem vereinzelten Mann durch Wald und Flur hinterdreingingen und ihn fast bitten mußten, damit er, träge vor Gerührtheit und Angst, in sie eindrang und seine vorletzten Säfte verspritzte, wäre da nicht diese poetische und so wenig erotische Episode gewesen, es gäbe nicht den geringsten Zweifel, daß María Guavairas Kind von Joaquim Sassa war und von Joana Cardas Kind José Anaiço der wackere Erzeuger. Da war nun Pedro Orce in den Weg getreten, richtiger wohl müßte man sagen, die beiden Versucherinnen hatten sich Pedro Orce in den Weg gestellt, und die Normalität verhüllte schamvoll ihr Gesicht. Ich weiß nicht, wer der Vater ist, sagte María Guavaira, die das Beispiel gegeben hatte. Ich auch nicht, sagte Joana Carda, die es ihr nachgemacht hatte, aus zwei Gründen, erstens, um nicht weniger tapfer dazustehen, und zweitens, um den Fehler mit dem Fehler gutzumachen, die Ausnahme zur Regel zu erheben.

Doch diese Erwägung oder sonst eine andere und noch feinere ändert nichts an dem jetzt hauptsächlichen Problem, daß José Anaiço und Joaquim Sassa es erfahren müssen, wie werden sie reagieren, wenn die jeweilige Frau dem betreffenden Mann, und mit welch einem Gesicht, gesteht, ich bin schwanger. Herrschte Harmonie, dann müßten die Männer nach guter Sitte, oder was man so Sitte nennt, vor Freude rein aus dem Häuschen sein, und vielleicht offenbaren Gesicht und Miene im ersten Moment jähen Jubel, der da in der Seele aufflammt, doch gleich wird der Blick düster ernst, die Augen verfinstern sich, eine schreckliche Szene kündigt sich an. Joana Carda hatte vorgeschlagen, daß sie nichts sagen wollten, mit der Zeit würde der Bauch schwellen, die Kraft der Tatsache würde die Gemüter, die verletzten Ehrgefühle und die Erinnerung an erlittene Schmach schon mildern, María Guavaira jedoch war anderer Meinung, sollte etwa die ursprüngliche Haltung, aller Seiten Mut und Entgegenkommen, nun in so heuchlerischer und schlapper Feigheit enden, Feigheit ist schlimmer als schweigende Nachsicht. Recht hast du, räumte Joana Carda ein, besser, wir packen den Stier bei den Hörnern, ermunterte sie, ohne recht zu bedenken, was sie da sagte, wenn wir nicht genügend achtgeben auf den Sinnzusammenhang, bergen die fertigen Sätze solcherlei Gefahr.

Noch an diesem Tage nahm jedes Weib seinen Mann beiseite, spazierte mit ihm aufs Feld hinaus, wo weite Räume auch die ungebärdigsten und herzzerreißenden Schreie zu einem Gemurmel dämpfen, aus diesem traurigen Grund hallen die Stimmen der Menschen nicht bis zum Himmel hinauf, und da, ohne Umschweife, wie verabredet, sagte eine jede, ich bin schwanger, und ich weiß nicht, ob von dir oder von Pedro Orce. Es reagierten Joaquim Sassa und José Anaiço wie erwartet, wilder Zornausbruch, heftiges Armgefuchtel, peinigender Schmerz, die beiden Männer sahen einander nicht, doch ihre Gesten waren die gleichen, und die Worte gleichermaßen bitter, nicht genug, daß es geschehen ist, nun sagst du mir, daß du auch noch schwanger bist und weißt nicht von wem. Wie sollte ich es denn auch wissen, aber sobald das Kind auf die Welt kommt, wird es keinen Zweifel mehr geben. Wieso. Es gibt ja wohl Ähnlichkeiten. O ja, aber stell dir vor, es ähnelt nur dir. Wenn nur mir, dann gewiß, weil es nur mein und sonst niemandes Kind ist. Machst dich auch noch lustig über mich. Ich mach mich nicht lustig, das ist nicht meine Art. Und wie lösen wir das nun. Wenn du es hinnehmen konntest, daß ich einmal mit Pedro Orce geschlafen habe, so gedulde dich nun neun Monate, ehe du entscheidest, ähnelt das Kind dir, ist es deins, wenn Pedro Orce, ist es seins, und du stößt es von dir und mich ebenso, falls dir danach ist, und glaube nicht, daß es ausschließlich mir ähneln könnte, da ist stets irgendein Gesichtszug vom anderen. Und Pedro Orce, wie gehen wir da vor, sagst du es ihm. Nein, während der ersten Monate wird man nichts merken, vielleicht auch noch länger nicht bei unserer jetzigen Kleidung, in diesen großen Blusen und weiten Röcken. Besser, es wird darüber nicht gesprochen, es träfe mich wahrlich hart, wenn Pedro Orce dich, vielmehr euch mit der Miene des sieghaften Beschälers musterte, dieser Satz stammte von José Anaiço, der die Sprache besser meistert, Joaquim Sassa drückte es trivial aus, gewaltig sauer wäre ich, wenn ich Senhor Pedro Orce gockelhaft zwischen seinen Hühnern spazieren sähe. Auf diese Weise nahmen die Männer, friedlich gefaßt, die beleidigende Tatsache hin, hoffend, daß es vielleicht keine Beleidigung mehr sein würde an jenem Tage, da das Geheimnis, jetzt noch gesichtslos, auf natürlichem Wege Entschleierung erführe.

Pedro Orce, der Vaterschaft nie erlebte, ahnt nicht im mindesten, daß in den Bäuchen dieser beiden Frauen vielleicht ein von ihm stammender Keimling wächst, es stimmt wahrlich, daß der Mensch nicht alle Folgen seiner Handlungen erfährt, hier ist ein gutes Beispiel, es erlischt die Erinnerung an die genossenen glücklichen Augenblicke und deren mögliche befruchtende Auswirkung, winzig noch, aber wichtiger als alles andere, wenn der Zeitpunkt da ist und es Bestätigung geben wird, sie ist unsichtbar seinen Augen, verborgen seinem Erkennen, Gott selber machte die Menschen und sieht sie nicht. Pedro Orce ist dennoch nicht gänzlich blind, ihm will scheinen, daß die Harmonie der Paare arg gelitten hat, er erkennt bei ihnen eine gewisse Distanz, wir würden nicht Kälte sagen, eher irgendwie Vorbehalt, ohne daß es Feindschaft wäre, jedoch langes, großes Schweigen erzeugend, diese Reise hatte so gut begonnen, und nun ist es, als hätten sich die Worte erschöpft, oder es wagte einer nicht, die einzigen, die noch Sinn haben könnten, auszusprechen, es ist zu Ende, was lebte, ist nun tot, falls es sich hierum handelt. Oder das Feuer der ersten Eifersüchte ist wieder entflammt, vielleicht sollte man die Zeit verstreichen lassen. Und wenn ich mich vielleicht rar mache, darum nahm Pedro Orce seine ausgedehnten Spaziergänge durch das Gelände wieder auf, sooft sie kampierten, unvorstellbar, was dieser Mensch so umhermarschiert.

Eines Tages, als Pedro, es war die Zeit, da sie das erste wellige, hügelige Gelände, das von fern die Pyrenäen ankündigte, wieder hinter sich gelassen hatten, eines Tages also, als Pedro Orce auf abgelegenen Wegen vorausgeeilt war, schon fast versucht, nicht mehr zum Lagerplatz zurückzukehren, das sind so Gedanken, die einen in den Stunden der Erschöpfung überkommen, da stieß er auf einen am Straßenrand ruhenden Mann etwa seines Alters, wenn nicht älter, der einen verbrauchten und müden Eindruck machte. Nahebei ein Esel mit Saumsattel und Tragkörben, gelbzähnig rupfte er verdorrtes Gras, denn die Witterung, wie gesagt, ist neuem Grün nicht günstig oder läßt es aufsprießen an falschem Ort und bei falscher Gelegenheit, die Natur ist vom Wege abgekommen, würde der Liebhaber von Metaphern sagen. Der Mann nagte an einem trockenen Brotkanten, vielleicht steckte er in Nöten, war ein Vagabund ohne Tisch und ohne Dach über dem Kopf, doch er wirkte friedvoll, nicht schurkisch, auch ist Pedro Orce kein Hasenfuß, was er auf diesen großen Märschen durch das Ödland hinlänglich bewiesen hat, freilich, der Hund hat ihn nie auch nur einen Augenblick verlassen, oder doch, in zwei Fällen, aber aus bester Freundschaft und rein aus Diskretion.

Pedro Orce entbot dem Mann seinen Gruß, guten Tag, und der andere erwiderte, guten Tag, beider Ohren vernahmen die heimatlich klingende Aussprache, den Akzent des Südens, den, mit einem Wort gesagt, andalusischen. Doch dem Mann mit dem Brotkanten schien dies eher ein Grund zur Vorsicht, daß da in diesen abseitigen Gefilden, fern menschlicher Behausung, ein Mann und ein Hund auftauchten, dem äußeren Anschein nach wie von einer fliegenden Untertasse abgesetzt, und vorsichtig, ohne es irgendwie zu verhehlen, zog er einen auf der Erde liegenden eisenbeschlagenen Stock zu sich heran. Pedro Orce fiel die Geste und die Erregung des anderen auf, beunruhigen mochte ihn, daß der Hund, den Kopf gesenkt, reglos dastand und ihn betrachtete, keine Bange, er ist zahm, das heißt, zahm nun gerade nicht, aber wer ihm nichts Böses will, den greift er nicht an. Woher weiß er, was ein anderer will. Das ist eine gute Frage, was gäb ich drum, ich könnte sie beantworten, doch weder ich noch meine Freunde haben je herausbekommen, was dies für ein Hund ist und woher er kommt. Ich dachte, Sie wären allein und lebten hier in der Nähe. Ich reise mit Freunden, auf einem Pferdewagen, wir haben uns der in letzter Zeit geschehenen Dinge wegen auf die Straße begeben und sind noch immer unterwegs. Sie sind Andalusier, ich merke es an Ihrer Aussprache. Aus Orce bin ich, in der Provinz Granada. Und ich aus Zufre, das ist in der Provinz Huelva. Seien Sie mir gegrüßt, Landsmann. Sie mir auch. Darf ich mich zu Ihnen setzen. Aber gern, doch ich kann Ihnen nur anbieten, was ich eben habe, trocken Brot. Danke für die Einladung, ich habe bereits mit meinen Gefährten gegessen. Wer sind sie. Zwei Freunde mit ihren Frauen, die beiden und eine der Frauen Portugiesen, die andere Galicierin. Und wie haben Sie sich zusammengetan. Ah, das ist eine lange Geschichte, zu lang, als daß ich sie jetzt erzählen könnte.

Der andere drängte nicht weiter, er spürte, daß es so besser war, und er sagte, Sie werden sich fragen, was ich, aus der Provinz Huelva, hier suche. In diesen Zeiten ist schwerlich einer da, wo er hingehört. Ich bin aus Zufre gebürtig und habe meine Familie dort, falls sie noch dort ist, als es hieß, Spanien löse sich von Frankreich, wollte ich hin und mir das mit eigenen Augen anschauen. Spanien nicht, sondern die Iberische Halbinsel. Oder das. Und nicht von Frankreich löste sich die Halbinsel, sondern von Europa, es scheint dasselbe, ist es aber nicht. Diese Feinheiten verstehe ich nicht, ich wollte lediglich hin und sehen. Und was haben Sie gesehen. Nichts, ich gelangte in die Pyrenäen und sah weiter nichts als Meer. Auch wir haben nur Meer gesehen. Kein Frankreich und kein Europa. Nun, ich meine, eine Sache, die nicht ist, ist sozusagen nie gewesen, vergeblich bin ich viele, viele Léguas gelaufen, auf der Suche nach dem, was es nicht gibt. Nun, da liegt ein Trugschluß vor. Was denn für ein Trugschluß. Bevor sich die Halbinsel von Europa löste, war Europa da, es gab eine Grenze, klar, man fuhr von der einen Seite auf die andere, die Spanier passierten sie, die Portugiesen passierten sie, es kamen Ausländer, haben Sie denn nie Ausländer in Ihrer Gegend erlebt. Manches Mal schon, aber da war weiter nichts zu sehen. Es waren

Touristen, die aus Europa kamen. Aber als ich in Zufre lebte, habe ich Europa nie gesehen, nun bin ich fort aus Zufre und habe Europa trotzdem nicht gesehen, wo ist da der Unterschied. Ich war auch nie auf dem Mond, und es gibt ihn doch. Aber ihn sehe ich, zwar geht er auf Abwegen, aber ich sehe ihn. Wie heißen Sie. Roque Lozano, zu Ihren Diensten. Und ich heiße Pedro Orce. Sie tragen den Namen ihres Geburtsdorfes. Ich bin nicht in Orce geboren, sondern in Venta Micena, das liegt in der Nähe. Ich erinnere mich, daß ich am Beginn meiner Reise zwei Portugiesen begegnete, die nach Orce wollten. Wer weiß, vielleicht waren es dieselben. Das wüßte ich gern. Kommen Sie mit, überzeugen Sie sich. Wenn Sie mich einladen, allemal, ich reise schon so lange allein. Stehen Sie ganz langsam auf, damit der Hund nicht denkt, Sie wollten mich anfallen, ich gebe Ihnen den Stock. Roque Lozano warf sich das Bündel über die Schulter und trieb den Esel an, da gingen sie alle, der Hund neben Pedro Orce, vielleicht müßte das immer so sein, wo ein Mensch, da ein Tier ihm als Begleitung, ein Papagei auf der Schulter, eine Schlange um das Handgelenk, ein Käfer am Rockaufschlag, ein zusammengerollter Skorpion, gar auch eine Laus auf dem Kopf, wenn sie nur nicht zu der widerlichen Spezies der Parasiten gehörte, die sich sogar an Insekten vergreift, arme Viecher, ihre Schuld ist es nicht, der göttliche Wille hat es so eingerichtet.

Auf ihrem ziellosen Weg sind sie tief nach Katalonien hineingefahren. Das Geschäft blühte, wahrlich ein blendender Einfall, sich dieser Branche zuzuwenden. Nun begegnen sie weniger Menschen auf den Straßen, woraus man erkennt, daß auf der Halbinsel, obwohl diese weiter kreiselt, die Menschen wieder ihre Sitten und normalen

Gepflogenheiten angenommen haben, sofern dies der rechte Ausdruck ist für das, was sie ehemals taten. Schon trifft man nicht mehr auf verlassene Dörfer, aber wetten könnte man nicht, daß in jedem Haus die angestammten Bewohner wieder einkehrten, da sind Männer mit anderen Frauen und Frauen mit anderen Männern, die Kinder durcheinandergewürfelt, wie eben nach großen Kriegen und großen Völkerbewegungen. An diesem Morgen hatte José Anaiço unvermittelt gesagt, sie müßten über die Zukunft der Gemeinschaft entscheiden, da Gefahr von Zusammenstößen und Erschütterungen nun offenbar nicht mehr bestünde. Am sichersten oder zumindest plausibel scheine ihm die Annahme, daß die Halbinsel weiterhin auf dem Fleck kreisen werde, was das Alltagsleben der Menschen in keiner Weise beeinträchtige, nur daß man nie mehr sagen könne, wo genau die vier Himmelsrichtungen lägen, was übrigens wenig von Belang sein wird, kein Gesetz bestimmt, daß es einen unverrückbaren Norden geben muß. Nun auch hatte man die Pyrenäen erlebt, und es war ein großes Glücksgefühl gewesen, das Meer von dieser großen Höhe aus gesehen zu haben. Als säße man im Flugzeug, hatte María Guavaira gesagt, und José Anaiço, als ein Mensch mit Erfahrung, hatte sie verbessert, das ist nicht zu vergleichen, schon da hinter dem Fenster eines Flugzeuges niemand einen Schwindel verspürt, aber hier, wenn wir uns nicht mit aller Kraft festgekrallt hätten, wären wir von selbst ins Meer gestürzt. Früher oder später, schloß José Anaiço diesen morgendlichen Diskurs, müssen wir entscheiden, was sein wird, wir wollen gewiß nicht ewig über die Straßen irren. Joaquim Sassa pflichtete ihm bei, die Frauen mochten sich nicht äußern, sie argwöhnen, daß hinter dieser plötzlichen Eile irgend etwas steckt, nur Pedro Orce erinnerte scheu, daß die Erde weiterbebte, ein Zeichen, daß die Reise ja wohl noch nicht an ihrem Ende sei, sollten sie ihm doch erklären, warum sie diese überhaupt unternommen hatten. In einer anderen Situation hätte sein kluges Argument, auch wenn bezweifelbar, die Geister beeindruckt, hier aber gilt es zu bedenken, daß die Wunden, die der Seele geschlagen wurden, tief sind, sonst wären es nicht Seelenwunden, was immer Pedro Orce jetzt auch sagt, stets ist da der Argwohn, daß dahinter etwas steckt, diesen Gedanken kann man in José Anaiços Augen lesen, als er sagt, später, nach dem Abendessen, möge ein jeder seine Meinung dazu sagen, ob wir nach Hause zurückkehren sollen oder weiter durch die Lande ziehen, und Joana Carda fragte nur, wohin nach Hause.

Nun kommt da Pedro Orce und bringt einen anderen Mann mit, der sieht auf diese Entfernung alt aus, nur gut, denn an Beischlafproblemen langen uns die unseren vollauf. Der Mann zieht auf althergebrachte Weise einen mit Saumsattel und Tragkörben bepackten Esel hinter sich her, doch dieser Esel hat eine seltsame Färbung, ein silbernes Grau, hieße er Platero, würde er seinem Namen alle Ehre machen, so wie Klepper Rosinante seinen Namen voll verdiente. Pedro Orce bleibt an der unsichtbaren Linie stehen, die den Lagerplatz eingrenzt, er hat guter Sitte gemäß den Besucher vorzustellen und einzuführen, was stets von außerhalb des Walles geschehen muß, das sind Regeln, die einer nicht erst zu lernen braucht, es erfüllt sie in uns der historische Mensch, eines Tages wollten wir ohne Erlaubnis das Schloß betreten und ernteten Strafe, Pedro Orce sagt stimmungsmacherisch, ich habe einen Landsmann getroffen, hier bringe ich ihn, damit er einen Teller Suppe mit uns ißt, das Wort Landsmann ist freilich eine Übertreibung, findet aber Entschuldigung, zu dieser Stunde werden in Europa ein Portugiese aus dem Minho und ein anderer aus dem Alentejo sich nach derselben Heimat sehnen, beide fünfhundert Kilometer voneinander geschieden, aber von der Heimat nun sechstausend Kilometer getrennt.

Joaquim Sassa und José Anaiço erkennen den Mann nicht, doch Gleiches könnten sie von dem Esel schon nicht sagen, etwas an ihm wirkt vertraut, familiär, was wunder, ein Esel verändert sich innerhalb so weniger Monate nicht, dagegen ein Mann, wenn schmutzig und ungekämmt, wenn er sich einen Bart wachsen ließ, wenn er abmagerte oder feist wurde, wenn er den Haarschopf verlor und nun ein Glatzkopf ist, von der eigenen Frau entkleidet werden müßte, damit sie sich überzeugte, daß jenes besondere Mal noch am üblichen Fleck ist, und mitunter ist auch das zu spät, hat alles sich schon verbraucht, erntet Reue nicht mehr die Früchte der Verzeihung. José Anaiço, die Regel guter Gastfreundschaft wahrend, sagte, seien Sie willkommen, setzen Sie sich zu uns, und wenn Sie den Esel von seiner Last befreien wollen, so tun Sie es, das Stroh hier langt für ihn und für die Pferde. Ohne Tragkörbe und Saumsattel wirkte der Esel jünger, nun sah man deutlich, daß er von zweierlei Grau war, einem dunklen und einem hellen Silber, beide von gutem Karat. Der Mann führte den Esel zu den Pferden, diese musterten den Ankömmling aus den Augenwinkeln, zweifelten, daß er ihnen eine Hilfe sein könnte, da eher mickrig und nicht zum Anschirren geeignet. Der Mann kam ans Lagerfeuer, und bevor er den Stein herbeischleifte, der ihm als Sitzgelegenheit dienen würde, stellte er sich vor, ich heiße Roque Lozano, der Rest, so gebietet es die Grundtechnik künstlerischen Erzählens, möge der Wiederholung enthoben sein. Schon wollte José Anaiço fragen, ob der Esel einen Namen habe, ob er beispielsweise Platero heiße, doch Roque Lozanos Worte, hier letztlich doch wiederholt, ich kam, um Europa zu sehen, ließen ihn stumm bleiben, ein jäher Gedanke hob in ihm erinnernd seinen Finger und murmelte, diesen Mann kenne ich, nur gut, daß ich rechtzeitig draufgekommen bin, es grenzte an Beleidigung, wenn es eines Esels bedürfte, damit man einen Menschen wiedererkenne. Ähnliche Gedanken schienen auch Joaquim Sassa zu bewegen, der sagte zögernd, mir ist, als wären wir uns irgendwann schon einmal begegnet, mir auch, antwortete Roque Lozano, Sie erinnern mich an zwei Portugiesen, die ich zu Beginn meiner Reise traf, doch die fuhren in einem Auto und hatten keine Damen bei sich. Die Welt dreht sich so gewaltig im Kreis, Senhor Roque Lozano, und dabei gewinnt oder verliert man viel, sehr wohl kann es geschehen, daß man ein Auto Marke Deux Chevaux verliert, aber ein Fuhrwerk mit zwei Pferden gewinnt und zwei Frauen und noch einen weiteren Mann, sagte María Guavaira. Was sich erst beweisen muß, dieser Satz stammte von Joana Carda, weder Pedro Orce noch Roque Lozano verstanden, was sie meinte, wohl aber José Anaiço und Joaquim Sassa, und ihnen gefiel diese Anspielung auf die Geheimnisse des menschlichen Organismus, insbesondere des weiblichen, gar nicht.

Nun war die Wiedererkennung erfolgt, waren die Zweifel ausgeräumt, Roque Lozano war jener Reisende, den sie zwischen der Sierra Morena und der Sierra Aracena getroffen hatten, er mit seinem Esel Platero unterwegs nach Europa, das er letztendlich nicht gesehen hatte, doch die Absicht zählte, die allemal rettende. Und wohin gehen Sie jetzt, fragte Joana Carda. Jetzt kehre ich nach Hause zurück, es wird sich doch wohl, auch wenn sich die Erde noch so sehr im Kreise dreht, alles noch am alten Fleck befinden. Die Heimat. Nein, das Haus, das Haus ist stets dort, wo die Heimat ist. María Guavaira füllte Suppe in die Näpfe, eine mit Wasser gestreckte, damit es für alle langte, sie aßen schweigend, ausgenommen der methodisch an einem Knochen knabbernde Hund und die das Stroh käuenden und wiederkäuenden Zugtiere, hin und wieder hörte man eine trockene Bohne platzen, diese Tiere können, wenn man die augenblicklichen Schwierigkeiten bedenkt, nicht über schlechte Kost klagen.

Eine dieser Schwierigkeiten, allerdings persönlicherer Natur, wird der für den Abend einberufene Familienrat zu lösen versuchen, wobei die Anwesenheit eines Fremden nicht stört, im Gegenteil, hier war gesagt worden, daß Roque Lozano nach Hause möchte, und wir, was gedenken denn wir zu tun, wollen wir weiter umherzigeunern, Kleidungsstücke kaufen und verkaufen, oder kehren wir nach Hause zurück, zur Arbeit, ins geregelte Leben, denn mag die Halbinsel auch nie mehr stehenbleiben, die Leute gewöhnen sich an den Zustand, so wie die Menschheit sich an einen stets in Bewegung befindlichen Erdball gewöhnte, unwägbar, welche Mühe es jeden einzelnen gekostet haben mag, das Gleichgewicht wahrend, auf einem Brummkreisel zu leben, der um ein Aquarium kreist, in dem ein Sonnenfisch sitzt, mit Verlaub die Unterbrechung, meldete sich die unbekannte Stimme, aber

Sonnenfische gibt es nicht. Mondfische ja, Sonnenfische nein. Nun, hören Sie, ich will mich nicht mit Ihnen streiten, mag sein, daß es sie nicht gibt, jedenfalls fehlen sie. Leider kann man nicht alles haben, schloß José Anaiço, Bequemlichkeit und Freiheit sind miteinander unvereinbar, dieses Vagabundenleben hat seine Reize, aber vier solide Wände und über dem Kopf ein Dach, das schützt besser als ein wackliges und löchriges Zelt. Joaquim Sassa erklärte, zunächst bringen wir Pedro Orce heim, und dann, er brach den Satz ab, wußte nicht, wie er ihn fortführen sollte, da griff María Guavaira ein, klar und bestimmt sagte sie, was gesagt sein mußte, sehr gut, wir setzen Pedro Orce an der Apotheke ab, dann begeben wir uns nach Portugal, José Anaiço bleibt in seiner Schule, in einem Landstrich, dessen Namen ich noch nicht einmal kenne, wir fahren weiter in die Richtung, die einst Norden hieß, Joana Carda muß entscheiden, ob sie in Ereira bleibt, bei den Vettern, oder nach Coimbra zurückkehrt, in die Arme ihres Ehemannes, wenn dies entschieden ist, steuern wir Porto an und bringen Joaquim Sassa bis vor die Tür seines Büros, die Chefs mögen inzwischen aus Penafiel zurück sein, und ganz zuletzt kehre dann ich heim in mein Haus, wo ein Mann auf mich wartet, mich heiraten will, er wird sagen, daß er meinen Besitz gehütet hat, solange ich abwesend war, nun heiraten Sie mich, Señora, und ich werde mit einem glühenden Holzscheit diesen Wagen in Brand setzen, so wie man einen Traum verbrennt, vielleicht gelingt es mir anschließend, das steinerne Schiff ins Meer zu stoßen und es zu besteigen.

Eine so fortwährende Rede nimmt dem Sprechenden den Atem und verwehrt dem Zuhörenden das Luftholen.

Eine Minute lang saßen alle stumm da, endlich erinnerte José Anaiço, wir fahren ja bereits auf einem Steinfloß. Es ist zu groß, als daß wir uns für Seeleute halten könnten, entgegnete María Guavaira, und Joaquim Sassa bemerkte lächelnd, gut gesagt, ebensowenig wie wir durch den Äther und um die Erde fliegende Astronauten geworden sind. Abermals Schweigen, und nun war die Reihe an Pedro Orce, wollen wir alles hübsch nacheinander tun, Roque Lozano kann sich uns anschließen, wir werden ihn seiner Familie wiederbringen, die in Zufre bestimmt auf ihn wartet, und dann entscheiden wir über unser Leben. Aber in den Wagen paßt keine weitere Person zum Schlafen, bemerkte José Anaiço. Das soll kein Hinderungsgrund sein, falls es keinen weiteren gibt, ich bin das Leben in der freien Natur gewöhnt, Hauptsache, es regnet nicht, und nun zu dem Wagen, wenn ich darunter schlafe, ist es, als schliefe ich jede Nacht unter einem Dach, wenn ich es so sagen darf, gestand Roque Lozano, ich bin das Alleinsein leid.

Am folgenden Tage ging die Reise weiter. Pig und Al maulten über das Glück der Esel, dieser hier trottete dem Wagen hinterdrein, lose angebunden und von seiner Last befreit, so nackt, wie er auf die Welt gekommen, mit dem Schillern seines hübschen Silbergraus, sein Besitzer, auf dem Kutschbock vorn, unterhält sich mit Pedro Orce über das Leben, die Pärchen sprechen unter der Plane, der Hund läuft vorweg, als Patrouille. Von einem Augenblick zum anderen, fast wundersam, herrschte wieder Eintracht in der Reisegesellschaft. Noch am Abend hatten sie nach letzter Erörterung die Route festgelegt, nichts streng Genaues, nur eben daß man nicht aufs Geratewohl führe, zunächst wollten sie nach Tarragona, dann an der

Küste entlang bis Valencia, von dort landein in Richtung Albacete, sodann nach Córdoba, Sevilla und endlich, keine achtzig Kilometer mehr, Zufre, da werden wir dann sagen, hier kommt Roque Lozano, kehrt gesund und munter heim von seinem großen Abenteuer, arm ging er, arm kommt er und hat nicht Europa entdeckt noch das Eldorado, auch andere, die da suchten, haben nichts gefunden, schuld hat nicht immer der Suchende, gar oft ist keinerlei Reichtum an Orten, wo man ihn uns aus Bosheit oder Unwissen einredete, dann werden wir zur Seite treten und mit ansehen, wie sie ihn empfangen, den geliebten Großvater, geliebten Vater, geliebten Ehemann, schade, daß du zurückgekehrt bist, ich dachte, du wärst in der Einöde umgekommen, von den Wölfen gefressen, nicht alles, was hier steht, ist geeignet, mit lauter Stimme vorgetragen zu werden.

Dann wird in Zufre der Familienrat abermals zusammentreten, und wohin ziehen wir nun, und was werden sie von uns sagen, wenn dann wir ankommen, wo, wozu, für wen. In den Fragen, die du stellst, steckt die Lüge, denn die Antwort wußtest du im voraus, binnen kurzem hatte sie sich zweimal gemeldet, die unbekannte Stimme.

Als die Halbinsel, kreisend von Ost nach West, eine volle halbe Drehung beschrieben hatte, begann sie zu fallen. In diesem Augenblick und in absolut strengem Sinne, sofern die Metapher als Übermittlerin eines Sinngehaltes streng umgrenzt sein kann, waren Portugal und Spanien zwei Länder, die ihre Beine in die Luft streckten. Überlassen wir es den Spaniern, die unsere Hilfe ja stets abwiesen, die abenteuerlichen Konfigurationen des physischen Raumes, in dem sie leben, nach bestem Wissen und Vermögen zu beschwören, und sagen wir hier mit der bescheidenen Schlichtheit, die seit jeher die ursprünglichen Völker charakterisiert, daß die Algarve, seit Urzeiten auf der Landkarte der südliche Landstrich, in dieser übernatürlichen Minute die nördlichst gelegene Region Portugals war. Unglaublich dies, aber wahr, so wie bis auf den heutigen Tag ein Kirchenvater lehrt, obschon nicht mehr am Leben, denn die Kirchenväter sind längst tot, doch alleweil bezieht man sich auf ihre Lehre und bedient sich ihrer unterschiedslos, für die göttlichen Interessen wie für die Zweckmäßigkeitserwägungen der Menschen. Hätte das Schicksal bestimmt, daß die Halbinsel in dieser Position zum Stillstand käme, wären die Folgen, die sozialen, politischen, kulturellen und ökonomischen, nicht zu vergessen der zuweilen vernachlässigte psychologische Aspekt, wären die Folgen also in ihrer Vielgestalt und in ihren Auswirkungen drastisch und radikal gewesen, mit einem Wort, kosmisch. Möge der Hinweis genügen, daß das berühmte Porto ohne die Chance einer logischen und topographischen Abhilfe dann nicht mehr den von ihm am meisten geliebten Titel Hauptstadt des Nordens tragen könnte, und falls diese Bezugnahme manch einen Kosmopoliten provinziell und kurzsichtig dünkt, stelle er sich vor, wie das wäre, wenn Mailand sich unversehens im italienischen Süden wiederfände, in Kalabrien, und die Kalabresen durch Handel und Industrie des Nordens zu Wohlstand gelangten, solche Verwandlungen sind nicht gänzlich unmöglich, man bedenke nur, was der Iberischen Halbinsel widerfuhr.

Doch dies währte, wie gesagt, nur eine Minute. Die Halbinsel fiel, und die Drehung setzte nicht aus. Ehe wir aber fortfahren, sei zunächst gesagt, welchen Sinn wir in diesem Zusammenhang dem Verb *fallen* zuordnen müssen, gemeint ist freilich nicht in unmittelbarer Bedeutung das Absacken alles Schweren, denn dieses hieße, die Halbinsel ginge nun buchstäblich unter. Nun, da sich nach so vielen Tagen des Dahindriftens, nicht selten unmittelbar von einer Katastrophe bedroht, ein solches oder ähnlich gewichtiges Unglück nicht ereignet hatte, wäre es der Gipfel des Pechs, wenn die Odyssee jetzt ihre Krönung im vollständigen Untergang fände. So schwer es uns auch fiel, schon haben wir uns dreingefügt, daß Odysseus den Strand zu spät erreicht und die holde Nausikaa nicht mehr vorfindet, doch sei dem erschöpften Schiffbrüchigen wenigstens gestattet, an der Insel der Phäaken anzutreiben, und falls da nicht möglich, dann sonstwo, nur damit er sein Haupt auf den Unterarm betten kann, wenn ihn schon kein anbötiger weiblicher

Schoß erwartet. Beruhigen wir uns also. Die Halbinsel, das schwören wir, ist nicht im Begriff, ins grausame Meer einzutauchen, im Falle einer solchen Naturkatastrophe würde sie gänzlich verschwinden, ohne daß selbst die höchsten Gipfel der Pyrenäen noch hervorragten, so tief sind hier die Abgründe. Die Halbinsel fällt, jawohl, keine Möglichkeit, es anders zu sagen, jedoch nach Süden, denn so teilen wir die Sternkarte ein, in hoch und tief, in oben und unten, in Weiß und Schwarz, bildlich gesprochen, wiewohl es einen einigermaßen erschrecken müßte, daß die Länder unterhalb des Äquators nicht umgekehrte Erdkarten benutzen, die gerechterweise von der Welt das fehlende Bild ergänzten. Doch die Dinge sind, wie sie sind, diese unwiderstehliche Tugend ist ihnen nun einmal eigen, selbst ein Schulkind versteht die Belehrung auf Anhieb, ohne weitere Erklärung, selbst das Synonymwörterbuch, so leichthin geschmäht, würde uns bestätigen, nach unten sinkt man, fällt man, und es ist unser ausgemachtes Glück, daß dieses steinerne Floß nicht auf Grund gerät und dabei aus hundert Millionen Lungen gluckst, wobei sich die süßen Wasser des Tejo und des Guadalquivir mit der salzig-bitteren Woge des unendlichen Meeres vermengen würden.

Es fehlt hier nicht und hat nie gefehlt an Leuten, die behaupten, daß die Dichter wahrlich entbehrlich seien, ich aber frage, was würde aus uns allen werden, wenn die Poesie uns nicht hülfe, begreiflich zu machen, wie wenig klar die Dinge sind, die wir klar nennen. Bis zu diesem Punkt, obzwar schon so viele Seiten geschrieben sind, hat sich der Erzählstoff auf die Beschreibung einer Ozeanreise beschränkt, einer gleichwohl nicht ganz banalen, und selbst in diesem dramatischen Augenblick, da die

Halbinsel ihre Fahrt wiederaufnimmt, nun gen Süden, indes sie sich weiter um ihre imaginäre Achse dreht, wüßten wir das durch die Fakten gegebene Einfache ganz gewiß nicht zu überbieten und zu bereichern, wenn uns da nicht die Inspiration jenes portugiesischen Dichters zu Hilfe käme, der die Drehung und das Abwärtsgleiten der Halbinsel mit dem ungeborenen Kinde verglich, das im Bauch der Mutter den ersten Purzelbaum seines Lebens vollführt. Der Vergleich ist wundervoll, obschon wir seinen Hang zum Anthropomorphismus tadeln müssen, der alles in zwangsläufigem Bezug auf den Menschen sieht und wertet, als hätte die Natur wahrlich weiter nichts zu tun, als unverwandt an uns zu denken. Alles wäre leichter zu verstehen, wenn wir schlicht und einfach unsere unendliche Angst eingestehen würden, die uns dahin führt, daß wir die Welt mit Bildern bevölkern, die dem gleichen, was wir sind oder zu sein vermeinen, außer dieser so stürmische Kraftaufwand wäre im Gegenteil eine Erfindung des Mutes oder schlicht Verbohrtheit dessen, der sich weigert, da zu sein, wo die Leere ist, und all dem Sinn geben will, was keinen Sinn hat. Wahrscheinlich vermögen wir die Leere nicht auszufüllen, und das, was wir Sinn nennen, mag nur eben ein flüchtiges Ensemble von Bildern sein, die in einem bestimmten Augenblick harmonisch wirkten oder in die eine in Panik geratene Intelligenz Vernunft, Ordnung und Zusammenhang hineinzulegen sich bemühte.

Gewöhnlich ist der Dichter Stimme eine unverstandene, was, da es die Regel ist, seine Ausnahmen hat, wie aus dieser lyrischen Episode erkennbar, als die glückliche Metapher auf alle Arten glossiert und von allen Mündern wiederholt wurde, wobei sich die Mehrzahl der

Dichter in diese Volksbegeisterung nicht mit einbezog, was uns nicht verwundern möge, da sie selber nicht frei sind von den sehr menschlichen Gefühlen Ärger und Neid. Eine der bemerkenswertesten Folgen des angeregten Vergleichs war, gemildert allerdings durch den modernen Lebensstil der Familien, das Wiedererstehen des matriarchalischen Geistes, des mütterlichen Einflusses, für deren Vorläuferinnen wir in Anbetracht der uns bekannten Tatsachen aus vielerlei Gründen Joana Carda und María Guavaira halten können, ihres natürlichen Gespürs und nicht ihrer Härte und Überlegung wegen. Die Frauen trugen entschieden den Sieg davon. Ihre Geschlechtsorgane, man verzeihe mir die Derbheit des Ausdrucks, waren letztlich der reduzierte und zugleich erweiterte Ausdruck für die expulsive Mechanik des Universums, für diese ganze Maschinerie, die auf dem Ausstoß beruht, dieses Nichts, das alles sein wird, diesen fortwährenden Übergang vom Kleinen zum Großen, vom Endlichen zum Unendlichen. In diesem Punkt, nützlich ist es, dies zu erkennen, verloren die Glossenmacher und Hermeneutiker den Boden unter den Füßen, was nicht verwundert, denn über Gebühr lehrte uns die Erfahrung, daß Worte in dem Maße, wie wir uns der Grenze des Sagbaren nähern, stets weniger genügen, wir wollen Liebe sagen, und es versagt die Sprache, wir möchten sagen, ich will, und sagen, ich kann nicht, wir wollen das Schlußwort sagen und merken, daß wir schon wieder beim Anfang sind.

Doch in der wechselweisen Folge von Ursachen und Wirkungen bewirkte etwas anderes, das zugleich Getanes und Tuendes war, Erleichterung in den bis dahin ernsten Erörterungen, und es veranlaßte sozusagen alle

Menschen zum Lächeln und zu Umarmungen. Der Fall war der, daß von einer Stunde zur anderen, mit Verlaub die diesen flinken Formeln stets innewohnende Übertreibung, alle oder fast alle gebärfähigen Frauen sich schwanger erklärten, obwohl da keine einschneidende Änderung in den empfängnisverhütenden Praktiken der einen wie der anderen Seite festgestellt werden konnte, wir meinen der Frauen und der regelmäßig oder zufällig beischlafenden Männer. In Anbetracht der Dinge überhaupt sind die Menschen schon nicht mehr überrascht. Etliche Monate sind vergangen, seit sich die Halbinsel von Europa gelöst hatte, Tausende Kilometer sind wir durch diese gewaltsam aufgetane See gereist, um ein Haar hätte der Leviathan die erschrockenen Azoreninseln gerammt oder, wie sich später bewies, sollte sie gar nicht rammen, doch das wußten die auf der einen wie auf der anderen Seite zum Fliehen genötigten Männer und Frauen nicht, es waren diese und viele andere Dinge mehr passiert, daß etwa die zur Linken erwartete Sonne rechter Hand aufging, daß dem Mond die ihm seit seiner Trennung von der Erde eigene Wandelbarkeit nicht genügte, daß die Winde aus allen Richtungen blasen, daß die Wolken von allen Horizonten herbeistreben und über unseren geblendeten Köpfen kreisen, den geblendeten, jawohl, weil über uns ein helles Licht strahlt, so als brauchte der Mensch letztlich nicht mit historischer Langsamkeit aus der Tierwelt hervorzugehen, sondern würde, vollkommen und erhellt, mitten in eine jüngst geschaffene Welt gestellt, rein und von makelloser Schönheit. Nachdem dies alles geschehen ist und jener portugiesische Dichter bemerkte, die Halbinsel sei ein Kind, das sich unterwegs herausgebildet habe, sich nun im

Meer drehe und seiner Geburt harre, so als befände es sich in einem Uterus aus Wasser, wie könnte es uns da noch entsetzen, daß der menschliche Uterus der Frauen Frucht angenommen hatte, vielleicht hatte der große Stein sie geschwängert, der südwärts hinabfährt, was wissen wir denn, ob diese neuen Geschöpfe wirklich Männer zu ihren Vätern haben, ob nicht dieser riesige Wellenbrecher der Vater ist, der die Wogen vor sich herschiebt, sie durchstößt, murmelnde Wasser, den Hauch und den Seufzer der Winde.

Von dieser kollektiven Schwängerung erfuhren die Reisenden aus dem Radio, aus den Zeitungen auch, das Fernsehen biß sich an dieser Sache fest, wo eine Frau sich auf der Straße zeigte, wurde ihr das Mikrofon vors Gesicht gehalten, es prasselten die Fragen, wie war das und wann, wie soll das Baby heißen, die Ärmste, von der Kamera gleichsam lebendig verschlungen, sie wurde vor Scham rot, stammelte, auf die Verfassung berief sie sich nur deshalb nicht, weil sie wußte, daß man sie nicht ernst nehmen würde. Unter den Reisenden auf dem Wagen herrschte wieder merkliche Spannung, schließlich, und obwohl alle Frauen der Halbinsel schwanger gingen, diese zwei, die hier fahren, äußern sich nicht über ihren eigenen Unfall, mit keinem Mucks, und begreiflich ist ihr Schweigen, würden sie ihre Schwangerschaft kundtun, dann bezöge sich Pedro Orce unweigerlich in die Vaterschaftsliste ein, und die unter Schmerzen hergestellte Harmonie würde diesem zweiten Schlag nicht standhalten. Darum sagten Joana Carda und María Guavaira eines Abends, als sie den Männern das Essen vorsetzten, im Tone spaßigen Unmuts, denkt nur, alle Frauen in Spanien und Portugal schwanger, wir hier aber ohne Hoffnung. Man billige diese Minute der Verstellung, billige auch, daß José Anaiço und Joaquim Sassa Unmut heucheln, so als würde ihre Zeugungskraft von den Frauen in Frage gestellt, und das schlimme ist, daß der vorgetäuschte Ärger mit einiger Wahrscheinlichkeit doch dem echten entspricht, denn wahr ist, daß die zwei Frauen schwanger sind, und ebenso wahr, daß niemand weiß, von wem. Angesichts so vieler Fragezeichen wirkte diese Vorstellung keineswegs aufheiternd, später wird man erkennen, daß María Guavaira und Joana Carda zu der Zeit, als sie es in Abrede stellten, schon längst schwanger waren, was werden sie dann an Erklärungen auftischen, die Wahrheit ist uns stets auf der Lauer, eines Tages können wir ihr nicht mehr entrinnen.

Augenscheinlich verlegen traten die Ministerpräsidenten der beiden Länder im Fernsehen auf, nicht daß es ihnen peinlich wäre, über die in neun Monaten auf der Halbinsel stattfindende Bevölkerungsexplosion zu sprechen, zwölf oder fünfzehn Millionen Babies, die dann praktisch zur selben Zeit das Licht der Welt erblickten, ein plärrender Chor, die Halbinsel ein Entbindungsheim, die Mütter glücklich und die Väter heiter in jenen Fällen, in denen die Gewißheit hinlänglich groß scheint. Hieraus läßt sich sogar ein bißchen politischer Profit schlagen, wenn man die demagogische Karte ausspielt, zum Maßhalten aufruft, im Namen der Zukunft unserer Kinder, und über den nationalen Zusammenhalt redet, dabei diese Fruchtbarkeit positiv gegen die Sterilität in der übrigen westlichen Welt setzt, allerdings auch malen wir uns allesamt vergnüglich aus, was es da, zum Behufe dieser Bevölkerungsexplosion zuvor für eine Zeugungsexplosion gegeben haben mag, da doch niemand glaubt, daß diese kollektive Befruchtung auf übernatürliche Weise erfolgte. Der Ministerpräsident spricht von zu treffenden sanitären Maßnahmen, über den nationalen Plan der Geburtenhilfe, über die im entscheidenden Augenblick dann zu erfolgende Einbeziehung von aus Ärzten und Ammen bestehenden Teams und deren Einsatz, sein Gesicht spiegelt den Widerstreit der Gefühle, die ernste offizielle Miene ficht wider den Lachanfall, man meint, schon im nächsten Moment werde er sagen, Portugiesinnen und Portugiesen, groß wird der Nutzen sein, na, hoffentlich war der Spaß nicht minder groß, denn Kinder zu zeugen ohne rechte Fleischeslust dabei, das ist die schlimmste Strafe. Die Männer und Frauen hören dies, sie wechseln lächelnd vielsagende Blicke, jeder weiß, woran der andere sich in diesem Augenblick erinnert, an jene Nacht, jenen Tag, jene Stunde, als sie in jähem Impuls übereinandergerieten und eben taten, was getan werden mußte, unter einem langsam kreisenden Himmel, unter einer irren Sonne, einem irren Mond und unter strudelnden Sternen. Auf Anhieb möchte man meinen, dies alles sei Illusion und Traum gewesen, doch wenn die Frauen erst mit geschwollenen Bäuchen auftreten, wird man erkennen, daß wir nicht geschlafen haben.

Auch der Präsident der Vereinigten Staaten wandte sich an die Welt mit der Versicherung, Nordamerika werde, obwohl die Halbinsel ihre Richtung geändert habe und nun einem unbekannten Ziel im Süden zustrebe, fest zu seinen Verpflichtungen gegenüber Zivilisation, Freiheit und Frieden stehen, doch könnten die Völker der Halbinsel, jetzt, da sie in umstrittene Einflußgebiete vordrangen, nicht erwarten, ich wiederhole, sie können nicht erwarten, daß ihnen eine so große Hilfe zuteil wird, wie sie, als ihre Zukunft noch unlösbar mit jener der amerikanischen Nation verknüpft schien, in Aussicht gestellt war. Dies mehr oder weniger seine Erklärungen an die Weltöffentlichkeit. Jedoch privat, in der Verschwiegenheit des Oval Office, während er einen Eiswürfel in seinem Bourbonglas klingen ließ, sprach der Präsident zu seinen Beratern, falls sie in der Antarktis stranden, hat unsere Besorgnis ein Ende, wo auch würde das hinführen, wenn wir dauernd Rücksicht nehmen müßten auf eine hierhin und dorthin treibende Welt, das hielte keine Strategie aus, zum Beispiel unsere Militärbasen auf der Halbinsel, wozu sind die uns jetzt noch nütze, außer um eine Ladung Raketen auf die Pinguine abzufeuern. Einer der Berater bemerkte, die neue Fahrtrichtung sei, recht bedacht, so übel nicht, sie fahren zwischen Afrika und Lateinamerika abwärts, Mr. President. Ja, die Richtung kann Vorteile bringen, könnte aber auch das Durcheinander in jener Region verstärken, und vielleicht dieses beunruhigenden Gedankens wegen versetzte der Präsident der Tischplatte einen so heftigen Faustschlag, daß der First Lady lächelndes Bildnis einen Hüpfer tat. Ein altgedienter Berater machte vor Schreck einen Satz, er schaute in die Runde und sagte, Vorsicht, Mr. President, ein so harter Schlag könnte böse Folgen haben.

Schon ist es nicht mehr das ausgespannte Stierfell, sondern ein riesiger Felsbrocken von der Form eines jener Steinwerkzeuge, deren sich die prähistorischen Menschen bedienten, zurechtgehauen mit geduldigen, fortgesetzten Schlägen, bis daraus ein Arbeitsgerät wurde, der obere Teil voll und kompakt, gut passend in das Hohl der Hand, der untere Teil spitz zulaufend zum Kratzen, Ausschaben, Schneiden, Markieren, Zeichnen und auch, weil wir uns bis heute dieser Versuchung nicht entziehen können, zum Verwunden und zum Töten. Die Halbinsel hielt inne im Drehen, nun fährt sie lotrecht abwärts, Richtung Süden, zwischen Afrika und Mittelamerika, wie es der Berater des Präsidenten gesagt haben mochte, und ihre Form, unerwartet für den, der ihre Gestalt noch in Erinnerung hat und aus dem Atlas ihre ursprüngliche Lage kennt, gleicht zwillingshaft den sie flankierenden Kontinenten, im Norden sehen wir Portugal und Galicien, über die ganze Breite hin, von West nach Ost, zur Linken verengt sich die große Masse, noch mit einer Ausbuchtung, Andalusien und Valencia, zur Rechten die kantabrische Küste und in deren Fortsetzung die Pyrenäenkette. Jener Steinschnabel oder Rammsporn ist das Kap Creus, aus den Mittelmeerwassern in diese aufgewühlten Seen versetzt, weit fort vom heimatlichen Himmel, Nachbar einst von Cerbères, jener kleinen französischen Gemeinde, von der am Beginn dieser Erzählung so viel die Rede war.

Die Halbinsel fährt abwärts, aber gemächlich. Die Wissenschaftler erwarten, sehr vorsichtig geschätzt, daß sie bald zum Stillstand kommen wird, denn sie bauen auf die universell geltende Wahrscheinlichkeit, daß, auch wenn das Gesamte nie haltmacht, die es fügenden Einzelteile gelegentlich doch vermögen, eine Bestätigung dieses Axioms ist das menschliche Leben, das, wie man weiß, an Vergleichsmöglichkeiten so äußerst reiche. Die besagte Ankündigung seitens der Wissenschaft gebar das Spiel des Jahrhunderts, eine Idee, die praktisch weltweit gleichzeitig aufgekommen sein mochte und in der Einrichtung eines Systems von doppelter Wette bestand, mit der Frage nämlich, wann und wo genau die Halbinsel anhalten werde, zum besseren Verständnis, beispielsweise um siebzehn Uhr, dreiunddreißig Minuten und neunundvierzig Sekunden, Ortszeit des Wettspielers, versteht sich, an jenem Tag jenes Monats in jenem Jahr, und als Ort die Koordinaten, mit genauer Meridianangabe in Graden, Minuten und Sekunden, als Bezugspunkt dabei das schon erwähnte Kap Creus. Auf dem Spiel standen Trillionen von Dollars, und falls jemand beides richtig riet, die genaue Zeit und den genauen Ort, was der Wahrscheinlichkeitsrechnung nach so gut wie ausgeschlossen war, würde diese Person von fast göttlicher Vorausschau die größte Summe Geldes gewinnen, die diese Erde, die deren so viel sah, bisher je hatte zusammenbringen können. Ein grausameres Spiel hatte es begreiflicherweise noch nie gegeben, denn mit jeder Minute, die verstreicht, und mit jeder zurückgelegten Meile verringert sich die Zahl der möglichen Gewinner, wobei natürlich viele der Ausgeschiedenen wieder wetten, der bereits astronomisch hohe Einsatz sich somit noch vergrößert. Freilich bringen nicht alle das Geld für eine abermalige Wette zusammen, und freilich haben viele sich ruiniert und bleibt ihnen als Ausweg nur der Selbstmord. Die Halbinsel fährt abwärts nach Süden, in ihrem Kielwasser lauter Leichen, die nicht ihr Werk sind, während in den Bäuchen der Frauen Millionen von Lebewesen wachsen, die unschuldhaft sie gezeugt hat.

Pedro Orce geht unruhig umher, rastlos. Er spricht wenig, über Stunden hin bleibt er dem Lager fern, er kehrt erschöpft zurück und ißt nicht, die Gefährten fragen, ob er sich krank fühlt, und er antwortet, nein, ich fühle mich nicht krank, ohne weitere Erklärung. Die wenigen Worte hebt er sich für Roque Lozano auf, man spricht da über die engere Heimat eines jeden, als gäbe es für sie keinen anderen Gesprächsstoff. Der Hund begleitet ihn überallhin, man spürt, daß die Erregtheit des Mannes das Tier angesteckt hat, das früher so friedfertige. Schon sagte José Anaiço zu Joana Carda, wenn er sich etwa einbildet, daß er die Geschichte wiederholen kann, er, der bedauernswerte einsame und verlassene Mann, und dazu eine seine Geschlechtsdrüsen tröstende und sie erleichternde mitleidige Frau, dann hat er sich gründlich getäuscht, und sie antwortete mit einem freudlosen Lächeln, wer sich da gewiß täuscht, das bist du, Pedro Orces Übel, falls es ein solches gibt, ist anderer Art. Welches. Weiß ich nicht, aber sei versichert, diesmal ist es nicht Lüsternheit auf uns, eine Frau täuscht sich da nicht. Dann müssen wir mit ihm reden, ihn zwingen, es zu sagen, vielleicht ist er wirklich krank. Vielleicht, doch auch das ist nicht gewiß.

Sie fahren an der Sierra de Alcaraz entlang, heute werden sie ihr Lager in der Nähe eines Dorfes aufschlagen, das nach Auskunft der Landkarte Bienservida heißt, seinem Namen nach wahrlich *wohlbedient.* Auf dem Kutschbock sagt Pedro Orce zu Roque Lozano, von hier wäre es nicht weit bis in die Provinz Granada, wenn wir hinführen. Meine Heimat ist noch weit fort. Wirst schon hinkommen. Das schon, aber gern wüßte ich, ob es die Mühe lohnt. Diese Dinge wissen wir immer erst danach, treib den Grauschimmel an, er ist aus dem Tritt. Roque Lozano ruckte an den Zügeln, mit der Spitze der Peitsche berührte er die Kruppe des Pferdes, es war fast ein Streicheln, und Pig paßte sich gehorsam dem Trab an. Drin im Wagen sitzen die Pärchen, sie reden leise, und María Guavaira sagt, vielleicht wäre er jetzt gern schon daheim und traut sich nicht, es zu sagen, weil er fürchtet, wir könnten beleidigt sein. Das ist durchaus möglich, pflichtete Joaquim Sassa bei, wir müssen ihm offen sagen, daß wir ihn verstehen und es ihm nicht übelnehmen, schließlich haben wir ja nicht für das ganze Leben einen Schwur getan noch irgendeinen Vertrag geschlossen, Freunde sind wir, Freunde bleiben wir, eines Tages kehren wir zurück und besuchen ihn. Hoffentlich ist es nur das, murmelte Joana Carda. Hast du eine Vorstellung. Nein, nur eben eine Ahnung. Was denn für eine Ahnung, fragte María Guavaira. Pedro Orce wird sterben. Alle müssen wir sterben. Aber er wird der erste sein.

Bienservida liegt abseits der Hauptstraße. Sie machten dort ihre Geschäfte, kauften einigen Proviant, versorgten sich mit Frischwasser, und da noch Zeit war, fuhren sie weiter. Doch weit gelangten sie nicht. Nur eben bis zu einem Turruchels Ermitei genannten Fleck, ein angenehmer Ort zum Übernachten, dort hielten sie an. Pedro

Orce stieg vom Kutschbock, anders als sonst halfen ihm José Anaiço und Joaquim Sassa, die von dem Wagen gesprungen waren, kaum daß er angehalten hatte, und er sagte, während er die sich ihm entgegenreckenden Hände festhielt, was soll das, Freunde, noch bin ich nicht gebrechlich, er merkte nicht, daß er mit dem Wort Freunde den anderen Tränen in die Augen trieb, diese Männer tragen in der Brust noch den Schmerz ob der Treulosigkeit, doch ihre Arme fangen den müden, sich ihnen ergebenden Körper auf, ungeachtet der stolzen Erklärung, immer kommt da eine Stunde, in der Stolz nur noch Worte hat, nur mehr noch aus Worten besteht. Pedro Orce setzt den Fuß auf die Erde, macht einige Schritte, bleibt stehen, mit einem Ausdruck des Entsetzens in seinem Gesicht, in seiner ganzen Geste, so als lähmte und blendete ihn ein kräftiges Licht. Was ist, fragte María Guavaira, die herangetreten war. Nichts, es ist nichts. Ist dir übel, forschte Joana Carda. Nein, es ist etwas anderes. Er bückte sich, stützte sich mit den Handflächen auf den Erdboden, dann rief er Hund Constante, legte ihm eine Hand auf den Kopf, fuhr ihm mit den Fingern über den Hals, die Wirbelsäule, den Rücken, die Kruppe, der Hund rührte sich nicht, er lastete auf der Erde, als wollte er mit den Pfoten darin versinken. Nun lag Pedro Orce der Länge nach da, das weiße Haupt auf ein Büschel Gräser gelegt, aus dem Blütenschäfte sprossen, zu einer Zeit, da es Winter hätte sein müssen, Joana Carda und María Guavaira knieten neben ihm, hielten ihn an den Händen gefaßt, was fehlt dir, sag, hast du irgendwie Schmerzen, o ja, da war ein großer Schmerz, dem Ausdruck in seinem Gesicht nach zu urteilen, die Augen weit geöffnet, starrte er in den Himmel, auf die hinziehenden Wolken, um diese zu sehen, mußten María Guavaira und Joana Carda nicht erst in die Höhe schauen, die Wolken schwebten langsam in Pedro Orces Augen, so wie Portos Straßenlichter dem Hund über die Pupillen geglitten waren, lange her, in welchem Leben, und nun sind sie beisammen, vereint, dazu noch Roque Lozano, der, was Leben und Tod betrifft, Erfahrung hat, der Hund wirkt durch Pedro Orces Blick wie hypnotisiert, er starrt ihn an, mit gesenktem Kopf und die Haare stachlig aufgerichtet, als stellte er sich allen Hundemeuten dieser Welt entgegen, und dann sagte Pedro Orce, deutlich Wort für Wort, ich fühle sie nicht mehr, die Erde, fühle sie nicht mehr, seine Augen trübten sich, eine graue Wolke, von der Farbe des Bleies, zog über den Himmel, langsam, sehr langsam, María Guavaira drückte sanft Pedro Orce die Augen zu, sagte, er ist tot, in diesem Augenblick kam der Hund nahe heran, heulte auf, so wie dem Vernehmen nach ein Mensch aufschreit.

Es starb ein Mann, weiter nichts. Es weinen seine vier Freunde, sogar Roque Lozano, die jüngste Bekanntschaft, er reibt sich mit den geballten Fäusten wild die Augen, der Hund hat ein einziges Mal aufgeheult, nun steht er neben dem Toten, bald wird er sich hinlegen und Pedro Orce den riesigen Schädel auf die Brust legen, wir aber müssen überlegen und entscheiden, was mit dem Leichnam geschehen soll, José Anaiço sagt, wir überführen ihn nach Bienservida, melden es den Behörden, mehr können wir nicht für ihn tun, und Joaquim Sassa erinnerte, eines Tages sagtest du zu mir, der Dichter Antonio Machado müßte sein Grab unter einer Steineiche haben, tun wir dies für Pedro Orce, doch das letzte Wort hatte Joana Carda, nicht nach Bienservida und nicht unter einem Baum, bringen wir ihn nach Venta Micena, wir begraben ihn an seinem Geburtsort.

Auf seinem querliegenden Strohsack reist Pedro Orce. Neben ihm die beiden Frauen, sie halten seine kalten Hände, eben jene, die sehnlich ihre Körper nur flüchtig kennenlernten, und auf dem Kutschbock fahren die Männer, Roque Lozano lenkt die Pferde, diese hatten gemeint, sie könnten ruhen, nun sind sie unterwegs, in die Nacht hinein, das ist ihnen noch nie widerfahren, vielleicht erinnert sich der Fuchs an eine andere Nacht, vielleicht schlief und träumte er damals, da er gefesselt war, damit Salbe und Nachtnebel ihm eine schmerzhafte Sattelwunde heilten, daß eine Frau und ein Mann ihn holen kamen, und der Hund, sie befreiten ihn von den Fußfesseln, er wußte nicht, ob der Traum hier begann oder hier endete. Der Hund läuft unter dem Wagen und unter Pedro Orce, gleichsam als trüge er ihn, so gewaltig ist die Last, die er auf dem Nacken spürt. Sie führen eine brennende Lampe, vorn am Eisenbogen befestigt, der die Plane hält. Sie haben noch mehr als hundertfünfzig Kilometer vor sich.

Die Pferde spüren den Tod hinter sich, eine weitere Peitsche benötigen sie nicht. Das Schweigen der Nacht ist so dicht, daß man das Rollen der Räder über die unebenen alten Straßen kaum hört, und so matt hallen die Hufe der Pferde, als wären sie mit Lappen umwickelt. Es wird keinen Mond geben. Sie reisen im Dunkel, es ist der *apagón*, der *negrum*, die erste von allen Nächten, ehe einer sagte, es werde die Sonne, kein großes Wunder dies, denn der Herrgott wußte, daß binnen zwei Stunden zwangsläufig das Tagesgestirn aufgehen mußte. Seit Beginn der Fahrt weinen Joana Carda und María Guavaira.

Diesem Manne, der hier tot hinfährt, gaben sie ihren barmherzigen Leib, mit ihren Händen zogen sie ihn zu sich, und vielleicht sind es seine Kinder, die da, von den Schluchzern erschüttert, in den Bäuchen heranwachsen, mein Gott, mein Gott, wie sehr doch alle Dinge dieser Welt miteinander verbunden sind, und wir meinen, daß wir nach unserem Belieben trennen oder fügen, einzig unserem Willen gemäß, dies ist der größte unserer Irrtümer, dabei wurden uns so viele Beweise dawidergegeben, ein Kratzer über den Boden, ein Schwarm Stare, ein ins Meer geworfener Stein, ein Sparstrumpf aus blauer Wolle, und es war dies alles nicht anders, als zeigten wir es Blinden oder als predigten wir verstockten und tauben Leuten.

Noch war der Himmel schwarz, als sie Venta Micena erreichten. Unterwegs, auf fast dreißig Léguas, waren sie keiner Menschenseele begegnet. Und das schlafende Orce war ein Gespenst, die Häuser gleichsam Wände eines Labyrinths, Fenster und Türen verschlossen, die Burg der Sieben Türme über den Ziegeldächern eine Geistererscheinung. Das Licht der Straßenlaternen flakkerte wie Sterne, nahe am Verlöschen, die Bäume auf dem Platz, nur mehr Stamm und dickes Astwerk, konnten auch der Rest eines versteinerten Waldes sein. Sie kamen an der Apotheke vorbei, dieses Mal mußten sie nicht anhalten, die Wegangaben waren ihnen noch frisch in Erinnerung, fahren Sie geradeaus, in Richtung María, nach den letzten Häusern noch drei Kilometer, da gelangen Sie zu einer kleinen Brücke, in der Nähe ist ein Ölbaum, ich werde bald dort sein. Da ist er bereits. Nach der letzten Kurve sahen sie den Friedhof, die weißen Mauern, das riesige Kreuz. Das Portal war verschlossen, sie müßten Gewalt anwenden. José Anaiço holte ein Brecheisen, fuhr mit der Spitze zwischen die beiden Torflügel, aber María Guavaira hielt ihn am Arm fest, wir begraben ihn nicht hier, sie wies auf die weißen Hügel nach der Seite der Cueva de los Rosales hin, wo der Schädel des ältesten Europäers gefunden worden war, jenes einen, der vor über einer Million Jahren gelebt hatte, und sie sagte, dort drüben soll er ruhen, vielleicht hätte er selber die Stelle gewählt. Sie fuhren den Wagen weitestmöglich heran, die Pferde konnten sich kaum noch auf den Beinen halten, schleiften die Hufe durch den losen Staub. Venta Micena ist unbewohnt, niemand erscheint zum Begräbnis, die Häuser, fast durchweg Ruinen, stehen verlassen da. Am Horizont erkennt man nur schwach die Umrisse jener Gebirgskette, die das brechende Auge des Mannes von Orce einst sah, noch ist es Nacht, Pedro Orce ist tot, in seinen Augen lediglich eine dunkle Wolke, weiter nichts.

Als der Wagen nicht mehr weiterkam, hoben die drei Männer den Leichnam herunter. María Guavaira stützt von der einen Seite her, Joana Carda hat in der Hand den Rüsterstock. Sie ersteigen einen oben kahlen Hügel, der ausgedörrte Boden bröckelt unter den Füßen fort, gleitet den Hang hinab, Pedro Orces Körper wankt, unter seiner Last taumeln die Träger, stürzen fast, doch sie können ihn bis hinauf schleppen, setzen ihn dort auf der Erde ab, sie sind schweißgebadet, weiß von Staub. Das Grab wird Roque Lozano ausheben, diese Arbeit wünschte er zu erledigen, die Erde löst sich leicht, das Stemmeisen dient als Hacke, die Hände als Schaufeln. Der Himmel im Osten hellt auf, die umrißhafte Gestalt der Sierra ist nun schwarz, Roque Lozano steigt aus der Grube, schüttelt die Hände, kniet nieder und fährt damit unter den Leichnam, José Anaiço packt Pedro Orce an den Armen, Joaquim Sassa hebt ihn an den Füßen hoch, und langsam betten sie ihn in die Erde, die Grube ist nicht tief, falls die Anthropologen eines Tages hierher zurückkehren, werden sie ihn ohne Mühe finden, María Dolores wird sagen, hier ist ein Schädel, und der Leiter der Ausgrabungsmannschaft wird einen flüchtigen Blick darauf werfen, der interessiert nicht, davon haben wir viele. Sie deckten den Körper zu, strichen die Erde glatt, damit die Stelle sich von der Umgebung nicht abhob, doch mußten sie den Hund zurückhalten, der mit den Krallen das Grab wieder aufscharren wollte. Dann rammte Joana Carda den Rüsterstock in Höhe von Pedro Orces Kopf in den Boden. Es ist, wie man halt sieht, kein Kreuz, ist nicht das Zeichen einer Begräbnisstätte, sondern nur ein Stecken, der seine Zauberkraft einbüßte, doch zu diesem einen schlichten Zweck ist er noch tauglich, Sonnenuhr zu sein in einer verbrannten Wüste, vielleicht wieder sprießender Baum, sofern ein Stecken, in die Erde gerammt und des Wunders fähig, Wurzeln schlagen kann, Pedro Orces Augen von der trüben Wolke zu befreien vermag, morgen wird es auf diese Felder regnen.

Die Halbinsel hat haltgemacht. Die Reisenden werden diesen Tag, die kommende Nacht und den folgenden Morgen hier verbringen. Es regnet, als sie aufbrechen. Sie riefen den Hund, der die ganze Zeit am Grabe geharrt hatte, doch er kam nicht. Das ist bei Hunden üblich, sagte José Anaiço, sie mögen sich von ihrem Herrn nicht trennen, manchmal bleiben sie da, bis sie selber sterben. Dieses Mal täuschte er sich. Hund Ardent blickte José Anaiço an, dann trollte er sich mit hängendem Kopf, verschwand. Sie sahen ihn nicht wieder. Die Reise geht weiter. Roque Lozano wird in Zufre bleiben, wird an der Tür seines Hauses klopfen, ich bin zurück, es ist seine Geschichte, irgendwer mag sie eines Tages erzählen wollen. Die Männer und die Frauen, diese hier, werden ihren Weg fortsetzen, welche Zukunft, welche Zeit, welches Schicksal. Der Rüsterstock ergrünte, vielleicht treibt er Blüten im kommenden Jahr.